古典文獻研究輯刊

二九編

第 4 冊

知遇想像・自我呈現・讀者形象
——唐代干謁文寫作與士人文化

張鑫誠 著

國家圖書館出版品預行編目資料

知遇想像・自我呈現・讀者形象——唐代干謁文寫作與士人文
化／張鑫誠 著 -- 初版 -- 新北市：花木蘭文化事業有限公司，
2024〔民 113 〕
目 4+206 面；19×26 公分
（古典文學研究輯刊　二九編；第 4 冊）
ISBN 978-626-344-554-3（精裝）
1.CST：中國文學史 2.CST：文學評論 3.CST：知識分子
4.CST：唐代
820.8　　　　　　　　　　　　　　　　112022453

ISBN-978-626-344-554-3

9 786263 445543

古典文學研究輯刊
二九編　第 四 冊　　　　　　　ISBN：978-626-344-554-3

知遇想像・自我呈現・讀者形象
──唐代干謁文寫作與士人文化

作　　者　張鑫誠
總 編 輯　杜潔祥
副總編輯　楊嘉樂
編輯主任　許郁翎
編　　輯　潘玟靜、蔡正宣　美術編輯　陳逸婷
出　　版　花木蘭文化事業有限公司
發 行 人　高小娟
聯絡地址　235 新北市中和區中安街七二號十三樓
　　　　　電話：02-2923-1455 ／傳真：02-2923-1452
網　　址　http://www.huamulan.tw 信箱 service@huamulans.com
印　　刷　普羅文化出版廣告事業
初　　版　2024 年 3 月
定　　價　二九編 21 冊（精裝）新台幣 56,000 元

知遇想像・自我呈現・讀者形象
——唐代干謁文寫作與士人文化

張鑫誠　著

作者簡介

張鑫誠，福建福州人。東吳大學中文系學士，臺灣大學中文系碩士，新加坡國立大學中文系博士班在讀。研究興趣包含唐宋文學、文體學、駢文、古文、辭賦，愛好駢文寫作。近來關注唐宋公文的文體學、制度史、抒情性等面向。

提　　要

在唐代科舉社會的特殊文化語境中，文人就自身命運攸關的境遇，運用干謁文建立對話求援的語境。干謁者以生命中遭逢處境心態之變化，逐步引導被干謁者進入敘事語境，以期達到理解自己的效果，從而使得這種自傳性的書啟具有抒情性。因而在關乎命運的戲劇性場域中，干謁書啟同樣也呈現出富於滄桑感的悲劇性美學興味。同時干謁文也承載了中國古典傳統中，關於士人出處知遇觀、士不遇書寫及人倫鑒賞品評的歷史記憶與文化經驗。

唐代士人以「知遇」為核心展開干謁文的書寫策略，常構建一套自身干謁非為歷抵公卿，乃為結交知己相合的話語模式。此時「知己」被更加賦予了功利化與政治性的含義，干謁行為進入儒者的實踐古道、經世濟民的價值體系中。在儒家思潮復興的背景下，盛唐以後士人在干謁文中，表現出對「薦」這一行為的理想論述與職責要求，也從為國為公的角度論述薦賢之必要。

干謁文中的自我呈現圍繞著「困境營造」與「成為人才」兩個角度展開，士人構設古來寒士孤介自處、處世剛直之處境，使自身得符合儒家價值體系中賢德的窮士形象；並以抒情性筆墨，對於時序流逝、身體衰老的不遇處境發出哀歎。同時將視角聚焦在自身生命的不遇遭逢，多從時、勢的命運乖舛角度敘事。士人還著意於展現家世源流與良好的家學教育，從而具備卓越的文章辭采、經世之能；安史亂後，士人更展露對古道的追慕與思考；時也塑造隱逸形象，使干謁意圖更曲折委婉。

干謁文中對被干謁者（讀者）形象的建構，呈現士人文化中的「頌德」與階級差距下的輸誠。士人通過展露其對漢晉名士風度及察舉薦用的追慕，來塑造讀者禮賢風采，並根據讀者之身分，稱頌其官位與政績，包含忠簡帝心、和順百官，實際戰事功績，循吏傳統下的仁政。同時唐士繼承六朝人倫賞譽風尚，通過聯繫自然景物的感興審美，開展對讀者風度、威儀、文學、言談形象之建構。於是讀者在閱讀活動中不僅作為旁觀者或評量者，而是自身也被生動拉入「知人」的文本語境中。藉之突破以往研究單向關注干謁者上行揚己述志的視角，顯示干謁文中「知」與「被知」是雙向交互理解的過程。

謹以此書獻給敬愛的家父、家母

目

次

第一章　緒　論

　　側聞魯澤祥麟，希委質於宣父；吳坂逸驥，實長鳴於孫陽。是則所貴在乎見知，所屈伸乎知己。故雕其樸，嶧山有半死之桐；賞其音，柯亭無永枯之竹。

——駱賓王〈上司列太常伯啟〉

第一節　研究背景：唐代干謁之情形、對象及干謁文概述

　　干謁行為隨著「士」之政治活動濫觴於先秦，漢代之後的干謁活動又與察舉制度密切相關，而頗為時俗所常。〔註1〕降至六朝，由於門閥政治之深遠影響，仕宦之途被名門望族壟斷，正所謂「平流進取，坐至公卿」，〔註2〕社會上視干謁為自衒自媒之醜行，〔註3〕干謁作品只是零星出現，且由於數量較少，尚未有固定行文結構。唐代是中國歷史上干謁之風最為興盛的時期，隨著取士

〔註1〕王符〈本政〉：「今當塗之人，既不能昭練賢鄙，然又卻於貴人之風指，脅以權勢之屬託，請謁闐門，禮贄輻輳，迫於目前之急，則且先之。」漢・王符撰，清・汪繼培箋，彭鐸校正：《潛夫論箋校正》（北京：中華書局，1985年9月），卷2，頁93～94。

〔註2〕南朝梁・蕭子顯：《南齊書》（北京：中華書局，1972年1月），卷23，〈王儉傳〉，頁438。

〔註3〕曹植〈求自試表〉：「自衒自媒者，士女之醜行也；干時求進者，道家之明忌也。」見晉・陳壽撰，南朝宋・裴松之注：《三國志》（北京：中華書局，1982年7月），卷19，頁569。蕭統〈陶淵明集序〉亦云：「夫自衒自媒者，士女之醜行；不忮不求者，明達之用心。」晉・陶淵明著，逯欽立校注：《陶淵明集》（北京：中華書局，1979年5月），頁9。

制度之改革、士族社會地位之變化及薦賢為公社會風氣之引領，干謁活動漸興，隨之產生的干謁作品持續流行於有唐一代。

　　針對唐代之干謁，以下作精要定義：唐代希望科舉及第的士子，或仕途升遷的官吏，將自己所寫的詩文投獻給達官顯要，以冀望被拔擢重用。關於唐代干謁風氣盛行的制度性原因，大抵有科舉、薦舉和守選三個方面。第一，唐代科舉不行考卷糊名彌封、眷錄和考官隔離制度，考生、考官及推薦人處於較透明的狀態，考生因而有干謁請託之機。第二，唐代薦舉普遍存在於選官與取士各環節，薦舉可以獨立於科舉，直接使寒士平步青雲，因而也影響了科舉考試中的錄取。第三，守選制度使及第舉子與旨授官員不得立刻授官，須經過幾年的守選，方可冬集銓選授官，落選則繼續守選，是以文人希望早日拜官，則必干謁以尋求門路。〔註4〕關於唐科舉之「不行糊名」，其實武后時期曾短暫實行過糊名制度，不過只是針對制舉和吏部銓選，並非針對常舉。〔註5〕不久，武后即以此法不利於收納人心而作罷。〔註6〕因守選而干謁非初唐一開始即興盛，而是有其漸進發展過程，至於武后當政年間守選人數才大幅增多。〔註7〕以下敘述不同場域情形下的干謁，及干謁之不同對象。

一、求科舉

　　士人科舉投獻詩文，分為納省卷與行卷兩種。當進士到禮部應省試，依據制度需要向主考官納省卷（又稱公卷），以作為正式考試之前自身才學的參考。

〔註4〕王佺：《唐代干謁與文學》（北京：中華書局，2011年1月），頁5～7。

〔註5〕《舊唐書・劉憲傳》：「初則天時，敕吏部糊名考選人判，以求才彥，憲與王適、司馬鍠、梁載言相次判入第二等。」後晉・劉昫等撰：《舊唐書》（北京：中華書局，1975年5月），卷190，頁5017。《通典》載：「武太后又以吏部選人多不實，乃令試日自糊其名，暗考以定等第，糊名自此始也。」唐・杜佑著，王文錦等點校：《通典》（北京：中華書局，1988年12月），卷15〈選舉〉，頁364。《隋唐嘉話》：「武后以吏部選人多不實，乃令試日自糊其名，暗考以定其等第，蓋糊名考校，自唐始也。」唐・劉餗著，程毅中點校：《隋唐嘉話》（北京：中華書局，1979年10月），卷下，頁35。

〔註6〕《新唐書・選舉志》載：「試選人皆糊名，令學士考判，武后以為非委任之方，罷之。而其務收人心，士無賢不肖，多所進獎。」宋・歐陽脩、宋・宋祁等纂輯：《新唐書》（北京：中華書局，1975年2月），卷45，頁1175。

〔註7〕羅聯添〈論唐人上書與行卷〉：「高宗乾封以前，待選人不多，罕見以求官或升遷而上書顯貴者。乾封（666～668）以後，如王勃、駱賓王等，屢屢為此投書，即其顯證。至武后垂拱（685）之後，待選人多至五萬，無怪上書之風益盛。」收於氏著《唐代文學論集》（臺北：臺灣學生書局，1989年5月），頁114。

行卷則是私下向主考官或其他顯貴投獻詩文，以經營聲譽及展現才華，同時也起到建立私人關係網路的作用。儘管行卷與省卷並行不悖，但由於省卷大量地集中於有司一人，勢必不會被詳細審閱，後來反而成為具文。〔註8〕求科舉的干謁文，較多情形下也是行卷所上。

因此士人最直接的干謁對象即是科舉的主考官，在京應舉的省試自不必說，即使是鄉貢的州試，為了求得州府薦送，獲得舉子資格，也常需要向考官投文自顯，以求薦送。〔註9〕不僅各地州府應舉的士人會求薦送，有些科舉落第的士人，會留在京城附近，干謁京兆尹或附近的州府大員，請求「拔解」以獲得次年的舉子資格。〔註10〕同時士子干謁的對象，還包括在政壇、文壇上有地位者，及與主試官關係密切者彼此能互相商量共同決定錄取舉子的名單，謂之通榜。〔註11〕史上有名的通榜者如權德輿（759～818）知貢舉時的許孟容（743～818），陸贄（754～805）知貢舉時的梁肅（753～793）、王礎（？～799）。〔註12〕

進士、明經考試在唐代前期由吏部官員知貢舉，自開元二十五（737）年後改由禮部侍郎主持考試，有時也會由其他部門的官員來權知貢舉，知貢舉者會得到士林普遍的尊重，被稱為「美選」。〔註13〕而制舉名義上由天子親試，實際上

〔註8〕 程千帆：《唐代進士行卷與文學》（上海：上海古籍出版社，1980 年 8 月），頁 9。

〔註9〕 傅璇琮：《唐代科舉與文學》（西安：陝西人民出版社，2003 年 5 月），頁 56。

〔註10〕《南部新書》：「長安舉子，自六月已後，落第者不出京，謂之過夏。多借靜坊廟院及閑宅居住，作新文章，謂之夏課。亦有十人五人醵率酒饌，請題目於知己朝達，謂之私試。七月後，投獻新課，并於諸州府拔解。人為語曰：槐花黃，舉子忙。」宋·錢易撰，虞雲國、吳愛芬整理：《南部新書》（鄭州：大象出版社，2019 年 5 月），卷乙，頁 174。

〔註11〕程千帆：《唐代進士行卷與文學》（上海：上海古籍出版社，1980 年 8 月），頁 5。

〔註12〕《南部新書》：「貞元末，許孟容為給事中，權文公任春官，時稱權許。進士可不，二公未嘗不相聞。」《南部新書》，卷癸，頁 97。韓愈〈與祠部陸參員外薦士書〉云：「往者陸相公司貢士，考文章甚詳。愈時亦幸在得中，而未知陸丞相之得人也。其後一二年，所與及第者皆赫然有聲。原其所以，亦由梁補闕肅、王郎中礎佐之。梁舉八人，無有失者，其餘則王皆與謀焉。」由此可見知貢舉身邊推薦者之重要性。唐·韓愈著，劉真倫、岳珍校注：《韓愈文集彙校箋注》（北京：中華書局，2010 年 8 月），卷 7，頁 825。

〔註13〕《冊府元龜·貢舉部》：「武德舊制，以考功郎中監試貢舉。貞觀已後，則考功員外郎專掌之。……明皇開元二十四年，制令禮部侍郎專掌貢舉。……是年，始置禮部貢舉印。其後禮部侍郎闕人，亦以他官主之，謂之權知貢舉。其知貢舉者，皆朝廷美選。」宋·王欽若等編纂，周勛初等校訂：《冊府元龜》（南京：鳳凰出版社，2006 年 12 月），卷 639，頁 7382。

委任撰策及審策之職，稱為考策官。考策官挑選知名官員擔任，常為中書舍人、吏部侍郎、翰林學士等中央官員，只是臨時差遣，考試結束後即歸本職。〔註14〕

　　唐代科舉知貢舉之任命，在科舉前數月已公布，舉子自可在考試前干謁相關的名公顯貴，名公又可向知貢舉推薦。即使不是直接參與定名的通榜者，向知貢舉推薦賢人也是常有的事。〔註15〕甚至有時不用刻意推薦，知貢舉會主動請教朝中交好同僚，詢問是否有合適人選。〔註16〕又或是干謁一些有大名望者，儘管其未必跟知貢舉關係密切，但如果能獲得認可，那麼自己也就在京城中建立了文名。例如程昔範在考科舉之前干謁韓愈（768～824），他的文章就得到了韓愈的認可，雖然當年科舉沒有考中，但獲得了「大振屈聲」的輿論支持，後來也成功登第。〔註17〕更有誇張情形，在考試之前就已定好進士的名次，如吳武陵（？～835）向崔郾（768～836）推薦杜牧（803～852）之事。〔註18〕

　　有時士人也會直接干謁宰相或中書舍人等大員。知舉者閱卷後所擬之名單，在正式放榜前須請宰相過目。倘宰相對榜單稍有異議或另有他選，還可調

〔註14〕 傅璇琮：《唐代科舉與文學》，頁154～155。

〔註15〕 《舊唐書‧陸贄傳》記載陸贄知貢舉時會參考通榜者梁肅的意見，梁肅又與崔元翰一同推薦人才：「（貞元）七年，罷學士，正拜兵部侍郎，知貢舉。時崔元翰、梁肅文藝冠時，贄輸心於肅，肅與元翰推薦藝實之士。」《舊唐書》，卷139，頁3800。

〔註16〕 李商隱〈與陶進士書〉：「時獨令狐補闕最相厚，歲歲為寫出舊文納貢院。既得引試，會故人夏口主舉人，時素重令狐賢明，一日見之於朝，揖曰：『八郎之交誰最善？』絢直進曰『李商隱』者，三道而道，亦不為薦託之辭，故夏口與及第。」「夏口」即高鍇，其於文宗開成二年（837）知貢舉時，問起令狐絢友人中善者，令狐絢說了李商隱名字，商隱就於此年登第。唐‧李商隱著，劉學鍇、余恕誠校注：《李商隱文編年校注》（北京：中華書局，2002年3月），頁434。（按此本編年文不分卷）

〔註17〕 《因話錄》：「廣平程子齊昔範，未舉進士日，著〈程子中蘗〉三卷，韓文公一見大稱歎。及赴舉，言於主司曰：『程昔範不合在諸生之下。』當時下第，大振屈聲。庾尚書承宣知貢舉，程始登第，以試正字，從事涇原軍。」唐‧趙璘撰，黎澤潮校箋：《因話錄校箋》（合肥：合肥工業大學出版社，2013年12月），卷3，頁43～44。

〔註18〕 《唐摭言‧公薦》「崔郾侍郎既拜命，於東都試舉人。……時吳武陵任太學博士，策蹇而至。郾聞其來，微訝之，乃離席與言，武陵曰：『……向者，偶見太學生十數輩，揚眉抵掌，讀一卷文書，就而觀之，乃進士杜牧〈阿房宮賦〉。若其人，真王佐才也，侍郎官重，必恐未暇披覽。』於是摺笏郎宣一遍。郾大奇之。武陵曰：『請侍郎與狀頭。』郾曰：『已有人。』曰：『不得已，即第五人。』郾未遑對。武陵曰：『不爾，即請比賦。』郾應聲曰：『敬依所教。』」五代‧王定保：《唐摭言》（上海：上海古籍出版社，1978年5月），卷12，頁63。

換人選。這就相當於宰相對錄取名單有著最終決定權，而其間就不免有上下其手、交通關節等種種不可告人的情狀。〔註19〕史傳即載崔瑄（？～872）奏令狐綯（795～879）父子操縱科舉〔註20〕，並且令狐滈的科舉及第，也與其父令狐綯的安排操弄有關。〔註21〕至於中晚唐，亦有通過實力強盛的藩鎮之影響力，而科舉及第者。皆可見在科舉之前，干謁對於士子取得名第之重要性，同時干謁的對象也較為多元。

二、求授官

另一方面即是與銓選、守選有關的干謁。唐人科舉及第後，還需要通過吏部關試，取得春關（即出身憑證），而後還要通過吏部的冬集銓選，才能授官。對於剛考中進士者和六品以下的旨授官而言，若甘於守選，則需耐心等待漫長數年選期滿，再冬集赴選。若希企提前拜官，得授美職或不斷升遷，則需參加吏部的科目選或制舉。〔註22〕如朱熹（1130～1200）即云：「唐舉子禮部及第，例須守選。選未滿，或就制舉，或書判拔萃，方獲出仕。」〔註23〕這兩種情形下欲得顯人論薦，當行干謁。〔註24〕例如柳宗元（773～819）應制舉不第後，有〈上大理崔大卿應制舉不敏啟〉；韓愈進士及第之後，三應博學宏詞不中，

〔註19〕傅璇琮：《唐代科舉與文學》，頁362。

〔註20〕《舊唐書・令狐滈傳》：「諫議大夫崔瑄上疏論之曰：『令狐滈昨以父居相位，權在一門。求請者詭黨風趨，妄動者羣邪雲集。每歲貢闈登第，在朝清列除官，事望雖出於綯，取捨全由於滈。喧然如市，旁若無人，權動寰中，勢傾天下。及綯罷相作鎮之日，便令滈納卷貢闈。豈可以父在樞衡，獨撓文柄？』」《舊唐書》，卷172，頁4468。

〔註21〕《北夢瑣言》：「唐大中末，相國令狐綯罷相。其子滈應進士舉，在父未罷相前，預拔文解及第。諫議大夫崔瑄上疏，述滈弄父權，勢傾天下。以舉人文卷須十月前送納，豈可父身尚居於樞務，男私拔其名解，干撓主司，侮弄文法，恐姦欺得路，孤直杜門云云。請下御史臺推勘。疏留中不出。」五代・孫光憲撰，賈二強校點：《北夢瑣言・令狐滈預拔文解》（北京：中華書局，2002年6月），卷1，頁26。

〔註22〕《十七史商榷・新舊唐書》：「東萊呂氏云：『唐制，得第後不即釋褐，或再應皆中，或為人論薦，然後釋褐。』此條極為中肯，如《新書・選舉志》云：『選未滿而試文三篇，謂之宏詞，試判三條，謂之拔萃，中者即授官。』此蓋指登第後未得就選，故曰『選未滿』，中宏詞拔萃即授官，此呂氏所謂「再應皆中，然後釋褐」也。」清・王鳴盛著：《十七史商榷》（北京：中華書局，2010年8月），卷81，頁1118～1119。

〔註23〕宋・朱熹：《原本韓集考異》（臺北：臺灣商務印書館，1983年10月，影印文淵閣四庫全書本），第1073冊，卷18，頁5上。

〔註24〕王佺：《唐代干謁與文學》，頁55。

期間撰〈上宰相書〉、〈上考功崔虞部書〉，亦不想守選，而將應吏部科目選而干謁。後韓愈四門博士任期將滿，作〈與于襄陽書〉、〈上李實尚書書〉等篇，亦是為了吏部的再次銓選而干謁。

六品以下的官員，在考滿罷秩後，也需要停官守選，通過吏部的「計資量勞」而後授官。〔註25〕此時也可能會干謁並投獻詩文，如韓愈貞元十九年（803）卸去四門博士職，候職期間，即以〈上李實尚書書〉干謁德宗幸臣李實（？～815）。〔註26〕有時為了被吏部授予清職，也需上書干謁，德宗朝宰相鄭珣瑜（738～805）云：「臣為吏部侍郎時，以文入官當校祕書者八，其七皆馳他人書，建不馳，故獨得。」〔註27〕士子李建沒有向鄭珣瑜干謁，反而被欣賞。由此可見銓選時干謁風氣相當興盛。與銓選有關的干謁對象則更加多元，首先即是直接負責銓選的吏部官員，吏部尚書、吏部侍郎等，這與他們負責銓選最核心的機構「三銓」有關。〔註28〕同時與前文所述貢舉干謁類似，宰相、六部尚書、翰林學士、中書舍人等中央大員，乃至強藩，都有可能影響銓選的授官。

〔註25〕《通典・選舉》載：「其選授之法，亦同循前代。凡諸王及職事正三品以上，若文武散官二品以上及都督、都護、上州刺史之在京師者，冊授。五品以上皆制授。六品以下、守五品以上及視五品以上，皆勅授。凡制、勅授及冊拜，皆宰司進擬。自六品以下旨授。其視品及流外官，皆判補之。凡旨授官，悉由於尚書，文官屬吏部，武官屬兵部，謂之銓選。唯員外郎、御史及供奉之官，則否。……其擇人有四事：一曰身，二曰言，三曰書，四曰判。四事可取，則先乎德行；德均以才，才均以勞。其六品以降，計資量勞而擬其官；五品以上，不試，列名上中書、門下，聽制敕處分。凡選，始集而試，觀其書判；已試而銓，察其身、言；已銓而注，詢其便利，而擬其官。」《通典》，卷15，頁359～360。《唐六典・尚書吏部》亦載銓選之過程：「其優者擢而升之，否則量以退焉。所以正權衡，明與奪，抑貪冒，進賢能也。然後據其狀以覈之，量其資以擬之。五品已上以名聞，送中書門下，聽制授焉。六品已下常參之官，量資注定；其才識頗高，可擢為拾遺、補闕、監察御史者，亦以名送中書門下，聽敕授焉。其餘則各量資注擬。」唐・李林甫等撰，陳仲夫點校：《唐六典》（北京：中華書局，1992年1月），卷2，頁27。
〔註26〕陳克明：《韓愈年譜及詩文繫年》（成都：巴蜀書社，1999年8月），頁163。
〔註27〕唐・元稹撰，冀勤點校：《元稹集》（北京：中華書局，2010年7月），〈唐故中大夫尚書刑部侍郎上柱國隴西縣開國男贈工部尚書李公墓誌銘〉，卷54，頁675。
〔註28〕《通典・選舉》：「凡吏部、兵部文武選事，各分為三銓，尚書典其一，侍郎分其二。文選，舊制尚書掌六品、七品選，侍郎掌八品、九品選。景雲初，宋璟為吏部尚書，始通其品員而分典之，遂以為常。」《通典》，卷15，頁359～360。可見起初唐制是吏部尚書和侍郎，分別負責不同品級官員的銓選。不過到睿宗年間，也沒有那麼嚴格界定，有時「三銓」之間可以互相「通掌」。又參王勛成：《唐代銓選與文學》（北京：中華書局，2001年4月），頁140～141。

　　還有一種較特殊的求銓選，即是戴罪文人干謁求援，期望自己罪責能被赦免，並被選為較好的官職，以重新開啟仕途，例如柳宗元、劉禹錫（772～842）戴罪被貶時的求援干謁文。然即使是求援信，也常常有投獻詩文，希望朝中的達官顯要看到自己的才能，予以拔擢。〔註29〕雖然與尋常的求選官之干謁不完全一樣，不過被貶戴罪的官員，實際上仍是以卑下的品秩求取被赦免、拔擢的機會。這就類似唐代六品以下官員，任期滿後干謁，希望能夠被授予美職的行為，故戴罪期間的干謁文，自然也應納入研究範圍。

　　此外在一些特殊情況下，布衣之士還可能因為被王公大臣舉薦，而繞過科舉直接得官。如唐代中期的張鎬（？～764）、李邕（678～747）、沈既濟都因為被宰相看重，而被推薦任左拾遺；〔註30〕盧綸（739～799）累試不中，然文才受宰相元載賞識，被授鄉尉。〔註31〕又有地方長官如京兆尹，表薦士人直接為其屬官者。〔註32〕這些直接舉薦入仕，固然令人羨慕，然終是個例，當然也離不開對達官顯要汲汲的干謁。

三、求入幕與獻書皇帝

　　中晚唐以來隨著幕府影響力及選任官員自主權的增大，文人干謁對象也逐漸多元化，不再僅僅是為了科舉、銓選等因素，干謁京城的王公大人，也出現許多期望進入幕府的干謁文。朝廷有時向幕府徵辟才名兼具的士人進入中

〔註29〕如柳宗元即有〈上裴晉公度獻唐雅詩啟〉、〈上襄陽李僕射獻唐雅詩啟〉、〈上揚州李吉甫相公獻所著文啟〉、〈上江陵趙相公寄所著文啟〉、〈上嚴東川寄劍門銘啟〉、〈上江陵嚴司空獻所著文啟〉、〈上嶺南鄭相公獻所著文啟〉、〈上李中丞獻所著文啟〉、〈上裴行立中丞撰訾家洲記啟〉、〈上河陽烏尚書重胤欲獻文啟〉十篇干謁文有附獻詩文作品。

〔註30〕《舊唐書·張鎬傳》：「天寶末，楊國忠以聲名自高，搜天下奇傑。聞鎬名，召見薦之，自褐衣拜左拾遺。」《舊唐書》，卷111，頁3226。《舊唐書·李邕傳》：「邕少知名。長安初，內史李嶠及監察御史張廷珪，並薦邕詞高行直，堪為諫諍之官，由是召拜左拾遺。」《舊唐書》，卷190，頁5039。《舊唐書·沈傳師傳》：「沈傳師字子言，吳人。父既濟，博通羣籍，史筆尤工，吏部侍郎楊炎見而稱之。建中初，炎為宰相，薦既濟才堪史任，召拜左拾遺、史館修撰。」《舊唐書》，卷149，頁4034。

〔註31〕《新唐書·盧綸傳》「盧綸字允言，河中蒲人。避天寶亂，客鄱陽。大曆初，數舉進士不入第。元載取綸文以進，補閿鄉尉。」《新唐書》，卷203，頁5785。

〔註32〕李翱〈故檢校工部員外郎任君墓誌銘〉：「君少遭父喪，養母以孝稱，京兆尹崔光遠表試左清道率府兵曹參軍。」清·董誥等編：《全唐文》（北京：中華書局，1983年11月），卷639，頁6453。

央，藩鎮有時也向朝廷主動推薦幕下優秀士人。〔註33〕從當時的制語文書可以觀察幕府士人的升遷歷程：「溫堯卿等，今之俊乂，先辟于征鎮，次升于朝庭。故幕府之選，下臺閣一等。異日入為大夫公卿者，十八九焉。」〔註34〕故而對科舉、銓選不順遂的士人而言，進入幕府以求建立業績，之後再曲線進入中央，不失為新的一種自我發展選擇。

因此晚唐知遇期待多了一分「求入幕」，如李商隱（813～858）大和六年（833）應舉，然為主司禮部侍郎賈餗（？～835）所斥，此時令狐楚（766～837）初在太原任職，〔註35〕故而李商隱寫〈上令狐相公狀（其一）〉，多敘「倘蒙識以如愚」等語，語多希望入幕之意。〔註36〕正所謂「唐世士人初登科或未仕者，多以從諸藩府辟置為重。」〔註37〕故而李商隱科舉暫時失利之後，選擇干謁人稱「盛府」的令狐楚幕下，不失為佳選。唐代帝國文學的多樣性，與中唐社會網路的擴張是同時發生的，隨著文學創作背景的多元化與去中心化，地方節度使的幕府成為新興的文學中心。〔註38〕對文人來說，有時地方節度使的喜好及其身邊的文學集團，讓他們有著文學或才能的發揮空間。

最後還有一種直接向皇帝獻書干謁的情形。武則天（624～705）臨朝時期為了獲取人才與民心，在朝堂設置「四匭」，其中「東面名曰延恩匭，上賦頌及許求官爵者封表投之。」〔註39〕因此出現許多「干謁表」，例如員半千（628～

〔註33〕戴偉華：《唐代使府與文學研究》（桂林：廣西師範大學出版社，1998 年 5 月），頁 30。

〔註34〕唐・白居易著，謝思煒校注：《白居易文集校注》（北京：中華書局，2011 年 1 月），卷 12，〈溫堯卿等授官賜緋充滄景江陵判官制〉，頁 564。

〔註35〕張采田：《玉谿生年譜會箋》（上海：上海古籍出版社，2010 年 2 月），頁 28 ～31。

〔註36〕李商隱〈上令狐相公狀（其一）〉云：「自叨從歲貢，求試春官，前達開懷，後來慕義。不有所自，安得及茲？然猶摧頹不遷，拔剌未化。仰塵裁鑒，有負吹噓。倘蒙識以如愚，知其不佞，俾之樂道，使得謹窮，必當刷理羽毛，遠謝雞鳥之列；脫遺鱗鬣，高辭鱣鮪之羣。」《李商隱文編年校注》，頁 1。

〔註37〕宋・洪邁撰，孔凡禮整理：《容齋續筆・唐藩鎮幕府》（鄭州：大象出版社，2019 年 5 月），卷 1，頁 230。

〔註38〕（美）田安（Anna Shields）著，卞東波、劉杰、鄭瀟瀟譯：《知我者：中唐時期的友誼與文學》（上海：中西書局，2020 年 9 月），頁 2。

〔註39〕《舊唐書・刑法志》：「則天臨朝，初欲大收人望。垂拱初年，令鎔銅為匭，四面置門，各依方色，共為一室。東面名曰延恩匭，上賦頌及許求官爵者封表投之。南面曰招諫匭，有言時政得失及直言諫諍者投之。西面曰申冤匭，有得罪冤濫者投之。北面曰通玄匭，有玄象災變及軍謀秘策者投之。每日置之於朝堂，以收天下表疏。」《舊唐書》，卷 50，頁 2142～2143。

721）〈陳情表〉、李嶠（645～714）〈自敘表〉等，皆是上表自薦求官。時亦有士人投南面的「招諫匭」，可能也能達到入仕授官的目的。不過這種設匭納書之情形並非常例，目前所見的「干謁表」大部分集中在初盛唐。有一些特殊時期，如皇帝封禪、巡行之時，士人也可在行宮等處獻書聖上，同樣達到干進的作用。〔註40〕例如杜甫（712～770）即有〈進三大禮賦表〉、〈進封西嶽賦表〉，顯然都是以「表」作為自己所獻文章的一個說明，自也可納入干謁文之範圍。

四、唐代干謁文之定義、體制與功能

　　首先對干謁文作如下定義：干謁文是文人在求科舉、求授官、求入幕等施用情境下希望通過而投文述意，希冀在仕途上得到援引、舉薦的文章。包含書、啟、狀、表四種文體，有時可附帶詩文等文學作品，但並非一定。干謁對象上至皇帝，下至州縣級官員，凡對干謁者之仕途能提供幫助者皆可成為干謁對象。

　　以下再精要介紹對於干謁文的體制規模與應用功能。舉子在考試前向知貢舉干謁並投獻詩文，固然在唐代已久成風俗，然而按照規定，原則上舉子在試前，仍是不能直接與主試者見面。〔註41〕因此大部分情況被干謁者對舉子並不了解，因此干謁文一定程度上有著作為自己名片（「投刺」）之功用，如柳宗元〈上大理崔大卿應制舉不敏啟〉即自謂「伏候門屏，敢俟招納，謹奉啟以代投刺之禮」，〔註42〕因此干謁文中很重要的部分即是在介紹自己。

　　同時士人常常隨干謁文附帶自己的其他文學作品（詩文乃至小說），執贄、行卷和獻書等行為所附上的作品，可稱作「用以干謁的文學作品」，而干謁詩與干謁文便可徑稱為「干謁文學作品」。〔註43〕綜而言之，一方面士人以

〔註40〕王佺：《唐代干謁與文學》，頁91。

〔註41〕《太平廣記·定數》：「李固言初未第時，過洛。……是歲元和七年，許孟容以兵部侍郎知舉。固言訪中表間人在場屋之近事者，問以求知遊謁之所。斯人且以固言文章，甚有聲稱，必取甲科，因給之曰：『吾子須首謁主文，仍要求見。』固言不知其誤之，則以所業徑謁孟容。孟容見其著述甚麗，乃密令從者延之，謂曰：『舉人不合相見，必有嫉才者。』使詰之，固言遂以實對。孟容許第固言於牓首，而落其教者姓名。」李固言在參加進士科時，被人騙說要「首謁主文」，就徑直去拜謁知貢舉許孟容，所幸孟容賞識其才華，沒有因此責怪，好心告訴他「舉人不合相見」。宋·李昉等編：《太平廣記》（北京：中華書局，1961年9月），卷155，頁1112。又參傅璇琮：《唐代科舉與文學》，頁257。

〔註42〕唐·柳宗元撰，尹占華、韓文奇校注：《柳宗元集校注》（北京：中華書局，2013年10月），卷36，頁2275。

〔註43〕王佺：《唐代干謁與文學》，頁100。

干謁文作為介紹自身的自薦信,說明自身才學境遇,同時也表明自己的仕宦心志與知遇想像。另一方面,干謁文有時也作為自己行卷詩文的「外包介紹書」,文中常會附帶說明自己所投篇數、體裁,有時還會介紹自己所投的文章篇目甚至其中內容,〔註44〕不過投獻詩文的卷數多少一般沒有限制。〔註45〕

此外,作為應用性文體,實用性決定了干謁書啟要比干謁詩更容易被接受。由於體裁有別,干謁詩勢必要顧及到意境、意象和聲律等詩體特質,限於語句、結構和篇幅的形式特點,常只能傳達較有限的干謁信息,限制了干謁理想與書寫要素充分與靈活的表達。干謁文沒有太多藝術形式上的束縛,因此在謀篇佈局和遣詞造句方面能更靈活、採用的策略更豐富。無論是形象建構或表達干謁意圖,干謁文書寫的要素也更周全,干謁文相對比較周全,符合干謁者和被干謁者的需要。〔註46〕因此本研究以干謁文為核心,也期以在古典文章學與尺牘文學史兩個面向上,回應書啟這一應用文類在唐代「干謁」之功能與場域下的發展脈絡。

宋末元初的陳繹曾(1287～1351)在《文章歐冶》中介紹唐宋「通啟」

〔註44〕①介紹篇數:如韓愈〈上賈滑州書〉:「愈儒服者,不敢用他藝干進。又惟古執贄之禮,竊整頓舊所著文一十五章以為贄。……伏以小子之文可見於十五章之內,小子之志可見於此書。」《韓愈文集彙校箋注》,卷32,頁3067。②介紹篇名者:如李觀〈帖經日上侍郎書〉「觀去冬十首之文,不謀於侍郎矣,豈一賦一詩足云乎哉?十首之文,去冬之所獻也。有〈安邊書〉、〈漢祖斬白蛇劍讚〉、〈報弟書〉、〈邠寧慶三州饗軍記〉、〈謁文宣王廟〉、〈文大夫種碑〉、〈項籍碑〉、〈請修太學書〉、〈弔韓弇沒胡中文〉等作,上不罔古,下不附今,直以意到為辭,辭訖成章。中最逐情者,有〈報弟書〉一篇,不知侍郎嘗覽之耶?未嘗覽之耶?」《全唐文》,卷533,頁5415。③仔細介紹內容者:如杜牧〈上知己文章啟〉:「某少小好為文章,伏以侍郎文師也,是敢謹貢七篇,以為視聽之汙。伏以元和功德,凡人盡當歌詠紀叙之,故作〈燕將錄〉。往年弔伐之道未甚得所,故作〈罪言〉。……寶曆大起宮室,廣聲色,故作〈阿房宮賦〉。有盧終南山下,嘗有耕田著書志,故作〈望故園賦〉。」唐‧杜牧撰,吳在慶校注:《杜牧集繫年校注‧樊川文集》(北京:中華書局,2008年10月),卷16,頁998。

〔註45〕《西塘集耆舊續聞》載:「後唐明宗,公卿大僚皆唐室舊儒。其時進士贄見前輩,各以所業,止投一卷至兩卷,但於詩賦歌篇古調之中,取其最精者投之,行兩卷,號曰雙行,謂之多矣。故桑魏公維翰只行五首賦,李相愚只行五首詩,便取大名,以至大位,豈必以多為貴哉!」宋‧陳鵠撰,孔凡禮點校:《西塘集耆舊續聞‧進士投卷》(北京:中華書局,2002年8月),卷8,頁373～374。

〔註46〕王佺論述干謁文功能性上的優勢:「干謁文對干謁行為相關的人物、時間、地點、事件、理由、看法,以及各種因素所需的時間跨度的設置安排和表達方式,也可以相對容易地操作,可詳可略,可繁可簡。同時干謁文還可以攜帶附件(詩文等)來增強干謁的效果。」參王佺:《唐代干謁與文學》,頁109～113。

（以啟文干謁）寫作的固定體式：「起破題，承解題，中述德或入事，過自敘或在述德之前，結述意。右四六製大概，此其準也。其餘各具于式，變換之為或不用解題，或不用自敘，或變自敘而敘他人，此又隨題變換者也。……通啟：一破題，二頌德，三自敘，四述意。」〔註47〕這樣的體式最早在初唐王勃（650～676）、駱賓王（627～684）的干謁文中已然成熟，並為隨後干謁文繼承。雖然如其所說，這四種結構可能會「隨題變換」，後世也並非完全承襲，並且中唐以古文干謁時，可能「頌德」的部分書寫也比較少。

　　通過陳繹曾的歸納，我們可以對唐代干謁文的大致要素有所了解。如前所述，干謁文中很重要一部分即是自我呈現，建構自身某種形象，來對自己的干謁行動有所幫助。所謂「頌德」，即是對被干謁者進行揄揚與形象建構，也是唐人在書寫實踐中不可忽視的一部分，這些要素研究者尤少論及。最後關於「述意」，即涉及干謁者如何表達自己的干謁意圖，以及對自己的「遇」有何期待，皆涉及當時社會複雜的思想文化潮流。因此接下來以這些重要書寫要素為線索，展開本研究的問題意識。

第二節　問題意識與研究價值

　　目前學界對於應用文在文學史上的地位關注較為不夠。首先筆者希望通過本研究，更多地發現並闡釋干謁文之文學價值。干謁文之寫作，交織在外在目的（求取被干謁者認可），與內在價值理想認同（經世致用、知己相得）之間。雖然干謁文總是建立在求取仕途擢升或積累文化資本的實用意義上，但是不應忽視文人在創作干謁文時的文學匠心——希望讓自己的知遇想像被心領神會，或是期許筆下的自我形象與遭遇能夠引起讀者共鳴，或是寄意於建構讀者的某些形象以愉人之心。

　　我們在看待干謁文學作品時，或許也不能僅僅將之視為希求現實仕進的世俗活動產物。事實上干謁文的寫作，還包含了歷史記憶與文化經驗下，士人自身價值的認知經驗。〔註48〕意圖理解唐代干謁文的書寫過程，必須回到真實

〔註47〕元・陳繹曾：《文章歐冶》，收於王水照編：《歷代文話》（上海：復旦大學出版社，2007年11月），第二冊，頁1270～1272。

〔註48〕本文所論歷史記憶與文化經驗，靈感與指涉來源於廖宜方《唐代的歷史記憶》。廖氏在〈導言〉中指出，唐人對於特定歷史時段的認識、記憶與評價，甚至可以成為歷史發展的動力，因時代發展而闡釋新的內涵。古人從廣大的文化資源

歷史情境與唐人的知識譜系中,從文本發生的角度,探究士人寫作干謁文中審美經驗與人物典範之來源。則有必要考察這些源自先秦至六朝長期積澱的歷史記憶與文化經驗(如「知己觀」、「出處觀」、「賢達觀」等),如何影響唐人對於干謁行為的認知與「知遇」之想像模式?以及探究建構自身與被干謁形象的寫作要素與筆法之內,承襲與影響的脈絡如何發展?甚至進一步追問,干謁文的活動如何反映並塑造,唐代文學文化中深廣的時代轉型?這也需要從唐王朝不同時期,正在發生作用的更廣闊的歷史語境中探索。這也是本研究不同於前人(詳參下節)的切入角度與企圖心。

因此意圖探究文人寫作干謁文時,干謁想像的深層經驗類型、儒家理想的價值認同、「神思方運」之際的妙筆等諸多文學價值,也正不妨從作者的「知遇想像」與「士人形象建構」兩方面出發。「知遇想像」關乎士人承襲內化儒家價值,對自身人生價值實踐的理想進行寄託與抒情。「自我形象建構」是關於士人如何書寫自身以期被讀者理解並欣賞;「被干謁者形象建構」則是作者表達自身對讀者有怎樣的理解,以期滿足讀者的「知己期待」,士人如何認知並迎合唐代主流價值。綜上,以下再從本研究著重展開的三片圖景分別說明研究動機:

一、儒學背景下知遇想像如何被傳達與建構

本研究首先的好奇即在於,士人如何看待自己生命的「知」?如何在干謁文中表達自己的知遇期待?儘管干謁文不免帶有阿諛逢迎之語,然而這些文章在修辭上寫到存在於「知己」之間的理想價值觀時,構造了一個表達價值與期望的清晰框架。與前代相比,唐代文人在公眾生活中,賦予「干謁」哪些更多的價值?唐人如何在干謁語境下,表達自身作為士人「學而優則仕」的儒家理想?又如何將「舉賢」、「用世」等儒家價值,通過干謁文精準傳達到被干謁者心中,以引起同為儒者的共情同感?

由於文人意識到他們寫作的方式,立足於某種特殊的社交關係與社會語境,所以盛中唐以來的文人,更多開始在他們創作中反思「知遇」關係的動態性與主客體性,在此背景下又呈現出怎樣的文學與文化風貌?同時,干謁文書

中尋找、聯繫並重構歷史經驗;而過去的歷史文化與經營不知影響現代人對過去的認識,也幫助現代人界定自我。參見氏著《唐代的歷史記憶》(臺北:國立臺灣大學出版中心,2011 年 5 月),頁 130。而唐人在干謁文中對於士之知遇想像的價值認同,或是如何書寫自我或建構讀者之形象,皆源於先秦兩漢乃至魏晉南北朝的思想文化資源,以及從古以來的人物觀、人才觀與賢達典範。

寫習慣與書寫語境的變化，關涉到作家個人的背負，與文化價值觀之間的關係。因此也需要詢問，中古社會等級制的依附關係之下，「求知遇」與「知人」對士大夫而言意味著什麼？在此過程中，也發現他們將私人生活，公諸公眾視野的無奈與局限，以及他們如何將自身命運，寄託在興衰無常動盪時代下。那麼當文人創作干謁文來開展干謁的社交行為時，個體如何對周邊變化中的文學、社會環境進行反應？在社會活動中，「知遇」以及「知己」的典範又是如何被建構的？

　　從另一方面而言，雖干謁已漸成為唐代普遍風氣，亦有賴於唐代「薦賢為公」的社會觀念，然干謁在道德上總歸不是什麼光彩的事，作為飽讀經典、自視清高的士子，請託干謁總不免於情為難。是故在干謁文中，文人必須使他們的干謁行為名正言順，於是必須選擇合適的干謁意圖，作為事關命運的文章，在表達干謁意圖或知遇期待中，會否進行一些功利化的文學加工？文人面對干謁被視為「士女醜行」的挑戰，如何在干謁文中反思，並將干謁轉變為其他「知遇」類型的典範？

二、士人如何進行自我呈現

　　接著本研究意圖探究，唐代文人對干謁文中的「自敘」部分，亦即自我主體在干謁文這一特殊應用文類之下，如何進行有選擇性的主觀投射。士人在干謁時，通過建構自我的某些形象，來滿足被干謁者或朝廷與社會對於選拔人才之期待。因此觀察士人在干謁文中建構何種自我形象，正可以反映唐代的人才觀，選拔人才價值取向之變化。同時他們建構自我形象的寫作模式與筆法，又如何與唐代文學之發展相互激盪？

　　米歇爾‧福柯即曾指出通信有著「自我投射」與「相互凝視」的特性，同時還存在著「自省」的功能。〔註49〕在干謁文的自我呈現中，文人將自我的

〔註49〕米歇爾‧福柯〈自我呈現〉：「因此，書寫是『展現自己』，把自己投射到目光中，使自己的臉出現在別人面前。就此，我們會明白，書信是一種凝視，它將目光對準收信者；同時，寫信者將自己的情況告訴收信者，從而被對方凝視。在這個意義上，書信建立了一種面對面的會見。……通信工作有賴於接受者，但是，寫信人寄出的信，也給寫信人自己帶來壓力，因此，寫信包含一種『內省』；但是，『內省』與其說是自己對自己的解讀，不如說是使自己對別人敞開心扉。」（法）米歇爾‧福柯（Michel Foucault）著，汪民安編，張勇譯：《福柯文選 III：自我技術》（北京：北京大學出版社，2015 年 11 月），〈自我呈現〉，頁 237～239。

「凝視」，試圖投射到達官顯貴的「凝視」之下，如何構建自我形象使得文字能達到見字如面的干謁效果，在這樣的投射之下，會有何選擇性與偏差性？文人在干謁文的自我呈現中，是否會面臨自鬻與內省的矛盾？唐代之政治社會環境之變化，對干謁文中的形象建構又有何影響？

此外，文人在干謁文中尤為屬意建構自身的「不遇形象」。不遇情況主要有科舉不第、常年候選、累遷不調、謫遷不用等，應注意細緻區分，不同情況下不遇形象形塑的差異。作為具有功利性的特殊「不遇」文學體裁，干謁文中如何展現不遇形象與情懷，有何目的性？干謁文中孤身乏援之形象屢屢出現，應與文人干謁時自我壓抑的心態，與滿足對方情感需求有關。對干謁文中自我呈現的考察，有助於我們進一步探究唐代科舉社會下特殊的干謁風氣與人文精神，並對唐代科舉與干謁研究進行補充。從唐代不同時期干謁文中文人自我呈現中所著重筆墨之處，側觀人才選取之標準與風尚之嬗變。

三、如何建構被干謁者（讀者）形象

漢魏六朝以來的人倫賞譽傳統，植基於人才品評選舉制度，即漢代的察舉制或魏晉以後的九品中正制，故而人物品評大部分情況下都是上對下的考察、以及平輩之間的賞譽。而到了初唐干謁文，卻變成由下而上的稱頌揄揚，此時對人物的心態、表達方式是否發生值得探索的變化？從人倫賞譽的面向來看，魏晉以來人物品鑒之原則，主要集中在器識、風度、才華三個角度，〔註50〕唐代干謁文在對魏晉人倫有選擇性承襲發揚的同時，「頌德揄揚」書寫又具備時代性與功能性特徵，加入家世、政績、禮賢等較新的揄揚內容。那麼漢魏六朝以來的人倫品評模式、品鑒內容與審美風格，在長期的積澱與整合之後，是否將會影響干謁文「頌德」書寫之風格？

毛漢光在研究中國中古的賢能觀時，將任官標準作為考察視野，蓋由於任官標準是社會人物進入政治領域的重要通道，亦是政權欲維持或改變其性質的座標。〔註51〕同理，本研究通過探究文人在干謁文中，如何建構讀者之形象，來

〔註50〕張蓓蓓〈從「器識」一詞論魏晉名士人格〉：「器識與道德或神明相通，乃人品之深層，稟賦深厚，非可偽飾倖致；風度者，乃一人逸器美才表現於形外之虛象，雖不易指責，而具有姿采，可以賞觀；才華者，乃逸器美才表現於實事而可為人人共見者，如談辯文藝之才等皆是。」收於氏著《中古學術論略》（臺北：大安出版社，1991 年 1 月），頁 88。

〔註51〕毛漢光：〈中國中古賢能觀之研究——任官標準之觀察〉，《中研院史語所集刊》第 48 本（1977 年），頁 333。

符合朝廷與達官顯要對於人才的心理需求，亦有以考察唐代在人才觀、賢能觀念等議題。例如唐代的取士環境下，作為科舉與銓選的負責官員，需要較高的學術與文學素養，或許還包括其他能力。這些官員「勝任」的現實狀況，又是如何影響到干謁文中，對被干謁者形象的建構？中古從下對上往往有不少「頌德」實踐，一些上位者或亦有此精神需求，唐代亦有「頌德碑」等載體，來揄揚官員的政績。〔註52〕然而干謁文中的「頌德」或建構被干謁者的形象，在政績之外，還有哪些值得被特別寫來稱頌的？又是如何呈現「干謁」之特殊功利語境下的異變？作者又是如何對「事實」進行藝術加工，來滿足被干謁者的心理需求？

同時「頌德」揄揚之不同要素，或能折射出當時社會士人心目中「傑出人物」身上所應具備的光輝。「頌德」書寫又對文士之干謁有何積極意義？唐代進入科舉社會，從對人物的揄揚賞譽中，是否也可側面觀察當時對傑出人才的品評風尚與察舉社會有何變化？故而應對現有唐代干謁研究中所忽略的「頌德揄揚」書寫，進行細密的爬梳考察。也應探尋風儀稱頌揄揚，如何對魏晉以來人物的身體威儀觀、風神儀容觀有所承繼發揚？

第三節　前人研究回顧

一、唐代干謁相關活動研究

程千帆《唐代進士行卷與文學》研究了唐代行卷之風的由來，探討了行卷的方式、內容、對象，舉子與顯貴對待行卷的態度，還論述了行卷風氣對詩歌、古文、傳奇小說的影響。甚至討論到行卷風尚的紙張、服裝、禮儀等細節，讓學者對於行卷活動，有了詳細具體的了解。〔註53〕同時也需說明，儘管干謁文的使用功能之一即是用來行卷，不過仍有許多未附「行卷」的干謁書啟，士人亦用以自敘坎壈並稱頌對方，以表達直接呈現仕宦心志。

傅璇琮在《唐代科舉與文學》中，詳細研究了唐代科舉的各項考試流程，以及士子在科舉的各種時空場域中，所扮演的角色與進行的活動，還集中討論

〔註52〕《封氏聞見記・頌德》：「在官有異政，考秩已終，吏人立碑頌德者，皆須審詳事實，州司以狀聞奏，恩勅聽許，然後得建之，故謂之頌德碑，亦曰遺愛碑，書稱樹之風聲者，正此之謂。亦有身未去官，諷動寮吏，外矯辭讓，密相督責，前代以來，累有其事，斯有識者之所羞也。」唐・封演撰，趙貞信校注：《封氏聞見記校注》（北京：中華書局，2005 年 11 月），卷 5，頁 40。

〔註53〕程千帆：《唐代進士行卷與文學》（上海：上海古籍出版社，1980 年 8 月）。

了進士試與唐代的文學、社會風氣之相互影響。尤其在第十章〈進士行卷與納卷〉中，區分了行卷與納省卷之異同與源流，傅氏還以士人開展行卷時所附上的干謁文作為史料，對於行卷之時機、數量、傳播方式，以及行卷者與接受者之身分地位，乃至行卷的流弊都做了細緻詳實的考據，對後來學者了解「行卷」方式的干謁活動，有著很大的幫助。

王佺的博士論文《唐代干謁與文學》是研究干謁活動較為立體的著作，對於建構干謁文學存在的宏觀場域面貌卓有貢獻。他重點探究唐代科舉、薦舉、守選制度與干謁之風的關係，介紹了文人行卷執贄、投匭獻書、投獻干謁詩文等不同的干謁方式，討論了文人干謁前後的不同心態。最後論述干謁活動與對唐代文學發展的影響，大致包括推動了文學的傳播與作家群體，促進了體裁的多樣化，驅動了唐代文學的進取精神與縱橫文風。〔註54〕鄧錫斌也談到初盛唐干謁風氣對文學集團之影響，促進以張說、張九齡為中心之文士集團的形成與壯大。「二張」之山水詩風也影響到許多向其干謁作品創作風格；同時干謁邊塞幕府之活動，也影響唐邊塞詩派的形成和繁榮。〔註55〕

葛曉音在〈初盛唐文人的干謁方式〉中，介紹了初盛唐取士禮賢觀念變化是干謁興盛的背景：在武則天至玄宗朝的推動下，朝野形成以薦賢為治國要務的傾向。論述了求科舉與求銓選不同的干謁對象與方式，認為初盛唐以薦賢為至公之道的觀念改變了干謁者的心理狀態，表現出對自我才能的強烈自信與貴賤平等的追求。〔註56〕筆者認為對於初盛唐以來，士人平交王侯的心態，還值得放到唐代干謁文中對知己的闡釋中更加深入地剖析；同時本研究亦試圖解釋王佺、葛曉音所強調盛唐士人自信豪邁干謁風度，並非唐代干謁文寫作之主流。

關於唐代早期干謁風行之原因，鄧錫斌認為重視舉薦的選官制度是初盛唐干謁之風的直接成因，同時自信進取的時代精神是初盛唐干謁之風的內在動力，最後薦賢為公的社會觀念是初盛唐干謁之風的外部條件。〔註57〕類似的，胡燕從時輩因干謁而獲成功的促進效用，唐代的各項取士授官制度，以及

〔註54〕王佺：《唐代干謁與文學》（北京：中華書局，2011年1月）。

〔註55〕鄧錫斌：〈論干謁對初盛唐文人集團和文學流派的影響〉，《甘肅社會科學》2016年第1期（2006年1月），頁47～51。

〔註56〕葛曉音〈初盛唐文人的干謁方式〉，收於氏著《詩國高潮與盛唐文化》（北京：北京大學出版社，1998年5月），頁211～234。

〔註57〕鄧錫斌：〈論初盛唐干謁之風的成因〉，《華南師範大學學報（社會科學版）》，2008年第5期（2008年10月），頁52～57。

強烈的功名意識這三個實踐角度分析干謁風行的原因。〔註58〕

艾孟平從考述了舉子在干謁活動中多承受之經濟、身心等多層面的負擔，不僅包括交通、寄宿等剛需，還有謁見所需卷軸、物資亦是舉子之負擔。發現士人也常表露出恥於干謁，又投身干謁行伍的心理矛盾，聚焦干謁之下的官僚如何回應干謁，或直接幫扶，或間接援助（經濟支持、心理慰藉等），或助其造勢延譽和經濟援助為主，並且在這過程中，干謁文卷可能由私人作品轉變為共用文本。〔註59〕對於本研究熟悉干謁活動的真實歷史情境，以及干謁文本傳播過程，有著重要啟迪。

韓立新通過考察兩《唐書》中對於干謁活動的記載，發現史傳中記載干謁活動時，多有著臧否干謁者的道德標準，對於干謁的肯定與否定評價參半。肯定干謁者與被干謁者的才能、德行、禮賢下士，批判干謁者與被干謁者依附權貴、徇名亡實、恃權干進、假公濟私。史傳中的自我形象，實際變成價值體系之載體。〔註60〕也啟發了本研究處理士人形象時，參酌史傳的記載，注意不同類型文本寫作的主觀意識對形象建構的影響。

徐樂軍則專門研究唐武、宣二朝文士之干謁對象，發現由於武宗朝李德裕執政持身謹正，改革科舉，士人投書李黨權貴之詩文較少，朋比浮華風氣較有收斂。然至宣宗大中年間，牛黨執宰白敏中、令狐綯等，務反會昌年間李德裕科舉變革之成效，反而投書干謁權要之作增多。〔註61〕

美國學者田安所著《知我者：中唐時期的友誼與文學》，第二章〈建構網路：友誼、恩主與名望〉論及許多干謁活動。田氏認為有些干謁文顯示了作家如何利用他們的圈子，來提升自己在政治等級中的地位，此時干謁文具有「文學廣告式」的社會性與政治性用途。同時揭示了士人在自薦或推薦他人時，往往迎合恩主的世俗價值和判斷，希望在修辭上將恩主通化吸納到他的社交圈中。〔註62〕

〔註58〕胡燕：〈盛唐干謁風行原因新論〉，《西南石油大學學報（社會科學版）》第13卷第6期（2011年11月），頁85～88。

〔註59〕艾孟平：《干謁所見唐代舉子的處境》（武漢：華中師範大學中國古代史碩士論文，2020年5月）。

〔註60〕韓立新，白貴：〈兩唐書對中晚唐士人干謁形象的建構〉，《山西師大學報（社會科學版）》第40卷第3期（2013年5月），頁47～51。

〔註61〕徐樂軍：〈唐武宣二朝文士之干謁對象研究〉，《求索》2008年第4期，頁183～185。

〔註62〕（美）田安（Anna Shields）著，卞東波、劉杰、鄭瀟瀟譯：《知我者：中唐時期的友誼與文學》（上海：中西書局，2020年9月），頁65～89。

也提示我們關注的是，干謁文帶有強烈功利性與上下尊卑的特徵，許多干謁文中「類友誼」的社交關係有時可能只是士人單方面的一廂情願，甚至在干謁文中書寫友情，也帶著某些功利性考量，能讓干謁進入一種「知己」的語境，作為一種掩飾，使得干謁不那麼功利與世俗。

以上研究，對學者了解干謁活動在唐代生發流行的原因、環境，干謁活動與科舉、守選制度之關係，干謁的具體進行方式與載體，皆甚有助益，也為本研究進行更加細部專題的討論，構設了論述開展的語境與歷史情境。田安、葛曉音、王佺等學者對干謁活動的研究，皆較為強調干謁文學中士人竭力展露自我的「求知」企圖。[註63] 本研究也意圖與前人對話，詮釋實際上干謁文寫作是一個雙向認可與理解的過程，文人在努力呈現自我的過程中，也花費許多篇幅對於被干謁者的形象、胸懷進行形容，來傳達自身對於讀者的崇敬與深度了解，而這個方面往往是目前研究所忽視的。

二、唐代干謁文之作家、文本相關研究

針對唐代干謁文之研究，以斷代研究或個案研究為主，其中主要集中在初盛唐干謁文的研究上。陳雅賢的碩論《唐代干謁詩文研究》對干謁詩文寫作的外圍環境進行詳細考察，包括士人干謁動機（爭取入仕、延續門第、維持生計等）的考察，以及對干謁者與被干謁者身分的探索，甚有助於理解干謁文寫作的社會情境。解構了干謁詩文的三種寫作模式：「稱頌揄揚」、「彰顯己才」、「說以事理」，總結出干謁作品大略包含借古諷今、設喻寄事、託物寓請的藝術技巧。[註64]

吳玲珠《盛唐六大詩人干謁作品研究》主張盛唐詩人的干謁，有著「理想之想像」與「實踐之異化」的兩面性存在。作者分析李白、杜甫、孟浩然（689～740）、王維（692～761）、岑參（715～770）、高適（704～765）六大詩人干謁模式的歷史來源，認為分別是繼承先秦、西漢、東漢魏晉、南朝、初唐、盛唐的發展順序。六位詩人在干謁歷程中所表現的意志趨向、觀念、行為等，

[註63] 例如田安論及中唐士人干謁時，將其對於古的獨特思想和個人知識、才華，轉變為文化資本，來使恩主相信他們的優點，見氏著《知我者：中唐時期的友誼與文學》，頁15。又如王佺強調士人通過對主體才華、能力和人格志向的充分肯定與張揚，展現自我價值以求取上位者的注目，見氏著《唐代干謁與文學》，頁115～117。

[註64] 陳雅賢：《唐代干謁詩文研究》（臺北：國立政治大學中文研究所碩士論文，1998年6月）。

體現了對前代文人精神氣質的心理認同。而後以生平為線索，具體分析了六大
詩人的干謁歷程，對於了解盛唐士人的干謁歷史情境頗有貢獻。〔註65〕但是作
者將不同士人干謁模式的來源與不同時代一一對應，反而會使得士人在干謁
活動中塑造的形象單薄扁平。其實每個士人的知識體系都是多元豐富的，可能
只是各有所傾向。例如作者認為王維的干謁模式，繼承南朝時期世族門第文化
所強調的人才觀念而來，但是實際上王維在干謁文中，也有表現出對先秦遊士
與漢晉名流的追慕與自許。並且該篇碩論主要以作家研究為中心，然孟浩然、
岑參、高適皆無干謁文，杜甫僅有投獻的表文，亦不易反映干謁文在唐代發展
狀貌。

　　關於初盛唐干謁文的研究又有許多單篇論文，例如張玉璞〈論盛唐干謁
文〉、鄧錫斌〈初盛唐干謁作品的精神內涵〉、李明陽〈初盛唐干謁書信中的
「國士」心態〉、葛景春〈李白與唐代的干謁之風〉、陶敏〈縱橫術與唐人干
謁之風──從李白〈與韓荊州書〉說起〉，〔註66〕多從論述盛唐干謁文在形
式上擺脫駢文束縛，多駢散夾雜或純用散體，內容上自信昂揚，顯示戰國遊
士遍干諸侯、平交王侯的姿態與自信，表現出強烈的功名願望和鍥而不捨的
進取精神。至如王春苗碩論《初盛唐文人干謁與詩文研究》基本沿襲王佺《唐
代干謁與文學》的論述架構，分別論述科舉與守選兩種干謁情形後，分析干
謁詩文的內容特質，而後概述文體散化，文風激揚進取。多沿襲前人舊說，
總體沒有太多新見。〔註67〕

　　關於中晚唐的干謁文，也得見一些有開拓性的成果，不過總體仍較為沉
寂。游勝輝通過爬梳韓愈干謁文，發現韓愈在自敘過程中，書寫自身復古、求
奇之理想，以之顯示自身堪比古之賢能，同時也不免吐露現實的窮苦困厄的寒
酸士人形象。游勝輝指出，韓愈復古求奇的形象，的確是其一貫的文學主張與

〔註65〕吳玲珠：《盛唐六大詩人干謁作品研究》（新竹：國立清華大學中國語文學碩士
　　　　論文，1997 年 6 月）。
〔註66〕鄧錫斌：〈初盛唐干謁作品的精神內涵〉，《南都學壇（人文社會科學學報）》第
　　　　28 卷第 5 期（2008 年 9 月），頁 67～71。張玉璞：〈論盛唐干謁文〉，《石油大
　　　　學學報》，1997 年第 3 期，頁 65～68。李明陽：〈初盛唐干謁書信中的「國士」
　　　　心態〉，《中國文學研究》2020 年第 1 期，頁 57～63。葛景春：〈李白與唐代
　　　　的干謁之風〉，《中州學刊》，1995 年第 2 期，頁 97～99。陶敏：〈縱橫術與唐
　　　　人干謁之風──從李白〈與韓荊州書〉說起〉，《吉首大學學報（哲學社會科學
　　　　版）》，2001 年第 4 期，頁 59～61。
〔註67〕王春苗《初盛唐文人干謁與詩文研究》（青島：青島大學中國古代文學碩士論
　　　　文，2013 年 6 月）。

實踐，因而觀照到韓愈之干謁與非干謁作品既有差異，也有相通之處。詮釋了韓愈在干謁文中有特意突出書寫利於干謁活動的面向，但也並非與其人生志向與實際行動完全分離。〔註 68〕然而對於韓愈干謁文中開創性地用寓言性筆法，建構自身形象；以及韓愈在干謁文中如何結合自身對古道的興趣，表達自己對於「知己」的想像，以及對於賢達「接引」模式之塑造，還頗有可以持續研究挖掘之處。

賀葉平的碩論通過考察中晚唐干謁散文，認為干謁之文的特點與時代風氣、士人生存狀況緊密相關，認為理想主義在中晚唐干謁文中逐漸消退。探討了中晚唐干謁文的文學風格，散文呈現重實去華的文風，駢體又不免諛頌綺靡，窮愁偏狹與感傷文風夾雜在駢散消長過程中。還論析了中晚唐干謁散文的表現藝術：意象發生轉變，由雄壯闊大轉向狹小，沉淪與悲涼感增強；同時重視邏輯推理，來論述求薦之必要性；有時還運用自然現象和社會現象，以及古人之事或典故開篇議論。〔註 69〕然而該研究對於干謁文中最重要的兩大書寫元素：「自敘」與「頌德」，缺乏文本細讀工夫的參照，使得研究深度較停留在宏觀層面。綜上也可以看到研究唐代干謁文的著作與學位論文，寫作程式與關懷重心常大同小異。

正如以上文獻回顧所概覽，現代許多學者在研究唐代的干謁文學時，對干謁與科舉、銓選之關係，干謁的動機，被干謁雙方的身分等干謁外部因素，已經進行了細緻的考察，來詮釋唐代干謁的實際行動。同時也從干謁文學代表作家、文人的干謁心態，以及干謁詩文寫作特色等方面入手，勾勒出唐代干謁作品的整體面貌。

然而回到唐代干謁文具體內容的文本細讀層面，文人在寫作時如何建構自身與被干謁者這兩大干謁行為的主體，以及之干謁活動中寄託哪些對於「遇」的想像，這些寫作又有哪些共性與個性，似乎還缺乏更加深入細密的考察。同時士人干謁文寫作實踐的背後，是在歷時性的文化經驗與共時性的社會文化互動影響下，所融合而成的複雜干謁經驗。因此在理解干謁文的文本發生過程時，僅僅立足於文本自身，歸納出幾種寫作技巧或是寫作心態，似乎還尚有失寬泛。

〔註 68〕游勝輝：〈論韓愈干謁文中的自我形象塑造〉，《彰化師大國文學誌》第三十六期（2018 年 6 月），頁 65～93。

〔註 69〕賀葉平：《中晚唐干謁散文研究》（廣州：華南師範大學中國古代文學碩士論文，2007 年 5 月）。

　　此外，干謁文是以「人」為核心的文學，那麼唐人在干謁文中對於干謁社會行為的雙方，傾向書寫怎樣的人物形象？為何這些寫作要素不可忽略，又是如何書寫的？這些形象被反覆刻畫，又如何受到作家個人特質、社會文化環境以及歷史記憶與文化經驗等複雜因素所影響，從而成為干謁文寫作之要素？現有的研究似乎還無法給出一個完滿的答案。

第四節　研究方法

　　本研究運用之材料，文本方面首先以《全唐文》作為干謁文之考察統計底本，亦可參文末附錄〈唐代干謁文一覽表〉。然《全唐文》中所著錄的文章，若收於別集、史傳中，則優先採用最早的文獻出處。本研究以文本解讀為核心，並注重史料的引述論證，努力完整還原干謁活動的歷史情境與文人的文化經驗。本研究涉及科舉制度、選官授官制度、貶謫升遷制度等，將優先查考、徵引關於唐代制度相關的典籍，如《舊唐書》、《新唐書》、《唐六典》、《通典》、《唐會要》、《冊府元龜》，《登科記考》等。再輔以清代、當代學者對於科舉活動、唐代社會之研究成果，如《登科記考》、《唐代科舉與文學》、《唐代中國的國家與學者》等。以下再說明本研究試圖借鏡的理論與方法：

一、完境文學史

　　顏崑陽指出當前抒情傳統譜系的文學史書寫，在論述取向上有著五個方面的偏差，可謂鋒穎精密、振聾發聵。〔註70〕而後提出回到完境文學史中，文

〔註70〕以下大致概述顏崑陽的觀點：①基本假定了單一構成因素或功能的「文學本質」觀，未能同情理解文學歷史的他在性，而有效詮釋不同文學體類的發生意義、本質意義及其相對的審美價值。②挪借西方理論而外植的文學史觀，因而未能從中國古代文學內在去重構「原生性」的文學史觀或文學歷史意識。③為了「五四文學革命」的正當性，片面提高「民間／白話文學」的價值地位，相對貶低被指為「貴族／文言文學」的價值地位。④對各歷史時期的文學與政治、社會、文化內外因素交相滲透的實在情境，缺乏深入而有效的詮釋，幾乎都未能詮釋外在環境與文學體類、作品之間如何兼具發生性及本質性的關聯。⑤將古代的文學家只視為單純客體性的「作者」，以現代第二序的「離境讀者」做為唯一的讀者，並且「主觀立意導向」地選擇符應自己之意識形態的作家作品去建構古代文學史。而很少能意識到文學歷史經驗現象中，古代第一序「在境讀者」對其文學傳統與文學社群的反應、接受而又回饋到創作。顏崑陽：〈混融、交涉、衍變到別用、分流、佈體──「抒情文學史」的反思與「完境文學史」的構想〉，《清華中文學報》第 3 期（2009 年 12 月），頁 132～134。

人有著「三重性」的社會與歷史「存在」：

> 第一重存在是「地域民族」的限定，第二重存在是「社會階層」的
> 限定，第三重存在則是「文學社群」的限定；而這三重空間性的存
> 在限定，又都同時有著時間性的「文化傳統」限定。前二重存在情
> 境，我們稱之為「社會文化存在情境」；後一重存在情境，我們稱之
> 為「文學存在情境」。而不管哪一重存在情境，都是由各種觀念性及
> 經驗性之主客因素，經緯混融、交涉、衍變而構成的整體性情境。
> 對於一個文學家而言，這三重存在情境必然形成靜態結構性的疊合、
> 混融，與動態歷程性的交涉、衍變，而最終以符號形式的「文本」
> 表現為可被理解、詮釋的「文學存在情境」。〔註71〕

顏氏指出文人與其作品無法分割地都是「歷史性」之存在；而文學歷史乃是文學家「三重性存在情境」之疊合、滲透，再以特殊符號形式表現出來。這種研究視角與方法同樣啟發了本研究架構與論述的開展。

本研究取徑顏氏構設完境文學史的法門，擬回到干謁文寫作的社會文化情境，對研究對象所處之社會背景進行勾勒，詮釋其時代意義、現實價值。首先從作家研究角度而言，妥善運用史傳、年譜、筆記等歷史文獻，從作家的生平與寫作實踐出發，設身處地抽繹作家干謁的始末與際遇，抽繹文句背後的弦外之音。其次個別分析並歸納不同士人干謁之緣由與心志，有針對性闡釋作家的個性心理特徵以及文學意識，力求還原創作過程的全貌。再次，通過社會網絡分析方法，研究士人在進行士人形象建構的書寫中，與其家族、朋黨、師生、姻親等社會關係之間的交互影響。

同時結合歷史政治改革及學術思潮等因素，透析在具有文士與官員雙重身分的唐代士人，干謁文中功利性與文學性如何交融、衍變而構成的整體性情境。通過對文本中的知遇想像與形象建構時所運用的物、事、理、情、意等「知識資料」，考察作家的文化心理與生活態度，進而追問背後的士人思想文化特性。

還應注意剖析歷時性的「文化傳統」與干謁文寫作的交互。包括先秦兩漢以降儒者的知己觀、出處觀、窮達觀，漢魏六朝以來的人倫賞譽風尚，這些複雜的歷史記憶與文化經驗，在唐代受眾中被疊合、混融，並與唐代的社會文化

〔註71〕顏崑陽：〈混融、交涉、衍變到別用、分流、佈體──「抒情文學史」的反思與「完境文學史」的構想〉，頁135～136。

環境相交涉、衍變，從而藉由文學素養與社會實踐所建構而成的「文心」，轉化為特定符號形式的文本。

顏氏還提到「文學史」之「完境」詮釋，必須共情理解古代士人，如何因應政治社會之需求，而「別用」地創造各種不同文學體類，以及不同文體之美學標準。〔註72〕吳承學也指出中國古代文學創作與文學批評，基於中國古代文體學之基本語境。對於中國傳統「實用性文體」之體制、淵源、流變，應回到文體之原始生態中，重新把握和還原。〔註73〕因此也應立足於文體視域，注意甄別唐代文人干謁時運用的不同文體（書、啟、表、狀）時，所處的歷史情境與表達效果之異同，以及古文運動、駢散消長交融等文學史現象，對文體運用之影響，以及干謁文寫作範式之經典化與嬗變。例如中唐柳宗元等古文家以散文入啟，對寫作範式有哪些衝擊，晚唐李商隱、杜牧等家啟之模式又如何新變，「書」體的干謁要素與「啟」有何異同增減？

二、思想史

思想史的考察材料與角度常是多元的，包弼德在研究唐宋思想轉型的過程中，即將文學作討論向度之核心，許多重要思想家，同樣被當成文學家來考察。〔註74〕葛兆光即指出許多邊緣的歷史材料（如日記、類書、輿服、圖冊等），也應當被思想史研究者關注。〔註75〕事實上，干謁文這種功利性質的應用文書，常被排除在思想史考察的材料之外。根據史華慈的理論，思想史的中心課題是，人類對他們本身所處的「環境」（situation）的「意識反應」（conscious responses）。意識反應包含「感情的態度」（emotional attitudes）、「感動力」（pathos）、「感覺的傾向」（propensities of feeling）。〔註76〕隨著科舉、選官制度而興盛的干謁活動，正是唐代下層士人針對於社會環境而發出的活躍「意識

〔註72〕顏崑陽：〈混融、交涉、衍變到別用、分流、佈體——「抒情文學史」的反思與「完境文學史」的構想〉，頁143～145。

〔註73〕吳承學：《中國古代文體形態研究》（廣州：中山大學出版社，2000年），頁2～4。

〔註74〕（美）包弼德（Peter K. Bol）著，劉寧譯：《斯文：唐宋思想的轉型》（南京：江蘇人民出版社，2017年9月），頁6。

〔註75〕葛兆光：《中國思想史導論：思想史的寫法》（上海：復旦大學出版社，2013年7月），頁87～96。

〔註76〕（美）史華慈（Benjamin I. Schwartz）著，張永堂譯：〈關於中國思想史的若干初步考察〉，（美）費正清（John King Fairbank）編：《中國思想与制度論集》（臺北：聯經出版公司，1976年9月），頁3～6。

反應」。因此也值得從不同角度，考察干謁活動干謁文的書寫，如何反映思想史的脈動。例如考察干謁文中士人書寫的用世期許與不遇吐露，正可從別樣視角來呈現唐人對於實踐仕宦人生的價值追求，包括他們經世致用的抱負，以及「三月無君」的焦慮意識。分析「知己觀」與「友誼觀」歷代發展到唐的變化，探究在唐代干謁模式的影響下，其指涉有了哪些擴展或限制？爬梳唐代士人對於「薦賢」的激論，考論他們對於上位者的職責有哪些期許與看法？又可通過對干謁文中士人力圖塑造的自我形象，考察當時唐代士人對於「賢達」有著怎樣的期許。

從另一個方向而言，思想史的研究必須把觀念放在人際環境脈絡中，作為研究的中心課題。觀念與觀念之間的關係也不容忽視，過去和當代的思潮，都是環境本身不可分割的部分。因此也應充分把握現有唐代思想史的既有研究成果，將之納入文本解讀的參照視野。觀察歷史記憶與文化經驗、當代學術思潮如何對干謁文中文人的知遇想像、士人形象建構寫作有所影響。

三、文本發生學

文本發生學認為應並重文學發生的「外、內起源」，前者包括作家對於「源泉」的寫作與適應，後者是作家寫作狀態的產生與改變。為了對作品的起源進行闡釋，應探究文學寫作與作家所採用的先在性材料（「前文本」）之間的關係。考察作家如何對於「前文本」的捕獲和歸併，並從中提取觀點。而後詮釋「前文本」如何被作家表現，並適應在寫作內容之中。〔註77〕對於飽讀四部的唐代文人而言，經典歷史文化傳統背後，必定影響他們對於「知遇」與「干謁」認知之形成。無論是書寫知遇想像還是建構自我形象、被干謁者形象，都蘊含了對前代理想典型的一種追慕、復歸、模仿。因此有必要對於士人在干謁文中，如何受到他們的「閱讀經驗」所影響展開探究。

通過考察干謁文中對於古代賢達的追慕與典故運用，以此來觀察如何在干謁文中，如吸收前賢對於「知遇」、「出處」之思考，承襲前人的語言風格，運用前賢的典故以自我比擬或稱美揄揚。通過深入個別士人干謁文與干謁歷程的特異性。把握文人干謁文中的語彙、典故、文氣、風格來等文本內部因素，以及體察文人社會處境、仕進心態等文本外緣因素，來全面體察干謁文之創作

〔註77〕（法）皮埃爾・馬克・德比亞齊（Pierre Marc de BIASI）著，汪秀華譯：《文本發生學》（天津：天津人民出版社，2005 年 5 月），頁 103～105。

歷程，以期達到形神兼備的觀照廣度。而後將之串聯整合，綜合出唐代干謁文之知遇想像與形象建構書寫之整體面貌。

四、文學傳播與接受美學

　　文學傳播是是文學發生、發展的內在動力之一，傳播之方式與環境影響到文學接受系統的結構與性質。文學傳播之傳播者、傳播內容、傳播媒介與環境及接受者，四者交互作用形成動態系統，以及造成的傳播效果。〔註78〕本研究還應考察干謁文傳播活動之背景與傳播、接受過程，將視野著重在干謁活動的情境與對象，干謁文的呈遞與謁見，干謁文附帶詩文等傳播要素上，並探究社會文化背景下的傳播環境、方式對干謁文的創作、閱讀接受之影響。由於干謁文建立在對話互動的語境上，因此我們在閱讀干謁文時，往往需要注意干謁者與被干謁者雙方的形象，分別反映出的境況與態度，以及二者之間的關係。

　　傳播方式與接受者的特異性與文學接受密切相關，接受美學理論主張「文學史應是文學作品接受史」，作家和作品只被看作整個文學系統中的一個環節。並且任何文學本文都具有未定性，文學意義的實現需要讀者來實現，即「讀者中心」理論。〔註79〕本研究擬以「期待視野（expectation horizon）」、「閱讀性再闡釋」等理論為切入點，對干謁文之寫作心態進行考察。

　　首先應對接受發生之環境進行考察：作家與作品的接受總是與特定的接受環境息息相關。外部環境主要包括唐代科舉與選官之歷史社會背景，及文章創作理論環境與學術思潮。內部環境主要包括文學自身的發展規律以及各發展階段所呈現的複雜形態。而後還應對接受主體獨特性與共性有所把握：不同接受主體（被干謁者）的解釋活動必有不同「期待視野」以及選擇性接受。故本研究對干謁文的不同接受群體（皇帝、宰相、知貢舉、藩鎮、太守）之特定期待視野加以辨析，對期待視野形成之共時性異同作出全面的把握。考察作家在干謁文中，如何根據接受者之身分，客製化地建構被干謁者與自身之形象，來達到作者與讀者雙方能夠心領神會、相互理解的理想干謁效果。

〔註78〕吳大順：〈古代文學傳播研究現狀及文學傳播學構建〉，《中北大學學報（社會科學版）》第 34 卷第 2 期（2018 年 4 月），頁 86～90。

〔註79〕（德）姚斯（Hans Robert Jauss）、（美）霍拉勃（Robert C. Holub）著，周寧、金元浦譯：《接受美學與接受理論》（瀋陽：遼寧人民出版社，1987 年 9 月），頁 367～369。

五、文學批評

　　本研究將充分利用唐代文學批評史研究成果，把握文學批評思潮中「文學與道的關係」、「文與德行之關係」、「緣情言志」等思潮流衍，如何影響文人寫作應用文時的表現方式。亦有裨於明晰「雜文學」、「功利實用」、「明道」等時代文學觀念，對應用文寫作之影響。〔註80〕同時注意充分利用傳統文學批評史料以及明清評點文獻對干謁文作家與干謁文本身的針對性論述，體察後代學者對干謁文中的文學技巧、抒情說理等文學要素，如何接受、品騭。

　　還應注重文學批評本身方法之運用，〔註81〕如「形式的批評」則應比較各家干謁文在意象運用、抒情方式（以景結情、以情運理）、文章風格（陽剛、陰柔）等文學要素風貌。主題與原型的批評，則聚焦中國古典「知遇」主題之歷史記憶與文化經驗與抒情傳統，探究士不遇傳統（包含前賢、事類、主題、經典）如何與干謁文滲透交融。從心理學的批評角度而言，則可藉助現代心理分析，觀看士人干謁文中如何呈現干謁過程中的「自負」、「自抑」、「乞憐」等知覺意識，及背後的潛意識活動。

〔註80〕羅宗強：《隋唐五代文學思想史》（北京：中華書局，2003 年 10 月），頁 290～307。

〔註81〕（美）Guerin, Wiffred L. 等編，姚錦請等譯：《文學批評方法手冊》（瀋陽：春風文藝出版社，1988 年 10 月），頁 94～225。

第二章　干謁文中的知遇想像與書寫策略：知己期待、薦賢責求與盛世營建

　　中國傳統士人對於「知」的期待由來已久，在《詩經‧王風‧黍離》中已有體現：「知我者，謂我心憂，不知我者，謂我何求。」〔註1〕在《論語》中，也出現士人對於是否能被「知遇」的焦慮：「不患人之不己知，患不知人也。」〔註2〕這一規訓實際上對干謁者與被干謁者來說是相對的，寒士不必總懷著「不己知」的焦慮，上位者也應當有著是否自身才能、作為足以「知人」的警惕。士人在干謁文中書寫自身不遇遭逢之後，一般在文末對自己能否得「遇」的命運有所期許，進而表達請託。本章即探究文人在干謁文中如何繼承「知遇」的儒家傳統，並發展出多種不同的文本策略，在符合唐人文化價值觀的背景中傳達自己的仕進心跡。

第一節　知己期待的表達與「求知己」之實踐

　　科舉時代下唐代精英的交友動機，常常帶有工具性與政治性。科舉作為進入官場的必經之途，漸起的聲譽構建了同社會交往與聯繫的新場域。這種功利

〔註1〕漢‧毛亨傳，漢‧鄭玄箋，唐‧陸德明音義：《毛詩傳箋》（北京：中華書局，2018年11月），卷4，〈國風‧黍離〉，頁95。
〔註2〕清‧劉寶楠撰，高流水點校：《論語正義》（北京：中華書局，1990年3月），卷1，〈學而〉，頁34。

性的友誼,可能存乎同時應舉的士人之間,也可能是下級士人努力向上攀附求「知己」的一種知遇想像。儘管有時在干謁的上下雙方之間,確實產生了不以尊卑相隔的實質友誼。

因此士人干謁文中,常將尋求知己作為自身知遇想像的重要部分,將自己與對方書寫成知己的關係,或表達自身干謁所為求知己的熱忱。《文獻通考》中描述此情形:「天下之人,什什伍伍,戴破帽,騎蹇驢,未到門百步,輒下馬奉幣刺,再拜以謁於典客者,投其所為之文,名之曰『求知己』。」〔註3〕作為知己關係,則文人彼此提攜相助更為自然,儘管有時只是一廂情願,干謁者與被干謁者並非有很深交情,只是單方面的仰慕或請託,如任華(759 任秘書省校書郎)將杜中丞比作關陽侯並云:「苟或見招,輒以辭避,所以然者,以朱建自試。」〔註4〕此時士人便在干謁文中發展出一套由「道合」而有心求為知己的論述策略,以此修飾干謁活動。

一、知己話語模式的建構與平交王侯之心氣

王勃〈上劉右相書〉即為求知己而干謁的典型表現,勃年僅十四歲便上書干謁劉祥道(596~666)云:「未嘗降身摧氣,逡巡於列相之門;竊譽干時,匍匐於群公之室。所以慷慨於君侯者,有氣存乎心耳。實以四海兄弟,齊遠契於蕭、韓;千載風雲,託神知於管、鮑。」〔註5〕表達自身從未干謁且鄙視之,如今行干謁之舉非為歷抵公卿,乃為結交知己。至中唐士人,也很重視這種「氣」的相合,如韓愈〈上賈滑州書〉云:「豐山上有鐘焉,人所不可至,霜既降則鏗然鳴。蓋氣之感,非自鳴也。」〔註6〕將自身比作豐山之鐘,與常人則不能鳴,非得能遇「道」相合的霜氣,則才幹有方有以施展。

陳子昂(656~695)〈上薛令文章啟〉文末云:「期效忠以報德,奉知己以周旋。」〔註7〕既為尋求知己,則有時干謁文中必須有意建構──知遇對(困境下)文人的重要性,如駱賓王〈上兗州刺史啟〉連用數典,說明知己之可貴:「側聞未遇孫陽,鹽車無絕塵之跡;時逢和氏,荊山有連城之珍。豈若聽清音於爨餘,

---

〔註3〕元・馬端臨著:《文獻通考》(北京:中華書局,1986 年 9 月),卷 29,〈選舉考二・舉士〉,頁 274 上。
〔註4〕《全唐文》,卷 376,〈與京尹杜中丞書〉,頁 3817。
〔註5〕唐・王勃著,清・蔣清翊注:《王子安集注》(上海:上海古籍出版社,1995 年 11 月),卷 4,〈上劉右相書〉,頁 150~151。
〔註6〕《韓愈文集彙校箋注》,卷 32,頁 3067。
〔註7〕《全唐文》,卷 214,〈上薛令文章啟〉,頁 2162。

則枯桐發響；收夜光於玄璧，則怪石騰輝。在物猶然，況於含識者乎？」〔註8〕
即通過古代「知己」模範的回溯，喚起唐人對於「賢達」共同的文化認同與經驗。

又如任華自言由於逢知己才有意上書結交，否則即使王侯千金之貴亦不
顧，實可見其自飾之誇張：「一昨不意，執事猥以文章見知，特於名公大臣，
曲垂翦拂，由是以公為知己矣。……不然，何乃前日輒不自料，而有祈丐於公
哉？若道不合，雖以王侯之貴，親御車相迎，或以千金為壽，僕終不顧。」〔註
9〕至如任華〈上嚴大夫箋〉言自己干謁嚴武（726～765），是受其人格風儀吸
引為了仰觀君子而來，若自己的請託得被允諾，則對嚴武來說亦為美事，甚至
於「療公膏肓之疾」：

> 今者輟魚釣，詣旌麾，非求榮，非求利，非求名，非求媚，是將觀
> 俯仰，察淺深。……公若務於招延，不隔卑賤，念半面之曩日，迴
> 親眼於片時，則公之厚德，未易量也。且君子成人之美，僕忝士君
> 子之末，豈不敢成公之美事乎？是將投公藥石之言，療公膏肓之疾，
> 未知雅意欲聞之乎？〔註10〕

可觀初唐表達請託之意，側重強調知遇可貴，盛唐之干謁文則更吸取戰國時縱
橫風氣，從道理上說明對方援引自己，是盛世之下賢達的修養與義務，同時也
有助於對方名聲之顯揚。

求「知己」的論述與知遇想像，隨著安史之亂後儒學復興，而更加成為士
人干謁文中所書寫表達的要素。據田安對《全唐文》中「知己」的統計，73 條
語例中有 58 條出自安史之亂之後，且大部分都明確指向恩主或上級。「真知
己」的修辭隨著儒學復興的理念，而為中唐士人所共享，這一詞彙頻繁為陸贄、
權德輿、梁肅、李翱（774～836）、李觀（766～794）、韓愈和柳宗元所使用。
〔註11〕此時「知己」、「知遇」被更加賦予了功利化與政治性的含義——能夠了
解我美好德行與才能（並適當予以幫助）的人。

關於對「知己」的知遇想像之書寫，中唐古文家在干謁文中最有開創的文
本策略則是：以寓言式的筆法在「書」體中建構知己，舉柳宗元〈上門下李夷
簡相公陳情書〉為例：

〔註 8〕唐・駱賓王著，清・陳熙晉箋注：《駱臨海集箋注》（上海：上海古籍出版社，
　　　　1985 年 9 月），卷 7，〈上兗州刺史啟〉，頁 237。
〔註 9〕《全唐文》，卷 376，〈與京尹杜中丞書〉，頁 3817。
〔註 10〕《全唐文》，卷 376，〈上嚴大夫箋〉，頁 3818。
〔註 11〕（美）田安著：《知我者：中唐時期的友誼與文學》，頁 78。

宗元聞有行三塗之艱，而墜千仞之下者，仰望於道，號以求出，過
之者日千百人，皆去而不顧。就令哀而顧之者，不過攀木俯首，深
矉太息，良久而去耳，其卒無可奈何。然其人猶望而不止也。俄而
有若烏獲者，持長綆千尋，徐而過焉。其力足為也，其器足施也，
號之而不顧，顧而曰不能力，則其人知必死於大壑矣。何也？是時
不可遇而幸遇焉，而又不遂乎己，然後知命之窮、勢之極，其卒呼
憤自斃，不復望於上矣。〔註12〕

柳宗元將自己比作「墜千仞之下者」，然而不僅千百行人棄而不顧，即使是像
「烏獲」這樣的力士（即暗指宰相李夷簡），也並未施以援手。這種寓言式的
筆法，可以讓自己受困處境更加生動鮮明，以引起被干謁者的憐憫想像。同時
較駢文僵化制式的形象書寫，更生動活潑並富情緒感染力。因此蔣之翹輯注本
評此篇云：「他每每自寫一段，不必有其事，而寓言之意已發明親切。昌黎〈三
上宰相書〉亦時見此局。」〔註13〕

　　承蔣之翹所論，我們還可以發現印證，這種通過寓言比擬，來建構自我乏
援形象的寫法，也出現在韓愈的文章中，如蔣之翹所舉的第二封〈上宰相書〉。
〔註14〕不過最有代表性的，當如韓愈的〈應科目時與韋舍人書〉：

天池之濱，大江之濆，曰有怪物焉，蓋非常鱗凡介之品彙匹儔也。
其得水，變化風雨，上下于天地不難也。其不及水，蓋尋常尺寸之
間耳，無高山大陵曠塗絕險為之關隔也。然其窮涸不能自致乎水，
為獱獺之笑者，蓋八九年矣。……今又有有力者當其前矣，聊試仰
首一鳴號焉。庸詎知有力者不哀其窮，而忘一舉手、一投足之勞，
而轉致之清波乎？其哀之，命也；其不哀之，命也；知其在命而且
鳴號之者，亦命也。〔註15〕

〔註12〕《柳宗元集校注》，卷34，2226。

〔註13〕唐‧柳宗元撰，明‧蔣之翹輯注：《柳河東集》（上海：中華書局四部備要本，
陸費逵據三徑藏書本校刊，1920年），卷34，頁15上。

〔註14〕韓愈〈後十九日復上書〉：「蹈水火者之求免於人也，不惟其父兄子弟之慈愛然
後呼而望之也，將有介於其側者，雖其所憎怨，苟不至乎欲其死者，則將大其
聲疾呼，而望其人之救也；彼介於其側者，聞其聲而見其事，不惟其父兄子弟
之慈愛然後往而全之也，雖有所憎怨，苟不至乎欲其死者，則將狂奔盡氣，濡
手足、焦毛髮救之而不辭也。若是者何哉？其勢誠急而其情誠可悲也。」《韓
愈文集彙校箋注》，卷6，頁664。

〔註15〕《韓愈文集彙校箋注》，卷8，頁859～860。

此文作於貞元九年（793），二十六歲的韓愈去年方中進士，今年應科目選之前
先行文干謁。韓愈突破了漢魏六朝以來以高雅風物塑造形象的傳統，而將自身
比作非同凡品的「怪物」。在他的寓言中，怪物變化風雨、上天入地，但是一
旦不及「水」（施展才能的環境），便力窮哀歎，其意也自〈逍遙遊〉中「風之
積也不厚，則其負大翼也無力」中來。〔註16〕可見韓愈對自身才能的自負，以
及對於久試不遇處境下的焦急心態。韓愈自貞元三年（787）二十歲往長安應
科舉，而久試方第，故云「蓋八九年矣」。雖然將自身不遇歸結在「命」，但與
柳宗元一樣，寓言筆觸的託意重點皆在於期望「有力者」的及時援手。韓愈相
信自己但凡得到機會定能在朝政上翻雲覆雨、銳意革弊，現在僅僅是一時處於
低窪窮涸，所以不希望以「俛首帖耳、搖尾乞憐」的低姿態而干謁。故而文中
所表達的知遇期待，僅僅是自矜地「聊試仰首」，暗自期許「有力者」能夠遇
到自己這樣的非凡人才。此時干謁氣勢與自信，與他三試博學鴻詞失敗，宦遊
幕府之後再度回京後寫的干謁文，風格殊有不同。

　　韓柳開創性地將寓言筆法運用到干謁文中，也影響了宋代干謁文的寫作，
例如蘇軾的〈上王兵部書〉。蘇軾旨在求見，然若直言求見，落筆維艱，易失
之卑或亢。於是蘇軾開篇引出「相馬」之寓言：舉述騏驥雖然有卓越的技藝，
然而天下未有識者，這是因為「不知其相而責其技也」。在蘇軾的論述中，確
立了「知其相」乃「責其技」之前提。而後由「相馬」順勢轉入「相士」（也
即「相軾」），提出「士之賢不肖，見於面顏而發泄於辭氣，卓然其有以存乎耳
目之間，而必曰久居而後察，則亦名相士者之過矣」，〔註17〕則求見之目的婉
轉上達，不卑不亢矣。

　　此外，韓愈在向人推薦自己的追隨者進士侯喜（763～822）時，也表達出
他對「知己」的理想化論述：「古所謂知己者正如此耳！身在貧賤，為天下所
不知，獨見遇於大賢，乃可貴耳。若自有名聲，又託形勢，此乃市道之事，又
何足貴乎？子之遇知於盧公，真所謂知己者也！士之修身立節，而竟不遇知
己，前古已來不可勝數。」〔註18〕以知己之難遇，襯托知己的可貴，是初唐人
已有的論述筆法。然而韓愈這裡特別突出了寒門貧士能夠知遇的難得：富貴子

〔註16〕清・郭慶藩撰，王孝魚點校：《莊子集釋》（北京：中華書局，2012 年 2 月），
　　　　卷 1，〈逍遙遊〉，頁 7。

〔註17〕宋・蘇軾撰，明・茅維編，孔凡禮點校：《蘇軾文集》（北京：中華書局，1986
　　　　年 3 月），卷 48，〈上王兵部書〉，頁 1384。

〔註18〕《韓愈文集彙校箋注》，卷 27，〈與汝州盧郎中論薦侯喜狀〉，頁 2800。

弟自然能夠憑藉家族的人脈與聲勢，在年少時即取得慧名，有時知遇就成為一種利益交換，如此則自然不足為貴。然而若能不計表面利益，發掘他人所未聞的才傑，才是真正的「大賢」。同時從寓言筆法的論述中，也可側見文人抒發「知己想像」時，常與自身所處困境相聯結，以襯托知己的「知」之明哲與珍貴。士人每每將自身不遇歸諸於「命之窮」，呈現哀而不怨的抒情筆調，進而轉出如今幸結識知己的宿命感。

二、對知己的感激與「何曾干謁」的自飾

再從一篇感謝的啟，側觀晚唐窮困士人「見知」之後的情感表達，李商隱〈上尚書范陽公啟〉云：

> 去年遠從桂海，來返玉京。無文通半頃之田，乏元亮數間之屋。……勉調天官，獲昇甸壤。歸惟却掃，出則卑趨。仰燕路以長懷，望梁園而結慮。竊思上國投刺，東都及門，惟交抵掌之談，遂辱知心之契。載惟浮泛，頻涉光陰。豈期咫尺之書，終訪蓬蒿之宅。感義增氣，懷仁識歸。便當焚遊趙之簦，毀入秦之屩。束書投筆，仰副嘉招。謁謝未間，下情無任感戀之至。〔註19〕

此文作於大中三年（849）鄭亞（？～851）被貶之後，李商隱只能從桂林北歸，生活狀況相當貧困潦倒，故而干謁戶部尚書盧弘正。〔註20〕大中三年十月，盧弘正鎮徐州，奏（商隱）為判官，得侍御史。〔註21〕故而李商隱上啟感謝弘正的徵辟。「獲昇甸壤」，指李商隱曾任盩厔尉，商隱〈樊南乙集序〉云：「二月府貶，選為盩厔尉，與班縣令、武功劉官人同見尹，尹即留假參軍事，專章奏。」〔註22〕然而李商隱自敘在盩厔尉任上「歸惟却掃，出則卑趨」，缺乏社會地位，同時也自然在社交關係上處於孤窮弱勢，以至於再次尋求幕府的職缺。晚唐士人在幕府中的待遇，會比一些縣尉小職豐厚，而且有可能隨府主升遷，或被府主向朝廷推薦，來得到更好的職位，〔註23〕故而李商隱

〔註19〕《李商隱文集編年箋注》，頁 1788。
〔註20〕《舊唐書・盧弘正傳》：「（大中三年）檢校戶部尚書，出為徐州刺史、武寧軍節度使、徐泗濠觀察等使。」《舊唐書》，卷 163，頁 4271。《舊唐書・李商隱傳》：「弘正鎮徐州，又從為掌書記。」《舊唐書》，卷 190，頁 5078。
〔註21〕張采田：《玉谿生年譜會箋》，頁 157。
〔註22〕《李商隱文集編年箋注》，頁 2176。
〔註23〕戴偉華：《唐代幕府與文學》（北京：現代出版社，1990 年 2 月），頁 75～80。

「望梁園而結慮」。

李商隱追敘往昔拜謁情形時云「東都及門」，語出《論語．先進》：「子曰：從我於陳、蔡者，皆不及門也。」〔註 24〕隱含了李商隱拜入幕府時，也有了師生的關係，同時也表明自己仕進無門。「感義增氣」、「知心之契」，同樣寄意於知己之間的「意、氣」之交。李商隱此時應該是剛剛收到幕府的聘書，所以開篇云：「仰蒙仁恩，俯賜手瞥，將虛右席，以召下材。」所以在謝聘啟之篇末再次強調：「焚遊趙之簦，毀入秦之屩」，說名自己只傾心范陽公幕下，並自我斷絕後路，向幕主保證不再干謁他人或接受其他聘任。側見晚唐士人干謁入幕之時，有時可能也會同時干謁不同對象。

有時還可見士人二度干謁，而以「知己」論述聯結前次干謁者，如李商隱〈上華州周侍郎狀〉：

> 竊思頃者，伏謁於遊梁之際，受知於入洛之初。彭羕自媒，率多徑進；禰衡懷刺，幸不虛投。爾後以地隔仙凡，位殊貴賤，十鑽槐燧，一拜蓮峯。眄睞未忘，吹噓尚切。已吟棄席，忽詠歸荑。儻或求忠信於十室之間，感意氣於一言之會，聖人門下，不聞互鄉；童子車中，匪輕壯士。則猶希薄伎，獲蔭清光。雖曠闕於門牆，長彷彿於旌棨。驥疲吳坂，已逢伯樂而鳴；蝶過漆園，願入莊周之夢。〔註 25〕

「華州周侍郎」即周墀（793～851），《新唐書》本傳稱其：「武宗即位，以疾改工部侍郎，出為華州刺史。」〔註 26〕商隱大和五年在令狐楚天平幕時，令狐楚「歲給資裝，令隨計上都」，〔註 27〕「遊梁」指在楚幕下，「入洛」即指抵京應試。商隱首次結識周墀當在此時，自大和六年至開成五年（840），首尾十年，與「十鑽槐燧」正合。商隱始參加進士試登第，但是後來為賈餗所斥，只得從令狐楚遊太原。〔註 28〕開成五年李商隱在弘農尉任上不得意，因而再次干謁周墀希望有機會入幕。〔註 29〕「彭羕自媒，率多徑進；禰衡懷刺，幸不虛投」，

〔註 24〕又鄭注曰：「言弟子之從我而厄於陳、蔡者，皆不及仕進之門，而失其所。」《論語正義》，卷 14，〈先進〉，頁 439。

〔註 25〕《李商隱文編年校注》，頁 409～410。

〔註 26〕《新唐書．周墀傳》，卷 182，頁 5370。

〔註 27〕《舊唐書．李商隱傳》，卷 190，頁 5077。

〔註 28〕張采田：《玉溪生年譜會箋》（上海：上海古籍出版社，2010 年），頁 28。

〔註 29〕張采田箋云：「案文有『已吟棄席，忽詠歸荑』語，當是江鄉歸途作，意在希冀入幕，其後為汝南公代作諸表，似可互證。」見《玉溪生年譜會箋》，頁 83。

乃用三國時期主動自我推銷的彭羕、禰衡典故〔註30〕，來指代自己的干謁行為，將對方揄揚為龐統、孔融那樣的名士，蘊含了求知己時對於漢魏名士接引的期許。「已吟棄席，忽詠歸葵」緣於李商隱開成五年原先赴湖南楊嗣復幕下，但嗣復很快被貶潮州，因而再感激周墀願意接納自己；〔註31〕於是敘由原本喪失希望，竟今有機會拜入聖人（周墀）門下。此處用「互鄉童子」典故，〔註32〕即有政治意涵所在，意指周墀不嫌棄作為罪臣幕僚出身的自己，可見干謁文中的「知己」還可以帶有「不保其往」的意涵。文中云「感意氣於一言之會」，可見承襲初盛唐「求知己」的干謁期望。〔註33〕至篇末云「驥疲吳坂，已逢伯樂而鳴；蝶過漆園，願入莊周之夢」，尤為新巧別緻，用浪漫的筆法寄託自己獲奉知己的想像。

不過李商隱在表達自身「知己期待」時，仍保有一定風骨與尊嚴，如其〈上李尚書狀〉云：

> 然竊觀古昔之事，遐聽上下之交，有合自一言，獎因片善，不以齒序，不以位驕。想見其人，可與為友。近古以降，斯風頓微，處貴有隔品之嚴，於道絕忘形之契。中間柳澹年猶乳抱，李北海因與結交；裴遜跡困泥塗，王右丞常所前席。時之不可，人以為悲，愚雖甚微，頗嚮斯義。自頃昇名貢籍，廁足人流，未嘗輒慕權豪，切求紹介。用脅肩諂笑，以競媚取容。袁生之門，但聞有雪；墨子之突，曾是無煙。〔註34〕

李商隱在文中「合自一言，獎因片善」的知遇論述，可見其承自初唐干謁文中

〔註30〕《後漢書・禰衡傳》：「建安初，（禰衡）來遊許下。始達潁川，乃陰懷一刺，既而無所之適，至於刺字漫滅。」南朝宋・范曄撰，唐・李賢等注：《後漢書》（北京：中華書局，1965年5月），卷80，頁2653。《三國志・彭羕傳》：「羕欲納說先主，乃往見龐統。統與羕非故人，又適有賓客，羕徑上統牀臥，謂統曰：『須客罷當與卿善談。』統客既罷，往就羕坐，羕又先責統食，然後共語，因留信宿，至于經日，統大善之。」《三國志》，卷40，頁995。

〔註31〕張采田：《玉谿生年譜會箋》，頁82。

〔註32〕《論語・述而》「互鄉難與言，童子見，門人惑。子曰：「與其進也，不與其退也，唯何甚！人潔己以進，與其潔也，不保其往也。」《論語正義》，卷8，頁278。

〔註33〕王勃〈上劉右相書〉：「所以慷慨於君侯者，有氣存乎心耳。實以四海兄弟，齊遠契於蕭、韓；千載風雲，託神知於管、鮑。」《王子安集注》，卷4，頁150～151。

〔註34〕《李商隱文編年校注》，頁459～460。

的禮賢貴人形象，〔註 35〕反映唐代士人共同期待自己在很短時間內就能被欣
賞禮遇。接云「不以齒序，不以位驕」，顯示出盛唐以降「平交知己」的知遇
想像，其理想中的干謁狀態，應是能夠與上位者「為友」；但現實社會下大多
數實際「知遇」情形，並不能與士人的期待相符，理想狀態下「道合忘筌，契
金蘭而貴舊」的交遊狀態難以追尋，〔註 36〕像盛唐之時李邕結交柳澹，王維禮
遇裴逖那樣忘卻身分尊卑的交誼，如今皆已「時之不可」。

　　李商隱筆下如今時代（晚唐）下的干謁情形已經完全不同，演變為自下對
上單方面的諂媚逢迎，與儒家士大夫的「知遇」理想相去甚遠，所以李商隱在
文中否定這樣的行為。東漢時袁安（？～92）考慮到別人家也不寬裕，大雪時
寧願自己受餓，也不願掃雪出門干謁，〔註 37〕李商隱用其形象敘寫自己不曾干
謁。李商隱在文中呈現出對干謁行為的掩飾與否定，將自己建構為恥於干謁的
高士，以此來維護和呼應前文自己「求知己」的知遇想像。不過雖然文章如此
敘寫，未必全是實情，此篇作於開成五年冬，實際上在此之前李商隱早已數次
向人干謁。〔註 38〕平交知己的理想，與晚唐士人必須低聲求援或許才能引得
貴人矚目的實景之間，形成了諷刺的張力。

　　與之類似的，駱賓王也常在干謁文中說明自己不曾干謁，其不惑之年〔註
39〕所投之〈上吏部裴侍郎帝京篇啟〉中即言：「至若資醜行以自媒，衒庸音於
苟進，固立身之殊路，行己之外篇矣。」〔註 40〕〈上吏部裴侍郎書〉亦自道：
「亦何嘗獻策干時，高談王霸，衒才揚己，歷抵公卿？」〔註 41〕然賓王早在太

〔註 35〕駱賓王〈上司列太常伯啟〉：「片善經心，揖仲宣於蔡席；一言合道，接然明於
　　　　鄭階」《駱臨海集箋注》，卷 7，頁 230。〈上李少常伯啟〉「片善必甄，揖虞翻
　　　　於東箭；一言可紀，許顧榮以南金。」《駱臨海集箋注》，卷 7，頁 235。

〔註 36〕《駱臨海集箋注》，卷 9，〈秋日與群公宴序〉，頁 326。

〔註 37〕《後漢書・袁安傳》注引《汝南先賢傳》曰：「時大雪積地丈餘，洛陽令身出
　　　　案行，見人家皆除雪出，有乞食者。至袁安門，無有行路。謂安已死，令人除
　　　　雪入戶，見安僵臥。問何以不出。安曰：『大雪人皆餓，不宜干人。』令以為
　　　　賢，舉為孝廉。」《後漢書》，卷 45，頁 1518。

〔註 38〕據《李商隱文編年校注》，作於此前的干謁文有〈上令狐相公狀〉（文宗大和六
　　　　年三四月）、〈上崔大夫狀〉（大和七年冬）、〈上崔華州書〉（開成二年正月）、
　　　　〈上華州周侍郎狀〉（開成五年七八月）等篇。

〔註 39〕按陳熙晉考證，〈上吏部裴侍郎帝京篇啟〉作於上元三年（676 年），賓王生於
　　　　619 年，合於賓王〈詠懷古意上裴侍郎〉自言「四十九仍入，年非朱買臣。」
　　　　見《駱臨海集箋注》，頁 1。

〔註 40〕《駱臨海集箋注》，卷 1，〈上吏部裴侍郎帝京篇啟〉，頁 4。

〔註 41〕《駱臨海集箋注》，卷 8，〈上吏部裴侍郎書〉，頁 284。

宗貞觀十七年（643，賓王年二十四）就曾投獻〈上兗州刺史啟〉、〈上兗州崔長史啟〉、〈上兗州張司馬啟〉、〈上瑕丘韋明府啟〉等干謁之篇，顯然可見「何嘗獻策干時」明顯為自飾之語。文人會在文章中，敘說自己幾乎不事干謁，來突顯自己這次是為「求知己」而干謁。

又如李商隱開成二年（837）春應舉，在應試之前寫作〈上崔華州書〉以求知，其云：「居五年間，未曾衣袖文章，謁人求知。必待其恐不得識其面，恐不得讀其書，然後乃出。嗚呼！愚之道可謂強矣，可謂窮矣，寧濟其魂魄，安養其氣志，成其強，拂其窮，惟閣下可望。輒盡以舊所為發露左右。」〔註42〕可見李商隱在仕宦早期頗為自信，雖然貢試累舉不中，然「必待其恐不得識其面，然後乃出」，略似《論語》中「不憤不啟，不悱不發」，〔註43〕對干謁的態度仍較為矜持謹慎。商隱構建出自己先前並未干謁他人，而能夠拯救窮困中自己的惟有崔刺史，這種寫法帶有一定的自我掩飾性質，為了突出「知己」援引之珍貴，未必是真從未干謁。

也可見到，有時文人在投獻詩文時，也會表達對於自己作品的知音期待，如李商隱〈獻侍郎鉅鹿公啟〉云：「某比興非工，顓蒙有素。然早聞長者之論，夙託詞人之末。淹翔下位，欣託知音。抃賀之誠，翰墨無寄。……仰惟厚德，願沐餘輝。輒罄鄙詞，上攀清唱。聞郢中之〈白雪〉，愧列千人；比齊日之黃門，慚非八米。干冒尊重，伏用兢惶。其詩五言四首，謹封如別。」〔註44〕李商隱雖自慚愚昧顓蒙，但實則將自己比附為，北齊黃門郎盧思道，能夠有著被稱為「八米」的噴湧創作才思。〔註45〕同時隱喻獻詩的自己，是能夠欣賞並唱和〈白雪〉的人，顯示「欣託知音」的期待在內。

三、求知己論述下的賑濟乞請

有時士人在干謁文中表達知己期待的同時，還表達乞求經濟援助的期待，甚至因為現實困境，某些情況下後者成為主要目的。如《唐音癸籤》所評論：「唐士子應舉，多偏謁藩鎮州郡丐脂潤，至受厭薄不辭。……至所干投行卷，

〔註42〕《李商隱文編年校注》，頁108。

〔註43〕《論語正義》，卷8，〈述而〉，頁259。

〔註44〕《李商隱文編年校注》，頁1089。

〔註45〕《北史・盧思道傳》：「文宣帝崩，當朝文士各作挽歌十首，擇其善者而用之。魏收、陽休之、祖孝徵等不過得一二首，唯思道獨有八篇。故時人稱為『八米盧郎』。……後為給事黃門侍郎，待詔文林館。」唐・李延壽等：《北史》（北京：中華書局，1974年10月），卷30，頁1075～1076。

半屬諛辭，概出贋勤。」〔註46〕同樣，落第的舉子往往更有生計壓力，因此也有不少須遊歷外地州府，以取得地方大員或名公貴人在經濟上的資助和政治上的薦引。〔註47〕此時士人「知遇」的期待，從仕途上的擢取，轉化為生存上的賑濟。

　　更有士子在干謁文直接求取米糧之資，此時干謁文求知己之心的袒露，已經從仕宦轉為請求賑濟。如王勃殺官奴犯死罪，會赦除名，父亦受累貶謫交趾，家道中落。〔註48〕上元二年（675），王勃往交趾看望父親，途中作〈上郎都督啟〉上書郎都督說明家中貧困情況並請求賑給：

> 勃家大人，天下獨行者也。性惡儲斂，家無儋石。自延國讁，遠宰邊隅。常願全雅志於暮齒，揚素風於下邑。而道里夐遙，資糧窘鮮；秩寡鍾釜，債盈數萬。此勃所以側目扼腕，臨深履薄，庶逢知己之厚，以成大人之峻節也。古人有言：「富觀其所與，貧觀其所取。」又曰：「損有餘，補不足。」於君侯何如哉？然則定其交而後求，敢無愧已；易其心而後語，夫何飾焉？〔註49〕

可見王勃先從情感層面敘「求知己」的定交之誠，而後舉述祖父王通（584～617）《中說》「富觀其所與」之語，〔註50〕給予郎都督道德上的激勵。再如于邵（718～798）〈與李尚書書〉言自己由於「去年出守江華，未遑進路，猥當時議，且復拘留」，正值困頓而至於斷糧之處境，無奈尋求姨夫之援助，甚至求取田耕之資：「屏居陋巷，不堪其憂。唯此絕糧，已復旬日，古人並食，今實當之。側聞姨夫入朝，先以貧賤為意，頌聲載路，誰不歸心？某於池陽之間，獲空閒數頃之地，誓將作勞隴畝，以望秋登。所乏耕牛，傭賃無計。儻或哀此窘迫，許以後圖，解倒懸之憂，廣賙急之路。」〔註51〕可見初盛唐都存在文人生活落魄困頓無以為繼的情況。

〔註46〕明‧胡震亨著：《唐音癸籤》，（上海：古典文學出版社，1957 年 5 月），卷 26，頁 230。

〔註47〕傅璇琮：《唐代科舉與文學》，頁 345。

〔註48〕《舊唐書‧王勃傳》：「勃恃才傲物，為同僚所嫉。有官奴曹達犯罪，勃匿之，又懼事洩，乃殺達以塞口。事發當誅，會赦除名。時勃父福畤為雍州司戶參軍，坐勃左遷交趾令。上元二年，勃往交趾省父。」《舊唐書》，卷 109，頁 5004。

〔註49〕《王子安集注》，卷 4，〈上郎都督啟〉，頁 144。

〔註50〕隋‧王通著，宋‧阮逸注，秦躍宇點校：《文中子中說》（南京：鳳凰出版社，2017 年 10 月），頁 115。

〔註51〕《全唐文》，卷 426，〈與李尚書書〉，頁 4344～4345。

又如柳宗元元和六年在永州作〈上湖南李中丞干廩食啟〉，柳宗元稱引列子、孟子中關於受粟與「義」的關係，來論述自身干謁求糧的道義。柳宗元開篇先分別引述列子之「子陽之不義而固不受粟」，〔註52〕以及孟子「取食於諸侯不以為非」，〔註53〕兩種對待廩食去取的態度，而後轉入自身：

> 列子獨任之士，唯己一毛之為愛，故遁以自免；孟子兼愛之士，唯利萬物之為謀，故當而不辭。今宗元處則無列子之道，出則無孟子之謀，窮則去讓而自求，至則捧受而不愿，斯固為貪凌苟冒人矣。……是皆訴恥之大者，而無所避之，何也？以為士則黜辱，為農則斥遠，無伎不可以為工，無貲不可以為商。抱大罪，處窮徼，以當惡歲而無廩食，又不自列於閣下，則非所以待君子之意也。伏惟覽子陽、孟子之說，以垂德惠，無使惶惶然控于他邦。〔註54〕

儲欣（1631～1706）《河東先生全集錄》評云：「干請書品，骨稜稜高峻。」〔註55〕此文與多數干謁書啟所不同者，柳宗元不僅展示自己的困境以乞憐憫，更重要的是其以中唐古文氣勢對「干廩食」行為進行申辯，成為一篇干謁功能下的論說文。柳宗元實際上仍以孟子自我期許，雖然是作為士人之屈辱，但如果能得到惠濟，也正如孟子所說「君之於氓也，固周之」，是心懷仁善的賙人之急。如今將對方視為君子而忍辱干求，故云「待君子之意」。柳宗元最後還說，希望得到惠濟，不用讓自己再去其他地方干求，故章士釗《柳文指要》云：「此即南走胡北走越意，全屬策士口吻。」〔註56〕

〔註52〕《列子・說符》：「子列子窮，容貌有饑色。客有言之鄭子陽者曰：『列禦寇蓋有道之士也，居君之國而窮，君無乃為不好士乎？』鄭子陽即令官遺之粟。子列子出見使者，再拜而辭。使者去。子列子入，其妻望之而拊心曰：『妾聞為有道者之妻子皆得佚樂。今有饑色，君過而遺先生食。先生不受，豈不命也哉？』子列子笑謂之曰：『君非自知我也。以人之言而遺我粟，至其罪我也，又且以人之言，此吾所以不受也。』其卒，民果作難而殺子陽。」楊伯峻：《列子集釋》（北京：中華書局，1979年10月），卷8，頁244。

〔註53〕《孟子・萬章下》：「萬章曰：『君餽之粟，則受之乎？』曰：『受之。』『受之何義也？』曰：『君之於氓也，固周之。』曰：『周之則受，賜之則不受，何也？』曰：『不敢也。』曰：『敢問其不敢何也？』曰：『抱關擊柝者，皆有常職以食於上，無常職而賜於上者，以為不恭也。』」清・焦循著，陳居淵主編：《孟子正義》（南京：鳳凰出版社，2015年10月），卷21，頁1602。

〔註54〕《柳宗元集校注》，卷35，頁2256～2257。

〔註55〕清・儲欣編：《河東先生全集錄》（清康熙四十四年松麟堂刊本），卷6，頁6下。

〔註56〕章士釗：《柳文指要》（上海：文匯出版社，2000年4月），卷35，頁883。

　　柳宗元此文以君子之道相期，也正同乎王勃干廩食時所稱的「庶逢知己之
厚」。求乞干謁的士人懷抱聖賢之訓：「君子憂道不憂貧」、〔註57〕「無恆產而
有恆心者，惟士為能」，〔註58〕以進入這類求賑濟的干謁文中。此時他們所論
述的知己與知遇，進入了一種儒家價值體系內，能夠同情士人貧苦遭逢的「知
己」。干謁的士人期待，同樣身為儒者的被干謁者，能夠理解後進士人的「處
貧」困境，如孟子所云：「仕非為貧也，而有時乎為貧」。〔註59〕並慷慨伸出援
手，來幫助一時困窘的同道至少進入「祿足代耕」的境地，進而有餘力踐行儒
家的理想主義，來關懷整個社會的發展。〔註60〕是則文人在干謁文中不僅僅書
寫自身貧苦尋求薦用，同時還尋求賑濟的目的，正如甘懷真所說的「求乞式的
宦遊」，〔註61〕此時干謁文中抒發的「知己」期待，也由於特殊的悲劇性語境，
被賦予了施以恩惠的「恩主」意涵。

第二節　薦賢之風尚與責求：從「薦賢至公」到「上下相需」

　　在儒家思潮復興的背景下，盛唐之後的士人在干謁文中，相對減少自我形
象的書寫筆墨，轉而表現出對「薦」這一行為的理想論述與職責要求。盛唐以
降「薦賢至公」觀念與皇權表現出求賢禮賢姿態，使文士自衒自媒的屈辱感頗
為消減，〔註62〕因此此時干謁文中出現了以「薦賢」的職責說服、甚至語帶脅
迫的文學書寫策略，在文章中呈現作者與讀者人格平等的閱讀體驗。中唐士人

〔註57〕《論語正義》，卷18，〈衛靈公〉，頁637。
〔註58〕《孟子正義》，卷3，〈梁惠王上〉，頁801。
〔註59〕《孟子正義》，卷21，〈萬章下〉，頁1597。
〔註60〕余英時：〈古代知識階層的興起與發展〉云：「中國知識階層剛剛出現在歷史舞
　　　　臺上的時候，孔子便已努力給它貫注一種理想主義的精神，要求它的每個分
　　　　子──士──都能超越他自己個體的和群體的利害得失，而發展對整個社會
　　　　的深厚關懷。」收於氏著《士與中國文化》（上海：上海人民出版社，1987年
　　　　12月），頁35。
〔註61〕甘懷真〈唐代官人的宦遊生活──以經濟生活為中心〉：「求乞式的宦遊的盛
　　　　行，並成為許多士人的生活經歷，現實士人的鄉里基業不足以提供他們官僚
　　　　化所需的經費，所以他們必須投入全國性的士大夫社會，靠著士大夫之間的
　　　　彼此奧援，而得到生活上的接濟，進而從事官僚化的過程。」收於《第二屆唐
　　　　代文化研討會論文集》（臺北：臺灣學生書局，1995年9月），頁52。
〔註62〕葛曉音〈初盛唐文人的干謁方式〉，收於氏著《詩國高潮與盛唐文化》（北京：
　　　　北京大學出版社，1998年5月），頁213～214。

進一步發展干謁文中「責以薦賢」論辯策略，並將之與中唐儒學復興背景下振興王權、王政等議題緊密聯繫。

一、盛唐「薦賢至公」風氣與制度下的求薦

　　唐初未形成大規模引薦寒素之風氣，自武則天臨朝稱制，權柄益重，大幅擴大科舉規模以取代唐初勳舊。則天當政後，頻繁詔令朝士薦士，李敬玄（615～682）、裴行儉（619～682）、狄仁傑（630～704）等公當時俱享「盛為延譽」之美名。薦士風氣延續至玄宗，玄宗整頓選舉浮濫的同時，明令百官舉賢不避親，整個時代形成「薦賢至公」之觀念與禮賢下士的政治氛圍。〔註63〕這導致盛唐干謁之風更為盛行，同時士人也更加以被王公大員舉薦作為自己的知遇想像。

　　有時求薦也是科舉制度下的要求，唐代科舉需要保人，明經或進士科可以由士人相互擔保，或請求高士保薦。〔註64〕而唐代士人參加制舉時，則需要京城官員的推薦擔保，作為硬性條件，根據何漢心對唐早期科舉的研究：「每個舉子都必須有五位京城官員作為保證人，在他的檔案上簽名。」〔註65〕保證人之數雖然未必一定，不過如果舉子在考試時作弊，保人也一併會受到懲罰。〔註66〕如果所保舉子之等第太差，保薦者也要受連累，王泠然寫給宰相張說（663～730）的〈論薦書〉云：

> 報國之重，莫若進賢，去年赦書云：「草澤卑位之閒。恐遺賢俊。宜令兵部即作牒目。微名奏聞。」而吏部起請云：「試日等第全下者，舉主量加貶削，條目一行。」……今聞天下尚有四百人應舉，相公豈與四百人盡及第乎？既有第差，由此百司諸州長官，懼貶削而不舉者多矣。僕竊謂今之得舉者，不以親，則以勢；不以賄，則以交。未必能鳴鼓四科，而裹糧三道。其不得舉者，無媒無黨，有行有才，

〔註63〕葛曉音：〈初盛唐文人的干謁方式〉，頁214～215。

〔註64〕傅璇琮：《唐代科舉與文學》，頁80～81。

〔註65〕（澳）P. A. Herbert（何漢心）：*Examine the Honest, Appraise the Able: Contemporary Assessments of Civil Service Selection in Early Tang China*（考誠評能：唐代早期科舉的評量）(Canberra: Faculty of Asian Studies, Australian National University, 1998), p. 30.

〔註66〕《冊府元龜‧貢舉部》：「（天寶）十載九月辛卯，御勤政樓試懷才抱器舉人，命有司供食。有舉人私懷文策，坐殿三舉，並貶所保之官。」《冊府元龜》，卷643，頁7427。

處卑位之閒，仄陋之下，吞聲飲氣，何足算哉！〔註67〕

王泠然一方面指出制度的弊端，當時吏部制度對保人太過嚴格，被干謁者可能要承擔士人等第太差被連累的風險，使得「懼貶削而不舉者多矣」。同時這樣的情況下，孤交乏援的士人，應舉往往更加困難。另一方面也指出，當下知舉者與應舉者多有利益紐帶，正如洪邁所說「亦或脅於權勢，或撓於親故，或累於子弟，皆常情所不能免者。」〔註68〕故應強化官員舉薦的職責與公正性，更多關注「無媒無黨，有行有才」的寒士。但是王泠然的建言沒有被採納，在此之後，《冊府元龜》中仍有記載舉人下第連累舉主之事。

即使是常科，盛唐之後的士人在干謁文中，也每每表現出對「薦」這一行為的理想論述與職責要求。由於盛唐時社會上已經普遍存在薦賢之風氣，干謁行為更加流行，文人干謁並不引以為恥，反而認為自身干謁與對方薦賢是一種平等的關係，並更注重表達積極用世的熱情與志在必得的信念，展現盛世文人精神風貌。至如袁參（？～？）〈上中書姚令公元崇書〉則將姚元崇（651～721）比作秋季賣冰之鬻人，自己干謁求入即是「士買冰之際」，說明「盛時難再」之理，提醒對方勿「自遲」而至冰化之時，應及時取用自己這樣的人才。〔註69〕

盛唐文人則對於自己的見知充滿信心，並將自己與對方擺在同一層面上，常對舉賢薦賢之事說明利害事理，甚至以名望、職責等因素迫脅對方引薦自己，又有因對方沒有舉薦自己而上書斥責者。如王昌齡（690～756）干謁則站在對方立場為其考慮，說明若不能含虛納士，則於聲望有損：「至虛不納，無妄不進，將使天下之士，永絕望於明公矣。」〔註70〕以名望輿論相威脅者非獨昌齡，任華淹留京城多時而不見知，上書杜中丞指責其違背許諾沒有舉薦自己：「況自蒙見許，已經旬日，客舍傾聽，寂寞無聲，公豈事繁遺忘耶？當不

〔註67〕《全唐文》，卷294，頁2982。
〔註68〕宋・洪邁撰，孔凡禮點校：《容齋隨筆》（北京：中華書局，2005年11月），卷5，〈四筆〉，頁687。
〔註69〕袁參〈上中書姚令公元崇書〉：「君獨不聞鬻人之泣乎？昔鬻人為商，而賣冰於市。客有苦熱者，將買之，鬻人自以得時，欲邀客以數倍之利，客於是怒而去，俄而其冰亦散，故鬻人進且不得冰，二者俱亡，自泣而去。今君坐青雲之中，平衡天下，天下之士皆欲附矣，此亦君賣冰之秋。而士買冰之際，有利則合，豈宜失時？苟使君強自遲回至冰散，則君尚欲開口，其事焉得哉？願少圖之，無為鬻人之事也。參頓首。」《全唐文》，卷396，頁4037。
〔註70〕《全唐文》，卷331，〈上李侍郎書〉，頁3352。

至遺忘，以為閒事耶？今明公位高望重，又居四方之地，若輕於信而薄於義，則四方無所取，惟公留意耳。」〔註71〕在社交網路的關係中，書信中關於公卿的「知人」論述，具有強烈的公開性，也是可供檢驗的，〔註72〕那麼就有可能被揭穿為「偽善」的風險，確實可能對其名聲有所損耗，故而干謁士子以「知」的責任相勸說甚至脅迫。

二、中唐士人對薦賢的「上下相需」論述與儒學底色

中唐時候像韓愈、元稹（779～831）、權德輿等出身並非名門望族者，有時也通過與都城及州郡出身名門恩主，組成某種社會關係紐帶，以獲得仕途上的進取。不過他們的目標並非從高門手中搶奪權力或改變價值觀，而只是為自己爭取更多機會和名望。〔註73〕中唐士人對於顯達「薦賢」之職責作了更加理論化的論述，先以韓愈關於「莫為之前，雖美而不彰；莫為之後，雖盛而不傳」論述的兩篇干謁文以見之：

> 布衣之士身居窮約，不借勢於王公大人則無以成其志；王公大人功業顯著，不借譽於布衣之士則無以廣其名。是故布衣之士，雖甚賤而不諂；王公大人，雖甚貴而不驕。〔註74〕

> 夫士之能享大名顯當世者，莫不有先達之士負天下之望者為之前焉；士之能垂休光照後世者，亦莫不有後進之士負天下之望者為之後焉。莫為之前，雖美而不彰；莫為之後，雖盛而不傳。……其故在下之人負其能，不肯諂其上；上之人負其位，不肯顧其下。故高材多戚戚之窮，盛位無赫赫之光，是二人者之所為皆過也。未嘗干之，不可謂上無其人；未嘗求之，不可謂下無其人。〔註75〕

〈與鳳翔邢尚書書〉指出了布衣之干謁與王公之接引薦舉，是相互合作、互惠互利的。從而論述兩者在行干謁與被干謁時，應是平等的姿態，不應過度卑微或過度驕橫，顯示出不同於初唐士人一味低聲諂媚的干謁氣度。〈與鳳翔邢尚書書〉作於應博學鴻詞科不中的貞元九年（793），已是韓愈自二十歲來京應舉，在長安宦遊的第六年，其應博學鴻詞不中而遊鳳翔，期許入幕，應也有經

〔註71〕《全唐文》，卷376，〈與京尹杜中丞書〉，頁3817。
〔註72〕（美）田安：《知我者：中唐時期的友誼與文學》，頁74。
〔註73〕（美）田安：《知我者：中唐時期的友誼與文學》，頁50。
〔註74〕《韓愈文集彙校箋注》，卷8，〈與鳳翔邢尚書書〉，頁841。
〔註75〕《韓愈文集彙校箋注》，卷7，〈與于襄陽書〉，頁764～765。

濟上的考量，如其晚年回憶自云：「始余初冠，應進士貢在京師，窮不能自存，以故人稚弟拜北平王於馬前。……王軫其寒飢，賜食與衣。」〔註76〕這等經濟窘困的狀況下，韓愈仍能在干謁時不失風度，平交王侯，認為干謁者不必過分卑微，公卿亦需自身賢才來傳揚其美名，其干謁心志與人格高度，已過其他寒酸文人多矣。

〈與于襄陽書〉作於貞元十八年（802），其時韓愈四門博士任期將滿，故干謁時任工部尚書的于頔（？～818），期望得到進一步重視與薦引。〔註77〕〈與于襄陽書〉對於士之知遇與先達之舉薦的論述，藉〈與鳳翔邢尚書書〉意而更加推衍之，處下之士需要先達之士「為之前」乃通理，然韓愈此處通過強化士人「三不朽」的理想追求，更加強調先達接引後進的益處：足以垂光後世。中古士人壽命短暫，韓愈點出他們身後的顧慮「雖盛而不傳」，既然總有後輩出世，何不藉之以成己之名。韓愈還說「未嘗干之，不可謂上無其人」，將干謁徑直合理化，意指現在來干謁的自己如果被冷落，那便真的是「上無其人」了。此篇呈現出韓愈歷經早年不遇蹭蹬之後，對仕宦接引思想的更進一步成熟，韓愈貞元十九年（803）遷監察御史，或也與他這兩年內干謁策略的成功有關。

與〈與于襄陽書〉相似，韓愈〈上宰相書〉也從上下相交接引的層次論述，認為上位者求取賢達，不只是採用其才華（此隱有批評國家取士過於重視文學才能），而要觀其是否能明理致用與時政；下位者不苟求與名利富貴，而是希望自身才能有施展之處，所以彼此是「交相求而一其致焉耳」。〔註78〕韓愈之干謁文，貫徹了盛唐干謁文「何王公之門不可彈長劍」的氣勢，同時對於士之知遇作出更深入的思考，認為「知遇」是雙向選擇且彼此成就的過程，不必過於低聲下氣曲求。〈上宰相書〉其後再加以論述，為國薦賢不僅是扶助一夫之功，對於天下更有教化安定的意義。如果宰相等上位者能夠「因人之所欲為而遂推之」，那麼四方賢士必然遠慕而動心。言外之意也在於，在

〔註76〕《韓愈文集彙校箋注》，卷23，〈唐故殿中少監馬君墓誌〉，頁2564。

〔註77〕陳克明：《韓愈年譜及詩文繫年》，頁144。

〔註78〕〈上宰相書〉：「上之設官制祿，必求其人而授之者，非苟慕其才而富貴其身也，蓋將用其能理不能，用其明理不明者耳；下之修己立誠，必求其位而居之者，非苟役於利而榮於名也，蓋將推己之所餘，以濟其不足者耳。然則上之於求人，下之於求位，交相求而一其致焉耳。苟以是而為心，則上之道不必難其下，下之道不必難其上。可舉而舉焉，不必讓其自舉也；可進而進焉，不必廉於自進也。」《韓愈文集彙校箋注》，卷6，頁647。

藩鎮割據的局面下，有助於為中央朝廷吸納賢才，同時也有利於治政安寧，正所謂「勸賞不必徧加乎天下，而天下從焉。」〔註79〕此處構建了「盛世」與「賢才廣來」之聯結下的宏大敘事，更能取悅上位者，較初盛唐干謁文，立意更為高遠。

干謁文有時也從反面的「薦賢」議論，韓愈〈後二十九日復上宰相書〉認為對方不夠禮賢而在書信中頗有怨言者：

> 今閣下為輔相亦近耳。天下之賢才豈盡舉用？姦邪讒佞欺負之徒豈盡除去？四海豈盡無虞？九夷八蠻之在荒服之外者豈盡賓貢？天災時變、昆蟲草木之妖豈盡銷息？天下之所謂禮樂刑政教化之具豈盡修理？風俗豈盡敦厚？動植之物、風雨霜露之所霑被者豈盡得宜？休徵嘉瑞、麟鳳龜龍之屬豈盡備至？其所求進見之士雖不足以希望盛德，至比於百執事，豈盡出其下哉？其所稱說豈盡無所補哉？今雖不能如周公吐哺握髮，亦宜引而進之，察其所以而去就之，不宜默默而已也。〔註80〕

韓愈前文舉周公佐政功業宏偉，當其威服天下，翦除奸邪，禮樂教化、自然萬物得宜，且百姓風俗敦厚之時，尚且能「一食三吐哺，一沐三握髮」，將周公的功業與其能夠「其急於見賢」緊密聯結。而如今唐王朝危機四伏，宰相卻不能舉才進賢，韓愈連用十一個問句進行質疑，氣勢澎湃。再退一步言之，即使宰相不能如周公那樣有著安定天下的行政才能，那麼首先也應當從舉薦進用天下賢才做起。有以儲欣評云：「第一書引經以告之，再則陳情以感之。經之所不能悟，情之所不能動，此書直擊之而已。義正詞嚴，氣盛而法立。」〔註81〕可見韓愈前兩封書信皆上書不報，此時必然滿胸憂憤，因而對於「知遇」的論述已經完全不留情面，直斥中唐時唐王朝的各種弊端，並將之歸因於宰相的不作為。這與盛唐以來文人干謁風氣變化有關，認為居上

〔註79〕〈上宰相書〉：「上之化下，得其道，則勸賞不必徧加乎天下，而天下從焉，因人之所欲為而遂推之之謂也。……今若聞有以書上宰相而求仕者，而宰相不辱焉，而薦之天子；天子爵命之，而布其書於四方。枯槁沉溺魁閎寬通之士必且洋洋焉動其心，峨峨焉纓其冠，于于焉而來矣。此所謂勸賞不必徧加乎天下，而天下從焉者也，因人之所欲為而遂推之之謂者也。」《韓愈文集彙校箋注》，卷6，頁647～648。

〔註80〕《韓愈文集彙校箋注》，卷6，頁670～671。

〔註81〕清・儲欣編：《昌黎先生全集錄》（清康熙四十四年松鱗堂刊本），卷2，頁51下。

位者禮賢、薦賢是理所應當的職責，以及安史之亂之後儒家思潮復興有關。
這是玄宗朝以後文人更加不以干謁為恥，乃至認為「薦才」為社會責任的原
因之一。

當被干謁者有忽視人才的嫌疑時（可能只是干謁者的主觀想法），有時在
干謁文中會出現抱怨或不滿的情緒。不過通常干謁文中書寫了這些怨懟的言
辭之後，可能更加難被禮遇。韓愈干謁之途可謂坎壈，三上宰相書皆不報，
干謁失敗後〈答崔立之書〉云：「僕見險不能止，動不得時，顛頓狼狽，失其
所操持。困不知變，以至辱於再三，君子小人之所憫笑，天下之所背而馳者
也」〔註82〕，五月只得東歸洛陽閒居。〔註83〕

韓愈的弟子皇甫湜（777～835）所作〈上江西李大夫書〉，其思想意旨正
脫胎於韓愈〈與于襄陽書〉而來：

> 居蓬衣白之士，所以勤力苦心，矻矻皇皇，出其家，辭其親，甘窮
> 餓而樂離別者，豈有貳事哉，篤守道而求知也。有位之人，所以休
> 聲茂功，鑠光保大，不絕勳而窮名者，亦無異術焉，樂育材而得人
> 也。人無所知，雖賢如仲尼，窮死而道屯，況其下者乎？未得其人，
> 雖聖如唐堯，水不抑而凶未去，況其下者乎？故上之於人，下之求
> 知，相須若此之急，而相得若此之難者，何也？蓋以在位者居高而
> 聽深，在下者行卑而迹賤，其事勢不同，出處相懸故也。況乎上之
> 人負其位不肯求，下之人負其才不肯屈。此其所以相須若此之急，
> 相得若此之難也。〔註84〕

皇甫湜與韓愈一樣，敘寫白衣之士「甘窮餓而樂離別」的最終追求在於求知，
實即是仕宦的順利。同時與之對舉，將「休聲茂功」士大夫的生命成就，歸結
為「得人」，此也運用孟子育天下英才的聖賢語境。〔註85〕實際上有位之人的
成就當然不止這一部分，皇甫湜強調「亦無異術」乃是為了牽合他對於「舉才
正當性」的論述。皇甫湜比韓愈更加突破的部分是，其稱引孔子、堯舜以論

〔註82〕《韓愈文集彙校箋注》，卷6，頁686。
〔註83〕張清華：《韓學研究下・韓愈年譜匯證》（南京：江蘇教育出版社，1998年8
　　　　月），頁85。
〔註84〕《全唐文》，卷685，頁7019。
〔註85〕《孟子・盡心上》：「孟子曰：『君子有三樂，而王天下不與存焉。父母俱存，
　　　　兄弟無故，一樂也。仰不愧於天，俯不怍於人，二樂也。得天下英才而教育之，
　　　　三樂也。君子有三樂，而王天下不與存焉。』」《孟子正義》，卷26，頁1851。

證，如果下士不見知，上者不得賢，即使是聖人，他們的德性功業也無法成就。而至於對上下相得之難原因的闡釋，又與韓愈所說的「下之人負其能，不肯諂其上；上之人負其位，不肯顧其下」幾乎完全一致。

　　韓愈與皇甫湜對於上位者舉賢薦才的論述，在中唐也確有其時代背景。當時若果真有非常優秀的士人，上位者也確實願意大力汲引，如〈柳子厚墓誌銘〉所云：「名聲大振，一時皆慕與之交，諸公要人爭欲令出我門下，交口薦譽之。」〔註86〕又如杜牧中進士時，「爭為知己者不啻二十人」，〔註87〕可見有時居上位者也會有「求知己」的需求，通過薦舉少年英才，汲引至自己門下收作門生，以顯揚聲望、擴大政治影響力，進而發展成一種新的官僚勢力互相依存與接合的關係。〔註88〕最後皇甫湜認為要解決「上之人負其位不肯求」的狀況，所以自己便大膽前來干求，強化了干謁行為的合理性。以書信的文學策略而言，韓愈、皇甫湜將作者與讀者置入平行與互補的表達語境中，而非對比或對立，強調了彼此知遇的可能性。〔註89〕

　　韓愈〈與祠部陸參員外薦士書〉雖不是干謁文，應是門生請託韓愈之後，韓愈主動向科舉佐司陸參薦士的文章，恰好從另一側面反映當時干謁與薦賢觀念的相互激盪，〈薦士書〉云：

> 執事之與司貢士者相知誠深矣。彼之所望於執事，執事之所以待乎彼者，可謂至而無閒疑矣。彼之職在乎得人，執事之志在乎進賢。……文章之尤者，有侯喜者、侯雲長者。……則以其耕之暇，讀書而為文，以干於有位者而取足焉。〔註90〕

司貢士者，謂主持貢舉者，即權德輿。可見有時士人（如被韓愈推薦的侯喜等）的干謁對象，未必是直接司貢舉的座主，也可能是「通牓者」，乃至「通牓者」身邊之人。《容齋隨筆》亦言及：「又有交朋之厚者為之助，謂之通牓。……案《摭言》云：『貞元十八年，權德輿主文，陸傪員外通牓，韓文公薦十人於傪，

〔註86〕《韓愈文集彙校箋注》，卷22，頁2407。
〔註87〕《杜牧集繫年校注・樊川文集》，卷13，〈投知己書〉，頁882。
〔註88〕傅璇琮即論述了唐代的這種座主與門生的關係，可能會發展成利益相關的關係網路。並舉權德輿為例，因為其在德宗貞元末連典了三年貢舉，所拔之士于憲宗時做大官的甚多，雖然政治才能很平庸，但也能官運亨通，平平穩穩做了幾年宰相。參《唐代科舉與文學》，頁243。
〔註89〕參柯慶明對於干謁書信中發訊者與受訊者關係的論述，氏著《古典中國實用文類美學》（臺北：國立臺灣大學出版中心，2016年3月），頁118。
〔註90〕《韓愈文集彙校箋注》，卷7，頁823。

權公凡三榜，共放六人，餘不出五年內皆捷。』」〔註91〕韓醇注韓愈此篇云：
「儦字公佐，貞元十六年為祠部員外郎。十八年，權德輿典貢舉，儦佐之。公
時為四門博士，薦侯喜等十人於儦。」〔註92〕韓愈當時擔任的四門博士，僅為
百官之末，〔註93〕然而韓愈卻不以自身地位卑下而勇於薦賢，可見當時薦顯風
氣之濃厚。韓愈〈答劉巖夫書〉亦云：「舉進士於先進之門，何所不往；先進
之於後輩，苟見其至，寧可以不答其意邪？來者則接之，舉城士大夫莫不皆
然。」〔註94〕韓愈在〈薦士書〉中還說：「凡此數子，與之足以收人望，得才
實。」〔註95〕可見接引賢才，亦有助於顯揚上位者的名望。也可見中唐時「薦
士」風氣的興盛，更加激發時人的「知遇期待」，可能從另一方向促使文士積
極干謁。

　　韓愈早年〈上宰相書〉、〈上考功崔虞部書〉皆以充沛的自信來干謁，指出
進賢是對方的職責，對方沒有及時履行這樣的職責時，甚至加以斥責。文人寫
作這類昂首挺胸、氣勢充沛甚至張狂的干謁文，在歷史中往往不能成功干謁。
韓愈〈試大理評事王君墓誌銘〉云：「諸公貴人既志得，皆樂熟軟媚耳目者，不
喜聞生語，（王適）一見輒戒門以絕。上初即位，以四科募天下士，君笑曰：『此
非吾時耶？』即提所作書，緣道歌吟，趨直言試。既至，對語驚人。不中第，
益困。」〔註96〕《唐摭言》云：「王適侍御，元和初舉賢良方正直言極諫科，太
直見黜。」〔註97〕恰可與王適之「生語」、「對語驚人」相照映。干謁文有一定
套式與寫作風格，太過怪奇可能反而被排斥，這又何嘗不帶有韓愈自己的寄託。

　　僅有在少數情況下，這種剛直風格的干謁文能得到欣賞。李觀在貞元八年
（792）上〈帖經日上侍郎書〉給當時的主考官陸贄：

> 夫上流之清有源，下風之行無還，借之於人事也，有察之者昭昭，
> 有昧之者元元。乃古人曰：「離婁視千里，盲不見咫尺。」得非然哉？

〔註91〕《容齋隨筆》，卷5，〈四筆〉，頁687。
〔註92〕唐・韓愈撰，宋・魏仲舉集注：《五百家注韓昌黎集》（北京：中華書局，2019
　　　　年6月），卷17，頁914。
〔註93〕《舊唐書・職官志》：「四門博士三人，正七品上。……四門博士掌教文武七品
　　　　已上及侯伯子男子之為生者。」《舊唐書》，卷44，頁1892。
〔註94〕《韓愈文集彙校箋注》，卷8，頁869。
〔註95〕《韓愈文集彙校箋注》，卷7，頁825。
〔註96〕《韓愈文集彙校箋注》，卷18，頁1995。
〔註97〕五代・王定保：《唐摭言》（上海：上海古籍出版社，1978年5月），卷12，頁
　　　　137。

> 用是越羣子之行，薦數字之書，排得喪之懷，登萬一之途，侍郎其
> 或不見邪？其或悅也，得不言之而後退，言之而後進，安可空空而
> 為乎？……侍郎果不以媸奪妍，不以瑕廢瑜，獲邀福於一時，小子
> 不虛也。……觀嘗竊覽侍郎頃年詩一篇，言才者許以不一，端文者
> 許以所長，則雖班固、司馬遷、相如，未聞若話言，是侍郎雅評，
> 掩於三賢矣。〔註98〕

李觀在第二場帖經考試時上書陸贄，希望對方不會以帖經的成績過差影響取
捨，並能重視自己的古文寫作。李觀去年已向陸贄獻文十首，然未獲回覆，值
今科考之日，再次上書主考官，期望引起賢者的禮遇，對自己所投文章是否能
引起對方的評價指教，表示出強烈的期待。李觀此書不似俗士那般充滿諂媚，
顯示出年輕士子在自我舉薦時，所表現出無畏與堅持不懈的性格，對干謁的積
極作用。李觀後來順利金榜題名，應是這封信起到了作用。〔註99〕然而這也需
要像陸贄一樣，對士子有著充沛提攜包容之心的被干謁者。

唐宣宗時期的韋澳（832 中進士），回憶中唐至晚唐時科場風氣之變化，
並批評時下科舉弊病：

> 及貞元、元和之際，又益以薦送相高。當時務尚切磋，不分黨甲。
> 絕僥倖請託之路，有推賢讓能之風。……近日以來，前規頓改，互
> 爭強弱，多務奔馳。定高卑於下第之初，決可否於差肩之日。曾非
> 玫礮，盡繫經營。奧學雄文，例舍於貞方寒素；增年矯貌，盡取於
> 黨比羣強。〔註100〕

可見中唐時期仍頗有為朝推舉賢達之風，韓愈等士人在干謁文中對於薦舉的
期待，有所被回應；同時中唐時期以「薦送相高」也促進士人以自信的姿態表
達自己的知遇想像。綜而觀止，對傳統儒學權威的復歸，同時也給予士人干謁
力量，在「君子從乎道也，不從乎眾也」精神的影響下，〔註101〕士人更加自
信自身干謁與「見薦」，是有助於復興儒學重振王政的。

而在晚唐的干謁文中，也確實較少見到如中唐文士那樣，盛氣凌然地論述
「薦賢」的合理性與必要性的文章，反又多攀附關係或哀聲乞請之語，自應也
與當時「盡繫經營」、「多務奔馳」的風氣有關。並且中晚唐時漸興起為科舉

〔註98〕　《全唐文》，卷533，頁5415。
〔註99〕　（美）田安著：《知我者：中唐時期的友誼與文學》，頁77。
〔註100〕　《全唐文》，卷759，〈解送進士明經不分等第牓文〉，頁7891。
〔註101〕　《全唐文》，卷636，李翱〈從道論〉，頁6435。

互相營造聲勢而結為的朋黨，交通權貴為己黨中人某得登科機會，導致寡援的
寒士更加寥落。〔註102〕晚唐士人偶有抒發「舉賢」的知遇想像者，如溫庭筠
（812～870）〈上崔相公啟〉云：

> 某聞石苞羈賤，早遇何曾；魏武尊高，猥知徐晃。其後咸成間氣，
> 訖立鴻勳。簡冊增輝，尊彝動彩。則道惟熙載，皆資甄藻之時；德
> 邁賡歌，必用搜羅之道。是以皇綱克序，茂範咸凝。〔註103〕

溫庭筠用何曾知遇石苞、曹操重用徐晃兩個典故，說明舉賢有助於國家統治、
有以為國建功的角度，來進行乞求式的論述。中唐士人在抒發知遇想像時，仍
注重踐行古道，懷抱「推己以濟天下」的理想；然而晚唐干謁文中的這種主體
性與個人意識被降低了，士人的進取似乎只是為了配合國家的運作，以達「皇
綱克序」。

　　不過個別文士仍能承繼中唐激揚之風，如羅隱（833～910）〈投知書〉，其
所投對象已不可考，同樣論述作為天子左右的賢臣執事，理應有薦賢的職責：

> 然竊念理世之具，在乎文質。質去則文必隨之；苟未去，則明天子
> 未有不愛才，賢左右未有不汲善者。故漢武因一鷹犬吏而〈子虛〉
> 用，孝元以〈洞簫賦〉使六宮婢子諷之，當時卿大夫雖死不敢輕吾
> 輩。……而千百年後，風俗佷斂，居位者以先後禮絕，競進者以毀
> 譽相高。故吐一氣，出一詞，必與人為行止，況更責霍光、怒公孫
> 述者乎？何昔人心與今人不相符也如是！……而執事者，提健筆為
> 國家朱綠，朝夕論思外，得相如者幾人？得王褒者幾人？得之而用
> 之者又幾人？夫昔之招賢養士，不惟弔窮悴而傷凍餒，亦將詢稼穡
> 而問安危。嗚呼！良時不易得，大道不易行。某所以遲遲者，為執
> 事惜。苟燕臺始隗，漢殿薦雄，則斯人也，不在諸生下。〔註104〕

羅隱通過追慕漢代司馬相如（前179～前117）、王褒（前90～前51）等文士
之被薦用知遇，引出今昔對比。然而如今「居位者以先後禮絕」，而士人「必
與人為行止」，以對方地位來決定自己的一舉一動，呈現出更顯著的尊卑階級
差異。於是羅隱斥責對方「得之而用之者又幾人」，頗類韓愈〈後二十九日復

〔註102〕傅璇琮：《唐代科舉與文學》，頁353～355。

〔註103〕唐・溫庭筠撰，劉學鍇校注：《溫庭筠全集校注》（北京：中華書局，2007年
　　　　7月），卷11，頁1123～1124。

〔註104〕唐・羅隱著，雍文華校輯：《羅隱集・讒書》（北京：中華書局，1983年12
　　　　月），頁225。按此《羅隱集》整理本不分卷。

上宰相書〉中的激昂提問，將自己立於與上位者平等的人格高度。因而發出對於「時」的懷疑──「大道不易行」，一如其曾亦發哀歎：「嗚呼！大唐設進士科三百年矣，得之者或非常之人，失之者或非常之人。」〔註105〕羅隱繼承盛、中唐以來書信體干謁文寫作特色，以激盪的氣勢論述，居上位者有著薦賢的義務，否則便會受到有不稱其職的質疑。

再從一個反面事例中，「薦舉」對文人的重要性不惟科舉，文人投奔幕府時，常常也需要名公的推薦，才容易被禮遇接納。沈亞之（781～832）〈與潞鄜州書〉云：

> 乃復聽閤下採取賓士之道，高下之等。則曰某自某方來，以某執事書為之輕重。書之多者，館善宇，飽善味。書之次者又次之。其有無因而至者，雖辯智過人，猶以為狂。即與偶然之輩，徼倖之徒，退棲陋室，與百姓雜處，飯惡味。……今一貫而禮，一類而惠，賢愚顛倒，而又以書不書而為之輕重。竊恐天下之士其來閤下門者，皆相爭齎書為糧。受閤下之惠者，不曰閤下之惠，而皆曰某官之書禮我也，何有愧於閤下。不惟不愧而已，亦有憤激於衷而終怨怒者，竊恐閤下勞費以取無益。亞之愚，獨為閤下惜。伏願閤下稍精接士之道，使賢愚明白。閤下能知此，則四方之士聞之，皆謂閤下不悁己之不至，而求其方直如此。〔註106〕

文中沈亞之批評潞鄜州對待來干謁者時，以來者所攜「薦書」之分量與數量，作為評判來者程度的標準，並以不同的食宿待遇對待之。這樣可能導致錯過一些真正有才能，又乏人引薦的賢者（沈亞之自己恐也在此列）；而也許並無實才，只得虛譽者卻倍見禮遇，以至「賢愚顛倒」。可見當時文人干謁，很重視「薦」的元素，甚至去幕府求職或科舉求主司者，需要先另行干謁某執事，以求「薦書」作為謁見之資。同時這裡也顯示出，沈亞之希望「精接士之道」的知遇期待，期許潞鄜州能真正以來干謁人士的才能、賢愚作為評判標準，而不是僅僅依靠外在的薦書──「以某執事書為之輕重」。沈亞之所論之理固為的論，然而作為被干謁者，面臨成百上千來干謁的人，可能確實沒有足夠精力一一分辨賢愚，只能以其聲譽，也即薦書之分量以及數量，作為接引的參考標準，或許也有其無奈之處。

〔註105〕《羅隱集‧雜著》，〈陳先生集後序〉，頁312。
〔註106〕《全唐文》，卷735，頁7593。

三、唐人座師與門生關係之建構

　　盛唐以來文人在干謁文中，常將干謁者與被干謁者之關係，強化為「門生」與「師」的關係，這種認知也成為士人干謁時構建的知遇想像，呈現為唐代干謁文中的重要元素，並衣被北宋干謁書信。正如宋人所稱唐之進士科：「謂南宮主文為座主，謂登第進士為門生」，﹝註107﹞可見這種師生關係較多是在舉子與知貢舉之間產生的。士子在科舉及第之前便自稱「門生」，並且只要這些被拔擢薦舉的士人成功仕進，他們之間「門生」與「座師」的關係即被廣泛認可。在科舉程式中，士人與座師之間的禮儀互動，也強化了彼此的情懷聯結，包括公開性質的春秋考試謁見，以及考生中舉後的謝恩禮。﹝註108﹞

　　士子在干謁時，則自然極力揄揚座師，並稱座師給自己帶來了榮耀，如柳宗元〈與顧十郎書〉稱頌昔日座主云：「順宗時，顯增榮謚，揚於天官，敷於天下，以為親戚門生光寵。」﹝註109﹞而門生有所成就，亦有以顯揚座主身前身後的名望。韓愈〈後二十九日復上宰相書〉篇末言「惝惝焉惟不得出大賢之門下是懼，亦惟少垂察焉」，﹝註110﹞顯然已帶有願為「門生」的意味，這與初唐的「知遇」想像顯然有著不同。同時門生也會為座師生前一些事跡美化，貞元五年（789）裴度（765～839）在劉太真知貢舉時及第，﹝註111﹞後其為劉太真撰神道碑，自稱門生，述其知貢舉時「秉公心而排群議，履正道而杜私門」，認為其德業將不朽。﹝註112﹞然而實際上劉太真知貢舉時並非那麼公正，反而

﹝註107﹞　曾棗莊、劉琳主編：《全宋文》（上海：上海辭書出版社；合肥：安徽教育出版社，2006年8月），第122冊，卷2645，華鎮〈上門下許侍郎書〉，頁341。

﹝註108﹞　（荷）Moore, Oliver, *Rituals of Recruitment in Tang China: Reading an Annual Programme in the Collected Statements by Wang Dingbao (870～940)*（唐代的選官儀式：解讀王定保《唐摭言》中的年程）(Leiden: BRILL, 2004), p. 186.

﹝註109﹞　《柳宗元集校注》，卷30，頁2018。

﹝註110﹞　《韓愈文集彙校箋注》，卷6，頁671。

﹝註111﹞　《登科記考·唐德宗神武孝文皇帝》載「德宗貞元五年（789）己巳，進士裴度等三十六人，明經科：丁公著，韋孟明。諸科六人。知貢舉：禮部侍郎劉太真。」清·徐松撰，孟二冬補正：《登科記考補正》（北京：中華書局，2019年7月），卷12，頁463。

﹝註112﹞　裴度〈劉府君神道碑銘〉：「公之譖懟，已消於睍見；公之徽烈，將示於來裔。而高碑未刻，良允繼沒，於是門生之在朝廷者，諫議大夫杜羔，中書舍人裴度，……；在藩牧者，浙東觀察都團練使御史中丞李遜……；其在幕府者，侍御史田伯……；其在畿者，櫟陽令麻仲容，藍田丞崔立之，鏊屋尉曲澹等，咸懷賞鑒，自悼遺闕，以為沂川表德。」《全唐文》，卷538，頁5468。

「宰臣姻族,方鎮子弟,先收擢之。」〔註113〕不過如果裴度不稱譽劉太真「秉公心」的話,豈不是連自己科舉時的清白都要被人懷疑。

　　儘管有時也未必是確實的座師,而是干謁者有意建構的說法。例如幕僚也可以自稱為門生,杜佑(735～812)任淮南節度使時,劉禹錫入幕為掌書記,後來又隨杜佑返回長安為官,〔註114〕劉禹錫為杜佑寫作〈許州文宣王新廟碑〉時,自稱其門生。〔註115〕王泠然〈與御史高昌宇書〉云:「門生故人,動有十輩,蒙問及者眾矣,未嘗言泠然。明公縱欲高心不垂半面,豈不畏天下窺公侯之淺深?」〔註116〕王泠然曾做過宋城縣尉而為高昌宇之佐,此書言如今高昌宇已然高升,自己卻仍陸沉,作為(門生)故吏而不被引薦,自然心懷憤懑,亦以名望威脅對方。

　　並且干謁者好以孔子與其弟子之關係,來建構自己與被干謁者之關係,李觀即曾在干謁文中,將自己與陸宣公的關係比作孔子和其門生。〔註117〕又如獨孤及(726～777)之子獨孤郁(775～814)之〈上權侍郎書〉云:

> 昔孔子飾詩書禮樂,以化齊弟子,而至天下,使孔子亦曰非我事也。則今者安盡聞夫七十子之賢,詩書禮樂之盛,七十子亦曰非我事也,又孰為播孔子之聖如此其大乎?今文亦如是,朝廷先達亦如是,後之達者亦如是。若不相播,則人文禮義知己復往之道,不幾乎息乎!郁不肖,辱承大賢之心深矣,非又敢以假喻自薦也。意欲以大賢擇眾賢,如七十子之徒,是亦方孔子於大賢也。〔註118〕

〔註113〕《冊府元龜‧貢舉部》:「德宗貞元五年,禮部侍郎劉太真貶信州刺史。太真性怯懦詭隨,其掌貢舉,宰臣姻族,方鎮子弟,先收擢之。」《冊府元龜》,卷651,頁7511。

〔註114〕劉禹錫〈子劉子自傳〉:「既免喪,相國揚州節度使杜公領徐泗,素相知,遂請為掌書記。……貞元二十一年春,德宗新棄天下,東宮即位。……至是,起蘇州掾,超拜起居舍人,充翰林學士,遂陰薦丞相杜公為度支鹽鐵等使。……愚前已為杜丞相奏署崇陵使判官,居月餘日,至是改屯田員外郎,判度支鹽鐵等案。」《劉禹錫全集編年校注》,卷19,頁2178。

〔註115〕劉禹錫〈許州文宣王新廟碑〉:「禹錫昔年忝岐公門下生,四參公府。近年牧汝州,道許昌,躬閱其政,故不得,遂銘於麗牲之碑。」《劉禹錫全集編年校注》,卷19,頁2058。

〔註116〕《全唐文》,卷294,頁2983。

〔註117〕李觀〈上陸相公書〉:「觀於相國,門人也;相國於觀,師道也。門人得請於師道,師道得訓於門人,古之典也。是仲尼門人七十子之徒,皎皎如也,申申如也。」《全唐文》,卷533,頁5417。

〔註118〕《全唐文》,卷683,頁6987。

獨孤郁將知遇上升到「人文禮義知己復往之道」的高度上，希望自己能有機會被知遇，就像孔子及其弟子以道「相播」。任華、韓愈在干謁文中也都提及，若干謁的雙方擁有共同追求「道」的志向，即可以為知己而有所「復往」，這蘊含著先秦儒學中「同道之友」的價值觀。〔註119〕而權德輿回信客氣說「先師七十子，所擬豈敢當也」，不過也認同了獨孤郁所稱的人文相播之道，並說「從古未達者之望達者，何嘗不如是耶？」〔註120〕後來獨孤郁進士及第之後，權德輿以女妻之，可見其欣賞如此。〔註121〕

　　晚唐干謁文同樣延續了儒學價值下，師生相得的干謁想像，李商隱〈上崔大夫狀〉訴云：「某才不足觀，行無可取，徒以四丈，頃因中外，最賜知憐。極力提攜，悉心指教，以得內誇親戚，外託友朋。謂於儒學，而逢主人；謂於公卿，而逢知己。」〔註122〕此「主人」即近似「座師」之意，承繼中唐儒學復興的環境下，以師生關係指代自身與上位者，與後文公卿身分相對應。崔戎時為華州刺史，據劉學鍇考證，李商隱大和八年（834）曾居華州崔戎（780～835）幕下，然視崔戎送其習業南山，且率從事過訪等情事，則與正式辟聘、晨入昏歸之幕僚尚有區別，故有師生情誼在內，故李文稱「極力提攜，悉心指教」，「謂於儒學，而逢主人」。狀又有「玉真而三獻不疑，女貞而十年乃字，黽期率勵，以報恩知」語，益見居崔戎門下時，乃既代草章奏，又同時習舉業準備應試。〔註123〕

　　並且干謁文中所建構的「座主與門生」之關係，不僅僅停留在當年，而成為了一種終身的社會關係（儘管一般都是門生更在意這種社會紐帶）。可能因為座主的地位提高，而再次被門生干謁，李商隱有〈上座主李相公狀〉云：

　　　昔吳公薦賈，非宜銓管之司；孔子鑄顏，未是陶鈞之力。比誼恩重，
　　　方淵感深。嗟睹奧以未期，但濡毫而抒懇。崔氏之乃心紫闕，陳生

〔註119〕《論語・顏淵》：「曾子曰：君子以文會友，以友輔仁。」《論語正義》，卷15，頁513。《孟子・離婁下》：「夫尹公之他端人也，其取友必端矣。」《孟子正義》，卷17，頁1434。《荀子・大略篇》：「友者，所以相有也。道不同，何以相有也？」清・王先謙撰，沈嘯寰、王星賢點校：《荀子集解》（北京：中華書局，1988年9月），卷19，頁514。

〔註120〕唐・權德輿撰，蔣寅箋，唐元校，張靜注：《權德輿詩文集編年校注》（瀋陽：遼海出版社，2013年12月），〈答獨孤秀才書〉，頁273。

〔註121〕《舊唐書・獨孤郁傳》「貞元十四年登進士第，文學有父風，尤為舍人權德輿所稱，以子妻之。」《舊唐書》，卷168，頁4381。

〔註122〕《李商隱文編年校注》，頁23。

〔註123〕《李商隱文編年校注》，〈上崔大夫狀〉「校注一」，頁24～25。

之思入京城。千古揆懷，一時均慮。〔註124〕

座主李相公即李回，「相公以五月十九日登庸」，即指其為相，《新唐書・武宗紀》有載。〔註125〕稱「座主」是因為李商隱開成三年（838）試博學鴻辭科不中，李回當時是其座師。〔註126〕當時李商隱居洛陽，閒居多病，故而上狀干謁昔日座主，言其希冀入京，望回援手之意。故李商隱用「吳公薦賈（誼）」、「孔子鑄顏（回）」來比擬二人之關係。賈誼（前200～前168）曾被召至河南守吳公門下，且似有輔佐吳公治理河南的業績，後吳公被升為廷尉，才將賈誼推薦給文帝。〔註127〕後者顏回顯已然登堂入室，得到聖人真傳。這二處用典，暗示了中晚唐干謁文中所形塑的「座主與門生」關係，徘徊於門下士（或近於唐之幕僚）與師生之間。李商隱〈上韋舍人狀〉亦云「徒以頃蒙舍人，獎以小文，致之高第」，〔註128〕顯然也是再次干謁曾經的座師。在這種論述策略之下，士人在干謁時身份成為承接儒道的後學；前輩在被干謁的語境中，也更加自然得具有了接引後生進而傳道的責任。

第三節　帝國視域下的自我認知與理想：躬逢明時與勵志用世

在干謁文袒露仕進心跡的書寫策略中，蘊含著「士人」層面之下的知己薦引認同，文士有時還將自身命運置入更為廣闊的唐帝國命運下加以論述。安史之亂前整體社會安定，經濟生產富足，物資充盈，〔註129〕初唐文人身處

〔註124〕　《李商隱文編年校注》，頁1055。

〔註125〕　《新唐書・武宗本紀》：「（會昌五年）五月乙丑，戶部侍郎李回為中書侍郎、同中書門下平章事。」《新唐書》，卷8，頁244。

〔註126〕　李商隱〈與陶進士書〉云：「前年乃為吏部上之中書，歸自驚笑，又復懊恨周、李二學士以大法加我。夫所謂博學宏辭者，豈容易哉？」（《李商隱文編年校注》，頁434～435）劉學鍇參張采田箋並注云：「周、李二學士，周謂周墀、李即李回。……墀蓋於是年權判西銓，回蓋於是年充宏詞考官，義山為所考取注擬。受知之深，故書中特舉之。商隱又有〈為湖南座主隴西公賀馬相公登庸啟〉，亦稱李回為座主。」（《李商隱文編年校注》，頁440）同樣李商隱會昌五年亦有〈上江西周大夫狀〉，即干另一位座主周墀。

〔註127〕　《史記・屈原賈生列傳》：「賈生名誼，雒陽人也。年十八，以能誦詩屬書聞於郡中。吳廷尉為河南守，聞其秀才，召置門下，甚幸愛。孝文皇帝初立，聞河南守吳公治平為天下第一，故與李斯同邑而常學事焉，乃徵為廷尉。廷尉乃言賈生年少，頗通諸子百家之書。文帝召以為博士。」《史記》，卷84，頁2491。

〔註128〕　《李商隱文編年校注》，頁1139。

〔註129〕　王壽南：《隋唐史》（臺北：三民書局，1986年12月），〈財政與經濟〉，頁608。

建國百年來經濟富饒時代，則往往在干謁文中營建盛世圖景。從盛唐到中晚唐儒家思想復興背景下的干謁文中，一是呈現出對強大國家和王權的呼籲，面對安史之亂後內憂外患的唐王朝，中唐的士人思考國家權威的重建〔註130〕，因而在干謁文中也蘊含著對復興王政的期盼，寄託積極入仕以王朝權威秩序的訴求。

一、初盛唐盛世建構下的儒者用世之心

　　唐代士人在干謁文中，通過書寫寄託他們的儒家理想，使干謁行為進入儒者的價值體系，從而論述他們的干謁是為了實踐儒道，因而可以減少請託求人時的卑下感，而顯得光明正大。因而他們的「知遇想像」中，也富於儒者的用世之心與盛世期待。

　　飽讀經典的文人受儒家思想賦予的經世致用傳統理想影響，而勇於投身仕進，希望通過仕途，實現經世濟民之人生志業。孔孟以降的封建士子普遍籠罩於「以道自任」的經世思想氛圍中，他們肩負著政治責任與道德責任，承襲著「修、齊、治、平」的入世觀。〔註131〕故而他們在干謁文中表達自身干謁意圖時，常常將自身干謁理由寄託在欣逢盛世，同時高談王霸大略。如初唐士人之啟即常在自敘之後描述盛世光輝，流露出對盛世之嚮往，謂現正值招賢納士之太平治世，乃有意仕進：

> 幸屬舜門廣闊，漢幣交馳。遂得佇嘯高丘，應箕文而動韻；聆吟大野，浮艮岫以流陰。〔註132〕

> 不悟地絡遐張，維白駒於空谷；天羅迴布，弋黃鶴於高雲。顧己駑鈍，並從媒衒。〔註133〕

> 幸屬日月光華，雲霞紛鬱。方結羨魚之網，將謠扣角之詞。〔註134〕

> 吳宮歸乙，望陰岫以依遲；素林返雁，候陽潮而低舉。籯金味道之子，侔繡帛以彈冠；屑玉含毫之人，望弓旌而翹足。〔註135〕

〔註130〕葛兆光：《中國思想史》，第二卷，頁103～105。
〔註131〕黃俊傑：〈儒學傳統中道德政治觀念的形成與發展〉，收於氏著《儒學傳統與文化創新》（臺北：東大圖書公司，1983年2月），頁2～7。
〔註132〕《駱臨海集箋注》，卷7，〈上李少常伯啟〉，頁235。
〔註133〕《駱臨海集箋注》，卷8，〈上廉察使啟〉，頁265。
〔註134〕《駱臨海集箋注》，卷7，〈上兗州刺史啟〉，頁241。
〔註135〕《駱臨海集箋注》，卷7，〈上兗州崔長史啟〉，頁248。

駱賓王通過連鎖的駢句,宛如「蒙太奇」式地構建出一幅幅盛世景象。在「舜門廣闊」的當下,即使是山林之士,也對「彈冠」不由動心。可見唐代前期越發穩定的局面和朝廷對人才的渴望,使得大批才華卓著的學者源源不斷地湧入京城。士人們渴望入仕的熱情,甚至遠超大分裂時期及隋朝類似政策的效果。〔註136〕史傳載太宗朝京城儒學活動的盛況:「是時四方儒士,多抱負典籍,雲會京師。……鼓篋而升講筵者,八千餘人,濟濟洋洋焉,儒學之盛,古昔未之有也。」〔註137〕唐代前期有著一定數量的行政體系缺額,並且此時國家對教育、儒學的重視,也成為士子有意出仕的動力。

在初盛唐投匭的上表中,士人也常常將盛世書寫與自己的知遇想像融貫論述,如李嶠干謁自進的〈自敘表〉云:

> 陛下以欽明撫運,齊聖握圖。冠千齡而首出,超百王而高視。德澤汪濊,典章明密。至道共八風俱翔,神功與四時並運。是以眾庶悅豫,符瑞胖響,九服清夷,百蠻職貢。而嵩高梁父,未修昭報之壇;禮官儒林,不輯昇平之頌。使鴻名有時而鬱,良史靡得而稱。……倘得參名芸閣,假跡蓬山,探石室之祕文,覽金版之遺籍。聽歌探頌,以觀四方之風;講藝論詩,以崇三代之式。第其科目,載之簡編。大以薦陳郊廟,報享成功;小以敷布樂章,潤色鴻業。使宏勳播於金石,盛德流乎舞詠。〔註138〕

李嶠於垂拱元年(685)上表自薦,他將自身的文章器業與武后的昇平治世聯繫,「昇平之頌」成為其創作的主體。〔註139〕李嶠揄揚高宗與武后治理下的唐帝國,君王厚德與典章制度相配合,達到在內百官和諧,在外威服四夷。而後李嶠筆鋒轉向:這樣偉大的盛世下,缺乏大手筆來敷揚這樣偉大的功業,從而導致「鴻名有時而鬱」。所以自己為了「潤色鴻業」,使盛德永遠流傳,於是決心自薦求進。

至如杜甫在高宗將行封禪時獻賦進表,亦以國家盛業的稱頌,來婉轉表達自身仕進之心:「頃歲國家有事於郊廟,幸得奏賦,……在臣光榮,雖死萬足,

---

〔註136〕 (美)麥大維(Mcmullen, David L.)著,張達志、蔡明瓊譯:《唐代中國的國家與學者》(北京:中國社會科學出版社,2019年7月),頁26。

〔註137〕 《舊唐書・儒學列傳》,卷189,頁4941。

〔註138〕 《全唐文》,卷246,頁2495。

〔註139〕 曲景毅:〈「文章四友」新論:以李嶠、崔融之應用文書寫為探討中心〉,《師大學報:語言與文學類》第57卷第2期(2012年9月),頁34〜35。

至於仕進，非敢望也。日夜憂迫，復未知何以上答聖慈，明臣子之效。……今
茲人安是已，今茲國富是已，況符瑞翕集，福應交至，何翠華之脈脈乎。」〔註
140〕從駱賓王筆下的「日月光華，雲霞紛鬱」，到李嶠杜甫揄揚高宗盛世的「符
瑞肸蠁」、「符瑞翕集」，顯示初盛唐人干謁時有意以符瑞經營盛世圖景。《白虎
通‧封禪》即揭示符瑞與太平之聯係：「天下太平，符瑞所以來至者，以為王
者承天統理，調和陰陽，陰陽和，萬物序，休氣充塞，故符瑞並臻，皆應德而
至。」〔註141〕聖王依天道統治天下，使陰陽調和，萬物得序，天地間符瑞感
應而至；唐人繼承漢人祥瑞太平觀，符瑞被視為太平的重要標志。〔註142〕實
則符瑞頌聖也一直是唐代重要的政治論述，聖主功績的宣揚與符瑞的建構，正
是唐代文儒潤色鴻業、參與盛時的重要方式。〔註143〕文人在上表中的盛世營
建，最終也導向了以符帝心的「盛德之君」論述；於是在此語境下，自身干謁
求進（也即賢才廣來）就成為一種太平的表徵與頌聲，同時盛世也正需要吸納
文人來銘刻功勛，播詠太平。

　　盛唐文人在干謁書啟中言干謁之志時，還更側重表現自己盛世之下的熱
切用世期許。如房琯（697～763）〈上張燕公書〉期許自己登堂入室以後能一
展才幹：「大觀宗廟，旁見百官，上諮為人之紀綱，鎰及作文之利害，然後陳
百一之誠，諷南山之詩。」〔註144〕李白〈上安州裴長史書〉表達有輔弼君王
治理天下之志向：「以為士生則桑弧蓬矢，射乎四方，故知大丈夫必有四方之
志。」〔註145〕可見躬逢盛世、遇聖而入的傳統儒家精神，是文人表達干進意
圖的重要書寫角度，文人對盛世之下自己如何「見用」，作出了積極的思考與
回應，並將之呈現在干謁熱情中。

二、中晚唐由盛轉衰時局下的治世重構

　　在八世紀晚期，為了應對安史之亂後的文化危機，許多士人將改革精神和

〔註140〕《全唐文》，卷359，〈進封西嶽賦表〉，頁3649。
〔註141〕清‧陳立：《白虎通疏証》（北京：中華書局，1994年8月），卷6，第283頁。
〔註142〕呂家慧：〈容告神明：盛世敘事傳統與玄宗時代的典禮頌〉，《學術研究》2023
　　　　年第3期，頁163。
〔註143〕呂家慧：〈盛世的營構：張說〈皇帝在潞州祥瑞頌十九首〉與聖王論述〉，《中
　　　　國文化研究所學報》第69卷（2019年7月），頁54。
〔註144〕《全唐文》，卷332，〈上張燕公書〉，頁3368。
〔註145〕唐‧李白著，清‧王琦注：《李太白全集》（北京：中華書局，1977年9月），
　　　　卷26，頁1244。

使命感注入文體創作中，具有了用「文章」塑造社會的使命感，因此中唐士人
干謁時還帶著改革與重建治世的理想。通過文章的改革，來尋求社會、治政中
正確的價值典範。〔註146〕例如韓愈在干謁時，認為現在的取士方式，過度講
求文學才能，忽視實際治國安邦的能力。〔註147〕故而不得不發出「亦時有感
激怨懟奇怪之辭，以求知於天下」，此時他們將干謁視為正當行為，毫不掩飾，
同時也寄託了文章文體，乃至科舉、教育改革的理想在其中。此時儒家用世之
心的知遇想像，讓士人的關心從自身更擴大到時代和社會的不完美，也即藉古
道以治今世。

　　至韓愈〈上宰相書〉亦云：「幸今天下無事，小大之官，各守其職，錢穀
甲兵之間不至於廟堂，論道經邦之暇，捨此宜無大者焉。……伏念今有仁人在
上位，若不往告之而遂行，是果於自棄，而不以古之君子之道待吾相也，其可
乎？」〔註148〕韓愈將仁人天子作為自己出仕的寄託，同時又說「伏惟覽《詩》、
《書》、《孟子》之所指，念育才錫福之所以，考古之君子相其君之道，而忘自
進自舉之罪。」〔註149〕念及上古聖賢對於士之有所用於世的期待，聖人對君
子「育才錫福」，正有以賜爵以使之有用於國，與開篇引《毛詩》及傳箋的論
述相呼應，〔註150〕故而即使背負自衒自媒的尷尬，也要堅持干謁。可見韓愈
在抒發盛世理想時，也將先秦儒家的出處之道加入到知遇想像中。

〔註146〕（美）包弼德（Peter K. Bol）著，劉寧譯：《斯文：唐宋思想的轉型》（南京：
　　　　江蘇人民出版社，2017 年 9 月），頁 167～173。又參（美）田安著：《知我
　　　　者：中唐時期的友誼與文學》，頁 59～61。
〔註147〕韓愈〈上宰相書〉：「而方聞國家之仕進者，必舉於州縣，然後升於禮部、吏
　　　　部，試之以繡繪雕琢之文，考之以聲勢之逆順，章句之短長。中其程式者，
　　　　然後得從下士之列。雖有化俗之方、安邊之畫，不繇是而稍進者，萬不有一
　　　　得焉。」《韓愈文集彙校箋注》，卷 6，頁 648。
〔註148〕《韓愈文集彙校箋注》，卷 6，頁 646～647。
〔註149〕《韓愈文集彙校箋注》，卷 6，頁 648。
〔註150〕〈上宰相書〉：「《詩》之《序》曰：『《菁菁者莪》，樂育材也。君子能長育人
　　　　材，則天下喜樂之矣。』其詩曰：『菁菁者莪，在彼中阿，既見君子，樂且有
　　　　儀。』說者曰：『菁菁者，盛也。莪，微草也。阿，大陵也。言君子之長育人
　　　　材，若大陵之長育微草，能使之菁菁然盛也。既見君子，樂且有儀云者，天
　　　　下美之之辭也。』其三章曰：『既見君子，錫我百朋。』說者曰：『百朋，多
　　　　之之辭也，言君子既長育人材，又當爵命以賜之，厚祿以寵貴之云爾。』其
　　　　卒章曰：『汎汎楊舟，載沉載浮，既見君子，我心則休。』說者曰：『載者，
　　　　舟也；沉浮者，物也。言君子之於人材無所不取，若舟之於物，浮沉皆載之
　　　　云爾。』《韓愈文集彙校箋注》，卷 6，頁 645。

　　自古以來士人多將自身不遇寄託在「不逢其時」上，以之自我寬慰，初盛唐的干謁文中有時也以「時逢廣納賢才的盛世」作為干謁的理想。然而韓愈在〈後十九日復上書〉中展露的用世之心，則突破「時／運」之限制：

> 或謂愈：「子言則然矣，宰相則知子矣，如時不可何？」愈竊謂之：不
> 知言者，誠其才能不足當吾相之舉耳。若所謂時者，固在上位者為之
> 爾，非天之所為也。前五六年時，宰相薦聞，尚有自布衣蒙抽擢者，
> 與今豈異時哉？且今節度、觀察、防禦、營田及諸小使等尚得自舉判
> 官，無間於已仕未仕者，況在宰相吾君所尊敬者而曰不可乎？〔註151〕

韓愈卻認為士其「知遇」之權柄，操持在上位者手中，而並非不可捉摸的天時。並舉述貞元四年（788）宰相李泌（722～789）舉薦布衣陽城（736～805）之事，〔註152〕同時也隱含著「盛世」必須廣納賢才的傳統，進而發出「與今豈異時哉」（也即如今豈非盛世）的質疑。同時說明中唐節度使有權自聘判官，以說明宰相完全有能力拔擢他，暗含了中央與藩鎮在吸納人才上的張力，打消傳統「不逢其時」的慰藉，顯示出儒家強烈的進取心態。

　　在〈上杜司徒啟〉中，劉禹錫藉由立皇太子的大赦之時來揄揚盛世，希望自己在這樣的好時機下能夠被重新起用：

> 伏蒙遠示，且曰浮謗漸消，況承慶宵，期以振刷。方今聖賢合德，
> 朝野多歡，澤柔異類，仁及行葦。萬族咸說，獨為窮人；四時平分，
> 未變寒谷。自同類牽復，又已三年，側聞眾情，或似哀嘆。某材略
> 無取，廢錮是宜，若非舊恩，孰肯留念？六翮方鎩，思重託於扶搖；
> 孤桐半焦，冀見收於煨燼。〔註153〕

元和七年（812）六月，制立李恆為皇太子，並且大赦天下。〔註154〕故而元

〔註151〕《韓愈文集彙校箋注》，卷6，頁664～665。
〔註152〕《舊唐書·隱逸列傳·陽城》：「陝虢觀察使李泌聞其名，親詣其里訪之，與
　　　　語甚悅。泌為宰相，薦為著作郎，德宗令長安縣尉楊寧齎束帛詣夏縣所居而
　　　　召之，城乃衣褐赴京，上章辭讓。德宗遣中官持章服衣之而後召，賜帛五十
　　　　四。尋遷諫議大夫。」《舊唐書》，卷192，頁5132。
〔註153〕唐·劉禹錫撰，陶敏、陶紅雨校注：《劉禹錫全集編年校注》（北京：中華書
　　　　局，2019年01月），卷14，頁1633。
〔註154〕《舊唐書·憲宗本紀》：「（元和七年六月）乙亥，制立遂王宥為皇太子，改名
　　　　恆。」（卷16，頁443。）又《唐大詔令集》收崔群〈元和七年冊皇太子赦〉：
　　　　「自元和七年十月十七日昧爽以前，天下應犯死罪非殺人者遞減一等，左降
　　　　官、流人並與量移。」宋·宋敏求編：《唐大詔令集》（北京：中華書局，2008
　　　　年4月），卷29，頁105。

和七年秋，時被貶朗州司馬的劉禹錫，寫信請託杜佑汲引幫助。不過劉禹錫
自哀「獨為窮人」、「未變寒谷」可以看出，「八司馬」亦不在此次大赦之列。
劉禹錫書寫皇帝恩澤四海之下，自己的窮愁處境，希望能夠在新的聖賢時刻，
重新有效力的機會。可惜的是，杜佑時已致仕，並在同年去世，〔註155〕恐怕
沒有給劉禹錫太多的幫助，劉禹錫、柳宗元等人在元和九年（814）才被詔還
長安。

晚唐士人干謁時，仍常常抒發治世下儒者的自用之心，儘管時局可能已頗
動盪，但這類心跡之祖露，已然成為干謁傳統中士人的共同想像。李商隱〈獻
相國京兆公啟（其二）〉云：

> 當今允推〈常武〉，將慶休辰。軒后之憶先、鴻，殷帝之思盤、說。
> 詳觀天意，取在坤維。弼光宅之功，議置器之所。載求列辟，誰敢
> 抗衡？愚此際儻必辨杯蛇，不驚牀蟻，尚冀從下執事，為太平民，
> 望謝傅之蒲葵，詠召公之棠樹。〔註156〕

《毛詩》詩前小序云：「〈常武〉，召穆公美宣王也。」〔註157〕此以周宣王伐
叛中興，喻指唐宣宗使唐室中興，營造了「將慶休辰」的盛世想像。同時
李商隱將杜琮比作常先、大鴻、傅說等，在上古之時輔佐聖王的賢臣，〔註
158〕因而期許自己在謝安、召公一樣的輔弼大臣身邊效力以「為太平民」。
類似將自己干謁理想寄託於盛世賢相的論述，又可觀李商隱〈獻舍人彭城
公啟〉云：

> 方今聖政維新，朝綱大舉，徵伊、皋為輔佐，用襃、向以論思。大
> 窒澆風，廓開雅道。縲囚為學，重見程生；掌固受經，復聞鼌子。

〔註155〕 《舊唐書・憲宗本紀》：「（元和七年六月）癸巳，以金紫光祿大夫、守司徒、
同平章事……岐國公杜佑為光祿大夫，守太保致仕，宜朝朔望，佑累表懇
請故也。……十一月……辛巳，太保致仕杜佑卒。」《舊唐書》，卷15，頁
442。

〔註156〕 《李商隱文集編年箋注》，頁1920。

〔註157〕 《毛詩傳箋・大雅・常武》，卷18，頁440。

〔註158〕 《史記・五帝本紀》：「黃帝者，姓公孫，名曰軒轅，……舉風后、力牧、常
先、大鴻以治民。」漢・司馬遷撰，南朝宋・裴駰集解，唐・司馬貞索隱，
唐・張守節正義：《史記》（北京：中華書局，1982年11月），卷1，頁6。
《尚書・說命》：「王（殷高宗武丁）庸作書以誥曰：……說築傅巖之野，惟
肖，爰立作相。」（舊題）漢・孔安國傳，唐・孔穎達疏，清・阮元校刻：《尚
書正義》（北京：中華書局，2009年10月，影印清嘉慶二十年江西南昌府學
刊本），卷10，頁369。

> 沉淪者延頸，逃散者動心。是敢竊假菲詞，仰干哲匠，果蒙咳唾，
>
> 以及泥塗。〔註159〕

此中書舍人已不可詳考，此文作於會昌元年（841），商隱輾轉幕府之後回到
長安候調，遂行干謁。〔註160〕此時出仕意圖寄託在政治時局，正有可用之
時，期望報效朝廷。文中「伊（尹）、皋（陶）」，指淮南節度使李德裕（787
～849）入朝為相；而「（王）褒、（劉）向」，正是在揄揚身為權力中樞的中
書舍人彭城公。李商隱舉述縲囚境地的崔瑗不忘習《禮》，後復得到重用；
〔註161〕鼂錯初為文學掌故，受經之後為太子舍人。李商隱以崔瑗、鼂錯自
喻，寄寓自身雖然現在沉淪，但希望現在「聖政維新，朝綱大舉」之時間能
有獲用。

又李商隱在元和四年（809）投〈上揚州李吉甫相公獻所著文啟〉，即云：
「公道之行也，閣下乃始為贊書訓辭，擅文雅於朝，以宗天下。而某又以此時
去表著之位，受放逐之罰，薦仍囚錮，覬日請命，進退違背，思欲一日伏在門
下而不可得。」〔註162〕李商隱特別點出現今來到「公道之行」的世道，李吉
甫已經進位宰輔，而自己卻在此時仍「受放逐之罰，薦仍囚錮」，沒有得到公
正的對待，所以有意請託李吉甫伸張公道。對於藩鎮為治世輔弼的書寫，又如
溫庭筠〈上令狐相公啟〉云：

> 藐是流離，自然飄蕩。叫非獨鶴，欲近商陵；嘯類斷猿，況鄰巴峽。
>
> 光陰詎幾，天道如何！豈知蕘陋之姿，獨隔休明之運。今者野氏辭
>
> 任，宣武求才。倘令孫盛縹油，無慚素尚。蔡邕編錄，偶獲貞期。
>
> 微迴馨欬之榮，便在陶鈞之列。〔註163〕

溫庭筠筆端先抑後揚，先敘述自身不遇的淒苦情形，而後以「豈知」回轉語意，
欣喜恰逢美好的時代。「野氏辭任」，謂前任宣武節度使畢誠辭任。「宣武求
才」，即指桓溫，謚宣武，又兼指宣武節度使。桓溫任荊州刺史時便拔擢任用

〔註159〕《李商隱文編年校注》，頁575～576。

〔註160〕參劉學鍇之考證繫年，《李商隱文編年校注》，〈獻舍人彭城公啟〉校注一，頁
575～576。

〔註161〕錢振常注：「程，疑當作崔。」引自《李商隱文編年校注》，頁581。《後漢書·
崔瑗傳》：「（崔瑗）以事繫東郡發干獄，獄掾善為《禮》，瑗間考訊時，輒問
以《禮說》。後復辟車騎將軍閻顯府。時閻太后稱制，顯入參政事。」《後漢
書》，卷52，頁1722。

〔註162〕《柳宗元集校注》，卷36，頁2287。

〔註163〕《溫庭筠全集校注》，卷11，頁1114。

了許多士人，作為軍府的治中、參軍等職位，頗有知遇禮賢的名聲。〔註164〕此正以桓溫求才喻令狐綯汴幕新開，廣招人才。因此期望自己得到令狐相公咳唾之間的一言薦譽，來讓自己忝廁盛世的「陶鈞之列」。也可見至晚唐之時，「休明之運」的理想對象，不僅僅限於皇帝，還拓展到了強藩。亦可觀杜牧的〈上吏部高尚書狀〉所云：

> 今者大君繼統，賢相秉鈞，遺墜必舉，髦儁並作。伏惟尚書秩高天
> 爵，德冠人倫，為搢紳之紀綱，作朝廷之標表。凡遊門館，莫非儁
> 賢，至於小人，最為凡器。〔註165〕

據吳在慶繫年，此文作於大中二年（848），唐宣宗（810～859）初即位，常下詔薦賢。杜牧會昌二年（842）春由於受李德裕排擠，出任黃州刺史。大中二年（848），時在睦州任。是年八月，杜牧已接到任命，九月遂離開睦州，赴京任司勳員外郎、史館修撰。〔註166〕杜牧已經外任七年，期許能回京任職，故而在這期間積極干謁，以其所獲升遷而觀，干謁活動似是成功的，也與會昌六年（846）唐宣宗即位後，李德裕罷相被貶有關。故而杜牧特在干謁文書寫「賢相秉鈞，遺墜必舉」，強調「賢相」為國銓選的重要性。

然而也可以從相反的角度觀察到，晚唐一些士人由於現實窘迫處境，干謁時完全陷入卑微的乞求姿態，希望能被幕府闢署為吏，而不再談及經世濟民之類的理想，如羅隱〈投湖南于常侍啟〉云：

> 某聞淮王鍊跡於真仙，含靈盡去；鄒子移暄於寒谷，眾卉皆芳。豈
> 羽毛可從於霓旌？豈凋梢盡關於葭律？蓋以至道無遺於一物，殊私
> 必及於羣生。……竊希常侍從來許與之言，作此改張之計；俾其七
> 郡，與奏一官，致之於髯參短簿之間，責之以駑馬鉛刀之用。所冀
> 內資骨肉，外鬖筋骸。但繫受恩，何須及第。〔註167〕

〔註164〕《世說新語・文學》：「習鑿齒史才不常，宣武甚器之，未三十，便用為荊州治中。鑿齒謝牋亦云：『不遇明公，荊州老從事耳！』」南朝宋・劉義慶著，南朝梁・劉孝標注，余嘉錫箋疏：《世說新語箋疏》（北京：中華書局，2007年10月），卷上之下，頁305。《世說新語・寵禮》：「王珣、郗超並有奇才，為大司馬所眷拔。珣為主簿，超為記室參軍。」《世說新語箋疏》，卷下之上，頁850。《晉書・桓溫傳》：「溫停蜀三旬，舉賢旌善，偽尚書僕射王誓、中書監王瑜、鎮東將軍鄧定、散騎常侍常璩等，皆蜀之良也，並以為參軍，百姓咸悅。」唐・房玄齡等：《晉書》（北京：中華書局，1974年11月），卷98，頁2569。
〔註165〕《杜牧集繫年校注・樊川文集》，卷16，頁989。
〔註166〕繆鉞：《杜牧年譜》（北京：人民文學出版社，1980年9月），頁49、70。
〔註167〕《羅隱集・雜著》，頁285。

《唐才子傳》載：「隱恃才忽眄，眾頗憎忌。自以當得大用，而一第落落，傳食諸侯，因人成事。」〔註168〕儘管「恃才忽眄」未必全是實情，然「傳食諸侯」自應是不可避免的窘境。《吳越備史》亦載其「初從事湖南，歷淮、潤，皆不得意，乃歸新登。」〔註169〕大概也有其自身性格原因，羅隱不能被某個藩鎮長期收留，只得輾轉顛沛投靠。因而其干謁幕府尋求接引，不僅僅是期許一展鴻才，更有著實際的生計考量，故而此中知遇期待有所不同。

羅隱開篇即「自我物化」，將自己比擬為淮南王得道時，舐藥受澤的雞犬，及鄒衍吹律時含茲的禾黍，〔註170〕期望承蒙施惠性質的恩澤。仿彿將自己置於于常侍之微末附庸地位，顯示出完全的上下尊卑，其〈投湖南王大夫啟〉所云「更於茶藥之中，重假勾留之便」，〔註171〕亦同此意。與之相照應的後文的身分認同：「致之於髯參短簿」，則顯示自己能像桓溫（312～373）身邊的寵臣王珣（349～400）、郗超（336～378）那樣得用，〔註172〕略顯自己才華的同時，也透出「能令公喜，能令公怒」的媚上期許。此時可見隨著社會中文士地位的浮沉，干謁者在干謁文中將自己與被干謁者之間，放在了極度不平等的地位上。以至自己的知遇想像，被寄寓於對方的「歔枯吹生」之中，將對方形塑成略施小惠即能拯救危寒的身分。

較盛中唐干謁文，晚唐作者相對更多敘述孤苦流離身世的自傷自憐，對於幕主更加帶有乞求的味道，多了一種悲情的成分，通過哀感惻愴的自傷自敘打動人。〔註173〕正如羅隱吐露「但繫受恩，何須及第」，這就導致知遇期待的表達方式與內涵，發生了變化。同時晚唐時士人期許入幕，已經並不苟

〔註168〕元·辛文房著，傅璇琮主編：《唐才子傳校箋》（北京：中華書局，1995年11月），卷9，〈羅隱〉，頁123。

〔註169〕宋·錢儼：《吳越備史》（臺北：臺灣商務印書館，1983年10月，影印文淵閣四庫全書本），第464冊，卷2，頁6下。

〔註170〕《神仙傳》：「（八公）乃取鼎煮藥，使（淮南）王服之，骨肉近三百餘人，同日昇天，雞犬舐藥器者，亦同飛去。」晉·葛洪撰，胡守為校釋：《神仙傳校釋·淮南王》（北京：中華書局，2010年9月），卷6，頁202。張湛注《列子》「鄒衍之吹律」云：「北方有地，美而寒，不生五穀。鄒子吹律煖之，而禾黍滋也。」楊伯峻：《列子集釋·湯問》（北京：中華書局，1979年10月），卷5，頁177。

〔註171〕《羅隱集·雜著》，頁288。

〔註172〕《世說新語·寵禮》：「王珣、郗超並有奇才，為大司馬所眷拔。珣為主簿，超為記室參軍。超為人多須，珣狀短小。于時荊州為之語曰：『髯參軍，短主簿，能令公喜，能令公怒。』」《世說新語箋疏》，卷下之上，頁850。

〔註173〕瞿景運：《晚唐駢文研究》（北京：商務印書館，2010年8月），頁201。

求科舉入仕。干謁目的之改變也會影響干謁想像的表達，不同於為求科舉的干謁，因為是干謁入幕，干謁雙方之間有著更加明顯的尊卑主從之分，故而干謁入幕的干謁文中，士人的干謁想像傾向更加實際生計求官，語言姿態往往更加卑微。

第三章　困窮境遇之營造與成為人才之表演：干謁文中的自我呈現

　　干謁文作者，必須先對自己有全面客觀的整體認知，而後利用「自我概念」的精神資源〔註1〕，有意識建構自己在客觀環境中呈現的獨特形象，從而形成一種把自己客觀化的文學藝術實踐。換言之，唐代干謁文中的自我呈現，既是作者對自我境遇的主觀審視，也是創作主體迎合唐代社會賢能觀與預期讀者，結合多種文本策略而生發的藝術創作，於是唐代各語境下干謁文中的自我呈現，往往隨著作者自視觀念的流動而顯得複雜多變。

　　正如柯慶明所言：「傳統書箋的作者群，基本上皆是仕宦為生涯的士人。因而戲劇性或敘事性的作品，往往以士人的出處進退為核心，並且總帶有一種倫理立場的緊張關係。」〔註2〕因此本章考察文人如何呈現「被建構的」人生切面，就自身命運攸關的節點，建立對話的語境，以呈現自身困境及許多自身要素，期許達到見字如面效果。這些干謁文攸關個人生計與命運，其風格與形象之選擇，往往有意採用歷史文化經驗下士人不遇與窮困的典範與書寫策略，以期打動文章的特定預期讀者。

〔註1〕自我概念是指「一個人對自己的形象，及有關人格特質所持有的整合知覺與態度。」郭為藩：《自我心理學》（臺北：師大書苑有限公司，1996年12月），頁10。
〔註2〕柯慶明：《古典中國實用文類美學》，頁99。

第一節　君子「窮／困」傳統之下的乞憐式寒士形象

　　科舉開寒門入仕之途徑，至若世家高門子弟科舉，自有家族經濟援助，無須憂心生計。而寒門弟子飽腹經綸卻無法短時間施展才能，同時常需擔負家中經濟壓力，在登第之前生活自然十分貧困，正可謂「容膝一丘，曲阜之瓢遽切；枕肱五畝，成都之壁已窮。」〔註3〕寒士在政治上無特權，沒有權貴家門可以依傍，奔波道路不免坎坷，若幾次下第，經濟上儲蓄很快消耗殆盡，〔註4〕窘迫的士人有時只能靠為人寫書判來果腹。〔註5〕

　　「窮」成為許多文人在干謁文中有意在自己身上烙印的標籤。君子「窮／困」之處境即為先秦經典中重要話題。《論語》載孔子云：「君子固窮，小人窮斯濫矣。」〔註6〕即謂君子在困境中能夠不失其志向操守。〔註7〕同樣《周易》「困」彖傳亦云：「險以說，困而不失其所亨。其唯君子乎？」〔註8〕指出君子處在困境中仍能保持曠達樂觀的心境。後王弼注《周易》「困」象辭：「象曰：澤無水，困，君子以致命遂志」云：「澤無水，則水在澤下，困之象也。處困而屈其志者，小人也。君子固窮，道可忘乎？」〔註9〕王弼以《論語》注《易》，說明《易》辭與孔、顏處困而不屈其志之論正相契合，孔子在陳絕糧仍怡然自得，正是「困而不失其所亨，其為君子乎」的寫照。〔註10〕在干謁文中，士

〔註3〕《駱臨海集箋注》，卷7，〈上克州崔長史啟〉，頁247。
〔註4〕唐代趙匡〈舉選議〉十弊中即有三弊言選舉耗費士子及政府資財：「羈旅往來，糜費實甚，非惟妨闕正業，蓋亦隳其舊産。未及數舉，索然以空，其弊七也。貧寠之士在遠方，欲力赴京師，而所冀無際。以此揆度，遂至沒身，使茲人有抱屈之恨，國家有遺才之闕，其弊八也。官司運江淮之儲，計五費其四乃達京邑，芻薪之貴又十倍。而四方舉選之人，每年攢會，計其人畜，蓋將數萬無成而歸，十乃七八，徒令關中煩耗，其弊九也。」《全唐文》，卷355，頁3603。
〔註5〕《太平廣記‧道術》：「陳季卿者。家於江南。辭家十年。舉進士。志不能無成歸。羈棲輦下。鬻書判給衣食。」《太平廣記》，卷74，頁462。
〔註6〕《論語正義》，卷18，〈衛靈公〉，頁610。
〔註7〕劉寶楠注云：「『固窮』者，言窮當固守也。尸子曰：『守道固窮，則輕王公。』荀子宥坐載此事，夫子告子路曰：『君子之學，非為通也，為窮而不憂，困而意不衰也，知禍福終始而心不惑也。』又云：『故君子博學、深謀、修身、端行，以俟其時。』即言『困窮』之義。」《論語正義》，卷18，〈衛靈公〉，頁611。
〔註8〕三國魏‧王弼撰，樓宇烈校釋：《周易注》（北京：中華書局，2011年6月），〈困〉，頁255。
〔註9〕三國魏‧王弼：《周易注》，〈困〉，頁255。
〔註10〕陳雄根、羅燕玲：〈王弼以《論語》注《易》研究〉，收於楊晉龍、劉柏宏主編：《魏晉南北朝經學國際學術研討會論文集（上）》（臺北：中研院中國文哲研究所，2016年11月），頁199～200。

人往往首先建構自身貧寒窮迫的形象，有時也會介紹自己身處寒門，甚至有病弱家庭／族成員的需照顧之情形，以塑造「乞憐」模式的悲苦語境，顯示自身限於物質上貧乏而進入無法實戰抱負的處境。並以此更進一步闡發自我窮困處境下亦不改所操的良德，同時表露干謁心跡。

一、寒門與生資的形象塑造與社會實況

　　干謁行為實質建立在社會地位不平等的基礎上，這使上書干謁的人常陷於姿態卑微。干謁者多非出身豪門大族，往往缺乏足夠家族社會資源支持，多僅是憑自己文才博取功名的中下層士人。想求得京城中名望之公來吹噓顯揚，要靠自己頻繁地干謁，他們所能依靠的只有自己才學，如白居易（772～846）〈與陳給事書〉所云「居易鄙人也，上無朝廷附離之援，次無鄉曲吹煦之譽。然則孰為而來哉？蓋所仗者文章耳。」〔註11〕寒族的仕進也與政治因素有關，高宗朝武則天把持朝政，大規模科舉取士，標尚文詞，相對不看重經術，客觀上利於庶族文人拓寬仕途，打壓與李唐皇室關係密切的關隴、山東大族。〔註12〕文人一般在自我呈現段落之開頭，自敘地位卑下或出身寒門以及本質不好之形象，引出後文自身經歷遭逢，舉數例觀之：

　　　　某緯蕭末品，拾艾幽人。〔註13〕

　　　　賓王蟠木朽株，散樗賤質，牆面難用，灰心易寒。〔註14〕

　　　　某北巖曲藝，東皋下節。〔註15〕

　　　　誠不幾乎幽蘭芳蕙，實有愧乎枯木朽株。〔註16〕

　　　　臣實陋微，素乏才業，將遂長往，守此無用。〔註17〕

由此可觀，干謁文中「朽株」、「下節」等語詞揭示了文人布衣及寒門的身分，儘管大多是出身寒族，未必是徹底的庶民階級。文人通過形容自己身分低微及「本質」較差之形象，以表達謙遜恭敬並引起對方同情，這樣的形象書寫由於文人在干謁時地位不平等及文人謙退傳統而產生，未必真如其所述之不堪。

〔註11〕《白居易文集校注》，卷7，頁302～303。
〔註12〕傅璇琮：《唐代科舉與文學》，頁384。
〔註13〕《駱臨海集箋注》，卷8，〈上瑕丘韋明府啟〉，頁269。
〔註14〕《駱臨海集箋注》，卷7，〈上李少常伯啟〉，頁235。
〔註15〕《王子安集注》，卷4，〈上武侍極啟〉，頁122。
〔註16〕《全唐文》，卷247，李嶠〈上雍州高長史書〉，頁2498。
〔註17〕《全唐文》，卷373，蘇源明〈自舉表〉，頁3794。

　　寒門書寫也常常伴隨敘述自身的「材質」鄙陋。又陳子昂〈上薛令文章啟〉云：「某實鄙能，未窺作者，斐然狂簡，雖有勞人之歌；悵爾詠懷，曾無阮藉之思。」〔註18〕作為功利性的應用文體，干謁需要被干謁者的認可與反饋，而滿足對方的理智與情感需要，正是說服對方高抬援手之關鍵因素。〔註19〕故而在干謁文中必須選擇更能取悅對方的自我形象及言語姿態，遂常常敘自身出自寒門、身卑質朽。干謁文中對自我卑賤形象的塑造，正可與干謁文中對顯要的吹捧揄揚形成對比，從而突顯身分位階及才能上的差距，使被干謁者感到優越感及援引下士的責任，或能因此而被同情得到援助，這也是文人的寫作用心。駱賓王〈上齊州張司馬啟〉中，即構建張司馬高潔俊朗之形象：「風情疏朗，霜明月湛之資；氣骨端嚴，雪白水清之概」，而敘自身卻用「某疾抱支離，材均擁腫」之語，形成鮮明對比。〔註20〕文人所展現的姿態卑微形象，與其干謁文結尾「請託拜謝」之書寫所一致，〔註21〕呈現出階級分明之狀。

　　然干謁文中身卑質朽的自我形象，乃被迫壓抑自身之舉，未必是作者內心對自己的真正認同與定位。如駱賓王對干謁文中將自身形象得非常渺小卑微：「某瓶筲小器，鷦蚊末品」〔註22〕；而在其他作品中，在書寫自我時則頗展露出對自身才能與有意用世的昂揚自信，如〈詠懷古意上裴侍郎〉「勒功思比憲，決略暗欺陳。若不犯霜雪，虛擲玉京春。」〔註23〕駱賓王以詩干謁裴行儉，將自身之將才、謀略方之漢代竇憲、陳平，希望得到賞識重用，從征邊塞為國立功。又如〈浮查並序〉中自擬棟樑之才：「觀其根柢盤曲，枝幹扶疏，大則有棟樑舟楫之材，小則有輪轅榱桷之用。」〔註24〕從此自抑與昂揚之反差中，

〔註18〕《全唐文》，卷214，〈上薛令文章啟〉，頁2162。

〔註19〕王佺：《唐代干謁與文學》，頁121。

〔註20〕《駱臨海集箋注》，卷7，〈上齊州張司馬啟〉，頁256～258。

〔註21〕干謁文末卑微的請託拜謝之辭如：駱賓王〈上瑕丘韋明府啟〉：「儻荊璞無見致疑，夜光不逢按劍，則沈骸九死，終望銜珠；殞首三泉，徒希結草。」《駱臨海集箋注》，卷8，頁271。李嶠〈上雍州高長史書〉：「願君侯垂古人之風，申國士之分，……則重如熊掌，府中饒取義之賓；輕若鴻毛，節下有徇身之士矣。」《全唐文》，卷247，頁2498。

〔註22〕《駱臨海集箋注》，卷7，〈上兗州崔長史啟〉，頁247。

〔註23〕據《駱臨海集箋注》，裴行儉於上元二年（674）出任洮州道左二軍總管。「當是臨海為詳正學士，以事見罪。上詩行儉，求從軍以自效也。」按此篇應與〈上吏部裴侍郎書〉時間相近，不久後裴行儉特聘賓王為軍中書記，然賓王忽逢母喪而婉拒。（〈詠懷古意上裴侍郎〉注，卷4，頁110）

〔註24〕《駱臨海集箋注》，卷3，〈浮查並序〉，頁75。「浮查」即「浮槎」，茲從原文用字。

亦可觀干謁文在書寫自我時的藝術誇張。

　　隨著中晚唐時期，門第觀念對取士的影響漸漸減少。從中唐常袞（729～783）的授官制冊可以看出，當時朝廷選才將儒學、文才、吏術、時議、門第的諸多因素綜合考量，但實際上最高標準是實際才能與傳統美德的融合，門第觀念已經逐漸淡出評判視域，或表現出才學與門第觀念的融合。〔註25〕至中晚唐干謁文更多的是敘寫自己生活窘困以引起同情，較少特別寫自己的出身，不過還是有個別例子，如顧雲（835～894）〈投顧端公啟〉云：

> 某聞三吳詞苑，不乏家聲；兩晉儒林，非無祖德。洎風流寢薄，簪紱漸稀，將闡吾宗，獨付全德；不依華宇，更託何門。某遠派涓流，寒林一葉。學由耕石，才實鏤冰。爰自隨計遐方，觀光上國。難沽聲價，易摄覊愁。〔註26〕

《唐詩紀事》載：「顧雲，字垂象，池州醨賈之子也，風韻詳整。」〔註27〕醨賈即鹽商，可能未必貧窮，但確實出身低微，不過至少在風度上已與平頭草民有所不同，顯示唐末地方商賈也可漸進入士人階層。顧雲在開篇即自拔身價：所謂「三吳詞苑」、「兩晉儒林」，大概是說自己是六朝時興盛吳郡顧氏的後代，但已不可考是不是確實，也可能僅是比附，同時也起到了揄揚同是「吾宗」的顧端公。無論如何現在的家門無法給他仕途上的幫助（即所謂「難沽聲價」），所以顧雲在干謁文中建構自身「遠派涓流，寒林一葉」的形象，並自我期許想要顯揚家族，如今只能依靠被設想為「同宗」的「全德」大人。

　　文人京城應舉，常淹留多時，且京師物價高昂，縱使應舉可能還要面臨數年守選，常常身陷窘困，如于邵（713～793）〈與元相公書〉自道：「自經艱難，常處僻陋，外乏長策，內罹百殃，悲生於累，心亦盡矣。」〔註28〕是以上書希望得到同情，早日登第或授官，脫離經濟困境。杜甫（712～770）年屆四十仍上表獻賦求用：「今賈、馬之徒，得排金門、上玉堂者甚眾矣。惟臣衣不蓋體，常寄食於人，……伏惟明主哀憐之，無令役役便至於衰老也。」〔註29〕韓愈應

〔註25〕曲景毅：《唐代「大手筆」作家研究》（北京：中國社會科學出版社，2015年9月），頁135。

〔註26〕《全唐文》，卷815，頁8578。

〔註27〕宋・計有功撰，王仲鏞校箋：《唐詩紀事校箋》（北京：中華書局，2007年11月），卷67，〈顧雲〉，頁2269。

〔註28〕《全唐文》，卷426，〈與元相公書〉，頁4341。

〔註29〕《全唐文》，卷359，〈進雕賦表〉，頁3650。

吏部科目不中，亦有〈上考宏詞崔虞部書〉云：「今所病者在於窮約。無僦屋賃僕之資，無縕袍糲食之給。驅馬出門，不知所之。斯道未喪，天命不欺，豈遂殆哉！豈遂困哉！」〔註30〕將自身的困窮納入類似孔子「天喪斯文」的憂慮中，期許被干謁者發揮儒者扶危濟困的責任感，予以提攜。即便受官仍可能因為長期任下級官吏而久處困窮，如張楚〈與達奚侍郎書〉謂：「歷司馬、長史，再佐任治中，萬里山川，七周星歲。從閩適越，染瘴纏痾，比先支離，更加枯槁，盡作斑鬢，難為壯心。」〔註31〕皆可見下層官員在求選官時，同樣自敘自身的生計之坎壈。

初、盛唐文人所敘貧寒形象時寫作手法又略有差異。初唐文人多以卑微寒酸之態自道家門貧賤，乞求對方同情而予以援引。而盛唐干謁書啟則迥異，如王泠然（692～725）〈與御史高昌宇書〉言自己處困境：「且僕家貧親老，常少供養，兄弟未有官資，嗷嗷環堵，菜色相看，貧而賣漿。」泠然並不以為羞恥，反有平交王侯之姿態：「君是御史，僕是詞人，雖貴賤之閒與君隔闊，而文章之道亦謂同聲，而不可以富貴驕人，亦不可以禮義見隔。」〔註32〕房琯（697～763）〈上張燕公書〉要求張說（667～730）不以貴賤而相拒：「忽不知相國之富貴如此，琯之貧賤又如此。期相國乃曰：『人以道義求我，我不當以貴賤隔之。』」〔註33〕任華〈告辭京尹賈大夫書〉亦言：「觀君似欲以富貴驕僕，乃不知僕欲以貧賤驕君，君何見之晚耶？」〔註34〕可觀盛唐士子多不以貧賤為恥，並不因位勢卑下而故作可憐之態，反在人格氣度上表現出可與對方分庭抗禮之態，展現出戰國士和漢人「何王之門不可曳長裾」〔註35〕的態度。

韓愈對自己貧窮形象的建構，正如其〈答李翱書〉中回憶昔日艱辛：「僕在京城八九年，無所取資，日求於人，以度時月。當時行之不覺也，今而思之，如痛定之人思當痛之時，不知何能自處也。」〔註36〕可見其干謁文亦以真情書之，並且可以推測，此時韓愈四處干謁，不僅為求功名，尚有實際經濟上的需求。然而韓愈並不以一時貧賤落第為餒，發出「豈遂殆哉」的呼號，盡顯頑強

〔註30〕《韓愈文集彙校箋注》，卷32，頁3075。
〔註31〕《全唐文》，卷306，〈與達奚侍郎書〉，頁3115。
〔註32〕《全唐文》，卷294，〈與御史高昌宇書〉，頁2983。
〔註33〕《全唐文》，卷332，〈上張燕公書〉，頁3368。
〔註34〕《全唐文》，卷376，〈告辭京尹賈大夫書〉，頁3818。
〔註35〕《漢書‧鄒陽傳》，卷51，頁2340。
〔註36〕《韓愈文集彙校箋注》，卷6，頁738。

與執著，故蔣抱玄評云：「於悲中得壯氣，非作乞憐態者。」〔註37〕

　　貧窮不僅僅影響著飽暖問題，對士人的社交處境也有著連鎖的影響。韓愈〈與陳京給事書〉云：「貧賤也，衣食於奔走，不得朝夕繼見。其後閣下位益尊，伺候於門墙者日益進。夫位益尊，則賤者日隔；伺候於門墙者日益進，則愛博而情不專。」〔註38〕經濟壓力，導致士人將生活部分中心放在衣食飽暖上，不能長期穩定地跟達官顯要維持良好的社交聯繫。這也可能導致貧士在科舉、銓選的各種場合，無法依靠厚實的人脈資源。

　　有一部分出身遠地而應舉不第的貧寒士人，還須在放榜後至秋季貢舉前的一段空隙，回家贍視父母妻兒。荊南人劉蛻〈上禮部裴侍郎書〉即自訴應舉奔波之辛酸：

> 今者欲三十歲矣，所望不過抱關輸力，求粟養親而已。何者？家在九曲之南，去長安近四千里。膝下無怡怡之助，四海無強大之親。日行六十里，用半歲為往來程。歲須三月侍親左右，又留二月為乞假衣食於道路。是一歲之中，獨留一月在長安。王侯聽尊，媒妁聲深，況有疾病寒暑風雨之不可期者，雜處一歲之中哉。是風雨生白髮，田園變荒蕪，求抱關養親，亦不可期也。〔註39〕

唐代進士二月放榜，不中後寒士便啟程回鄉，一方面陪伴家人，同時也是負擔不起淹留京城的開銷，待來年科舉報名的十一月再到長安。劉蛻則更細節寫出其間奔波勞苦，不僅奉養親長，還要留時間向州府長官「乞假衣食」。對劉蛻來說，一年中大半歲月蹉跎在行道與省親中。同時因為留在長安的時間很短，準備考試、結交達官顯要、疏通人脈的機會便更少，及第的難度則更大，其生活艱澀可知。〈獻南海崔尚書書〉中亦云：「嗚呼！蛻之生於今二十四年，雖天有南，無可置其門；雖天有東，不得開其序。伏臘不足於糧糧，冬夏常苦於靴濕。」〔註40〕可見其生活境況之酸苦，後來劉蛻終於在唐宣宗大中四年（850）考中進士，成為有唐以來荊南第一個進士及第者，被稱為「破天荒」。〔註41〕造成這樣現象的原因固然源於荊南在唐代開發有限，教育經

〔註37〕唐・韓愈著，蔣抱玄評注：《注釋評點韓昌黎文全集》（臺北：廣文書局，1973年6月），卷4，頁302。

〔註38〕《韓愈文集彙校箋注》，卷7，頁787。

〔註39〕《全唐文》，卷789，頁8256。

〔註40〕《全唐文》，卷789，頁8255。

〔註41〕《北夢瑣言》：「唐荊州衣冠藪澤，每歲解送舉人，多不成名，號曰『天荒解』。劉蛻舍人以荊解及第，號為『破天荒』。」《北夢瑣言》，卷4，頁81。

濟皆不發達。然亦不可否認，有著像劉蛻所說，遠方寒士因生活所迫奔波，而不能專心科舉的因素。

較劉蛻年代稍早、家在吳興的韓愈門生沈亞之，亦云自己未及第時，奔走故鄉與長安之辛勞蹉跎：「得黜輒歸，自二月至十一月，晨馳暮走。」〔註42〕又可觀沈亞之（781～832）的〈與李給事薦士書〉，書中敘述張宗顏是亞之在長安一同應舉的鄰居，然失意後還家，而在沈亞之進士及第之後，他即替張宗顏干謁。其中敘及了張宗顏家庭窮困潦倒的狀況，以至於面對親人喪事，家中沒有餘資，只能將自己打扮為奴僕，賣身以葬親。〔註43〕可見中唐寒門士子，面臨科舉不第時，經濟狀況何其窘迫。

晚唐時由於政治敗壞，社會公議不行，科舉常常被世族所操縱，《冊府元龜》載宣宗大中十四年（860）時的考試情況：「時舉子尤盛，進士過千人，然中第者皆衣冠士子。是歲，有鄭義則，故戶部尚書瀚之孫；裴弘，故相休之子；魏當，故相扶之子；令狐滈，故相絢之子，餘不能遍舉，皆以門閥取之。」〔註44〕至如范陽盧氏等豪門大姓，每年都有族中子弟科舉及第的狀況。〔註45〕面臨仕進機會被壟斷的危機，寒門士子只得更加積極干謁，他們在干謁文中，也不免敘及自己家處寒門，並無世資有以繼承，生活處境亦頗困窘的情形，茲引李商隱干謁啟以觀之：

> 重以迫於世資，窘此家素。管寧木榻，坐已膝穿；孔伋縕袍，行而肘見。然猶開卷獨得，懸頭自強。韋編鐵摑，屢聞斷折；亡書墜冊，矗識篇題。〔註46〕

> 已迫地勢，屬此門衰，藐念流離，莫或遑息。喬木空在，弊廬已頹。遂與時人，俱為歲貢。三試於宗伯，始忝一名；三選於天官，方階九品。俸微五斗，病滿十旬。〔註47〕

李商隱於文宗大和六年（832）始應進士舉，開成二年（837）才及第。故而干謁時多敘自己落第不遇，又如其云：「若某者，幼常刻苦，長實流離。鄉舉三

〔註42〕《全唐文》，卷734，沈亞之〈上壽州李大夫書〉，頁7587。

〔註43〕沈亞之〈與李給事薦士書〉：「宗顏貧無以事喪。乃與其兄東下至汴。出操契書。奴褏自賣。聞者皆慟感流涕。然盈月不得售。」《全唐文》，卷735，頁7588～7589。

〔註44〕《冊府元龜‧貢舉部‧謬濫》，卷651，頁7512。

〔註45〕傅璇琮：《唐代科舉與文學》，頁359。

〔註46〕《李商隱文編年箋注》，〈獻舍人河東公啟〉，頁471。

〔註47〕《李商隱文編年箋注》，〈獻舍人彭城公啟〉，頁575。

年，才沾下第；宦遊十載，未過上農。」〔註48〕自己數年奔波於科舉，及第之
後也「方階九品」，並且薪俸微薄，疾病纏身，以至於生活條件還不如坐授良
田的「上農」。同時也很強調自己雖然家境貧困，但仍十分努力志於聖賢之業：
「開卷獨得，懸頭自強」，以至於能像漢代張安世那樣，皆記住所亡佚書的篇
題，可見貧寒形象也有以襯顯志節之作用。又如李商隱〈上韋舍人狀〉敘述自
己居洛陽候選時的生活情狀：

> 某淹滯洛下，貧病相仍。去冬專使家僮起居，今春亦憑令狐郎中附
> 狀。伏審職業殷重，朝直頻繁，雖榮翰之未臨，豈遺簪之或忘？某
> 疏愚成性，采和難移。……果成荒棄，上負維持。無田可耕，有累
> 未遣。蓽門晝永，或曠日方餐；蓬戶夜寒，則通宵罷寐。懷書竊愧，
> 拂硯增悲。遠奉音徽，若隔霄漢。〔註49〕

商隱撰文十分卑微謹慎，文中可見先前已上過一封書狀，但未獲回音，再次寫
信干謁時還幫對方開脫，或許是因為「職業殷重」，精巧的文辭背後足見干謁
文下筆過程中的卑微與惶恐。而後商隱自敘生活困境，雖然有著如白素一般忠
信拙直的品性，〔註50〕然而仕途坎壈，常年不遇，加上家族的負累，以至於生
計出現嚴重的困頓。居住條件的簡陋（「蓽門、蓬戶」）導致無法安歇，但仍強
調自己讀書的志節。

　　李商隱母於會昌二年（842）去世，守喪過程中，會昌三年（843）秋，李
商隱徐氏姊及姊夫相繼去世，李商隱會昌四年返鄉營葬。〔註51〕其會昌三年所
作〈祭徐氏姊文〉云：「伏以奉承大族，載屬衰門。三弟未婚，一妹處室。息
胤猶闕，家徒索然。將恐烝嘗有曠闕之憂，丘隴絕芟除之主。」〔註52〕可見當
年家族生活已然十分窘困。而此狀作於會昌六年仲春，李商隱閒居長安時作，
〔註53〕此時李商隱已多年未有主要經濟來源，生活之窘困可知。

〔註48〕　《李商隱文集編年箋注》，〈獻相國京兆公啟（其二）〉，頁1919。
〔註49〕　《李商隱文編年箋注》，頁1139。
〔註50〕　《禮記・禮器》：「君子曰：甘受和，白受采，忠信之人可以學禮。」孔穎達疏：
　　　　「甘受和、白受采者，記者舉此二物，喻忠信之人可得學禮。甘為眾味之本，
　　　　不偏主一味，故得受五味之和；白是五色之本，不偏主一色，故得受五色之
　　　　采。以其質素，故能包受眾味及眾采也。」清・孫希旦撰，沈嘯寰、王星賢點
　　　　校：《禮記集解》（北京：中華書局，1989年2月），卷24，頁668。
〔註51〕　《玉溪生年譜會箋》，頁103。
〔註52〕　《李商隱文編年校注》，〈祭徐氏姊文〉，頁690。
〔註53〕　參《李商隱文編年箋注》，〈上韋舍人狀〉「校注一」劉學鍇之繫年（頁1140～
　　　　1141）。

晚唐時即使候選得官，廁居下僚時的生活處境也可能不如人意，溫庭筠
〈上宰相啟（其一）〉即自道：

> 迹同袁子，質異山郎。梓柱雲楣，獨居蝸舍；綺襦紈袴，己臥牛衣。
> 若乃清旦問安，長筵稱壽，貂璫畢集，少長俱來。膏沐之餘，則飛
> 蓬作鬢；銀黃之末，則青草為袍。〔註54〕

溫庭筠首先以古代德才優異的寒士袁安來標舉自身，而後敘述自己居住條件
的簡陋，以托出自身不墜之志氣。此篇於大中十二年（857）至咸通元年（860）
所作，庭筠大中十年貶隋縣尉，始為九品官，後為徐商留署襄陽節度使巡官。
〔註55〕故接著溫庭筠使用對照相襯的筆法，敘己經歷了「清旦問安，長筵稱
壽」的官場冷暖，「貂璫畢集」華貴場合相襯之下，更顯出自己的貧寒窘迫。
以至於貴顯者膏沐鮮潤，己則形容憔悴，鬢如飛蓬；貴者即銀印黃綬，而己獨
著青袍居於微末。〔註56〕不僅是居住環境的鄙陋，溫庭筠塑造自己貧困形象
時，也述及飲食、衣著，如其〈上裴相公啟〉亦云：「俄屬羈孤牽軫，藜藿難
虞。處默無衾，徒然夜歎；修齡絕米，安事晨炊！」〔註57〕溫庭筠以自身這樣
貧寒形象的呈現，既而順承干謁的需求與決心。

二、孝親傳統與家庭責任的道德話語力量

有時干謁文則更為實在地說出自己需要通過仕宦以奉養親長的苦衷，這
常常與前文貧寒窘迫之形象書寫相連接。以孝親作為仕進意圖，較「求知己」
更顯情真意切，但若說仕進全然為了孝親，恐也不盡然。並非每個文人干謁時
都有孝親需求，此類自我呈現常與自身貧寒窘迫之形象相聯繫，只在幾家文人
之文中表現，如王昌齡〈上李侍郎書〉以樸實真切的文句，自道自身力養不給
而懇求援引：「每思力養不給，則不覺獨坐流涕，啜菽負米，惟明公念之。」
〔註58〕干謁文孝親之思當屬駱賓王之啟表現最為密集：

> 雖則放曠林泉，頗得閒居之趣；而乃寂寞蓬戶，惟深色養之憂，是
> 以望檄動容，慨南陽而聞寂；祈名鳳駕，嘆郢路而依遲。〔註59〕

〔註54〕《溫庭筠全集校注》，卷11，頁1139。
〔註55〕《溫庭筠全集校注》，〈上宰相啟二首〉「校注一」，卷11，頁1139～1140。
〔註56〕《舊唐書‧輿服志》：「上元元年八月制（674）……八品服深青，九品服淺青，
並鍮石帶。」《舊唐書》，卷45，頁1953。
〔註57〕《溫庭筠全集校注》，卷11，頁1102。
〔註58〕《全唐文》，卷331，〈上李侍郎書〉，頁3352。
〔註59〕《駱臨海集箋注》，卷7，〈上兗州張司馬啟〉，頁252。

> 見古人負米之情，捧檄之操，未嘗不廢書輟卷，流涕傷心。……力農
> 賤事，未免東皋之勞；反哺私情，遽切南陔之詠。少希顧復，輒布悃
> 誠。雖噬指思歸，空軫倚閭之望；而嚙臂求仕，非圖高蓋之榮。〔註60〕

> 諒以糟糠不贍，甘旨之養屢空；簞食無資，朝夕之歡寧展。是以祈
> 安陽之捧檄，似毛義之清塵。〔註61〕

賓王自道本打算自得林泉，然連糟糠尚難以足「甘旨之養」，故而捧檄入官，
執鞭為士。言自己有感於古人為孝親而仕進，表達自身迫於孝親之壓力，求仕
非為圖「高蓋之榮」。孝親有時只是文人美化干謁意圖之藉口，然駱賓王之孝
親應有可信之處，〈上吏部裴侍郎書〉一文可證。裴行儉於上元二年（674）出
任洮州道左二軍總管，特聘賓王為軍中書記。此乃年過半百的駱賓王早年求而
不得的進身仕途的良機。然命有多舛，賓王母老病重，不得不奉養天年，遂上
書婉拒。文中陳詞懇切，可集中觀駱賓王孝親之切：

> 見高堂九仞，曾參負北向之悲；積粟萬鍾，季路起南遊之歎。未嘗
> 不廢書輟卷，流涕霑衣。……不汲汲於榮名；不戚戚於卑位，蓋養
> 親之故也，豈謀身之道哉？……所以逡巡於成命、躊躇於從事者，
> 徒以鳳遭不造，幼丁閔凶。老母在堂，常嬰羸恙。藜藿無甘旨之膳；
> 松檟闕遷厝之資。撫躬存亡，何心天地。〔註62〕

賓王先從孔門孝親故事切入，進一步強調自己孝親的操守堅持，此從賓王對仕
途與孝親的選擇，昭然可觀賓王內心孝親的道德分量，知其孝心出自肺腑，並
非單純作為仕進之掩飾。孝親的自我呈現在晚唐寒士的干謁文中亦不少見，如
羅隱〈投湖南王大夫啟〉云：

> 某聞元亮苦貧，姑求彭澤；戴顒多病，遂乞海虞。苟物役之是牽，亦
> 人情而斯見。某族惟卑賤，品在下中。三篋亡書，幸無漏略；一枝仙
> 桂，嘗欲覬覦。十年慟哭於秦庭，八舉摧風於宋野。近者以調甘軫慮，
> 負米攖心。毛義前賢，尚猶奉檄；鯫生何者，焉可守株？〔註63〕

羅隱在京應舉累試不第，〔註64〕故而自然有著很大的經濟壓力，其〈讒書序〉

〔註60〕《駱臨海集箋注》，卷8，〈上廉察使啟〉，頁262～265。

〔註61〕《駱臨海集箋注》，卷8，〈上瑕丘韋明府啟〉，頁270。

〔註62〕《駱臨海集箋注》，卷8，〈上吏部裴侍郎書〉，頁283～285。

〔註63〕《羅隱集·雜著》，頁288。

〔註64〕羅隱〈讒書重序〉：「以所試不如人，有司用公道落去」《羅隱集·讒書》，頁
240。

自云「及來京師七年，寒餓相接，殆不似尋常人。」〔註65〕最終只能投靠幕府以尋生存，正如其投啟以淵明、戴顒之「物役是牽」自況。可以看見至晚唐時，文人干謁時亦將孝親需求的論述，加入到干謁文中。事類運用也與初唐相類，可參見駱賓王〈上廉察使啟〉所陳：「每讀書，見古人負米之情，捧檄之操，未嘗不廢書輟卷，流涕傷心。」〔註66〕賓王運用「子路負米」、「毛義捧檄」之典故，〔註67〕將自身比附孝行前賢，建構了養親與仕宦之間的必然正當性。所謂「家貧親老，不擇祿而仕」，故干謁行為也可視作理所應當而非羞恥。

寒士在干謁文中，將自身貧寒窘困形象，與贍養家庭相聯結，有時也不局限於奉養父母，敘述重點也可能放在照顧妻小上。如李商隱〈獻相國京兆公啟（二）〉中再次敘及妻子去世之後，自己無力撫養孩子的孤苦困境：

> 始榮攀奉，俄歎艱屯。以樂廣之清羸，披揚雄之瘨眩。遽煩攻療，旋曠趨承。遊梁苑以無期，竄漳濱而有日。矧以游丁鰥子，不忍羈孤，期既迫於從公，力遂乖於攜幼。安仁揮涕，奉倩傷神。男小於嵇康之男，女幼於蔡邕之女。每蒙顧問，必降咨嗟。撫身世以知歸，望門墻而益懇。〔註68〕

大中五年（851）李商隱四十歲。盧弘止卒於汴州，商隱罷汴幕歸京。春夏間抵京，時妻王氏已卒。卒前夫婦未及見面。商隱窮躓無路，再次干謁令狐綯，因補太學博士。七月，柳仲郢任東川節度使，辟為節度書記。〔註69〕嵇康（223～263）〈與山巨源絕交書〉云：「男年八歲，未及成人」，〔註70〕此文作於景元

〔註65〕《羅隱集‧讒書》，〈讒書重序〉，頁197。

〔註66〕《駱臨海集箋注》，卷8，頁262。

〔註67〕「子路負米」事見《孔子家語‧致思》「子路見於孔子曰：負重涉遠，不擇地而休；家貧親老，不擇祿而仕。昔者，由也事二親之時，常食藜藿之實，為親負米百里之外。」楊朝明、宋立林主編：《孔子家語通解》（濟南：齊魯書社，2013年11月），卷2，頁87。「毛義捧檄」事見《東觀漢記‧毛義傳》：「盧江毛義，性恭儉謙約，少時家貧，以孝行稱。南陽張奉慕其名，往候之。坐有頃，府檄適至，以義守令。義奉而入白母，喜動顏色。」漢‧劉珍等撰，吳樹平校注：《東觀漢記校注》（北京：中華書局，2008年11月），卷15，頁654。

〔註68〕《李商隱文編年箋注》，頁1920。

〔註69〕唐‧李商隱撰，劉學鍇、余恕誠著：《李商隱詩歌集解‧附錄‧李商隱年表》（北京：中華書局，2004年11月），頁2348。

〔註70〕南朝梁‧蕭統編，唐‧李善注：《文選》（北京：中華書局，1977年，影印胡刻本），卷43，頁603上。

二年（261），知嵇康被殺時（263），嵇紹（253～304）年僅十歲。〔註71〕李商
隱子袞師生於會昌六年，〔註72〕至大中六年為七歲，故云。又袞師有姊，李商
隱〈驕兒詩〉云：「階前逢阿姊，六甲頗輸失。」〔註73〕李商隱女當大於七歲。
又蔡邕（133～192）在獻帝初平三年（192）被王允（137～192）所殺，時蔡
琰僅十六歲，〔註74〕故云「女幼於蔡邕之女」。干謁文中言及無力照顧子女者，
又如溫庭筠所云：「《戴經》稱女子十年，留於外族；嵇氏則男兒八歲，保在故
人。藐是流離，自然飄蕩。」〔註75〕因為流離藩鎮，沒有辦法安定下來長養子
女，只能寄養在親故之家，為人父者，何其感傷。

　　值得注意的是，李商隱〈獻相國京兆公啟〉在塑造自身貧寒無依的形象
時，還加上自己的病體書寫，這在前人干謁文中是較少出現的。李商隱敘述自
己早先在已接識杜悰（794～873），然後來由於治療疾病耽擱時日，以至「旋
曠趨承」，固然或有干謁文修飾之成分，亦可側觀李商隱妻子亡故後身體每況
愈下。身體日漸清瘦羸弱是一方面，更嚴重的是患有揚雄所得的顛眴病。〔註
76〕眴與眩古字通，《廣雅》即載此瘨眩之症，〔註77〕據當代中醫訓詁學者考
證，瘨眴即中醫中「癇病」。〔註78〕發病時「卒發僕地，吐涎沫，口喎目急，
手足繚戾，無所覺知，良久乃蘇。」〔註79〕可見發病時會極大影響自身形象與
工作，故而需要一段時間靜養「遙煩攻療」。李商隱早年似未見自言此病，而

〔註71〕陸侃如：《中古文學繫年》（合肥：安徽教育出版社，2011年8月），頁527、535。

〔註72〕張采田：《玉谿生年譜會箋》，頁115。

〔註73〕《李商隱詩歌集解·編年詩》，〈驕兒詩〉，頁948。按《編年詩》不分卷。

〔註74〕據陳祖美考證，蔡琰生於熹平六年（177），陳祖美：〈蔡琰生年考證補苴——
　　　　兼述其作品的真偽及評價中的問題〉，《中華文史論叢》1983年第2輯，頁
　　　　223。

〔註75〕《溫庭筠全集校注》，卷11，〈上令狐相公啟〉，頁1114。

〔註76〕揚雄〈劇秦美新〉：「臣常有顛眴病，恐一旦先犬馬填溝壑，所懷不章，長恨黃
　　　　泉。」《文選》，卷48，頁679上。

〔註77〕《廣雅·釋詁》：「瘨之言顛也。《素問·腹中論》『石藥發瘨，芳草發狂』，王
　　　　冰注云：『多喜曰瘨，多怒曰狂。』字通作顛。《急就篇》『疝瘕顛疾狂失響』，
　　　　顏師古注云：『顛疾，性理顛倒失常也。』眴之言眴也。揚雄〈劇秦美新〉云：
　　　　『臣嘗有顛眴病。』義與『瘨眴』相近。」清·王念孫著，張其昀點校：《廣
　　　　雅疏證》（北京：中華書局，2019年6月），卷4上，頁295。

〔註78〕呂曉雪、王育林：〈「疛」、「瘟」、「癇」病名考證〉，《北京中醫藥大學學報》，
　　　　第42卷第1期（2019年1月），頁19。

〔註79〕隋·巢元方撰，黃作陣點校：《諸病源候論》（瀋陽：遼寧科學技術出版社，1997
　　　　年8月），卷37，頁176。

「癇病」之後天病因即源於情志失調,進而導致「肝腎陰虧,陰不斂陽,肝陽亢盛,化熱生風,風火挾痰,上蒙清竅,神機失控,發為癇病。」〔註80〕這很可能與大中五年妻王氏去世後,商隱受到的打擊有很大關係。故李商隱從身體的病弱,與鰥夫處境下無力撫養的兩個角度,敘寫自己不惑之年的困頓狀態,以此期望能進入杜悰幕府中,緩解生活壓力。

有時士人還自敘自己有需要照顧其他家族成員的責任,可參照杜牧的兩篇干謁文章:

> 人惟樸樕,材實朽下,三守僻左,七換星霜,拘攣莫伸,抑鬱誰訴。
> 每遇時移節換,家遠身孤,弔影自傷,向隅獨泣。將欲漁釣一壑,
> 栖遲一丘,無易仕之田園,有仰食之骨肉。當道每歎,末路難循,
> 進退唯艱,憤悱無告。〔註81〕

> 刺史七年,病弟孀妹,百口之家,經營衣食,復有一州賦訟,私以
> 貧苦焦慮,公以愚恐敗悔。仍有嗜酒多睡,廁於其間。是數者,相
> 遭於多忘格卑之中,書不得日讀,文不得專心。〔註82〕

〈上吏部高尚書狀〉作於大中二年(848),時在睦州任,據所云「刺史七年」、「三守僻左,七換星霜」,乃杜牧自會昌二年(842)春,由於受李德裕排擠,出任黃州刺史,後徙池州、睦州。故而敘述自己七年之內遷守三州的風塵辛勞。「時移節換,家遠身孤」可見杜牧的家人仍留在故鄉長安樊川。杜牧在兩封干謁文中集中書寫了自己擔負著家庭的沉重責任:「病弟孀妹,百口之家,經營衣食」。並且杜牧的弟弟杜顗有著嚴重的眼疾,杜牧在京城時即訪醫治療,未果;後在黃州時,又想辦法讓杜顗去揚州尋醫,但後來還是失明,與孀居的妹妹一起居住揚州,這對身為家族中較為顯宦的杜牧,都有很大的經濟壓力。〔註83〕因此杜牧含蓄表達了希望通過干謁來回調朝廷,能更好地照顧家人。

〔註80〕余小萍,方祝元主編:《中醫內科學(第3版)》(上海:上海科學技術出版社,2018年5月),頁163。

〔註81〕《杜牧集繫年校注・樊川文集》,卷16,〈上吏部高尚書狀〉,頁988。

〔註82〕《杜牧集繫年校注・樊川文集》,卷16,〈上刑部崔尚書狀〉,頁991。

〔註83〕杜牧〈上宰相求杭州啟〉對家庭狀況作了更詳細敘述:「弟顗,一舉進士及第,有文章時名,不幸得痼疾,坐廢十三年矣。今與李氏孀妹,寓居淮南,並仰某微官以為餱命。某前任刺史七年,給弟妹衣食,有餘兼及長兄,亦救不足。」《杜牧集繫年校注・樊川文集》,卷16,頁1018。又可參繆鉞:《杜牧傳》(北京:人民文學出版社,1977年12月),頁72。王景霓:《杜牧評傳》,收於氏著《燭光集》(廣州:暨南大學出版社,2015年6月),頁170。

　　杜牧還提到自己「將欲漁釣一壑，栖遲一丘」，同樣也顯示出，士人在仕
途蹭蹬時，會有歸隱的傾向，並且將之作為某種積極的士人形象，表現在干謁
文中。然而終有家人之拖累，如杜牧在黃州有詩云：「豈為妻子計，未去山林
藏」〔註84〕，意思正同「有仰食之骨肉」，也見杜牧干謁文之懇切真摯。同時
杜牧也非常坦誠寫出，自己深受刺史繁重的行政事物所煩擾，同時這也是一種
循吏形象的表現。〔註85〕杜牧還描繪了公務之下自己平庸的生活，嗜酒多睡，
沒有辦法好好讀書治學。杜牧並沒有過度自我包裝，在干謁文中實屬異類，
反而讀來頗有真實懇切之感。

第二節　流動賢能觀之下的露才揚己

　　以中古的賢能觀變化而言，也越來越重視文學與「才」直接的關係，兩漢
以降，經術內容與政治社會現實差距增大，經術可直接用來治政的場合越來越
少。〔註86〕然文章出入朝廷的各種場合，同時也能顯示士人出才思敏捷的特
質，故而唐代科舉進士科的地位也遠高明經。進士受重視也與實際授官情形有
關，進士科在早期往往授以校書郎、秘書郎，以後就逐步升為翰林學士，更能
快速接近中央權力核心。而明經科出身者往往被授予州縣長官（中晚唐進士也
會在州縣任職），以發揮其儒師教化之用，故而進士科也更加受文人重視與具
有名望。〔註87〕隨著科舉政治之引導，導致社會上重視文學才能之風氣興盛，
是以文人在干謁文中強調自身文才。然而唐代的地方吏治中，行政與司法不
分，許多士人及第或守選之後，也只被授予縣尉、縣丞等職，故也有時強調自
身的吏治才能，或呈現文才與吏治能力結合的形象。

一、唐代的重文生態與文才形象之建構及流變

　　干謁文中文人著意於展現自身學識才能，首先即與高宗武后時期科舉漸
重文學密切相關。高宗於貞觀二十三年（649）即位，九月即下詔制舉，其中
便有「遊情文藻」、「下筆成章」、「博聞強記」等科目，玄宗天寶十三年（754）

〔註84〕《杜牧集繫年校注・樊川文集》，卷1，〈郡齋獨酌〉，頁65。
〔註85〕安史亂後，唐人面對州縣凋敝、百姓疲敝的政治現實，而實際的為政能力的在地
　　　　重要性被顯現，士人也更加以循吏的觀念從政。詳參呂家慧：〈中晚唐循吏觀念
　　　　的復興與書寫〉，《北京大學學報（哲學社會科學版）》，2018年第5期，頁114。
〔註86〕毛漢光：〈中國中古賢能觀之研究——任官標準之觀察〉，頁348。
〔註87〕傅璇琮：《唐代科舉與文學》，頁127。

制舉試辭藻宏麗科，除策文之外，還加試詩賦各一首，史稱「制舉試詩賦自此始」。〔註88〕初唐以來吏部銓選時，仍看重詩賦，如王勃〈上吏部裴侍郎啟〉中「伏見銓擢之次，每以詩賦為先」語可證。〔註89〕又如駱賓王〈上吏部侍郎帝京篇啟〉開篇即敘「昨引注目，垂索鄙文」。〔註90〕據《登科記考》，至高宗永隆二年，進士試由試策一場變為貼經、雜文、策文三場，並且「雜文之專用詩賦，當在天寶之季」。〔註91〕具體考察而言，在玄宗朝前期，大致為一篇賦或頌、銘，天寶十年（751）之後，固定為詩賦各一。〔註92〕

《舊唐書》載：「高宗嗣位，政教漸衰，薄於儒術，尤重文吏。於是醇醨日去，華競日彰，猶火銷膏而莫之覺也。」〔註93〕隨著宮廷內部浮華文氣的盛行和文學遊宴的增多，文采出眾越來越成為標識身分的重要手段。這樣的環境下，寫作技能可為學者步入高層提供捷徑，文學進而取代儒學的優勢地位。〔註94〕甚有對自身文才自信乃至於狂傲者，員半千即上〈陳情表〉於武則天，對自身才學誇下海口，足見自負其才：

> 若使臣七步成文，一定無改，臣不愧子建；若使臣飛書走檄，授筆立成，臣不愧枚皋。陛下何惜玉階前方寸地，不使臣披露肝膽，抑揚辭翰。請陛下召天下才子三五千人，與臣同試詩、策、判、箋、表、論，勒字數，定一人在臣先者，陛下斬臣頭，粉臣骨，懸於都市，以謝天下才子。〔註95〕

可見能熟練掌握並發揮不同文體的寫作，也是重要的文才呈現。員半千此投匭干謁之舉，史書得載，《舊唐書》：「上元初，應八科舉，授武陟尉。」〔註96〕《新唐書》：「州舉童子，房玄齡異之，對詔高第。……凡舉八科，皆中。咸亨中，上書自陳：『……朝廷九品無葭莩親，行年三十，懷志潔操，未蒙一官。』

〔註88〕 傅璇琮：《唐代科舉與文學》，頁136～147。
〔註89〕 《王子安集注》，卷4，〈上吏部裴侍郎啟〉，頁131。
〔註90〕 《駱臨海集箋注》，卷1，〈上吏部裴侍郎帝京篇啟〉，頁1。
〔註91〕 徐松對雜文進行了解釋：「按雜文謂箴銘論表之類，開元始以賦居其一，或亦詩居其一，亦有全用詩賦者，非定制也。雜文之專用詩賦，當在天寶之季。」清‧徐松撰，趙守儼點校：《登科記考》（北京：中華書局，1984年8月），〈永隆二年〉，卷2，頁69～70。
〔註92〕 傅璇琮：《唐代科舉與文學》，頁408。
〔註93〕 《舊唐書‧儒學列傳》，卷189，頁4942。
〔註94〕 （美）麥大維：《唐代中國的國家與學者》，頁28。
〔註95〕 《全唐文》，卷165，〈陳情表〉，頁1682。
〔註96〕 《舊唐書》，卷190，頁5014。

書奏，不報，調武陟尉。」〔註97〕據史書可知，員半千童子高第，然守選多年未得授官，無人引薦，歲月蹉跎，故上書自陳以求仕，可惜「不報」。

初盛唐干謁文中所自鬻之學識才能，不局限於文學才力，還往往集中於展現經世致用、王霸之道等方面的才能，以及自身博觀百家的見識，初唐王勃〈上劉右相書〉即以王道自許「使得披肝膽，布腹心，大論古今之利害，高談帝王之綱紀。」〔註98〕王勃的〈上吏部裴侍郎啟〉亦言：「方欲激揚正道，大庇生人，黜非聖之書，除不稽之論。牧童頓穎，思進皇謀；樵夫拭目，願談王道。」〔註99〕又如李白敘己「五歲誦六甲，十歲觀百家，軒轅以來，頗得聞矣」，〔註100〕李白代人推薦己的〈為宋中丞自薦表〉更自言「文可以變風俗，學可以究天人。」〔註101〕皆可見天才型文人在干謁文中，呈現對自己才學的積極展現姿態。

陳子昂投匭獻頌以干謁，自道生逢明主的同時，亦表現自身熱心於當世政治：「親逢聖人，又睹昌運，舜、禹之政，河、洛之圖，悉皆目見，幸亦多矣。」〔註102〕子昂草莽所獻之諫書亦表現自身對王霸大略之鑽研：「梓州射洪縣草莽愚臣陳子昂，謹冒死稽首再拜獻書闕下。……竊少好三皇五帝霸王之經，歷觀丘墳，旁覽代史，原其政理，察其興亡。」〔註103〕盧藏用〈陳拾遺集序〉亦佐證其富有才略：「至於王霸之才，卓犖之行，則存之別傳。」〔註104〕此皆可見文人對王霸大略才能不遺餘力的書寫，這亦與武則天至玄宗以來科舉、制舉之選取內容與取人標準演變密切相關，即自傳統經學為主之選舉改為更注重「高才」、「王霸」之能。〔註105〕

〔註97〕《新唐書》，卷112，頁4161。
〔註98〕《王子安集注》，卷5，〈上劉右相書〉，頁164。
〔註99〕《王子安集注》，卷4，〈上吏部裴侍郎啟〉，頁131。
〔註100〕《李太白全集》，卷26，〈上安州裴長史書〉，頁1243。
〔註101〕《李太白全集》，卷26，頁1218。
〔註102〕《全唐文》，卷209，〈上大周受命頌表〉，頁2114。
〔註103〕《全唐文》，卷213，〈諫政理書〉，頁2152。
〔註104〕《全唐文》，卷238，〈右拾遺陳子昂文集序〉，頁2403。
〔註105〕葛曉音〈初盛唐文人的干謁方式〉，頁226：「垂拱元年（685）後，開始以『帝王之道』、『天人之問』為進士和制舉對策的重要內容。這固然是為了密切配合則天革命的政治形勢，但也鼓勵了一批士人經邦濟國的大志。所以陳子昂之流均以『學究天人之際』，『意在王霸大略』自負。……玄宗開元年間除了沿襲則天時『文詞雅麗』、『博學宏詞』等文史科目外，更增添了『知合孫吳可以運決策』、『高才沉淪草澤自舉』、『智謀將帥科』、『牧宰科』、『王霸科』等。……盛唐文人高談王霸的風氣因此也就比初唐更盛。」

　　盛唐以來，進士及第越來越成為知識分子中精英的標誌。德宗朝禮部員外郎沈既濟記載開元天寶朝以下進士科盛況：「進士為士林華選，四方觀聽，希其風采，每歲得第之人，不浹辰而周聞天下。故忠賢雋彥韞才毓行者，咸出於是，而桀姦無良者或有焉。故是非相陵，毀稱相騰，或扇結鉤黨，私為盟敵，以取科第，而聲名動天下。」〔註106〕進士科比其他科更加注重辭藻技巧，故而中唐士人儘管表現出濃厚的儒家理想（參下節），但干謁時仍注重自身文學才能的展現，不過有時會呈現「古」的傾向。

　　另一角度，仕途上的激烈競爭，使得士人更加需要通過文學寫作來博取名聲，以求招來科舉場域中「恩主」的注意，以韓愈〈上兵部李巽侍郎書〉為例：

> （愈）性本好文學，因困厄悲愁無所告語，遂得究窮於經傳史記百家之說，沉潛乎訓義，反覆乎句讀，礱磨乎事業，而奮發乎文章。凡自唐虞已來編簡所存，大之為河海，高之為山嶽，明之為日月，幽之為鬼神，纖之為珠璣華實，變之為雷霆風雨。奇辭奧旨，靡不通達。……謹獻舊文一卷，扶樹教道，有所明白；南行詩一卷，舒憂娛悲，雜以瑰怪之言，時俗之好，所以諷於口而聽於耳也。如賜覽觀，亦有可采。干黷嚴尊，伏增惶恐。〔註107〕

韓愈仔細形容自己讀書的過程，許多篇幅形容自己所讀之書，可見中唐士人對博學的重視。中唐時長安的士人，常通過相互拜訪私第的方式，廣泛探討文史、宗教和時務話題。作為談客的年輕士人，為高位者的政治群體出謀劃策，反過來，年輕士子也會請求高官為其提供仕進機會。〔註108〕所以在干謁文中，士人也重視展露自身見聞、知識的深廣。同時「變之為雷霆風雨」、「瑰怪之言」隱喻韓愈對文學文章有著求變的心態在內。

　　隨著中晚唐時中書舍人、翰林學士等詞臣，更加能接近皇帝，掌握權力中樞，如「至德（宗）已後，天下用兵，軍國多務，深謀密詔，皆從中出。尤擇名士，翰林學士得充選者，文士為榮。亦如中書舍人例置學士六人，內擇年深德重者一人為承旨，所以獨承密命故也。德宗好文，尤難其選。貞元已後，為學士承旨者，多至宰相焉。」〔註109〕故中晚唐即使在儒學復興的背景之下，

〔註106〕　《通典‧選舉‧歷代制下》，卷15，頁358。
〔註107〕　《韓愈文集彙校箋注》，卷5，頁600。
〔註108〕　（美）麥大維：《唐代中國的國家與學者》，頁35。
〔註109〕　《舊唐書‧職官志‧中書省》，卷43，頁1854。

文才仍然是取士時的重要元素，如常袞在代宗大曆年間當政時，如果不是以進
士科出身者，便不進用。〔註110〕故而晚唐舉子進士試時也著力構建文才之形
象，溫庭筠〈上蔣侍郎啟（其一）〉即云：

> 某尋常爵里，謬嗣盤盂。離方遁圓，因陋成寠。亦嘗研窮簡籍，耽
> 味聲詩。頗識前修之懿圖，蓋聞長者之餘論。顓愚自任，并介相忘。
> 質文異變之方，驪翰殊風之旨。粗承師法，敢墜緹緗。〔註111〕

「嗣盤盂」謂繼承先世之功烈，此指己為唐初功臣宰相溫彥博之後裔。溫庭筠
在投獻詩文時，雖然謙虛說自己寡陋、顓愚，但可見尤其屬意展現自身文學功
底（甚至包括了通「文字、聲音之學」），從最直接的面向塑造自身的才能形
象。隨著科舉漸重文學，唐代家族的家學傳承側重，也漸漸由經學轉向文學。
〔註112〕故也可見兼敘述自己的學習成長過程，其中「長者餘論」、「粗承師
法」，旨在說明家學淵源有自，且有師法相承。溫庭筠自敘詩才時還說自身能
通「質文異變」、「驪翰殊風」，這應是照應了晚唐科舉詩壇，稱詩人者常常偏
執於一域的狀況。〔註113〕所以溫庭筠特別強調自己不僅能通變詩文的「文質
發展」，而且在寫作時候能平衡文質，並且能掌握發揮不同風格，以此在干謁
文中顯示自己不同於尋常士人。溫庭筠在第二篇〈上蔣侍郎啟（其二）〉中，
則側重建構自己詩文的風格：

> 某率茲孤植，勔彼單家。持擊缶之凡音，嗣操琴之舊事。於是持樞
> 自警，割席相微。味謝氏之膏腴，弄顏生之組繡。勞神焦慮，消日
> 忘年。雖天分不多，尚慚於風雅；而人功斯極，劣近於謳歌。〔註114〕

〔註110〕《舊唐書·崔祐甫傳》:「常袞當國，……非以辭賦登科者，莫得進用。雖賄
　　　　賂稍絕，然無所甄異，故賢愚同滯。」《舊唐書》，卷119，頁3440。

〔註111〕《溫庭筠全集校注》，卷11，頁1089～1090。

〔註112〕邢鐵:《唐宋時期家學傳承研究》（北京：人民出版社，2021年6月），頁116
　　　　～117。

〔註113〕歐陽脩〈梅聖俞墓誌銘〉云:「其應於人者多，故辭非一體，至於他文章皆可
　　　　喜，非如唐諸子號詩人者僻固而狹陋也。」此「文章」也指詩，歐陽脩針對
　　　　中晚唐一些詩人，風格偏狹的詩人發論。宋·歐陽脩著，洪本健校箋:《歐陽
　　　　脩詩文集校箋》（上海：上海古籍出版社，2009年），《居士集》卷33，頁881。
　　　　又李商隱〈獻侍郎鉅鹿公啟〉敘述晚唐科舉應試作詩之情形:「我朝以來，此
　　　　道尤盛。皆陷於偏巧，罕或兼材。枕石漱流，則尚於枯槁寂寥之句；攀鱗附
　　　　翼，則先於驕奢艷佚之篇。推李、杜則怨刺居多，效沈、宋則綺靡為甚。」
　　　　《李商隱文編年校注》，頁1188～1189。

〔註114〕《溫庭筠全集校注》，卷11，頁1096。

溫庭筠繼承初唐干謁文的形象建構策略，將自己塑造成貧寒而勤苦習業的形象，先以沈峻、管寧之事跡節行，〔註 115〕來標舉自己讀書時的堅定意志。於是接到成效：自己同時能掌握顏、謝詩的精華，發揚其風格，以至於能稍接「風雅」，不過並未言及經史學等方面的才能。可見晚唐士人干謁時，仍非常注重文學才能的展現，並且用在自身文才描述的筆墨，比初盛唐干謁文更多。自玄宗朝進士試「雜文」部分專試詩賦之後，詩賦為先的考試模式便一直延續到晚唐五代，如《通典》所云：「開元以後，四海晏清，士無賢不肖，恥不以文章達。」〔註 116〕可想而知，延亙一二百年的科舉傳統之下，重視文學風氣自然深深積澱，也更加反映在晚唐干謁文中。

　　士子有時也以較為謙虛的方式，委婉提醒對方關注自己的文學才能，李商隱〈上河陽李大夫狀〉則云：「某才非擲地，辯乏談天。著撰不工，王隱文寧逮意；懶慢相會，嵇康志有所安。」〔註 117〕「擲地」乃指孫綽作〈遊天台山賦〉擲地有聲〔註 118〕，「談天」自然即是鄒衍談天之能，又可見「辯才」與「文才」對舉，與初唐時的揄揚書寫相似。以嵇康（223～263）自比值得注意，嵇康〈與山巨源絕交書〉云「簡與禮相背，嬾與慢相成，而為儕類見寬，不攻其過，又讀莊老，重增其放，故使榮進之心日頹，任實之情轉篤。」〔註 119〕偏向疏慢隱逸的形象，應與其仕途坎壈辭去弘農尉的經歷有關，且嵇康形象可用以調和自身仕進意圖的表達。

　　有時干謁文章僅僅作為所投獻「行卷」的一份介紹，重點並不在形塑自身形象或揄揚被干謁者，不過其中仍能透露作者對自身文才的自信，杜牧〈上安州崔相公啟〉云：

> 某比於流輩，一不及人。至於讀書為文，日夜不倦，凡諸所為，亦
> 未有以過人。至於會昌三年八月中所獻相公長啟，鋪陳功業，稱校

〔註 115〕　《梁書‧沈峻傳》：「沈峻字士嵩，吳興武康人。家世農夫，至峻好學，與舅太史叔明師事宗人沈驎士，在門下積年，晝夜自課，時或睡寐，輒以杖自擊，其篤志如此。」唐‧姚思廉：《梁書》（北京：中華書局，1973 年 5 月），卷48，頁 678。《世說新語‧德行》：「（管寧、華歆）同席讀書，有乘軒冕過門者，寧讀如故，歆廢書出看。寧割席分坐曰：『子非吾友也。』」《世說新語箋疏》，卷上之上，頁 16。

〔註 116〕　《通典‧選舉‧歷代制下》，卷 15，頁 357。

〔註 117〕　《李商隱文編年校注》，頁 446。

〔註 118〕　《晉書‧孫綽傳》：「（孫綽）嘗作〈天台山賦〉，辭致甚工，初成，以示友人范榮期，云：『卿試擲地，當作金石聲也。』」《晉書》，卷 56，頁 1544。

〔註 119〕　《文選》，卷 43，頁 601 下。

短長，措於《史記》、兩《漢》之間，讀於文士才人之口，與二子並
無愧容。……復敢別錄所為新舊文兩卷，凡一十九首，上塵視聽，
一希鐫琢。〔註120〕

關於杜牧所獻的「新舊文兩卷」，可以參照杜牧在〈上知己文章啟〉中，詳細
列出並介紹了自己所投篇目（這在干謁文中並不多見），同時說說自己的文章：
「雖未能深窺古人，得與揖讓笑言，亦或的的分其狀貌矣。」〔註121〕所獻七
篇皆存今《杜牧集》中，並且除了兩篇賦外，皆為古文。可見在古文運動的影
響下，晚唐士子以古文干謁，古文也成為詩賦之外，評定士人文才、能力的標
準。杜牧同時也將《史記》、《漢書》、《後漢書》作為自己寫作的標竿，同時自
信認為與已經成為文章經典的史傳相比，自己也並無愧容。

二、吏術形象在晚唐之盛行

　　隨著晚唐藩鎮割據時期胥吏階層的明顯出現，官員基於儒學道德進行政
治判斷，而實務中胥吏則需要更重專門知識，從而造成了政治與實務分離的
狀態。〔註122〕另一方面晚唐政治腐敗，權臣、強藩、宦官交相插手官員的選
任，納才行賄、以好惡選舉之事頻頻。〔註123〕在壓抑的政治環境下，寒門士
人欲求一登第機會尚且困窘，即使中舉，也往往從最基層官吏做起，士人的
志氣早也不如盛唐、中唐的士人那般，有著胸懷兼濟的雄心壯志。這時候他
們就更加注重表現實用性質的文才與吏能，而大多士人不敢妄言籌謀天下的
宰輔之能。

　　《人物志・才能》即分出許多士人處理具體行政事務時，各方面細部之

〔註120〕《杜牧集繫年校注・樊川文集》，卷16，頁992。
〔註121〕杜牧〈上知己文章啟〉：「伏以元和功德，凡人盡當歌詠紀叙之，故作〈燕將
　　　　錄〉。往年弔伐之道未甚得所，故作〈罪言〉。自艱難來始，卒伍傭役輩，多
　　　　據兵為天子諸侯，故作〈原十六衛〉。諸侯或恃功不識古道，以至于反側叛亂，
　　　　故作〈與劉司徒書〉。處士之名，即古之巢、由、伊、呂輩，近者往往自名之，
　　　　故作〈送薛處士序〉。寶曆大起宮室，廣聲色，故作〈阿房宮賦〉。有盧終南
　　　　山下，嘗有耕田著書志，故作〈望故園賦〉。」《杜牧集繫年校注》，卷16，
　　　　頁998。
〔註122〕（日）平田茂樹著，吳志宏譯：《科舉與官僚制》（上海：中西書局，2021年
　　　　8月），頁45。
〔註123〕亦如《侯鯖錄》語云：「唐末、五代，權臣執政，公然交賂，科第差除各有等
　　　　差。故當時語云：及第不必讀書，作官何須事業。」宋・趙令畤撰，孔凡禮
　　　　點校：《侯鯖錄》（北京：中華書局，2002年9月），卷4，〈唐末五代政弊〉，
　　　　頁103。

「能」，〔註124〕可見魏晉時士人已經關注到參與政治活動時，不僅需要自身德行或文才的出身，還需要一些行政能力。不過總體而言，實幹才能在中古往往很少被特別討論，這也是由於中古士人往往追求經術、文章才能，而頗不那麼在意「下學」，即王充所謂「文史更事，儒生不習也。」〔註125〕

故而在唐代前期，干謁文中吏術形象的建構，常常通過文才的應用，延伸到實際的吏治寫作能力上，如李嶠（644～713）〈上高長史述和詩啟〉自云：「某學異通敏，才非沈鬱，刀筆為吏，趨馳之歲月已多；雕藻成文，雅頌之風流尚缺。平原從者，終慚入楚之遊；闕里門人，空積後陳之嘆。」〔註126〕張楚〈與達奚侍郎書〉云：「僕於藻翰留意，則下筆成章；僕於幹蠱專精，則操刀必割。」〔註127〕均著意構建自身文才出眾，作為刀筆吏時也一定能出色充任之形象以自鬻。而這類書寫吏術形象的士人，也往往出身較為寒微，即使科舉中第，可能也難以被選為「清職」。

晚唐時的吏術形象呈現則更加多元化，如李商隱〈上華州周侍郎狀〉云：「某文非勝質，點不半癡。辛勤一名，契闊九品。獻書指佞，遠愧南昌；懸棒申威，近慚北部。」〔註128〕「契闊九品」，謂補九品之弘農尉。「遠愧南昌」、「近慚北部」，其時李商隱在弘農尉任上，雖自云「慚愧」，實際上也是暗示自己堪比梅福、曹操，擁有作為縣尉傑出的司法行政才能與剛直品格。〔註129〕幕僚需要協助處理實際瑣碎的政務，而晚唐士人請託入幕時，也仍注重吏治的

〔註124〕《人物志・才能》：「夫人材不同，能各有異：有自任之能，有立法使人從之之能，有消息辨護之能，有德教師人之能，有行事使人譴讓之能，有司察糾摘之能，有權奇之能，有威猛之能。」三國魏・劉邵撰，王曉毅譯注：《人物志譯注》（北京：中華書局，2019年9月），卷中，頁108。

〔註125〕《論衡・程材篇》王充還補充論述：「夫論善謀材，施用累能，期於有益。文吏理煩，身役於職，職判功立，將尊其能。儒生栗栗，不能當劇；將有煩疑，不能效力。」漢・王充著，黃暉撰：《論衡校釋》（北京：中華書局，1990年2月），卷12，頁533～534。

〔註126〕《全唐文》，卷247，〈上高長史述和詩啟〉，頁2503。

〔註127〕《全唐文》，卷306，〈與達奚侍郎書〉，頁3116。

〔註128〕《李商隱文編年校注》，頁409～410。

〔註129〕《漢書・梅福傳》：「（福）補南昌尉，後去官歸壽春，數因縣道上言變事，求假軺傳，詣行在所條對急政，輒報罷。是時，成帝委任大將軍王鳳。鳳專執擅朝，王氏寖盛，災異數見，羣臣莫敢正言。福上書……上遂不納。」漢・班固撰，唐・顏師古注：《漢書》（北京：中華書局，1962年6月），卷67，頁2917。《三國志・武帝紀》：「年二十，舉孝廉為郎，除洛陽北部尉。」裴注引《曹瞞傳》曰：「太祖初入尉廨，繕治四門，造五色棒，懸門左右各十餘枚，有犯禁者，不避豪彊，皆棒殺之。」《三國志》，卷1，頁2～3。

才能，李商隱即舉出自己先前的工作經歷，作為吏幹之能的證明。又如溫庭筠
〈上崔相公啟〉自敘道：

> 而又專門有暇，曾習政經；閉戶無營，因窺吏事。既辨張湯之鼠，
> 深知子產之魚。書劍彷徨，年光倏忽。徒思效用，無以為資。〔註130〕

溫庭筠用張湯、子產兩個典故，展現自己精於吏事，長於判獄，善識詐偽的形
象。〔註131〕值得注意的是，張湯乃《史記・酷吏列傳》所載酷吏，而唐代干
謁文中，多以兩漢的循吏形象，來揄揚被干謁者或修飾自身，很少用到酷吏形
象。溫庭筠以之來呈現自己的能力，可見晚唐士人干謁時，更加注重「吏事」
的實際致用。在唐代「重內輕外」的職官風氣下，縣尉並非「清起家官」，頗
為人所鄙。〔註132〕士人常常再參加制舉或吏部科目選，尋求升進。而到了晚
唐，有一縣尉可做，已是足慶幸之事，故在構建自身形象時，對自己的司法才
能也尤其強調。

　　不過「濡毫抒藝，殺竹貢能」的文書應用才能，仍然是士人構建自我形象
時主要的部分，至若李商隱〈上漢南盧尚書狀〉云：

> 某材誠漏薄，志實辛勤。九考匪遷，三冬益苦。引錐刺股，雖謝於
> 昔時；用瓜鎮心，不慚於前輩。儻得返身湖嶺，歸道門牆，粗依鳴
> 盜之餘，以奉陶鎔之賜。則尚可濡毫抒藝，殺竹貢能，記錄咎繇之
> 謨，注解傅巖之命。庶於此日，不後他人。〔註133〕

〔註130〕《溫庭筠全集校注》，卷11，頁1124。
〔註131〕《史記・酷吏列傳》：「張湯者，杜人也。其父為長安丞，出，湯為兒守舍，
　　　　還而鼠盜肉，其父怒，笞湯。湯掘窟得盜鼠及餘肉，劾鼠掠治，傳爰書，訊
　　　　鞫論報，並取鼠與肉，具獄磔堂下。其父見之，見其文辭如老獄吏，大驚，
　　　　遂使書獄。」《史記》，卷122，頁3137。《孟子・萬章上》：「昔者有饋生魚於
　　　　鄭子產，子產使校人畜之池，校人烹之，反命曰：『始舍之，圉圉焉，少則洋
　　　　洋焉，悠然而逝。』子產曰：『得其所哉！得其所哉！』校人出，曰：『孰謂
　　　　子產智，予既烹而食之，曰得其所哉，得其所哉！』故君子可欺以其方，難
　　　　罔以非其道。」《孟子正義》，卷18，頁1492。按「知子產之魚」，謂善於識
　　　　破如子產校人之謊言。
〔註132〕《唐音癸籤》：「唐人仕宦，每重內輕外，如「領郡輒無色」、「欲把一麾江海
　　　　去」，見諸詩不一。至州縣親民吏，尤視為輕，銓曹不甚加意。」明・胡震亨
　　　　著：《唐音癸籤》（上海：古典文學出版社，1957年5月），卷26，頁231。
　　　　又如施蟄存云：「唐代進士初入仕途，往往從縣尉做起，可是詩人中也沒有出
　　　　類拔萃的好縣尉，而他們常在詩中發牢騷。嫌位卑官小，屈辱了他這樣的人
　　　　才。」施蟄存：《唐詩百話》（上海：上海人民出版社，2019年），頁216。
〔註133〕《李商隱文編年校注》，頁1252。

「粗依鳴盜」將自身喻為孟嘗君麾下的雞鳴狗盜之徒。顯示出晚唐幕府背景下對幕主的干謁，有著接近戰國時求「養士」的性質，有著明顯的主從尊卑觀念。李商隱又敘「濡毫抒藝」等語，現實出其期望有機會能進入幕府中，發揮文學才能。文士進入幕府一般擔任掌書記之職，自當時的廳壁記中，也可以看到掌書記的工作範圍與難度。〔註134〕關於掌書記之職，柳宗元〈送邠寧獨孤書記赴辟命序〉即云：「今又能旁貴文雅，以符召文士之秀者河南獨孤密，署為記室，俾職文翰」〔註135〕可見掌書記需要「文士之秀者」來擔任，其職責除了寫作朝覲、聘問、慰薦、祭祀、祈祝等功能之文外，有時還涉及有關軍事、政事的文書寫作之事，對文士是否能生動得體地寫作，有著極高的要求。也因此唐代入幕文人中，進士科出身者占了很大的比例。〔註136〕故而文人干謁入幕時，當從應用文寫作的角度出發，盡力展現其文辭、寫作技巧方面的條件與能力。因此晚唐幕僚在正式入幕之前，也會先嘗試著擬代一些公文，類似科舉時的「行卷」，來作為有能力掌書記的考核。〔註137〕可見干謁入幕時，展示自身撰寫公文能力的重要性。又如羅隱〈投湖南于常侍啟〉即云：「必若終憐薄伎，尚憫前途，則科號三篇，判稱六部；早嘗留意，頗亦逼人。將今晨禱祝之詞，為異日覬覦之路。」〔註138〕則同樣強調自己寫作判詞及一些禮儀文書的能力，來作為自己干謁之底氣。

第三節　以儒飾吏觀念下的家學、儒術與德行

　　儒學在唐代文人的家學教育、仕宦及生活中佔據著中心地位，經典指引士

〔註134〕韓愈〈徐泗豪三州節度掌書記廳壁記〉：「書記之任亦難矣！元戎總齊三軍之事，統理所部之眊，以鎮定邦國，贊天子施教化。而又外與賓客四鄰交，其朝覲聘問，慰薦祭祀祈祝之文，與所部之政，三軍之號令升黜，凡文辭之事，皆出書記。非宏辯通敏兼人之才，莫宜居之。」《韓愈文集彙校箋》，卷3，頁348。
〔註135〕《柳宗元集校注》，卷22，頁1485。
〔註136〕據戴偉華統計，唐代226名入幕文學家中，進士出身149、明經6、諸科10、未登第者61。戴偉華：《唐代使府與文學研究》，頁107。
〔註137〕張采田云：「〈為濮陽公上陳相公狀〉、〈賀丁學士狀〉在開成二年，又本年正月為安平公諸侯狀，其時皆在未經入幕之先。意者唐時幕僚辟署，必先代擬章表，以示程式，亦如應舉時先進行卷歟。」《玉谿生年譜會箋》，頁35。
〔註138〕《羅隱集》，頁285～286。

人政治生涯的方向，幾乎可以為學者管理國家所面臨的所有問題提供理論指導。知識精英之間存在一個基本假設，即政府治理不能僅靠「吏治」，他們的理想是在儒學的指導下進行行政活動。〔註139〕在唐代許多語境中，「儒道」與「吏道」是對立的，或者說俗吏未必會有很好的儒學或德行，反而儒術與吏道兼優的官員較為難得，史傳得載。〔註140〕因而唐人認為當官員具有良好德行與深厚儒學時，才能完好地實踐吏道。所謂「飾吏以儒」〔註141〕，即指以學術儒學與修養儒學兩方面要求自身，〔註142〕而後才能更好地思考並處理行政事務。於是士子在干謁文中建構自我形象時，也並不忽視展露自身自身儒學、德行之修養，同時這類形象也隨著唐代政局、思潮變化而有所損益。另一方面，唐代奏疏中對進士科行卷活動的反思，往往集中在文才與德行的張力之間。往往議論由於進士以文學取士，導致舉子的儒學底蘊與道德修養遠不如古之賢良。〔註143〕因此在干謁文中揚才露己的士子無論是否出自高門，面臨社會對進士群體徒有文采而無儒學德行的印象，往往對自己家學教育有所修飾，同時試圖建構自身對經典的熟悉，以及堪比漢士貞良的品性。

〔註139〕 （美）麥大維：《唐代中國的國家與學者》，頁49。

〔註140〕 《舊唐書·馬懷素傳》：「懷素雖居吏職，而篤學，手不釋卷，謙恭謹慎，深為玄宗所禮。」《舊唐書》，卷102，頁3164。《舊唐書·王彥威傳》：「彥威儒學雖優，亦勤吏事，然貨泉之柄，素非所長。」《舊唐書》，卷157，頁4156。

〔註141〕 獨孤及〈祭揚州韋大夫文〉：「飾吏以儒，出言有章，革剗煩苛，載戢暴強。」唐·獨孤及撰，劉鵬、李桃校注：《毗陵集校注》（瀋陽：遼海出版社，2006年12月），卷20，頁424。又獨孤及〈故江陵尹兼御史大夫呂諲謚議〉：「呂諲任職從政，聰敏肅給，能以才智，潤飾吏道。」《毗陵集校注》，卷6，頁139。

〔註142〕 勞悅強將孔門儒學氛圍學術儒學、修養儒學與信仰儒學，詳可參勞悅強：〈從學術、修養、信仰論孔門儒學〉，《中國哲學與文化》第10輯（2012年），頁103〜130。

〔註143〕 楊綰〈條奏貢舉疏〉：「至高宗朝，劉思立為考功員外郎，又奏進士加雜文，明經填帖，從此積弊，浸轉成俗。幼能就學，皆誦當代之詩；長而博文，不越諸家之集。遞相黨與，用致虛聲，《六經》則未嘗開卷，《三史》則皆同掛壁。況復征以孔門之道，責其君子之儒者哉。祖習既深，奔競為務。矜能者曾無愧色，勇進者但欲凌人，以毀謗為常談，以向背為己任。投刺干謁，驅馳於要津；露才揚己，喧騰於當代。古之賢良方正，豈有如此者乎！」《全唐文》，卷331，頁3357。薛登〈論選舉疏〉：「故俗號舉人，皆稱覓舉，覓為自求之意，未是人知之辭：察其行而度其材，則人品於此見矣。苟己之心切，則至公之理乖；貪仕之性彰，則廉潔之風薄。」《全唐文》，卷281，頁2851〜2852。

一、詩書傳家背景下的德行長養歷程

　　干謁文中文人構建自我形象以自我行銷時，常將家世源流與家學教育一起表達。源遠流長的家世背景與深厚的家學，無疑對請求達官顯要舉薦有著正面作用。即使是以文才著名的王勃、駱賓王，在干謁文中也屬意建構其飽受家學教育的形象。

　　初唐時期的文學與經學教育以家學為主，由於隋末紛亂及初唐官學體系尚不完備，初唐文人大多家傳學問或遊學私門，尤其有著濃厚家學傳統的家族，自然更重視子弟的文學教育。王勃父王福畤〈王氏家書雜錄〉敘述家學傳承，以儒學為素業。〔註144〕可見王通去世後，由王福畤之叔父傳授王通（584～617）之學，而後王福畤將王通的學說視為家傳之素業，則王勃自然受其衣被，正如王勃〈上吏部裴侍郎啟〉所自述「蒙父兄訓導之恩，藉朋友琢磨之義，好學近乎智，力行近乎仁。」〔註145〕又〈上明員外啟〉云：「某崇徽啟緒，盛德傳家。……陳太丘之積善，羔雁成群；謝車騎之餘芳，蘭蓀不替。趨庭洽訓，共歌朱萼之篇；避席成歡，猶守青箱之業。」〔註146〕王勃有時在寫文章時也會引用王通《中說》中的內容，可見深受衣被。家族藏書也往往與家學傳承密不可分，唐代士族子弟接受家學門風傳承的重要途徑，即是接受家中的藏書，白居易建造書庫時也有著詩書傳家的意圖：「雖有子弟，無書不能訓也，乃作池北書庫。」〔註147〕士人在干謁文中，言及家學時，也往往提及「青箱之業」、「偃圖籍」云云。

　　駱賓王之干謁文中亦多強調家庭父母教育對其深遠影響，並言自身讀書之勤勉，如「少奉過庭之訓，長趨克已之方。弋志書林，咀風騷於《七略》；耘情藝圃，偃圖籍於九流。」〔註148〕「承斷織之慈訓，得銳志於書林；奉過庭之嚴規，遂容情於義圃。」〔註149〕而駱賓王在展現自身學養源流時，亦多強調自己繼承正統儒家齊魯之學。雖唐代佛、道思想盛行，然儒學之於士人教

〔註144〕王福畤〈王氏家書雜錄〉：「貞觀十六年，余二十一歲，受六經之義，三年頗通大略。……十九年，仲父被起為洛州錄事，又以《中說》授余曰：『先兄之緒言也。』……余因而編類分宗，編為十編，勒成十卷。……空傳子孫以為素業云耳。」收於《文中子中說》，頁115。
〔註145〕《王子安集注》，卷4，〈上吏部裴侍郎啟〉，頁129。
〔註146〕《王子安集注》，卷4，〈上明員外啟〉，頁137～138。
〔註147〕《白居易文集校注》，卷32，〈池上篇〉，頁1887。
〔註148〕《駱臨海集箋注》，卷7，〈上兗州崔長史啟〉，頁247。
〔註149〕《駱臨海集箋注》，卷7，〈上兗州張司馬啟〉，頁258。

育之正統地位始終未被撼動〔註150〕，駱賓王對自身所受齊魯儒學形象之展現，
正所以為自身增價，說明自身受到過良好的正統教育，如「某淹中故俗，體樸
厚之清規；稷下遺甿，陶禮義之餘化。」〔註151〕「思魯國之執鞭，蹈孔聖之
餘志。」〔註152〕經學是漢魏以來世家大族家傳學問的主要內容，最初的「家
學」主要也指經學，直至唐代前期經學傳家者仍多。經學不像文學那樣多靠個
人天資，並且「雖在父兄，不能以遺子弟」〔註153〕，常需要幾代的積累和傳
授，故即使是進士興盛的唐代中後期，仍有不少士族子弟秉守家學。〔註154〕

　　駱賓王父履元曾經出任過博昌縣令，其幼年隨其父在山東博昌度過，其所
接受的文學教育自然多源於齊魯之學。其父去世之後，賓王家道中落，艱於生
計，移家瑕丘。其晚年〈與博昌父老書〉可見「張學士溘從朝露，闢閭公倏掩
夜臺，……耆年宿德，但見松丘」之記敘，〔註155〕據陳熙晉（1791～1851）
〈駱侍御傳〉，「張學士」、「闢閭公」正是其在博昌時的老師〔註156〕，此正可
照映前文賓王干謁啟所言早年所受的教育。

　　在儒家的吏治傳統中，常將德人與「好官」的德行合而為一，儒家所主張
的任官德行，常常超過並覆蓋行政上的政治道德。〔註157〕因此原本與任官並
無直接關聯的德行，也成為士人建構自身形象的要素之一。即使是隨著魏晉隋
唐文學地位大夫提升，士人也皆不曾否認儒家所極力維護的「德行」，仍然將
德行作為考察士人的重要標準。不過德行無法通過考試來查驗，而常需要通過
實際的名聲來顯揚，在為求科舉的干謁文中直接敘寫，說服力不大。故德行形
象之建構，在干謁文中相較於文學吏術、不遇窘困等要素，顯得相對不那麼

〔註150〕 郭麗：《唐代教育與文學》：「李唐王朝在經過四百餘年社會分裂動盪，玄學、
　　　　　道教、佛教思想盛行的情況下建立，迫切需要統一社會思想，實現帝國長治
　　　　　久安。所以從唐高祖建政之初，就高度推崇儒家，在文化教育領域確立了『尊
　　　　　聖崇儒』的指導思想，從而對唐代文人的精神和文學創作都產生了重要影
　　　　　響。」（天津：南開大學中國古代文學博士論文，2012 年 5 月），頁 51。
〔註151〕 《駱臨海集箋注》，卷 7，〈上克州刺史啟〉，頁 241。
〔註152〕 《駱臨海集箋注》，卷 8，〈上瑕丘韋明府啟〉，頁 270。
〔註153〕 清・嚴可均編：《全上古三代秦漢三國六朝文・全三國文》（北京：中華書局，
　　　　　1958 年 12 月），卷 8，魏文帝〈典論・論文〉，頁 1097。
〔註154〕 邢鐵：《唐宋時期家學傳承研究》，頁 123。
〔註155〕 《駱臨海集箋注》，卷 8，〈與博昌父老書〉，頁 290。
〔註156〕 陳熙晉〈續補唐書駱侍御傳〉：「隨父至博昌，與其邑之張學士、闢閭公遊。
　　　　　趨庭奉訓，負笈從師，學問得於齊魯者為多。」收於《駱臨海集箋注》附錄，
　　　　　頁 387。
〔註157〕 毛漢光：〈中國中古賢能觀之研究──任官標準之觀察〉，頁 334。

主要。李嶠在〈自敘表〉中將自身德行的長養與承襲家門儒業一併敘述：

> 修身懼於辱先，履道期於遠害。見強禦之為患也，故處之以謙卑；
> 知刻薄之為尤也，故行之以仁恕。慕退讓不敢從馳競之流，戒貪殘
> 不敢為絲髮之犯。若乃溫良誠信之道，忠孝友悌之規。莫不仰承聖
> 風，俯蹈家訓。束太平之名教，移中人之志業。及其屏私昵，忘比
> 周，內無術數之機，外絕朋附之黨。一心奉主，介然孤立。〔註158〕

李嶠敘述自己年少起，德行的長養過程。從一開始只是為了「期於遠害」而行
仁義之道，然而受到良好的家訓，逐漸以儒門的道德規訓自我要求。於是如今
能夠「移中人之志業」，不再圖顧私人之的事，歸結到「一心奉主，介然孤立」
的忠心。固然有其投匭上表時修飾之意，亦可見李嶠在自我行銷時，將自身德
行形象的建構放在文學吏術等因素之前。

盛唐時杜甫上表獻賦時亦先述自身家世源流，說明先祖杜恕（197～252）、
杜預（222～285）父子經學遠流，又言祖父杜審言（？～708）為一時文宗，
進而敘說自己受祖輩家學餘蔭，自身亦詩作頗豐：

> 自先君恕、預以降，奉儒守官，未墜素業矣。亡祖故尚書膳部員外
> 郎先臣審言，修文於中宗之朝，高視於藏書之府，故天下學士，到
> 於今而師之。臣幸賴先臣緒業，自七歲所綴詩筆，向四十載矣，約
> 千有餘篇。〔註159〕

同樣作為京兆杜氏，杜牧〈上李中丞書〉亦云：「某世業儒學，自高、曾至於
某身，家風不墜，少小孜孜，至今不怠。性顓固，不能通經。于治亂興亡之跡，
財賦兵甲之事，地形之險易遠近，古人之長短得失。」〔註160〕杜牧的遠祖杜
預，祖父杜佑皆儒學大家，故云「至於某身，家風不墜」。晚唐時由於戰亂頻
繁，杜牧也將軍事才能納入儒者的素養，以此建構自我形象。未必能如博士那
樣通經，可是自己足以掌握亂世之下，用兵、地形、財政等更加實用的技能。

又如出身高門河東柳氏的柳宗元，由於出身而受到其他儒者的助益，其
〈上權德輿補闕溫卷決進退啟〉云：

> 竊以宗元幼不知恥，少又躁進，拜揖長者，自於幼年。是以篋俊造
> 之末跡，廁牒計之下列，賈藝求售，闃無善價。載文筆而都儒林者，

〔註158〕《全唐文》，卷346，頁2494。
〔註159〕《全唐文》，卷359，〈進雕賦表〉，頁3650。
〔註160〕《杜牧集繫年校注》，卷12，頁860。

匪親乃舊，率皆攜撫相示，談笑見昵，喔咿逡巡，為達者嗤。無乃
睹其樸者鄙其成，狎其幼者薄其長耶？將行不拔異，操不砥礪，學
不該廣，文不炳燿，實可鄙而薄耶？〔註161〕

柳宗元敘「載文筆而都儒林者，匪親乃舊」，顯示自己有良好的出身，並且受
到家族及社交網路中良好的教育，以此提高自己干謁時的說服力。柳宗元敘述
自己幼年時即初露頭角，頗被稱譽。但如今將要考進士時，前來干謁溫卷，卻
並不受到重視。難道是自己的學問操行有所退步，以至於「狎其幼者薄其長」，
以反問語氣突顯自身實蘊大才。也正如〈柳子厚墓誌銘〉所謂「子厚少精敏，
無不通達。逮其父時，雖少年，已自成人，能取進士第，嶄然見頭角，眾謂柳
氏有子矣。」〔註162〕柳宗元其實對自己的德行與才能頗有自信，但是在〈上
大理崔大卿應制舉不敏啟〉中，運用欲揚先抑的筆法，有意從德行與才學之角
度，將自己與對方進行比較：

伏以閣下德足以儀世，才足以輔聖，文足以當宗師之位，學足以冠
儒術之首，誠為賢達之表也。顧視下輩，豈容易而收哉！而宗元樸
野昧劣，進不知退，不可以言乎德；不能植志於義，而必以文字求
達，不可以言乎才；秉翰執簡，敗北而歸，不可以言乎文；登場應
對，剌繆經旨，不可以言乎學。固非特達之器也。忖省陋質，豈容
易而承之哉！叨冒大遇，穢累高鑒，喜懼交爭，不克寧居。〔註163〕

章士釗《柳文指要》評云：「此啟雖怨與知己失之交臂，而求其再撫薦，文才
氣縱橫，意志高抗。」〔註164〕柳宗元將被干謁者的形象與自我形象緊密聯
結，用自己形象的陋，來襯出被干謁者之「誠為賢達之表」。但又不是真正在
貶低自我，實際上仍是有著豪邁的自我期許在內，故而言「叨冒大遇，穢累
高鑒」，實際上仍是寄意被賞識的，從德、才、文、學四個層面，期望能比附
崔大卿。故儲欣《河東先生全集錄》評云：「自命慷慨，有氣岸，是少年材盛
之筆。」〔註165〕

柳宗元〈上權德輿補闕溫卷決進退啟〉亦云：「將行不拔異，操不砥礪，

〔註161〕《柳宗元集校注》，卷36，頁2265。
〔註162〕《韓愈文集彙校箋注》，卷22，頁2407。
〔註163〕《柳宗元集校注》，卷36，頁2275。
〔註164〕章士釗：《柳文指要》，卷36，頁885。
〔註165〕清・儲欣編：《河東先生全集錄》（清康熙四十四年松鱗堂刊本），卷6，頁11
　　　　下。

學不該廣,文不炳燿,實可鄙而薄耶?」〔註166〕以反問語氣突顯自己的才能與仕進意志。柳宗元同時強調才學德行,並將德置於才學之前,讚賞德行經術與才學兼備者〔註167〕,符合中古以來的人才觀念。儘管由於文才比德行更加顯而易見,實際拔擢取士時,往往以文才為先。至宋人修《新唐書‧文藝傳》時,則認為才智能被有德君子更好地利用才是最重要的,〔註168〕也是繼承了中唐儒學思潮的德行觀而來。毛漢光認為:「唐牛李黨之爭,是累世存在於儒家之中的兩種不同賢能標準衝突的白熱化。所謂李黨也者,與其說是代表門第,毋寧說代表主張經術和德行者;所謂牛黨也者,與其說是新興階級或舊族的破落戶,毋寧說代表主張辭章才學者。」〔註169〕其說頗有可取,亦有以可窺知唐代士人在顯示自己才能時,對如何側重表現自身經術德行及文才時,應有複雜考量。

即使是中晚唐,許多家庭教育也轉向文學,〔註170〕溫庭筠〈上裴相公啟〉建構詩書傳家形象時,仍以儒學為主:

> 某性實頑蒙,器惟頑固。纂修祖業,遠愧孔琳;承襲門風,近慚張
> 岱。自頃爰田錫寵,鏤鼎傳芳。占數遼西,橫經稷下,因得仰窮師
> 法,竊弄篇題。思欲紐儒門之絕帷,恢常典之休烈。〔註171〕

強調自己的家學,以及儒學修養。「爰田錫寵」,語出《左傳‧僖公十五年》:

〔註166〕 《柳宗元集校注》,卷36,頁2265。

〔註167〕 如《顏氏家訓‧勉學》:「洛陽亦聞崔浩、張偉、劉芳,鄴下又見邢子才:此四儒者,雖好經術,亦以才博擅名。如此諸賢,故為上品。」北齊‧顏之推撰,王利器集解:《顏氏家訓集解》(北京:中華書局,1993年12月),卷3,頁177。

〔註168〕 《新唐書‧文藝傳》序言云:「然嘗言之,夫子之門以文學為下科,何哉?蓋天之付與,於君子小人無常分,惟能者得之,故號一藝。自中智以還,特以取敗者有之,朋姦飾偽者有之,怨望訕國者有之。若君子則不然,自能以功業行實光明于時。」《新唐書》,卷201,頁5726。

〔註169〕 參見毛漢光:〈中國中古賢能觀之研究——任官標準之觀察〉,頁363~365。並且毛氏通過考察牛李兩黨重要成員的出身仕宦,得出結論:「兩黨的主要人物都是士族子弟出身,家世顯然不是他們的差異。牛黨人士雖然常被李黨批評為輕薄、浮華,但終係儒家一脈,並非傷風敗俗之類。其最大差異是牛黨認為入仕條件應以才學為主。而李黨則係德行為主。」

〔註170〕 (美)麥大維:《唐代中國的國家與學者》:「由於官學受制與嚴苛的規章和繁雜的祭孔儀式,不能給生徒提供實現目標所需的訓練(尤其是不能教授進士科所必須的寫作技能)。所以大量士子繼續通過非官方教育獲得文學訓練,可能來自其家庭或父執輩所提供的私塾教育。」(頁34)

〔註171〕 《溫庭筠全集校注》,卷11,頁1101。

「晉於是乎作爰田。」〔註172〕此指以田地賞賜功臣，故曰「錫寵」。庭筠之遠祖彥博及彥博兄大雅，均唐初功臣，大雅封黎國公，彥博封虞國公，以之說明自己先祖的功業德行。「占數遼西，橫經稷下」即謂家族在并州祁縣定居，自己也在當地承襲儒業。是知晚唐士人干謁時，仍然沒有忽視經術之學。可觀來自家庭的學問傳承，對士子之才成起到了重要作用，詩書傳家是士子干謁文中積極表現之形象。

二、經術與儒學修養之展現

自安史之亂後，許多文士學者更加注重儒學、經學的重要性。大曆五年（770），歸崇敬注意到安史之亂後「考試不求其文義，及第先取于帖經」的取士情形，即提出國子監的改革，應設立各經的專門博士，並且應兼通《孝經》、《論語》，「依憑章疏，講解分明」，重視各經經義注釋的講解，同時博士也應有良好的品行。〔註173〕呂溫（772～811）〈上族叔齊河南書〉即云自身：「遂欲攝迹聲利，潛心道藝，窮六籍之統紀，盡三變之形容，使學通天人，文正雅俗。」〔註174〕構建自身熟悉儒家經典，以及君子「三變」〔註175〕之良好修養的形象。

在缺乏有勢力的家族與親近的座師奧援的情況下，中唐文士可以利用其獨到思想，以及個人的知識儲備，使未來恩主相信他們的優點。他們的共同興趣在於「古道」，同時也成為他們推銷自己的一種風格主題，為他們提供了一種清晰的文學身分。〔註176〕如韓愈〈上宰相書〉論述了自己對儒道的興趣：

〔註172〕《左傳‧僖公十五年》孔疏：「服虔、孔晁皆云：爰，易也。賞眾以田，易其疆畔。」晉‧杜預注，唐‧孔穎達疏，清‧阮元校刻：《春秋左傳注疏》（北京：中華書局，2009年，影印清嘉慶二十年江西南昌府學刊本），卷14，頁3921。

〔註173〕《冊府元龜‧學校部》：「自艱難以來，取人頗易，考試不求其文義，及第先取于帖經，遂使顓門業廢，請益無從，師資禮虧，傳授義絕。今請以《禮記》、《左傳》為大經，《周禮》、《儀禮》、《毛詩》為中經，《尚書》、《周易》為小經，各置博士一員。其《公羊》、《穀梁》，文疏既少，請共準一中經，通置博士一員。所擇博士，兼通《孝經》、《論語》，依憑章疏，講解分明，注引旁通，十問得九，兼德行純潔，文詞雅正，儀刑規範，可為師表者，令四品以上各舉所知。」《冊府元龜》，卷604，頁6966。

〔註174〕《全唐文》，卷627，頁6332。

〔註175〕《論語‧子張》：「子夏曰：君子有三變：望之儼然，即之也溫，聽其言也厲。」《論語正義》，卷22，頁741。

〔註176〕（美）田安著：《知我者：中唐時期的友誼與文學》，頁15。

> 今有人生二十八年矣：名不著於農工商賈之版，其業則讀書著文，
> 歌頌堯舜之道。雞鳴而起，孜孜焉亦不為利。其所讀皆聖人之書，
> 楊墨釋老之學無所入於其心。其所著皆約六經之旨而成文，抑邪與
> 正，辯時俗之所惑。居窮守約，亦時有感激怨懟奇怪之辭，以求知
> 於天下。亦不悖於教化，妖淫諛佞譸張之說無所出於其中。〔註177〕

韓愈並不強調刀筆雕琢之能，而強調「六經之旨而成文」，文有正邪之分。同
時展現自己素養時，「楊墨釋老」皆被排斥。可以看到中唐以來，文學與儒學
被更加緊密地聯繫，並且被加入了「道」的因素。唐代文人多喜好佛老，即使
是比韓愈略早，領導「文章中興」的文人如蕭穎士、李華（715～774）、獨孤
及、梁蕭等公，也多與佛教或道教有著較深的關係。他們雖然致力於聯結文學
和儒教，但並沒有將儒家放在佛道的對立面，是可以存在「方內」與「方外」
二元世界觀的。〔註178〕然而韓愈對於儒學的追求就更加純粹，又如其〈與鳳
翔邢尚書書〉云：

> 愈也，布衣之士也。生七歲而讀書，十三而能文，二十五而擢第於春
> 官，以文名於四方。前古之興亡，未嘗不經於心也；當世之得失，未嘗
> 不留於意也。常以天下之安危在邊，故六月于邁，來觀其師。〔註179〕

可見韓愈在塑造自身形象時，顯示出自己重視實用之學問，將古今並舉，有
意融會貫通之意，通經史非僅僅用來考試作文，乃更意有以切實輔弼當世者。
韓愈於貞元八年（792）考中進士，然貞元九年（793）應博學宏詞科不中，
遂遊鳳翔以求用，故文中所云「常以天下之安危在邊，故六月于邁」，雖不能
說不是實情，但需說明此是在韓愈應吏部科不中，意先入幕府尋求機會的背
景之下。韓愈的同道李觀在干謁陸贄時，敘述《春秋》帶給自己對於道義的
助益：

> 且昔聖人曰：「後世罪我者以春秋，知我者亦以春秋。」夫聖人祖述
> 堯舜，憲章文武，然猶以《春秋》為言者，何也？蓋以誼有所不加，
> 道有所不拘。夫文人讀《春秋》，求旨歸，觀實忝為文，不敢越。……
> 且侍郎曰：「帖經為本，本實在才，才不由經，文自謬矣，由經之才，

〔註177〕 《韓愈文集彙校箋注》，卷6，頁646。
〔註178〕 陳弱水：《唐代文士與中國思想的轉型》（臺北：臺灣大學出版中心，2016年），
〈中古傳統的變異與裂解——論中唐思想變化的兩條線索〉，頁96。
〔註179〕 《韓愈文集彙校箋注》，卷8，頁842。

文自見矣。本於是在，不在帖是。」或亦所司以是實人，不然其恥
耳。〔註180〕

李觀參加進士科考，在試帖經之時上書投獻文章，同時提出「讀《春秋》求旨
歸」之理念，建構自己不僅熟記春秋字面文辭，且能略接其中聖人旨意，並表
現在自己文章寫作中。他還對陸贄的「帖經為本」之說作了新的解釋，以為治
經重在對其內在精神的理解與把握，而不只是對原文的記誦。李觀本年並未因
帖經一事而落榜，這也說明他的這種經學觀符合陸贄的思想。〔註181〕皆可見
中唐士人在干謁時，表達自己對於經學與古道的思考，以展示自身學養甚至德
行，引起考官的關注。

　　雖然晚唐朝廷勢力漸衰、官學制度日益惡化，然中央朝廷仍注重儒學。
唐文宗（809～840）決心振作儒綱，大和七年（833）下詔重新設立各經學
官云：

> 令監司於諸道搜訪名儒，置五經博士一人者。伏以勸學專門，復古
> 之制，博採儒術，以備國庠。作事之初，須有獎進，伏請五經博士，
> 秩比國子博士。今《左氏春秋》、《禮記》、《周易》、《尚書》、《毛詩》
> 為五經，若《論語》、《爾雅》、《孝經》等。編簡既少，不可特立學
> 官，便請依舊附入中經。〔註182〕

李商隱在大中四年至六年也曾任教於太學〔註183〕，溫庭筠在咸通七年（866）
曾任國子助教，〔註184〕可見在就任學官也是唐代中後期士人的重要出路之
一，故而中晚唐文人，同樣屬意於自身儒學素養的展現，溫庭筠〈上令狐相公
啟〉即云：

> 某邸第持囊，嬰車執轡。旁徵義故，最歷星霜。三千子之聲塵，預
> 聞《詩》《禮》；十七年之鉛槧，尚委泥沙。〔註185〕

「十七年之鉛槧」語原揚雄〈答劉歆書〉：「雄常抱三寸弱翰，齎油素四尺，以

〔註180〕《全唐文》，卷533，〈帖經日上侍郎書〉，頁5415。
〔註181〕查屏球：《唐學與唐詩──中晚唐詩風的一種文化考察》（北京：商務印書館，
　　　　2000年5月），頁120。
〔註182〕宋・王溥撰：《唐會要》（北京：中華書局，1960年6月），卷66，〈東都國子
　　　　監〉，頁1162。
〔註183〕李商隱〈樊南乙集序〉：「明年府罷，選為博士，在國子監太學，始主事講經，
　　　　申誦古道，教太學生為文章。」《李商隱文編年校注》，頁2176。
〔註184〕劉學鍇：《溫庭筠傳論》（合肥：安徽大學出版社，2008年4月），頁160。
〔註185〕《溫庭筠全集校注》，卷11，頁1114。

問其異語，歸即以鉛摘次之於槧，二十七年于今矣。」〔註186〕溫庭筠將自己比為孔門子弟，深諳儒術，但是學問著作也像揚雄一般，湮沒不聞於世。此用道統體系之內的揚雄自喻，以蘊含其儒者寄託在內。

使府文化也成為文人展現經學素養的因素之一。方鎮使府中學術文化的發展，與府主的支持相聯繫，有些府主本人就是某方面的經學專家，例如韓滉（723～787）治《左傳》，李德裕治《周易》，故而藩鎮會儲備經學人才以備顧問。啖助（724～770）、趙匡（770 任浙東節度使府幕）、陸質（？～805）的《春秋》學，在經學史上頗具意義，主要研究過程與成果即誕生在幕府。〔註187〕這也影響到文人干謁藩鎮時，也會書寫自己博通經史。

杜牧在他寫給宰相周墀的〈上周相公書〉中，更加重視自身儒者的軍事才能論述，從更加實用的角度體現儒者的多元形象：

> 伏以大儒在位，而未有不知兵者，未有不能制兵而能止暴亂者，未有暴亂不止而能活生人、定國家者，自生人已來，可以屈指而數也。……不知後代之人，何如此三聖人？安有謀人之國，有暴亂橫起，戎狄乘其邊，坐於廟堂之上曰：「我儒者也，不能知兵。」……某所注《孫武》十三篇，雖不能上窮天時，下極人事，然上至周、秦，下至長慶、寶曆之兵，形勢虛實，隨句解析，離為三編，輒敢獻上，以備閱覽。〔註188〕

杜牧開篇即將儒學修養與「知兵」緊密聯繫，舉述文王、武王、周公以文韜武略安定天下。但是後代的謀國之臣，卻不能知兵，這也確有其歷時背景，唐代的宰相多由翰林學士這樣接近皇權的詞臣升任，〔註189〕在實際執政的過程中，自然未必對軍事很擅長。杜牧此乃針對晚唐藩鎮紛紛反叛朝廷，而朝廷軍政孱弱，不能平定亂賊而發聲。杜牧文中所云「長慶、寶曆之兵」，即指唐穆宗長慶年間，盧龍軍、成德軍、魏博軍等藩鎮相繼反叛朝廷。〔註190〕在此背景之下，杜牧以軍事才能與兵書自薦。《郡齋讀書志》評《杜牧注孫子》云：

〔註186〕《全上古三代秦漢三國六朝文・全漢文》，卷 52，揚雄〈答劉歆書〉，頁 821。
〔註187〕戴偉華：《唐代使府與文學研究》，頁 52～53。
〔註188〕《杜牧集繫年校注・樊川文集》，卷 12，頁 843～844。
〔註189〕賴瑞和：《唐代高層文官》（臺北：聯經出版公司，2016 年 5 月），頁 264。
〔註190〕《新唐書・穆宗紀》「（長慶元年七月）甲辰，幽州盧龍軍都知兵馬使朱克融囚其節度使張弘靖以反。……壬戌，成德軍大將王廷湊殺其節度使田弘正以反。……二年正月庚子，魏博軍潰于南宮。癸卯，魏博節度使田布自殺，兵馬使史憲誠自稱留後。」《新唐書》，卷 8，頁 223～224。

「世謂牧慨然最喜論兵，欲試而不得者。其學能道春秋、戰國時事，甚博而詳，知兵者有取焉。」〔註191〕可見杜牧確頗有軍事抱負與見解，可惜終未獲施展之地。中晚唐與春秋戰國有近似指出，荀子與法家思想對中晚唐士人頗有影響，杜牧在先秦諸子的人性論中，對荀子評價最高。〔註192〕杜牧重視展現自身兵學修養，自比春秋戰國知兵之儒，正可見晚唐干謁文中士人儒學形象亦有所變化。

第四節　士不遇傳統及其變異下的窘迫形象與仕隱心跡

　　「不遇」的自我呈現在干謁文中反復出現不僅由於士人的政治挫敗，同時自漢魏以降的文人對於不遇主題的反復認同與書寫，更加強化了不遇傳統的延續。〔註193〕士子在干謁文中有意建構自身長久不遇形象，從而便於將被干謁者抬升為識曲知音（下章詳論）。干謁文中對於不遇主題的書寫有所變異，緣於原先詩賦傳統中的預期讀者是幽微的、不知何時得遇的，在干謁文的創作實踐中卻變成了期望當下立即發生閱讀活動的被干謁者——不遇者與預期知音之間開啟了更為直接、具有共時性的對話管道。於是作者得以展示「待遇」士子應有的姿態，以符被干謁者之心。同時將自身疲敝、凋摧、異俗、駑鈍形象與命數、時勢緊密聯結，營造特殊的蒼涼文學效用，並呼喚被干謁成為改變命運的使者。或亦有「棲身隱逸」形象柷塑造，可側觀文人不遇處境徘徊仕隱歧路的複雜心境，同時亦不失為以退為進保持姿態之文本策略。

一、孤介無援形象的展露

　　干謁文中孤身乏援之形象屢屢出現，應與文人干謁時自我壓抑的心態與滿足對方情感需求有關。初盛唐干謁文中常見自身之勢單力孤的自我呈現，言己隱居時不能如毛公、薛公那樣得到魏無忌的尋訪；有意仕進時又無西漢時金日磾、張安世那樣的名臣提拔，舉數例觀之：

〔註191〕宋·晁公武編，孫猛校：《郡齋讀書志校證》（上海：上海古籍出版社，1990年10月），卷14，頁633。
〔註192〕廖宜方：《唐代的歷史記憶》，頁130。
〔註193〕Pankenier, David W, "'The Scholar's Frustration' Reconsidered: Melancholia or Credo?" Journal of the American Oriental Society, vol. 110, no. 3(1990), pp. 434~459.

退無毛、薛之交,進乏金、張之援,塊然獨居,十載於茲矣。〔註194〕

質惟茅艾,名隔縉紳。〔註195〕

入門無為言之侶,出谷罕求聲之援,生平琴曲,惟以下調相哀;疇昔朋遊,詎有中人見識。〔註196〕

僕到京輦,常以孤介自處,終不能結金、張之援,過衛、霍之廬。〔註197〕

干謁文追求功利性與現實性,希望直接明確地表達干謁意圖,通過揄揚稱頌來取悅對方,再書寫自我來展現自身形象並表達訴求,故而在對自身孤立乏援之書寫,難免有藝術虛構或誇過其實之處。例如駱賓王〈上李少常伯啟〉自言十年隱居過程中「塊然獨居,十載於茲矣」,實乃誇張之言。其實駱賓王在隱居過程中並非「息交絕遊」,而常常與友人遊賞山水。據對駱賓王現存作品之統計,駱賓王來往遊從作品中涉及 67 人,遊從之文共 30 篇(其中啟 11 篇,書 6 篇,序 13 篇),詩共 49 篇。其中山水交遊之詩作則集中在其十年隱居生命歷程中,常顯現之山水之樂,如「去去訪林泉,空谷有遺賢。言投爵里刺,來泛野人船。」〔註198〕「反照下層岑,物外狎招尋。」〔註199〕至少可證其還是不乏「毛、薛之交」。

至如王勃〈上劉右相書〉自云:「借如勃者,眇小之一書生耳,曾無擊鐘鼎食之榮,非有南鄰北閣之援。」〔註200〕亦乃干謁時壓抑自我而謙虛言之,《新唐書》載勃上劉右相事:「麟德初,劉祥道巡行關內,祥道表於朝,對策高第。」〔註201〕王勃實儒學世家,門第不俗,前文即以王勃為例說明干謁文中詩書傳家之形象。楊炯〈王勃集序〉即言其父祖皆鴻儒,兄弟俱才傑,〔註202〕

〔註194〕 《駱臨海集箋注》,卷 7,〈上李少常伯啟〉,頁 235。

〔註195〕 《王子安集注》,卷 4,〈上從舅侍郎啟〉,頁 119。

〔註196〕 《全唐文》,卷 247,李嶠〈上雍州高長史書〉,頁 2498。

〔註197〕 《全唐文》,卷 376,任華〈與京尹杜中丞書〉,頁 3817。

〔註198〕 《駱臨海集箋注》,卷 1,〈夏日遊德州贈高四〉,頁 21。

〔註199〕 《駱臨海集箋注》,卷 2,〈夏日遊山家同夏少府〉,頁 61。

〔註200〕 《王子安集注》,卷 4,〈上劉右相書〉,頁 150。

〔註201〕 《新唐書・王勃傳》,卷 112,頁 5739。

〔註202〕 楊炯〈王勃集序〉述勃家世,可見其門第深遠流長:「其先出自有周,鬻粘拿髦裔;隱乎炎漢,宏宣高尚之風。晉室南遷,家聲布於淮海;宋臣北徙,門德勝於河汾。宏材繼出,達人間崿。祖父通,隋秀才高第,蜀郡司戶書佐,蜀王侍讀。大業末,退講藝於龍門。其卒也,門人謚之曰文中子。……父福

《御史臺記》亦載勃父福畤與韓琬父等名流交遊，王勃兄弟文章被稱讚事，
〔註203〕可觀至少王家亦並非孤身無援，況若真無家族因素，豈易得薦舉，王
勃如此書寫或又與劉祥道較高的身分地位有關。

　　文人構建自身「孤介自處」、「下調相哀」之處境，展現古來寒士孤介子然
的姿態，亦乞求對方憐憫，使得自身符合儒家價值體系中賢德的「窮士」形
象，使被干謁者覺得自身的援引是雪中送炭而非錦上添花，使被干謁者「被需
要」的情感需求得到滿足，或可增大被幫助的概率。這一點同樣在柳宗元獲罪
被貶永州、柳州時期的干謁文中，尤為明顯體現：

> 伏念得罪來五年，未嘗有故舊大臣肯以書見及者。何則？罪謗交積，
> 群疑當道，誠可怪而畏也。是以兀兀忘行，尤負重憂，殘骸餘魂，
> 百病所集，痞結伏積，不食自飽。或時寒熱，水火互至，內消肌骨，
> 非獨瘴癘為也。……煢煢孤立，未有子息。荒隅中少士人女子，無與
> 為婚，世亦不肯與罪大者親昵，以是嗣續之重，不絕如縷。〔註204〕

> 頃以黨與進退，投竄零陵，因繫所迫，不得歸奉松檟。哀荒窮毒，
> 人理所極，親故遺忘，況於他人。朝夕之急，饘粥難繼，宗祀所重，
> 不敢死亡，偷視累息，已逾歲月。〔註205〕

茅坤評柳宗元之干謁啟云：「子厚諸啟，非為四六而已，中多奇峭沉鬱之旨。」
〔註206〕由這兩篇書信可以看到柳宗元上書干謁求情時，從不同角度，如何建
構自己在永州的罪人乏援形象。柳宗元最強調的即是在永州孤苦無依，不僅官
員們都不願意與罪人往來，並且令他擔憂的是，因為罪人身分很難續絃，導致

　　　　時歷任太常博士、雍州司功、交趾、六合二縣令，為齊州長史。抑惟邦彥，
　　　　是曰人宗。絕六藝以成能，兼百行而為德。……兄勔及勮，磊落詞韻，鏗鏹
　　　　風骨，皆九變之雄律也。弟助及勛，總括前藻，網羅群思，亦一時之健筆焉。
　　　　友愛之至，人倫所及。」見《王子安集注》卷首，頁64～76。

〔註203〕《太平廣記・詼諧》引《御史臺記》：「唐王福畤名行溫恭，累授齊澤二州，
　　　　世以才學稱。子勔、勮、勃，俱以文筆著天下。福畤與韓琬父有舊。福畤及
　　　　婚崔氏，生子勃。嘗致書韓父曰：『勔、勮、勃文章並清俊，近小者欲似不惡。』
　　　　韓復書曰：『王武子有馬癖，明公有譽兒癖，王氏之癖，無乃多乎？要當見文
　　　　章，方可定耳。』福畤乃致諸子文章，韓與名人閱之曰：『生子若是，信亦可
　　　　誇。』」《太平廣記》，卷249，頁1929。

〔註204〕《柳宗元集校注》，卷30，〈寄許京兆孟容書〉，頁1955。

〔註205〕《柳宗元集校注》，卷30，〈上廣州趙尚書陳情啟〉，頁1955～1956。

〔註206〕明・茅坤編：《唐宋八大家文鈔》（合肥：黃山書社，2010年，影印清雲林大
　　　　盛堂刻本），第二冊《柳宗元文鈔》，卷4，頁819。

沒有後代的深深焦慮。其次則是永州惡劣的生活情形，瘴氣傷體，並且有時「饘粥難繼」。最後由於身心憂患的雙重作用，導致身體羸弱病痛，以至於「百病所集」、「內消肌骨」，茅坤於此夾注云：「愁中病魔，極中情惻。」〔註207〕也可見被貶南方的文人，常用「毒」字書寫自身，可以想見瘴氣對他們身體的傷害。

蔣之翹（1596～1659）在其所注《柳河東集》中評柳宗元〈上廣州趙尚書陳情啟〉云：「子厚諸啟，不拘拘於四六聲律，故其辭意蔚然，沈著痛切，近以《選》書。」〔註208〕認為其干謁啟接近《文選》中的書信，《文選》中李陵〈答蘇武書〉、司馬遷〈報任少卿書〉、楊惲〈報孫會宗書〉等篇，雖然未必皆是干謁求情，但書信中常常涉及往來兩方所處的困頓處境，筆觸皆感人至深。所以洪邁說「〈孟容書〉意象步武，全與漢楊惲〈答孫會宗書〉相似。」〔註209〕茅坤也評〈寄孟容書〉云：「子厚最失意時最得意書，可與太史公〈與任安書〉相參，而氣似嗚咽蕭颯矣。」〔註210〕故當柳宗元形塑自身作為罪貶之人的形象，在社交困境、衣食住行貧困之下的心境，可謂「沈著痛切」。

韓愈在〈上考宏詞崔虞部書〉中，更直白具體地敘述了自己由於缺乏援助，不事干進諂媚而導致落第，並抒發幽憤：

> 愈不肖，行能誠無可取，行己頗僻，與時俗異態，抱愚守迷，固不識仕進之門。……及執事既上名之後，三人之中，其二人者固所傳聞矣，華實兼者也，果竟得之，而又升焉。其一人者則莫之聞矣，實與華違，行與時乖，果竟退之。如是，則可見時之所與者、時之所不與者之相遠矣。然愚之所守，竟非偶然，故不可變。凡在京師八九年矣，足不跡公卿之門，名不譽大夫士之口。……欲事干謁，則患不能小書，困于投刺；欲學為佞，則患言訥詞直，則事不成，徒使其躬儳焉如不終日。是以勞思長懷，中夜起坐，度時揣己，廢然而返，雖欲從之，末由也已。〔註211〕

本書作於韓愈貞元九年（793）試博學宏詞落第之後，向知遇自己的崔元翰

〔註207〕《唐宋八大家文鈔》，第二冊《柳宗元文鈔》，卷1，頁711。
〔註208〕唐‧柳宗元撰，明‧蔣之翹輯注：《柳河東集》（上海：中華書局四部備要本，陸費逵據三徑藏書本校刊，1920年），卷35，頁1上。
〔註209〕《容齋隨筆》，卷5，〈五筆〉，頁885。
〔註210〕《唐宋八大家文鈔》，第二冊《柳宗元文鈔》，卷1，頁711。
〔註211〕《韓愈文集彙校箋注》，卷32，頁3074～3075。

（729～795）再次干謁以吐露心志，表示將行之不息。〔註212〕《登科記考》
載貞元九年博學宏詞科登第者三人：陸復禮、李觀、裴度，並據徐松注知裴度
原第四名，而後遞補。〔註213〕韓愈本文中「其一人者則莫之聞矣」說的便是
自己，再結合韓愈自云：「凡二試於吏部，一既得之，而又黜於中書。」〔註214〕
可知韓愈原本被崔元翰推舉為當年宏辭試第三名，但是見黜於中書，第四名依
次遞補者即為裴度。韓愈原本考上而後見黜的原因不可考，然據其文所述，大
抵與韓愈行與俗違，不願阿諛的剛直處世態度有關。但此篇似乎會給第四名遞
補的裴度引來嫌疑，韓愈晚年編集時，裴度已為一代名臣，且與韓愈交往密切，
故在正集中此篇被刪去。

　　韓愈在文中建構自身不能與俗苟進的守拙形象，不願意寫諂媚競進的「小
書」，由於自己言訥詞直，不願意違心去說太多吹捧的話。雖然韓愈早年確實
干謁姿態較為自信狂放，考察韓愈生平交遊，也未必如其文中所說「足不跡公
卿之門，名不譽大夫士之口」那樣絕對。並不只有韓愈干謁文有著此類的形象
書寫，不過一般出現在比較早年的干謁文中，如果確實行了太多次干謁，再寫
此類筆墨，則陷於虛偽。

　　在干謁文中，文人建構自己剛直，甚至有些木訥的形象，固然不能否定其有
著真實的自我表達部分，然亦是為了符合被干謁的賢公卿，對處於困窮境地士人
的某種期待——這個士人不能負氣特立，不苟流俗，且能窮且益堅，這符於古典
文化傳統中的賢士，並且不免心生憐憫，更加願意下次有機會時拔擢此窮士。也
可見中唐士人對自己不遇的形象與處境時，做了更多具體生活細節的描述。

二、「時」、「勢」不逢的命運敘事

　　文人又或側重塑造自身懷才而無處施展之形象，描寫自身所處的不遇困
境與內心感受，引起同情。同時表明自身其實有著賈誼一般的才華與不遇遭

〔註212〕韓愈〈上考宏詞崔虞部書〉：「愈今二十有六矣，距古人始仕之年尚十四年，
　　　　豈為晚哉？行之以不息，要之以至死。不有得於今，必有得於古；不有得於
　　　　身，必有得於後。……竊惟執事之於愈也，無師友之交，無久故之事，無顏
　　　　色言語之情，卒然振而發者，必有以見知耳。故盡暴其所志，不敢默默。」
　　　　《韓愈文集彙校箋注》，卷32，頁3075。
〔註213〕徐松《登科記考》引明張綖《千百年眼》注云：「『裴晉公度，在裴塏下第四
　　　　人及第。』按晉公於劉太真下第進士，此云及第者，蓋登宏詞科也。……惟
　　　　《文苑英華》只載三人，而晉公為第四，未知闕者何人。」《登科記考補正》，
　　　　卷13，〈德宗貞元八年〉，頁489。
〔註214〕《韓愈文集彙校箋注》，卷6，頁687。

逢，繼而順承懇求之詞，如李嶠形容自己身困窘途：「頃以亨衢睹物，窮路迷方，自谷罕求聲之資，挺險無擇陰之暇，是用沿流委逝，遇抵而止。」〔註215〕正如李嶠所云的「沿流委逝」，此時敘述重點不再是「孤介無援」的處境與形象，而是將視角聚焦在自身生命的歷時性遭逢，從「時」與「勢」的角度投影出一段不遇的哀歌。

王勃之啟亦敘寄此意：〈上武侍極啟〉「跡疲千里，未陪丹轂之遊；葉契三英，尚隔黃衣之夢。」〔註216〕〈上明員外啟〉「年殊賈誼，仰宣室而方同；業謝劉緤，俯長途而遂惡。塞上浮雲之跡，空倦吳山；隋侯明月之珠，終悲暗室。」〔註217〕據駱祥發推測，這些干謁之啟應集中創作於麟德年間，同時還借助顯貴獻上〈乾元殿頌〉、〈宸遊東岳頌〉。而王勃在麟德三年（665）應制舉幽素科，對策登第，授朝散郎，與他先前汲汲求取顯達之引薦不無關係。〔註218〕又可側觀王勃啟文敘述自身「浮雲無依」之情形，有干謁作品誇飾之成分，只是一種套語。

韓愈〈上宰相書〉繼承了盛唐士子熱烈激昂的用世之心，同時又以哀聲款曲動之：

> 四舉於禮部乃一得，三選於吏部卒無成，九品之位其可望，一畝之宮其可懷。遑遑乎四海無所歸，恤恤乎飢不得食，寒不得衣，濱於死而益固，得其所者爭笑之。忽將棄其舊而新是圖，求老農老圃而為師，悼本志之變化，中夜涕泗交頤。雖不足當詩人、孟子之謂，抑長育之使成材，其亦可矣；教育之使成才，其亦可矣。抑又聞：古之君子相其君也，一夫不獲其所，若己推而內之溝中。今有人生七年而學聖人之道以修其身，積二十一年，不得已一朝而毀之，是亦不獲其所矣。〔註219〕

此篇韓醇注云：「公貞元八年登第，其後以博學宏辭三試於吏部無成，故十一年上宰相書求仕，凡三上不報。時宰相趙憬、賈耽、盧邁皆庸人，故不能用公。是年五月遂東歸。」〔註220〕知此文作於貞元十一（795）年，韓愈已經淹留京

〔註215〕《全唐文》，卷247，〈上巡察覆囚使歷城張明府書〉，頁2501。
〔註216〕《王子安集注》，卷4，〈上武侍極啟〉，頁122。
〔註217〕《王子安集注》，卷4，〈上明員外啟〉，頁139。
〔註218〕駱祥發：《初唐四傑研究》（北京：東方出版社，1993年3月），頁89～90。
〔註219〕《韓愈文集彙校箋注》，卷6，頁646～647。
〔註220〕唐・韓愈撰，宋・魏仲舉集注：《五百家注韓昌黎集》（北京：中華書局，2019年6月），卷16，頁860。

師九年，仍未能謀得一職，其經濟窘困、身心頓挫可想而知。在此文中以流宕
鋪排之筆，歷敘自身仕途、生活的不遇情形，最後以伊尹的「己推而內之溝中」
〔註221〕勸告宰相，抒發自己天下之志不得伸的喟歎。

　　韓愈東出長安路途中，看到向天子進獻二鳥的使者，〔註222〕因而生發悲
歎：「余生命之湮阨，曾二鳥之不如。泪東西與南北，互十年以不居。辱飽食其
有數，況策名於薦書。時所好之為賢，庸有謂余之非愚！」〔註223〕其中對於自
身不遇的自我呈現，正可與其干謁文相互參照。自己不能符合時所好尚，近十
年淹留長安的人生黃金時段，無法託名與公卿的薦書，身體上的飢餓需求況難
以滿足，十年內飽食的次數可數，正其上書宰相時所云：「恤恤乎飢不得食」。

　　韓愈〈復志賦〉回憶昔日蹭蹬長安的生活亦云：「君之門不可逕而入兮，
遂從試於有司。惟名利之都府兮，羌眾人之所馳。競乘時而射勢兮，紛變化其
難推。全純愚以靖處兮，將與彼而異宜。……進既不獲其志願兮，退將遁而窮
居。排國門而東出兮，嗟余行之舒舒。」〔註224〕語承《楚辭》「豈不鬱陶而思
君兮？君之門以九重」的思君傳統而來〔註225〕，展露自身受挫於科舉、干謁
場域，而心生退意的悲楚心境。

　　對於較為有個性的士人，知遇想像與實際可能有落差，有時士人在干謁文
中氣勢太盛、語氣太剛猛，甚至用半脅迫性質的文辭，要求對方接引自己，可
能就會導致「不中第，益困」的遭遇。不惟生活窘困，數年干謁、應舉無成，
韓愈也將之部分歸因於自己「將與彼而異宜」，不能適應名利場中某些「紛變
化其難推」的規則。剛直的個性加上連年不遇，自然也導致社交場域上的困
窘，故其上書宰相時也呈現出社交處境上的窘困：「得其所者爭笑之」。另據韓
愈文、賦中所云：「忽將棄其舊而新是圖，求老農老圃而為師」、「退將遁而窮
居」也可見仕途不得意，就趨向躬耕田園，這種徘徊的仕隱情思，這在初唐就

〔註221〕《孟子·萬章下》：「（伊尹）思天下之民匹夫匹婦有不與被堯舜之澤者，如己
　　　　推而內之溝中。其自任以天下之重也。」《孟子正義》，卷20，頁1551。
〔註222〕韓愈〈感二鳥賦序〉：「貞元十一年，五月戊辰，愈東歸。癸酉，自潼關出，
　　　　息於河之陰。時始去京師，有不遇時之歎。見行有籠白烏、白鸜鵒而西去者，
　　　　號於道，曰：『某土之守某官，使使者進於天子。』」《五百家注韓昌黎集》，
　　　　卷1，頁1。蓋《韓愈文集彙校箋注》未收韓賦，故另用此本。
〔註223〕《五百家注韓昌黎集》，卷1，〈感二鳥賦〉，頁2。
〔註224〕《五百家注韓昌黎集》，卷1，頁7～8。
〔註225〕宋·洪興祖撰，白化文等點校：《楚辭補注》（北京：中華書局，1983年3月），
　　　　卷8，〈九辯章句〉，頁188。

已有濫觴，詳見下一小節所論。

以下觀察晚唐士人如何通過用典來進行前賢不遇的追慕，以構建自己不遇時下調相哀的圖景。李商隱的仕宦、生命歷程可以作為很好的觀察點，先引其〈獻舍人河東公啟〉：

> 況在下寮，獨無誰語，一至於此，欲罷不能。每念大漢之興，好文為最，悅〈洞簫〉之製，則諷在後庭；美〈子虛〉之文，則恨不同世。然猶揚雄以草《玄》見誚，馬卿亦用賫為郎。何賓實之紛綸，而名義之乖爽！況乎志異數子，事非當時。司寇栖栖，反歎為佞；嗇夫喋喋，誰為非賢？又安可坐榮於寒谷之中，自致於剛氣之上？短灰籥難駐，圭管無停，若使蜀臣之九考不移，漢郎之三朝莫遇，人嘲染鬢，帶憤減圍，即葛洪命屯，永處跛驢之伍；田光精竭，必為駑馬所先。伊秀銳之既衰，亦鋩穎之都盡。[註226]

此篇集中運用漢代的典故，多用經史語彙以古喻今，呈現典雅厚實的風格。柳璟（786～845）作為禮部侍郎主貢舉，李商隱此啟在科舉之前獻文干謁。漢代以察舉取士，期望自己能像漢代士人一樣，因為有著貞良的德行而被取用。晚唐時科舉考試仍然維持崇高威望，科舉及第者作為社會經營在官僚階層中享有很高地位。[註227] 故而相較於幕府，晚唐士人仍然嚮往中央朝廷的任職機會。

不遇書寫和自身才能的期許與展現相結合。李商隱將自身文才比附漢代的揚、馬，然而即使在「好文為最」的漢代，有這樣傑出作品的作者，有時卻也不得重用，執戟為郎。〈洞簫〉、〈子虛〉皆在諷喻君王，李商隱此亦自有效力帝王、朝廷的期許，然而不遇的現實之下，只是蹭蹬幕府下僚，況且是在入境紛亂的晚唐，文人得到重用的機會恐怕更小。現今時代無論是身居高位的司寇（孔子），[註228] 還是身處卑下卻通曉諸禽的嗇夫，[註229] 都難免因為讒言，而被懷疑「為佞」、「非賢」。李商隱又以「灰籥」、「圭管」等候氣所用之

〔註226〕《李商隱文編年校注》，頁471～472。

〔註227〕（美）麥大維：《唐代中國的國家與學者》，頁9。

〔註228〕《論語‧憲問》：「微生畝謂孔子曰：丘何為是栖栖者與？無乃為佞乎？」《論語正義》，卷17，頁590。

〔註229〕《史記‧張釋之馮唐列傳》：「上問上林尉諸禽獸簿，十餘問，尉左右視，盡不能對。虎圈嗇夫從旁代尉對上所問禽獸簿甚悉，欲以觀其能口對響應無窮者。文帝曰：『吏不當若是邪？尉無賴！』乃詔釋之拜嗇夫為上林令。……釋之曰：『夫絳侯、東陽侯稱為長者，此兩人言事曾不能出口，豈斅此嗇夫諜諜利口捷給哉！』……乃止不拜嗇夫。」《史記》，卷102，頁2752。

律管，﹝註230﹞代指時序流轉，進而抒發時光流逝，而自身久久不遇之哀歎。
以至於在形體上明顯衰老（鬢斑、腰細），自比葛洪、田光，﹝註231﹞精力不如
壯年，則反更不堪用。可見晚唐干謁文中，仍流露出不遇文士對「時」之深深
憂患。

　　事實上，李商隱在干謁文中非常頻繁地寫到揚雄，有時揚雄和其他前賢對
偶，但綜合觀之，揚雄在李商隱干謁文中呈核心位置，舉數例觀之：

　　某孤僻寡徒，懶慢成性。虞生治《易》，眾論同侵；揚子草《玄》，當
　　時共笑。因緣一命，羈紲三年，常賴恩知，免至顛殞。﹝註232﹞

　　況某冗煩有素，刻畫難施。韓信少時，罕蒙推擇；揚雄終歲，惟有
　　寂寥。向非月旦貽評，〈陽春〉獲賞，則孤根易拔，弱羽難飛。答〈賓
　　戲〉以那停，草〈客嘲〉而莫暇。﹝註233﹞

　　時亨命屯，道泰身否。成名踰于一紀，旅宦過于十年。恩舊雕零，
　　路歧悽愴。薦禰衡之表，空出人間；嘲揚子之書，僅盈天下。﹝註234﹞

　　某頑魯無堪，退縮有素。賦成誰薦？食絕唯歌。上累門牆，頗淹星
　　律。屬人生之坎坷，逢世路之推遷。﹝註235﹞

李商隱常常寫到揚雄的著作不被欣賞，被人嘲笑。自己的學問如虞翻（164～
233 年注《周易》，揚雄（前 53～18）作《太玄》，一開始都不被眾人理解，而
歎苦無知己。﹝註236﹞「向非月旦貽評」，也敘述自己沒有得到像東漢名士那樣

﹝註230﹞　《後漢書・律曆志》：「候氣之法，以木為案，每律各一，從其方位，以葭莩
　　　　　灰抑其內端，案曆而候之，氣至灰去。」《後漢書》，頁 3016。

﹝註231﹞　葛洪事見〈抱朴子內篇序〉：「洪體乏超逸之才，偶好無為之業。假令奮翅則
　　　　　能凌厲玄霄，騁足則能追風躡景，猶故欲戢勁翮於鷦鷯之羣，藏逸跡於跛驢
　　　　　之伍。」晉・葛洪著，王明校釋：《抱朴子內篇校釋・附錄》（北京：中華書
　　　　　局，1985 年 3 月），頁 367。田光事見《戰國策・燕策》：「鞠武曰『燕有田
　　　　　光先生者，其智深，其勇沉，可与之謀也。』……太子跪而逢迎，田光曰：
　　　　　『臣聞騏驥盛壯之時，一日而馳千里；至其衰也，駑馬先之。今太子聞光壯
　　　　　盛之時，不知吾精已消亡矣。』何建章注釋：《戰國策注釋》（北京：中華書
　　　　　局，1990 年 2 月），卷 31，頁 1191。

﹝註232﹞　《李商隱文編年校注》，〈上劉舍人狀〉，頁 572。

﹝註233﹞　《李商隱文編年校注》，〈上李舍人狀五〉，頁 1134。

﹝註234﹞　《李商隱文編年校注》，〈上尚書范陽公啟〉，頁 1788。

﹝註235﹞　《李商隱文編年校注》，〈上河南盧給事狀〉，1149。

﹝註236﹞　虞翻事見《三國志・虞翻傳》裴注引《翻別傳》曰：「翻初立《易注》，奏上
　　　　　曰：『臣高祖父故零陵太守光，少治孟氏《易》，世傳其業，至臣五世。臣蒙
　　　　　先師之說，依經立注。』……翻放棄南方，云：『自恨疏節，骨體不媚，生無

的人倫賞譽，只能處在「弱羽難飛」的境地中，顯露出明顯的知遇期待。而後又並舉揚雄、班固之不遇而作之篇什自我比附。〔註237〕在〈上尚書范陽公啟〉中，李商隱用禰衡和揚雄來寫自己的不遇。實際上孔融的〈薦禰衡表〉起到了作用，揚雄的《太玄》一直被人嘲笑。文本中的禰衡和揚雄，呈現出了悲劇性的「反對」。

　　不過即使是「當時共笑」的揚雄，他的賦也終有被舉薦欣賞的一天（「賦成誰薦」），《漢書‧揚雄傳》載：「孝成帝時，客有薦雄文似相如者，上方郊祀甘泉泰畤、汾陰后土，以求繼嗣，召雄待詔承明之庭。」〔註238〕但是自己坎坷的人生，恐怕只能發出「食絕之歌」了，「頗淹星律」即指歲月蹉跎沉淪，時李商隱已三十五歲，而只屈居秘書室正字末職，〔註239〕人生歧路之感懷前尤多。列觀可見，商隱已然將揚雄作為遭受「不遇」的理想型人物，並以之寄託追慕與自我慰藉療癒。

　　大中二年（848）二月，鄭亞被貶官為循州刺史，其幕下的李商隱也隨之失去了工作，只得歷經荊州、巴郡，北歸洛陽。〔註240〕時已三十六歲的李商隱作〈獻襄陽盧尚書啟〉，不遇書寫愈加滄桑沉鬱：

> 某爰自弱齡，叨從名輩，遭迴二紀，慶弔一空。詞苑招魂，文場出
> 涕。重膺疊翮，零落無遺；高幹修條，凋摧略盡。乘風匪順，無水
> 憂沉。〔註241〕

此文作於李商隱過襄陽時，「遭迴二紀，慶弔一空」字面意思就是說，自己這些年來仕宦坎壈，到現在喜事或喪事都「一空」，也就是親友或是疏遠或是亡故，真是不勝孤獨！以至於顯示自己詞人身分時，都用了「招魂」、「出涕」這樣消極的詞彙。此時李商隱仕途又隨著幕主的被貶再度回到起點，故後文云「重膺疊翮」、「高幹修條」顯示出義山對自己才能的自信，然而「零

　　　可與語，死以青蠅為弔客，使天下一人知己者，足以不恨。」依《易》設象，
　　　以占吉凶。」《三國志》，卷57，頁1322～1323。揚雄事見《漢書‧揚雄傳》：
　　　「時雄方草太玄，有以自守，泊如也。或嘲雄以玄尚白，而雄解之，號曰《解
　　　嘲》。」《漢書》，卷87，頁3565～3566。
〔註237〕《後漢書‧班固傳》：固自以二世才術，位不過郎，感東方朔、揚雄自論，
　　　以不遭蘇、張、范、蔡之時，作〈賓戲〉以自通焉。《後漢書》，卷40，頁
　　　1373。
〔註238〕《漢書‧揚雄傳》，卷187，頁3522。
〔註239〕張采田：《玉谿生年譜會箋》頁108。
〔註240〕張采田：《玉谿生年譜會箋》頁135。
〔註241〕《李商隱文編年校注》，頁1773。

落無遺」、「凋摧略盡」則文勢瞬間從高處跌落向最低點，紙背透出人生蹭蹬之下身心的雙重憔悴。「乘風匪順，無水憂沉」連用莊子典故〔註242〕，敘寫自身仕宦坎壈，陸沉下僚的凋殘心境，以至於自棄。庾信〈小園賦〉即謂自己羈留北地心境：「雖有門而長閉，實無水而恒沉。」〔註243〕義山憂沉之意正同之。

士人之更側重強調，儒者用世不逢其時的焦慮，又如溫庭筠〈上蔣侍郎啟二首（其一）〉即云：

某聞有以疏賤而間至貴者，古人之所譏笑；有以單外而蘄末契者，君子之所兢戒。……抑又聞三月而行，士人之常準；十年乃字，女子之常期。永為干世之心，厥有後時之嘆。〔註244〕

溫庭筠袒露自己儘管意識到，干謁自古以來頗為士子之恥，以賤干貴，以孤單疏遠來期望高位者向下兼容的「末契」，都是見譏且所宜戒的。溫庭筠用欲揚先抑的筆法傳遞自己的知遇想像，即使在古今人所譏的情境下，自己也要堅持干謁，正源於儒家理想：用孔子「三月無君則皇皇如也」的儒家理想來規摹自身，〔註245〕以詮釋自己干謁時的急切，擔心自己陷於「士之失位」的處境，正如女子不能準時訂婚嫁人。故而不願錯失如今知遇的良機，以至「後時之嘆」。杜牧〈上宣州崔大夫書〉則通過引述前賢，更加轉入士人個體價值實踐的用世之心：「夫子曰：『君子疾沒世而名不稱。』司馬遷曰：『自古富貴，其名磨滅，不可勝紀。』靜言思之，令人感動激發，當寐而寤，在饑而飽。」〔註246〕杜牧稱引《論語》、《史記・伯夷列傳》，顯露出傳統儒家士人對於「不朽」的理想，以及不得仕進機會的焦慮。

溫庭筠在干謁文中書寫不遇同樣淒楚哀婉，亦舉一篇〈上裴相公啟〉觀之：

〔註242〕《莊子・逍遙遊》「風之積也不厚，則其負大翼也無力。故九萬里，則風斯在下矣，而後乃今培風。」《莊子集釋》，卷1上，頁7。《莊子・則陽》：「方且與世違而心不屑與之俱，是陸沉者也。」郭象注云：「人中隱者，譬無水而沈，曰陸沈。」《莊子集釋》，卷8下，頁895～896。

〔註243〕北周・庾信撰，清・倪璠注：《庾子山集注》（北京：中華書局，1980年10月），卷1，頁25。

〔註244〕《溫庭筠全集校注》，卷11，頁1089。

〔註245〕《孟子・滕文公下》：「周霄問曰：『古之君子仕乎？』孟子曰：『仕。傳曰：孔子三月無君，則皇皇如也。出疆必載質。』公明儀曰：『古之人，三月無君則弔。三月無君則弔，不以急乎？』曰：『士之失位也，猶諸侯之失國家也。』」《孟子正義》，卷12，頁1224。

〔註246〕《杜牧集繫年校注・樊川文集》，卷13，頁872。

> 既而羈齒侯門，旅游淮上，投書自達，懷刺求知。豈期杜摯相傾，
> 臧倉見嫉。守土者以忘情積惡，當權者以承意中傷。直視孤危，橫
> 相陵阻。絕飛馳之路，塞飲啄之塗。射血有冤，叫天無路。〔註247〕

庭筠應舉自開成四年（839）始，及後在大中年間多次應試，皆不中第，至大中十年貶隨縣尉後，則不復涉足名場。〔註248〕終身未第，仕終國子助教，竟流落而死。關於溫庭筠所遭受的冤屈，史傳有載：「乞索於楊子院，醉而犯夜，為虞候所擊，敗面折齒，方還揚州訴之。令狐綯捕虞候治之，極言庭筠狹邪醜迹，乃兩釋之。自是汙行聞于京師。庭筠自至長安，致書公卿間雪冤。」〔註249〕恐怕他後來的累試不遇，也與名聲受損有很大關係。而溫庭筠受冤屈的根本原因，則來源於其政治行跡原因，他早年追隨非正常死亡的莊恪太子，會昌時與李黨魁首過往密切，而受到牛黨首領令狐綯的不滿，〔註250〕同時他又因文人之事，私下得罪了令狐綯。〔註251〕因此他在干謁文中哀聲哭訴自己的不遇歷程，根據其後來的仕宦經歷，這次京城干謁訴冤仍是失敗的。溫庭筠的不遇也或與他個性剛直有關，他的兒子溫憲就因為溫庭筠「文多刺時，復傲毀朝士」而科舉不第。〔註252〕

綜而觀之，亦可見晚唐士人干謁文中，同樣喜用「遶迴二紀，慶弔一空」、「射血有冤，叫天無路」、「屬人生之坎坷」等遭逢，從「時」、「勢」乖舛之角

〔註247〕《溫庭筠全集校注》，卷11，頁1102。

〔註248〕《唐才子傳校箋》，卷8，〈溫庭筠〉，頁437。

〔註249〕《舊唐書・溫庭筠傳》，卷190，頁5079。

〔註250〕根據陳尚君的研究：「追跡庭筠淪落的原因，當與大中間政局有關。宣宗是憲宗子，上臺後指穆、敬、文、武諸帝為逆，斥李黨為奸邪。庭筠在文宗時入莊恪門下，有從逆之嫌；會昌時與李黨魁首過往密切，在附邪之列。在黨同伐異的時代，僅此足使他終身淪落。而他在李黨失勢後，又轉求牛黨首領令狐綯汲引。這種依違兩黨的立場，必然引起物議。『士行塵雜』、『薄於行』一類指責，或即由此而發。」陳尚君：〈溫庭筠早年事迹考辨〉，收於氏著《唐詩求是》（上海：上海古籍出版社，2018年7月），頁593。

〔註251〕《唐才子傳》載：「時宣宗喜歌〈菩薩蠻〉，綯假其新撰進之，戒令勿泄，而遽言于人。綯又嘗問玉條脫事，對以出《南華經》，且曰：『非僻書，相公燮理之暇，亦宜覽古。』又有言曰：『中書省內坐將軍。』譏綯無學。由是漸疏之。自傷云：『因知此恨人多積，悔讀南華第二篇。』」《唐才子傳校箋》，卷8，〈溫庭筠〉，頁438～439。

〔註252〕《唐詩紀事》載：「溫憲員外，庭筠子也。僖、昭之間，就試于有司，值鄭相延昌掌邦貢也，以其父文多刺時，復傲毀朝士，抑而不錄。」《唐才子傳校箋》，卷70，〈溫憲〉，頁2330。

度建構自身不遇形象。干謁士人將閱讀者帶入了情意流動的不遇語境，從而使得這種「自傳性」的書啟具有了「抒情性」。由於士人所敘困境往往與性命、生存等現實境況密切相關，援手的提供或否拒，直接關聯到命運的轉變與否。〔註253〕因而在關乎命運的「戲劇性」場域中，干謁書啟同樣也呈現出，富於滄桑感的「悲劇性」美學興味。

三、徘徊仕隱的曲折自飾

對滿懷經世致用理想的文人來說，歸隱常常來自於現實環境的迫使，是無奈下自我療愈的放歸，干謁文中常將隱居作為以退為進的終南捷徑。或有士子因為對銓選之調任不滿意而選擇隱居，伺機再行干謁，以求理想的職位。〔註254〕文人頻繁將隱士形象置入干謁文中，亦有自抬身價之目的。駱賓王自敘：「自弱齡植操，本謝聲名；中年誓心，不期聞達。」〔註255〕李白將自比谷口玄靜守道的鄭子真：「五府交辟，不求聞達，亦由子真谷口，名動京師。」〔註256〕其〈上安州裴長史書〉亦有意塑造自身高士形象，謂己與友人隱逸於岷山，並且養高忘機，太守舉薦不應。〔註257〕據駱賓王、李白後來積極干謁的生命歷程，可觀其實非真心隱逸，只是待時未遇。在初盛唐山林習業隱逸風氣濃厚的環境下，塑造高士形象也有助於博得顯要更多的關注。〔註258〕

隱逸形象書寫又常與知遇想像相銜接，文人論述朝廷需要人才，或自身欲實現理想抱負，再或為結交知己而干謁；而後追加敘述若「吾道不行」則將歸隱，形成文章轉折之勢，使干謁意圖曲折委婉。有先言干謁意圖，再言隱逸期許者，如王勃〈上絳州上官司馬書〉吹捧武后的同時言自身非常之才，希望得到如鮑叔牙之賢舉薦，否則將歸往山林：

> 故曰有非常之后者，必有非常之臣；有非常之臣者，必有非常之績。
>
> 至今雷奔雨嘯，風旋電轉，拾青紫於俯仰，取公卿於朝夕。……三奔九合，下官聞管仲之風；千載一時，君侯受鮑卿之託，是以敢陳

〔註253〕柯慶明：《古典中國實用文類美學》，頁109～112。
〔註254〕葛曉音：〈初盛唐文人的干謁方式〉，頁222。
〔註255〕《駱臨海集箋注》，卷7，〈上司列太常伯啟〉，頁230。
〔註256〕《李太白全集》，卷26，頁1217。
〔註257〕《李太白全集》，卷26，頁1246。
〔註258〕可參嚴耕望：〈唐人習業山林寺院之風尚〉，收於氏著《唐史研究叢稿》（香港：新亞研究所，1969年10月），頁367～424。

其迴庭。不然,則秋風明月,西江留獨往之因;桂嶠松巖,南山有
不群之地。〔註259〕

王勃先敘時下武則天黨政,廣納中下層士子(為了對抗李唐舊勳貴),如今也
正是出仕的好時機,同時又能遇見禮賢的上官司馬,正如千載一時的管鮑之
交。任華〈與庾中丞書〉亦言及由於庾中丞失信而並未舉薦自己,自己則只能
回歸山野:「當公言之次,曾不聞以片言見及,公其意者豈欲棄前日之信乎?
華本野人,常思漁釣,尋當杖策,歸乎舊山,非有機心,致斯扣擊。」〔註260〕
可見仕途不得意,就趨向躬耕田園,這種徘徊的仕隱情思常常出現在干謁文的
自我呈現中。

　　又有先言安心於棲心隱逸,再流露生逢盛世欲有所用之意圖者,如駱賓王
言自己本絕名利之機心,然欣逢千年一遇之盛世,自己也不應無所作為:「實
欲投竿垂餌,晦名跡於渭濱;抱甕灌園,絕機心於漢渚。幸屬乾坤貞觀,烏兔
光華。嵩山動萬歲之聲;德水應千年之色。雖無為光宅,欣預比屋之封;而有
道賤貧,恥作歸田之賦。」〔註261〕王勃〈上明員外啟〉吐露:「豈不知拂衣長
謝,林泉多倦俗之因;安枕有餘,廟堂非養高之所。松橋坐月,臨黛壑而遐征;
桂席攀風,俯青巖而自足。而欲俛首屈膝,逡巡多士之林;吊影慚魂,骯髒文
昌之府。徒以牛蹄已倦,臨大壑而驤鱗;羊角可逢,想高衢而撫翼。參名國士,
方叨智伯之恩;揮跡奉常,冀雪公孫之恥。」〔註262〕勃道自知「廟堂非養高
之所」,然而如今有意進入紛雜士林的原因正在於「羊角可逢」的好時機與能
賞識自己的智伯。韓愈在〈上宰相書〉中更加仔細論述山林之士的心態:

主上感傷山林之士有逸遺者,屢詔內外之臣,旁求儒雅于四海,而
其至者蓋闕焉。豈其無人乎哉?亦見國家不以非常之道禮之,而不
來耳。彼之處隱就閒者亦人耳,其耳目鼻口之所欲,其心之所樂,
其體之所安,豈有異於人乎哉?今所以惡衣食,窮體膚,麋鹿之與
處,猨狄之與居,固自以其身不能與時從順俯仰,故甘心自絕而不
悔焉。而方聞國家之仕進者,必舉於州縣,然後升於禮部、吏部,
試之以繡繪雕琢之文,考之以聲勢之逆順,章句之短長。中其程式
者,然後得從下士之列。雖有化俗之方、安邊之畫,不繇是而稍進

〔註259〕《王子安集注》,卷5,〈上絳州上官司馬書〉,頁164～168。
〔註260〕《全唐文》,卷376,〈與庾中丞書〉,頁3817。
〔註261〕《駱臨海集箋注》,卷7,〈上司列太常伯啟〉,頁231。
〔註262〕《王子安集注》,卷4,〈上明員外啟〉,頁139～140。

者，萬不有一得焉。彼惟恐入山之不深，入林之不密，其影響昧昧，

惟恐聞於人也。〔註263〕

中唐之後科舉入仕更加程式化，而延攬聘特殊能力人才的制舉漸漸減少。〔註264〕韓愈論述山林隱逸之士並非沒有常人的口腹之慾，也並非沒有「化俗之方、安邊之畫」，然而他們在科舉考試中泯然眾人，清高的德行節義、宏遠才略也就無從呈現。從中山林之士感受到了「國家不以非常之道禮之」，故而即使是在山林之中忍受惡劣的生活條件，不願意來忍受不遇之恥辱，其中也正蘊含了韓愈「四舉於禮部乃一得，三選於吏部卒無成」的滿心怨懟，由之生出了不如歸去、遁入山林的隱私之思。韓愈相較於前人，將隱逸之士的心跡與不遇原因，更加清晰地剖析出來。不再是意象美學式的隱逸形象包裝，而是以論辯的筆法，替自己等不遇士人，吐露出隱逸之士甘心固守山林，是因為國家沒有真正禮遇他們，以至於「不能與時從順俯仰」。

韓愈也在〈後二十九日復上宰相書〉中再次論及對「山林之士」的看法：「士之行道者，不得於朝則山林而已矣。山林者，士之所獨善自養，而不憂天下者之所能安也。如有憂天下之心，則不能矣。」〔註265〕表現出已打消先前「本志之變化」的徘徊，正視自己「憂天下之心」，因而汲汲請求舉薦。此時則類似駱賓王〈上司列太常伯啟〉中「由隱而仕」的論述模式，呈現出儒者以天下自任的決心與焦慮。

晚唐之干謁文學習初唐，同樣將隱逸之思與干謁與知遇的心跡相融書寫，再以李商隱兩篇干謁文為例：

某長於丘樊，早慚師友。雖乏許靖幹時之材具，實懷殷浩當世之心機。

而運與願乖，言將俗背。一丘一壑，遠愧於幽棲；十辟二徵，近慚於

藉甚。……喬木空在，弊廬已頹。遂與時人，俱為歲貢。〔註266〕

某始在弱齡，志惟絕俗，每北窗風至，東皋暮歸，彭澤無絃，不從

繁手；漢陰抱甕，寧取機心？巖桂長寒，嶺雲鎮在。誓將適此，實

〔註263〕《韓愈文集彙校箋注》，卷6，647～648。

〔註264〕制舉科目例如：抱儒之業科，臨難不顧徇節寧邦科，長才廣度沉跡下僚科，文藝優長科，絕倫科，拔萃科，疾惡科，冀黃科，才膺管樂科，才高位下科，才堪經邦科，賢良方正科，抱器懷能科，茂才異等科諸科。從中可見，君王設立制舉，期望通過一些特殊的方式，搜羅常舉所忽視的人才。參傅璇琮：《唐代科舉與文學》，頁137～138。

〔註265〕《韓愈文集彙校箋注》，卷6，頁671。

〔註266〕《李商隱文編年箋注》，〈獻舍人彭城公啟〉，頁575。

欲終焉。其後以婚嫁相縈，兄弟未立，陽貨有迷邦之誚，王華生處
世之心。靡顏〈移文〉，言從初服。〔註267〕

李商隱在〈獻舍人彭城公啟〉中運用史傳中隱逸語句、典故，以塑造自己隱逸
形象，「一丘一壑」、「十辟二徵」，即以漢代杜門隱逸的高士董扶、班嗣自喻。
〔註268〕不過李商隱還說「運與願乖，言將俗背」，可知這種如漢代士人的隱逸，
是在濁世之中吾道難行的背景下。但是無奈如今「弊廬已頹」，生計所迫願意
出來做官，所以李商隱也甘於從九品縣尉或是幕府刀筆吏開始做起。

　　在〈上李尚書狀〉中，「北窗」、「東皋」、「彭澤無絃」也可見通過陶淵明
典故的運用，來構建隱士形象。在初唐時王勃、盧照鄰（634～686）、楊炯（650
～693）的詩文裡，即多以彭澤令陶淵明（365～427）的高雅不俗表現自我的
隱者形象，或稱揚他人（特別是官為縣令的人）。〔註269〕然而「北窗」、「東皋」
之「淵明文學」意象並非初盛唐所流行，從中晚唐駢文中的陶淵明意象被更多
的使用，也可見陶淵明隱逸形象在接受史過程中的深化。「漢陰抱甕」典出
《莊子》中子貢過漢陰聞「有機事者必有機心」的寓言，〔註270〕而在初唐干
謁文中，即用以塑造自身出仕之前的心跡：駱賓王〈上司列太常伯啟〉云「實
欲投竿垂餌，晦名跡於渭濱；抱甕灌園，絕機心於漢渚。」〔註271〕「巖桂長
寒」則用《楚辭》中〈招隱士〉一章描寫隱士之生活環境辭藻，〔註272〕正可

〔註267〕　《李商隱文編年校注》，〈上李尚書狀〉，頁460。
〔註268〕　董扶事見《後漢書‧方術列傳》：「（董扶）前後宰府十辟，公車三徵，再舉賢
　　　　　良方正、博士、有道，皆稱疾不就。」《後漢書》，卷82，頁2734。班嗣事見
　　　　　《漢書‧敘傳》「（班）嗣雖修儒學，然貴老嚴之術。桓生欲借其書，嗣報曰：
　　　　　『若夫嚴子者，絕聖棄智，修生保真，清虛澹泊，歸之自然，獨師友造化，
　　　　　而不為世俗所役者也。漁釣於一壑，則萬物不奸其志；栖遲於一丘，則天下
　　　　　不易其樂。』」《漢書》，卷100，頁4205。
〔註269〕　李劍鋒：《元前陶淵明接受史》（濟南：齊魯書社，2002年9月），頁129～130。
〔註270〕　《莊子‧天地》：「子貢南遊於楚，反於晉，過漢陰，見一丈人方將為圃畦，
　　　　　鑿隧而入井，抱甕而出灌，搰搰然用力甚多而見功寡。子貢曰：『有械於此，
　　　　　一日浸百畦，用力甚寡而見功多，夫子不欲乎？』……為圃者忿然作色而笑
　　　　　曰：『吾聞之吾師，有機械者必有機事，有機事者必有機心。機心存於胸中，
　　　　　則純白不備；純白不備，則神生不定；神生不定者，道之所不載也。吾非不
　　　　　知，羞而不為也。』」《莊子集釋》，卷5上，頁433～434。
〔註271〕　《駱臨海集箋注》，卷7，〈上司列太常伯啟〉，頁231。
〔註272〕　〈招隱士〉：「桂樹叢生兮山之幽，偃蹇連蜷兮枝相繚。山氣巃嵸兮石嵯峨，
　　　　　溪谷嶄岩兮水曾波。猿狖群嘯兮虎豹嗥，攀援桂枝兮聊淹留。」宋‧朱熹集
　　　　　注，夏劍欽、吳廣平校點：《楚辭集注》（長沙：嶽麓書社，2013年1月），
　　　　　卷8，頁134。

呼應王勃〈上明員外啟〉中自我吐露對隱逸生活的嚮往：「松橋坐月，臨黛壑而遐征；桂席攀風，俯青巖而自足。」〔註273〕

在前文中駱賓王敘及因為家貧無力奉養老母，而選擇干謁希望有仕進機會，同樣，李商隱也自敘因為家庭的生計壓力（「婚嫁相縈，兄弟未立」），於是「陽貨有迷邦之誚，王華生處世之心。」李商隱用陽貨勸慰孔子出仕典故，迷邦即謂有才德而不為國家所用；而後以劉宋時隱居十餘年，後出仕一展宏圖的王華自比，〔註274〕寄託自己作為士人的用世之心。「靡顧〈移文〉」即〈北山移文〉，《文選》呂向注云：「鍾山在都北，其先，周彥倫隱於此山，後應詔出為海鹽縣令，欲却過此山，孔生乃假山靈之意移之，使不許得至。」〔註275〕初服非指〈離騷〉中「退將復修吾初服」，屈原未仕時之服，乃指初入仕《書·召誥》：「王乃初服」〔註276〕，謂開始從事某項事務。

從內容與用典兩個角度，皆可見李商隱在構建自我形象時，對初唐王勃、駱賓王干謁文中自我形象書寫策略的承襲。皆是以隱士形象來修飾自身「雅」的形象，乃至於「誓將適此，實欲終焉」，但是遇到家族親長兄妹的生活壓力，只得無奈解褐入仕。於是自身隱逸形象的書寫，亦成為文人干謁時自飾的重要層面，為自身營造「隱士」的風骨，來使得自己在干謁時可以相對保持自己的人格。

〔註273〕 《王子安集注》，卷4，〈上明員外啟〉，頁139～140。

〔註274〕 《宋書·王華傳》：「華少有志行，以父存亡不測，布衣蔬食，不交游，如此十餘年，為時人所稱美。高祖欲收其才用，乃發廞喪問，使華制服，服闋，高祖北伐長安，領鎮西將軍、北徐州刺史，辟華為州主簿，仍轉鎮西主簿，治中從事史，歷職著稱。……華每閒居諷詠，常誦王粲〈登樓賦〉曰：『冀王道之一平，假高衢而騁力。』」南朝梁·沈約：《宋書》（北京：中華書局，1974年10月），卷63，頁1675～1677。

〔註275〕 南朝梁·蕭統編，唐·呂延濟、唐·李善等注：《六臣注文選》（明嘉靖二十八年錢塘洪楩刊本），卷43，頁35下。

〔註276〕 （舊題）漢·孔安國傳，唐·孔穎達疏，清·阮元校刻：《尚書正義》（北京：中華書局，2009年10月，影印清嘉慶二十年江西南昌府學刊本），卷15，〈召誥〉，頁453。

第四章 仰望上位者與識鑒者的視角：
被干謁者形象之建構

　　文人在尋求「知己」認同的想像中，期許對方能夠更多地理解、欣賞自身，那麼與之相對應的，自己也理應表現出對於被干謁者、也即讀者的充分把握與理解。干謁文作為以效用為導向的傳播對話性質文學，其預期讀者是固定且近距離的，因此出於求取認同的原因，在干謁文中往往出現大篇幅筆墨構建讀者學養、名望、風度、功績各方面的形象。對中古士人而言，從圖書中找出合適的古人來比擬，是一種理解人事、今人的方式。〔註1〕而干謁文形象建構的過程中，使用繁密的典故來進行揄揚稱頌最重要之一手段，因而有必要探究其中對歷史典範的運用模式。以下分四個章節，探究文人在干謁文中如何建構被干謁者之形象，呈現自身對想像中的「知己」的了解，並以此使對方感到某種認同與愉悅；同時探究不同其異如面的各種形象，如何隨著唐代政治社會結構與人才風尚的變化而發生書寫策略的流動。

第一節 漢代禮接儒素傳統下禮賢之「德」、「名」
建構

　　中國早期社會已將「知人」作為一種知識形式，對德政有著重要意義，因

〔註 1〕劉靜貞：〈墓誌書寫中歷史形象的引介──「唐宋變革」的再思考〉，收於黃寬重主編：《基調與變奏：七至二十世紀的中國》第一冊（臺北：國立政治大學歷史學系、中國史學會（日本）、中央研究院歷史語言研究所、新史學雜誌社，2008 年 7 月），頁 27～28。

為涉及君主評定人才的能力並合理運用。〔註2〕《唐六典》記載，吏部官員對其他官員評量考課的標準，其中有一項即是：「銓衡人物，擢盡才良，為選司之最」〔註3〕，可見「擢盡才良」成為唐代官方與待選士子的共同期待。同時唐人對漢代辟召之法，常常給予不同程度的肯定。〔註4〕唐代也陸續有人議論，主張恢復辟召以輔助吏部銓選；安史亂後，幕府辟署成為地方用人重要管道。〔註5〕唐代幕府制度對於幕僚的徵召，部分繼承漢代辟召制度。〔註6〕因而受到追慕漢代選人制度與歷史文化記憶中對漢代士人形象的美好印象之因素影響，干謁文中在建構讀者形象時，漢代名士往往成為其中重要的「禮賢者」理想投射。

一、名士接引模式下的形象建構與知遇期待

　　禮賢下士的揄揚一般承接前敘官員之政績，出現在干謁文「頌德」書寫的末尾。禮賢書寫也是作為官吏能力的一種展現，正如陳子昂〈上薛令文章啟〉云：「方當拔俊賞奇，使拾遺補闕，坐開黃閣，高視赤墀，然後與稷、契、夔、龍，比功並德，豈徒蕭、曹、魏、丙，屑屑區區而已哉？」〔註7〕將「拾遺補闕」的薛元超（622～683），比擬為堯舜時的賢臣。駱賓王、王勃等人的干謁對象，無論是吏部官員還是州郡長官，都有為朝廷招賢納士、簡才選能之職責，故而禮賢書寫放置在「頌德」書寫之末，恰便於引出後文的自我呈現與干謁請託，以下引文以見之：

> 加以分庭讓士，虛席禮賢。片善經心，揖仲宣於蔡席；一言合道，接然明於鄭階。〔註8〕

〔註2〕（美）Christoph Harbsmeier, "Conceptions of Knowledge in Ancient China"（中國古代的知識觀）, in Hans Lenk & Gregor Paul ed., *Epistemological Issues in Classical Chinese Philosophy* (Albany: State University of New York), pp. 14~15.

〔註3〕《唐六典》，卷2，〈尚書吏部〉，頁42。

〔註4〕例如貞觀年間太宗文「如何可以得人」，杜如晦即答曰：「兩漢取人，皆行著州閭，然後入用。」見《唐會要》，卷74，頁1580。薛謙光推崇漢代取士對於德行的注重：「漢興求士，猶徵百行。是以禮讓之士，砥才毓德，既閭里推高，然後為府寺所辟。」見《通典》，卷14，頁341～342。魏玄同認為吏部選人權力太大，應下放州郡：「伏願稍回聖慮，時採芻言，略依周、漢之規，以分吏部之選。」《舊唐書》，卷87，頁2852。

〔註5〕廖宜方：《唐代的歷史記憶》，頁200～201。

〔註6〕石雲濤：《唐代幕府制度研究》（北京：中國社會科學出版社，2003年），頁313、319。

〔註7〕《全唐文》，卷214，頁2162。

〔註8〕《駱臨海集箋註》，卷7，〈上司列太常伯啟〉，頁230。

加以分庭讓士，虛坐禮賢。片善必甄，掉虞翻於東箭；一言可紀，

許顧榮以南金。〔註9〕

懸榻待士，擁篲禮賢，汲引忘疲，獎題不倦。懷經味道之客，望範

圍而駿奔；兼流包略之夫，窺義圍以遐集。求小善於毫芥，顧正禮

於二龍；振幽滯於泥沙，許公明以一驥。〔註10〕

可以看到書寫模式大致是先概括性地闡述「分庭讓士，虛坐禮賢」，而後用歷

代禮賢的典故稱頌揄揚。駱賓王干謁劉祥道時，希望對方能如蔡邕、叔向一般

禮賢納士，接納王粲，然（醶）明等賢才；〔註11〕請託李敬玄時，則冀往年能

像孔融賞虞翻，顧榮賞陸士光等南士一樣，遇見知己。〔註12〕又如上啟兗州張

司馬時，「吹噓」言贊譽舉薦人才，乃源於東漢名士孔伷，〔註13〕「延之顧盼」

也即伯樂顧盼使駿馬增價十倍。〔註14〕〈上兗州刺史啟〉則自喻為當時被稱為

「二龍」的劉岱（公山）、劉繇（正禮）；〔註15〕亦希望像趙孔曜推薦管輅，將

之比擬為「清河郡內有一騏驥」一樣，得到明公的舉薦。〔註16〕

〔註9〕《駱臨海集箋註》，卷7，〈上李少常伯啟〉，頁235。

〔註10〕《駱臨海集箋註》，卷7，〈上兗州刺史啟〉，頁240。

〔註11〕《春秋左傳·昭公二十八年》：「昔叔向適鄭，鬷蔑惡欲觀叔向，從使之收器者
而往。立於堂下，一言而善，叔向將飲酒，聞之曰，必鬷明也！下執其手以
上。」《春秋左傳注疏》，卷52，頁4602。

〔註12〕《三國志·虞翻傳》：「翻與少府孔融書，并示以所著《易注》。融答書曰：『聞
延陵之理樂，觀吾子之治易，乃知東南之美者，非徒會稽之竹箭也。』」《三國
志》，卷57，頁1320。《晉書·顧榮傳》：「時南土之士未盡才用，榮又言：『陸
士光貞正清貴，……凡此諸人，皆南金也。』」《晉書》，卷68，頁1814。

〔註13〕《後漢書·鄭太傳》：「孔公緒清談高論，噓枯吹生。」李賢注：「枯者噓之
使生，生者吹之使枯。言談論有所抑揚也。」《後漢書》，卷70，頁2258～
2259。

〔註14〕《戰國策·燕策二》：「人有賣駿馬者，比三旦立市，人莫之知。往見伯樂曰：
『臣有駿馬，欲賣之，比三旦立於市，人莫與言。願子還而視之，去而顧之，
臣請獻一朝之賈。』伯樂乃還而視之，去而顧之，一旦而馬價十倍。」《戰國
策注釋》，卷30，頁1146。

〔註15〕《三國志·劉繇傳》：「平原陶丘洪薦繇，欲令舉茂才。刺史曰：『前年舉公山，
奈何復舉正禮乎？』洪曰：『若明使君用公山於前，擢正禮於後，所謂御二龍
於長塗，騁騏驥於千里，不亦可乎！』」《三國志》，卷49，頁1184。

〔註16〕《三国志·管輅傳》裴注引《輅別傳》：「使君言：『君顏色何以消減於故邪？』
孔曜言：『體中無藥石之疾，然見清河郡內有一騏驥，拘繫後廄歷年，去王良、
伯樂百八十里，不得騁天骨，起風塵，以此憔悴耳。』使君言：『騏驥今何在
也？』孔曜言：『平原管輅字公明，年三十六，雅性寬大，與世無忌，可謂士
雄。』」《三國志》，卷29，頁819。

　　綜上可見，一方面「禮賢」的揄揚是干謁請託中不可或缺的一部分，干謁者在文中寄託了自古以來「招賢、禮賢」的文化傳統，著重揄揚對方識鑒之能，成為一種請託時的心理暗示，對方若能接納自己，那麼人格、成就就可媲美蔡邕、顧榮等賢達；同時使用如此多賢才知遇典故，也是對自己才能的一種隱喻。

　　前文所引已見禮賢典故中，已包含許多漢魏之際名士，以下例子則更明顯可見，初唐士人心目中「禮賢」風氣，與他們對東漢名士風度的追慕實際緊密聯結：

> 龍津共濟，競欣登御之車；蕪室欽賢，必攬澄清之轡。〔註17〕

> 賓階夕敞，清河銷驥騺之虞；虛榻晨披，元禮得龍驅之地。〔註18〕

駱賓王〈上兗州崔長史啟〉即連用四個東漢名士之典故，揄揚崔長史之氣度與禮賢：「龍津」即李膺（110～169）「有昇其堂者，皆以為登龍門」事，「登御之車」即荀爽（128～190）欣為李膺御車之事。〔註19〕「蕪室欽賢」即陳蕃（？～168）不掃蕪庭而志在天下事；〔註20〕「澄清之轡」乃指東漢的范滂（137～169）有澄清天下之志，〔註21〕可見即使僅僅是地方的長史，駱賓王也極力塑造對方禮賢下士並且胸懷天下的漢末名士形象。與之類似的書寫模式，王勃〈上絳州上官司馬書〉中「賓階夕敞」與「驥騺之虞」分別用靇明、管輅的典故（前文已注）來構建上官司馬之形象。「虛榻晨披」是陳蕃之禮賢；〔註22〕「元禮得龍驅之地」亦是李膺「登龍門」事變化而言之。可見王、駱在寄託禮賢想像之時，透露著明顯對漢魏風度的追慕。

　　實際上作為吏部尚書的劉祥道亦曾有上疏，建議推廣近似漢代察舉薦賢

〔註17〕《駱臨海集箋註》，卷7，〈上兗州崔長史啟〉，頁245。

〔註18〕《王子安集注》，卷5，〈上絳州上官司馬書〉，頁169～170。

〔註19〕《世說新語・德行》：「李元禮風格秀整，高自標持，欲以天下名教是非為己任後進之士，有昇其堂者，皆以為登龍門。」《世說新語箋疏》，卷上之上，頁7。《後漢書・李膺傳》：「荀爽嘗就謁膺，因為其御，既還，喜曰：『今日乃得御李君矣。』其見慕如此。」《後漢書》，卷67，頁2191。

〔註20〕《後漢書・陳蕃傳》：「蕃年十五，嘗閒處一室，而庭宇蕪穢。父友同郡薛勤來候之，謂蕃曰：『孺子何不洒埽以待賓客？』蕃曰：『大丈夫處世，當埽除天下，安事一室乎！』勤知其有清世志，甚奇之。」《後漢書》，卷66，頁2159。

〔註21〕《後漢書・范滂傳》：「時冀州飢荒，盜賊群起，乃以滂為清詔使，案察之。滂登車攬轡，慨然有澄清天下之志。」《後漢書》，卷67，頁2203。

〔註22〕《後漢書・陳蕃傳》：「郡人周璆，高絜之士。前後郡守招命莫肯至，唯蕃能致焉。字而不名，特為置一榻，去則縣之」《後漢書》，卷66，頁2159。

之政策〔註23〕，再結合王勃、駱賓王干謁啟，可見初唐士人好用東漢禮賢的典故，來揄揚被干謁者，東漢文士之被察舉見用，成為初唐士人傾慕風氣與知遇想像。這種對東漢名士禮賢與「知人」風氣的追慕，也延續到晚唐干謁傳統中，如溫庭筠〈上宰相啟〉亦云：「臨濟輝華，昔懸陳榻；洛陽羈旅，今造膺門。」〔註24〕即亦疊用「李膺與郭泰同舟」、「陳蕃懸榻」、「登龍門」之典彙，來構建自己與宰相的理想相知情境。

盛唐詩的干謁文仍繼承初唐筆法，以自古上位者接引禮遇的歷史經驗與文化傳統，來書寫自身對於「禮賢」理想典型的追慕與認同，如王維〈與工部李侍郎書〉云：

> 一昨出後，伏承令從官將軍車騎至陋巷見命，恨不得隨使者詣舍下謁。才非張載，枉傳玄以車相迎；德謝侯生，辱信陵虛左見待。古人有此，今也未聞，所以竦踊惕息，通夕不寐。維自結髮，即枉眷顧，侍郎素風，維知之矣。宿昔貴公子，常下交布衣，盡禮髦士，絕甘分少，致醴以飯，汲汲于當世之士，常如不及，故夙著問望，為孟嘗、平原之儔。〔註25〕

王維在安史之亂時被迫供職偽朝，〔註26〕不過後來因為寫作〈凝碧詩〉、弟王縉（700～781）及宰相崔圓（705～768）相救，至德二年（757）十二月得免罪，至德三年（758）春後又被授太子中允，而此文即是被授官之前閒居藍田時所寫，干謁舊交李遵（698～757）。〔註27〕故而身為布衣並希冀授官的王維，

〔註23〕《舊唐書·劉祥道傳》：「國家富有四海，已四十年，百姓官僚，未有秀才之舉。豈今人之不如昔人，將薦賢之道未至？寧可方稱多士，遂間斯人。望六品已下，爰及山谷，特降綸言，更審搜訪，仍量為條例，稍加優獎。不然，赫赫之辰，斯舉遂絕，一代盛事，實為朝廷惜之。」《舊唐書》，卷 81，頁 2752。

〔註24〕《溫庭筠全集校注》，卷 11，頁 1138。

〔註25〕唐·王維撰，陳鐵民校注：《王維集校注》（北京：中華書局，1997 年 8 月），卷 11，頁 1031。

〔註26〕《唐才子傳校箋》：「賊陷兩京，駕出幸，維扈從不及，為所擒，服藥稱瘖病。祿山愛其才，逼至洛陽供舊職，拘於普施寺。」《唐才子傳校箋·王維》，卷 2，頁 293。

〔註27〕張清華：《王維年譜》（上海：學林出版社，1988 年 9 月），頁 127。李遵在天寶十五載為彭原太守，率兵迎肅宗有功。又可參《新唐書·王維傳》：「祿山大宴凝碧池，悉召梨園諸工合樂，諸工皆泣，維聞悲甚，賦詩悼痛。賊平，皆下獄。或以詩聞行在，時縉位已顯，請削官贖維罪，肅宗亦自憐之，下遷太子中允。」《新唐書》，卷 202，頁 5765。

用張載見譽傅玄、侯嬴起用於信陵君的典故，來稱美李遵親至舍下的禮賢。不
過相對於初唐以駢文中的典故，印象式地概括對方「虛席禮賢」之形象，王維
此處更加以散句細緻地描摹李遵對待寒士的情境：「絕甘分少，致醴以飯」，並
且慷慨熱切，常恐不及，隱然可見史傳筆法。同時對初唐以漢魏的想像模式也
有所突破，將自己比作侯生，稱頌對方為「孟嘗、平原之儔」，也是將自身納
入了戰國遊士感氣相交的脈絡下，顯示出遊士縱橫遍干天下的氣度。

二、「公利」觀念下的納賢之明與教化後進

　　中唐士人在干謁文中，建構被干謁者的禮賢形象時，更加從為國、為公
「進賢」的角度來揄揚，這亦與中唐儒學復興相關。唐人從儒家經典中習得公
共責任先於個人利益的思想，往往將官僚制中的「公利」觀念作為核心。唐代
最傑出的學者宰相反覆強調官職與品級乃是「公器」，不能單憑個人好惡進行
分派選任。在科舉考試、國家禮制及國史修撰中，「公」的原則也備受矚目。
〔註28〕因此中唐的禮賢形象，往往與前文所論「薦賢」的知遇想像，在干謁文
中聯繫緊密。可先觀韓愈〈上兵部李巽侍郎書〉：

> 伏以閣下內仁而外義，行高而德鉅，尚賢而與能，哀窮而悼屈。自
> 江而西，既化而行矣。今者入守內職，為朝廷大臣。當天子新即位，
> 汲汲於理化之日，出言舉事，宜必施設。既有聽之之明，又有振之
> 之力。甯戚之歌，覼明之言，不發於左右，則後而失其時矣。〔註29〕

此文作於貞元二十一年（805），韓愈自貞元十九年被貶為陽山縣令，二十一
年憲宗（778～820）即位，遇大赦，韓愈移任江陵法曹參軍。〔註30〕故而寫
信干謁李巽（739～809），期望獲得汲引，這也是現存韓愈集中，他的最後一
篇干謁文。韓愈此處揄揚筆法，從崇高仁德而進入禮賢的實踐。「哀窮而悼
屈」是很特別的寫法，認為李巽能夠注意到卑下的士人。「甯戚之歌，覼明之
言」，初唐時干謁文已好用此典故，〔註31〕不過韓愈此處更加與士人對出仕
之「時」的焦慮相聯結：「不發於左右，則後而失其時矣」，明顯可見盛唐以

〔註28〕（美）麥大維：《唐代中國的國家與學者》，頁 8。

〔註29〕《韓愈文集彙校箋注》，卷 5，頁 600。

〔註30〕陳克明：《韓愈年譜及詩文繫年》，頁 194。

〔註31〕例如駱賓王用典〈上吏部侍郎帝京篇啟〉「觀梁父之曲，識臥龍於孔明；聽康
　　　　衢之歌，得飯牛於甯戚。」〈上司列太常伯啟〉「片善經心，揖仲宣於蔡席；一
　　　　言合道，接然明於鄭階。」

來的散體干謁文氣勢澎湃的筆法，透出對自我濃厚的自信。還可注意到，韓愈於其三試博學鴻儒不第時干謁時，多發不遇怨懟之聲，以氣勢磅礡的文章以理服人，論述援引士人是上位者的職責。如今干謁態度平和卑下，將敘述重心部分挪移到被干謁者身上，塑造其富有能力德行，且願意明察善薦的形象，時韓愈年已三十八歲，心境自然有所變化。正如麥大維所指出，隨著韓愈官位的提升與交遊網路的擴寬，他對古文的尖銳意見，及他主導的小圈子文字日趨鮮見。〔註32〕

　　對被干謁者「鑒如水鏡，言為蓍龜」的衡準、識才形象建構，有時會與「決進退」的論述相結合，如白居易〈與陳給事書〉：

> 今所以不請謁而奉書者，但欲貢所誠、質所疑而已，非如眾士有求於吹噓翕拂也。……夫蘊奇挺之才，亦不自保其必勝。而一上得第者，非他也，是主司之明也。抱瑣細之才，亦不自知其妄動，而十上下第者，亦非他也，是主司之明也。豈非知人易而自知難耶？伏以給事天下文宗，當代精鑒，故不揣淺陋，敢布腹心。……而居易之文章可進也，可退也，竊不自知之，欲以進退之疑取決於給事，給事其能捨之乎？居易聞神蓍靈龜者無常心，苟叩之者不以誠則已；若以誠叩之，必以信告之，無貴賤、無大小，而無不之應也。今給事鑒如水鏡，言為蓍龜，邦家大事，咸取決於給事，豈獨遺其微小乎？〔註33〕

白居易將自己的干謁意圖修飾得很委婉，論述了「豈非知人易而自知難」的道理，說自己在出處趨舍上有所困惑，不知自己的才能是否足以闊步儒林，所以希望「以進退之疑取決於給事」。柳宗元的〈上權德輿補闕溫卷決進退啟〉也有著類似的論述。〔註34〕這實際上是對自身干謁意圖的一直粉飾，沒有哪個士

〔註32〕（美）David W. McMullen（麥大維），"Han Yu: An Alternative Picture"（韓愈的另一面），*Harvard Journal of Asiatic Studies*, 2(1989), pp. 656~657.

〔註33〕《白居易文集校注》，卷7，頁303。

〔註34〕柳宗元〈上權德輿補闕溫卷決進退啟〉：「今將慷慨激昂，奮攘布衣，縱談作者之筵，曳裾名卿之門，抵掌峨弁，厚自潤澤。進越無惡，汙達者之視聽，狂狷愚妄，固不可為也。復欲俛默惕息，疊足榻翼，拜祈公侯之閽，跪邀賢達之車，竦魂慄股，就恪危懼，榮者倦之，彌忿厥心，又不可為也。若慎守其常，確執厥中，固其所矣，則又色平氣柔，言訥性魯，無特達之節，無推擇之行，瑣瑣碌碌，一孺子耳。孰謂其可進？孰謂其可退？」《柳宗元集校注》，卷36，頁2265。不過白、柳二人側重略有不同，白居易側重自身文才能否足以應對科舉，柳宗元比較側重在出世是否激進的態度與方式上。

人會真正希望「引駑鈍而退」。士人十年寒窗來京應舉，當然是期望一舉中第，並且寫了這麼多自證才華的詩文，也顯然是希望得到公卿的賞識。只是如果干謁意圖表現得太直接就傷於躁進，而且就與「有求於吹噓翦拂」的眾士沒有差別了，無法出類拔萃。柳宗元在〈上權德輿補闕溫卷決進退啟〉中也談到被干謁者的禮賢形象：

> 今駑驚充朝，而獨干執事者，特以顧下念舊，收接儒素，異乎他人耳。……進退無倚，宵不遑寐，乃訪於故人而諮度之。其人曰：「補闕權君，著名逾紀，行為人高，言為人信，力學談文，朋儕稱雄，子巫拜之，足以發揚。」〔註35〕

史傳載權德輿「貞元十七年冬，以本官知禮部貢舉，來年，真拜侍郎，凡三歲掌貢士，至今號為得人。」〔註36〕韓愈有〈燕河南府秀才詩〉云：「昨聞詔書下，權公作邦楨。丈人得其職，文道當大行。」〔註37〕以此觀之，則權德輿之在當時，實可稱是士人之龍門。故而柳宗元上書干謁，希望求馳聲成名。柳宗元文中言及「顧下念舊」，又寫到故人勸他快去拜謁，也暗示了柳宗元家族在長安的關係網路，或許對他的干謁應舉也有著幫助。柳宗元揄揚權德輿能夠特別「收接儒素」之後，還借「故人」之口稱頌權公的名望德行。將被干謁者之才德、名望與禮賢形象相銜稱述者，還如皇甫湜〈上江西李大夫書〉，其云：「竊以閣下以周召之才，居周召之職，獨智傑出，孜孜以下問，收接而博觀。自江而西，沈潛液澤，傳之天下，汪洋喧鬧。是以發憤而來，非有他也，欲以望閣下之輝光，窺閣下之深高。」〔註38〕

此外，韓愈也有一篇〈與陳京給事書〉構建了對方「不能禮賢」之形象，抱怨上位者對自己從禮遇到冷遇的經過，而後意識到：「其邈也，乃所以怒其來之不繼也；其悄也，乃所以示其意也。」〔註39〕也可見公卿的「禮賢」是有條件的，有時可能只是一時的作態，未必真正發自內心長期的欣賞。一旦出於一些原因，未能緊密維持社交聯繫，彼此的關係將迅速冷卻，這是限於地位的高下尊卑之別。韓愈以幽怨婉轉之筆點出，王公大人維持其禮賢形象的同時，他們對士人也有著「來之繼」的期待，否則便可能「邈乎其容」、「悄乎其言」，

〔註35〕《柳宗元集校注》，卷36，頁2265～2266。
〔註36〕《舊唐書・權德輿傳》，卷148，頁4003。
〔註37〕《五百家注韓昌黎集》，卷4，頁274。
〔註38〕《全唐文》，卷685，頁7019。
〔註39〕《韓愈文集彙校箋注》，卷7，頁788。

呈現出「不能禮賢」的負面形象。

　　同時古文運動背景下的干謁文，並不像唐代前期干謁，重視用典的方式抒發漢魏名士納賢的想像。而是更加實際地論述，被干謁者在行政實踐中納賢之「明」，並且接賢形象和實績也更加易與儒學德行相關。不過像白居易干謁時仍可見「鑒如水鏡，言為蓍龜」這類漢魏六朝賞譽人物時的連類引譬，可見干謁文在建構形象時也自有其發展脈絡與承傳通變。

　　至中晚唐之時，「禮賢」的形象不僅僅用來揄揚知貢舉等朝廷中央官員，同樣適用於藩鎮大員，呈現德政、功業與禮賢形象相結合，如杜牧〈上宣州崔大夫書〉云：

> 復自開幕府已來，辟取當時之名士，禮接待遇，各盡其意，後進絜絜以節業自持者，無不願受閣下廻首一顧，舒氣快意，自以滿足。今藩鎮之貴，土地兵甲，生殺與奪，在一出口，終日矜高，與門下後進之士，權得失去就於分寸銖黍間，多是其人也。獨閣下不自矜高，不設壅蔽，曲垂情意，以盡待士之禮。……自古雖尊為天子，未有不用此而能得多士盡心也；未有不得多士之盡心，而得樹功立業流於歌詩也，況於諸侯哉！〔註40〕

本文作於會昌二年（842）左右，時杜牧被外放黃州，所干對象為崔龜從（794～853）。〔註41〕據胡可先考訂，崔龜從開成四年（839）三月至會昌四年（844），為宣歙觀察使。〔註42〕唐代方鎮與所聘者之間不存在強制關係，文士可以拒聘，文士入幕後，與府主關係是雙重的，既是上下級，又是賓主。方鎮想吸引傑出人才入幕，藉之擴大自己的影響力，也需作出好的姿態，並常以重金徵。〔註43〕如白居易所寫的制文即謂：「古者公府得自選吏屬。今仍古制，亦命領征鎮者，必先禮聘，而後升聞。」〔註44〕然而根據杜牧文中的論述，可見晚唐的強勢藩鎮實力雄厚，早已不乏人才投奔，此時便也出現割據一方、「終日矜

〔註40〕《杜牧集繫年校注・樊川文集》，卷13，頁871～872。

〔註41〕杜牧大和二年（828）及進士，本文還說「往年應進士舉，曾投獻筆語，亦蒙亞稱於時，今十五年矣。」

〔註42〕胡可先：〈《杜牧年譜》商榷〉，收於氏著《杜牧研究叢稿》（北京：人民文學出版社，1993年9月），頁179～180。

〔註43〕戴偉華：《唐代使府與文學研究》，頁28。又參戴偉華：《唐代幕府與文學》，頁89～90。

〔註44〕《白居易文集校注・中書制誥》，卷13，〈授柳傑等四人官充鄭滑節度推巡制〉，頁626。

高」的藩鎮，並且對文士也並不大方。相形而下，崔龜從的禮賢形象，給予士人所需的尊重，則能更加得多士之心，並且寄託了功業及禮賢之「名」，能夠通過歌詩流傳的期許。

功業與禮賢形象相結合者，還可見於溫庭筠〈上裴相公啟〉：「伏以相公致堯業裕，佐禹功高，百姓咸被其仁，一物不違於性。倘或在途興歎，解彼右驂；彈劍有聞，遷於代舍。瞻風自卜，與古為徒。」〔註45〕溫庭筠將宰相的政績和禮賢形象相聯結，塑造了宰相「百姓咸被其仁」同時，也應要能夠像晏嬰贖越石父、孟嘗君禮遇馮諼那樣舉薦賢才，那麼才真正能夠與上古德人為同道，也即所謂「致堯業裕，佐禹功高」。又如李商隱開成五年（840）移家長安後，意在候調，故寫〈上李尚書狀〉給河陽節度使、吏部尚書李執方云：

> 幸李公之閽者，不拒孔融；讀蔡氏之家書，未歸王粲。……閣下念
> 先市骨，志在采葑，引以從遊，寄之風興。玳筵高敞，畫舸徐牽，
> 分越加籩，事殊設醴。憐賈生之少，恕禰衡之狂。〔註46〕

李商隱以漢代「知人」名士來建構形象的同時，更加具體描述了李尚書對於賢才的禮遇細節。李商隱將李執方比作漢末接納孔融入門的李膺，收容王粲讀書的蔡邕。「李公」語帶雙關，既指《後漢書》中的李膺，也指干謁對象李執方。這裡同時也寄託了自己的才能可以比擬孔融、王粲。而後又以燕昭王千里收駿骨之事，與《毛詩》「采葑」之言對偶，〔註47〕揄揚李執方求賢若渴之心，同時納賢之包容寬大，可以容納賈生、禰衡那樣個人意識很強的賢人，此即就其節度使身分而言。在接賢的同時，又兼帶有教化的職責，「從遊」、「風興」即云自身如孔門弟子般受教，同時也受到「詩六義」的薰習，此就精神層面而言。在物質與禮儀之層面，則同樣對賢才給予了厚重的優待。與之筆法類似的，還可見羅隱的〈投永寧李相公啟〉：

> 晉代則司空試劍，漢朝則丞相問牛。彼或以頑滯幽姿，或以瘦駑下
> 乘，猶能動搖至化，感達深仁。……為教化之笙鏞，作經綸之綵繪。
> 所以漢陽計吏，得詣軍門；厭次狂生，叨蒙客禮。憫之以轉蓬之質，

〔註45〕《溫庭筠全集校注》，卷11，頁1102。
〔註46〕《李商隱文集編年箋注》，459～460。
〔註47〕《毛詩‧邶風‧谷風》：「采葑采菲，無以下體。」《毛詩傳箋》，卷2，頁50。
按：葑，即蔓菁，葉、根、莖均可食，然根、莖味苦，故云李執方沒有因為因其根、莖味苦而舍棄其葉。

安之以負米之心。進趨獲奉於麾幢，俸入仍資於甘旨。……參佐廨

中，方虞浪跡；新城壘下，忽受溫言。嗟其未了之身，勉以難遷之

性。且憐色目，猶可發揚。〔註48〕

羅隱對李相公禮賢的過程作了很詳細的描述，敘述對方如往昔宰相張華、丙吉
一樣，能夠禮遇甚至接引布衣，〔註49〕同時也寄託了自身能夠「感達深仁」之
期待。羅隱在建構對方的禮賢形象時，不僅從接見禮遇登門拜見的下士，而且
還延續到能在納用下屬之後，注重栽培勸勉教化：「作經綸之綵繪」，顯示出晚
唐幕府干謁文之特徵。在建構對方禮賢形象的過程中，「安負米之心」、「資於
甘旨」，〔註50〕顯示李相公不僅能接納狂生，而且還能注意到貧士的家庭狀況，
施以俸祿以寬其孝親之心，這是羅隱在塑造禮賢形象時尤為細心處。

　　李商隱的〈獻舍人河東公啟〉則針對中央官員而干謁，敘述重點略有不同：

方今外無戰伐，內富英賢，閣下文為世師，行為人範，廓至公之路，

優接下之誠，是願竊望門闌，仰干閣侍。果蒙旌異，特損緘題。夫

收掌上之妍者，在假之長袖；騁櫪中之駿者，必資於坦塗。然後可

求其宛轉之能，責其滅沒之效。是當延望，實在深誠。〔註51〕

《登科記考》載：「（會昌元年）知貢舉：禮部侍郎柳璟。」〔註52〕可證柳璟於
會昌元年（841）春主貢舉之前，已遷禮部侍郎，並可能已主貢部。李商隱十

〔註48〕《羅隱集》，頁289～290。

〔註49〕張華事見《晉書·張華傳》：「華聞豫章人雷煥妙達緯象，乃要煥宿，屏人曰：
　　　　『可共尋天文，知將來吉凶。』因登樓仰觀。煥曰：『僕察之久矣，惟斗牛之
　　　　間頗有異氣。』華曰：『是何祥也？』煥曰：『寶劍之精，上徹於天耳。』……
　　　　因問曰：『在何郡？』煥曰：『在豫章豐城。』華曰：『欲屈君為宰，密共尋之，
　　　　可乎？』煥許之。華大喜，即補煥為豐城令。」《晉書》，卷36，頁1075。丙
　　　　吉事見《漢書·魏相丙吉傳》：「（丙）吉又嘗出，……逢人逐牛，牛喘吐舌。
　　　　吉止駐，使騎吏問：『逐牛行幾里矣？……方春少陽用事，未可大熱，恐牛近
　　　　行，用暑故喘，此時氣失節，恐有所傷害也。三公典調和陰陽，職所當憂，是
　　　　以問之。』」《晉書》，卷74，頁3147。

〔註50〕《禮記·內則》：「由命士以上，父子皆異宮，昧爽而朝，慈以旨甘；日出而退，
　　　　各從其事；日入而夕，慈以旨甘。」《禮記集解》，卷27，頁731。

〔註51〕《李商隱文集編年箋注》，頁472。

〔註52〕徐松並引丁居晦〈重修承旨學士壁記〉云：「柳璟，開成二年七月十九日，自
　　　　庫部員外郎知制誥，充翰林學士。二年四月十四日，加庫部郎中，知制誥。二
　　　　月九日，遷中書舍人。五年十月，改禮部侍郎，出院。」見《登科記考補正》，
　　　　卷22，〈武宗會昌元年〉，頁783～784。按此篇收在後人所編的《樊南文集補
　　　　編》中，題目應是後人所加，「舍人河東公」恐不準確，當時柳璟已從中書舍
　　　　人遷為吏部侍郎，故而李商隱奉啟干謁。

月下旬即往王茂元幕府，故此文應在李商隱九月辭弘農尉之後。李商隱在開成五年底獻書柳璟，期許能在之後的「常調」中獲得青睞。李商隱在建構的禮賢形象時，承襲中唐士人對於選用人才時的「至公」觀念。並揄揚了柳璟能夠優接下士，對其當世後世之名望皆有助益，足稱世範。同時「接賢」之後，柳舍人還能給予人才更多的發揮空間──「必資於坦塗」，然後賢才也自然之恩圖報，效生死之力，此正結合自身候選期間的身分而發聲。

總上可見晚唐干謁文受駢文風習影響，借用繼承初唐干謁儷風，以歷代「薦賢」之典故來塑造被干謁者之形象，寄寓給對方如果能夠積極接引，就能「與古為儔」的暗示。但也同時受到古文運動與儒學復興之影響，在干謁文中往往寄寓「舉賢至公」的期許，以及在禮賢的同時能夠踐行古道、敷揚教化的期許，以及將薦賢與功業名望相聯繫。

第二節　因應各階官職與身分的官員形象塑造與功績揄揚

作為被干謁者的權力、身分、地位來源的官階與官職，同樣是干謁文中被重要塑造的讀者形象，對於官階與政績的極力揄揚正是在「社交場域」中對於受文者權力地位的再次認同，以突顯讀者在文本情境中光輝形象，並投射在現實中兩人的關係處境上，也有助於呼喚顯貴接賢的潛在職責。在被干謁對象是朝廷大員時，干謁文中往往受到致君堯舜傳統的影響，將讀者比擬為輔弼君王左右的上古賢士，塑造上古治世得賢的理想語境。不過實則大多中下層士人只有擔任地方官的經驗，然他們無以從先秦取得地方官的典範，漢代的循吏傳統豐富了唐人需求的文化資源，〔註 53〕而漢代循吏的行事範跡，〔註 54〕也給干謁文中形塑地方官員形象提供了豐富的文化記憶。中晚唐戰亂頻發，中古前期的戰事成敗、用兵之道也到唐代將領的重視，〔註 55〕同時這些對於戰事、武功的歷史記憶與武功典範也進入到被干謁者的形象建構中。同時干謁者往往還需要熟悉作為「當代人」的讀者大致升遷履歷，即平生在何官何職上有何功績，並加以修飾地稱頌揄揚。

〔註 53〕廖宜方：《唐代的歷史記憶》，頁 207。
〔註 54〕如呂溫〈道州刺史廳壁記〉云：「予自幼時讀《古循吏傳》，慕其為人，以為士大夫立名於代，無以高此。」《全唐文》，卷 628，頁 3744。
〔註 55〕廖宜方：《唐代的歷史記憶》，頁 137。

一、朝廷大員公忠體國之形象

在揄揚功業政績之時，干謁者之側重自然隨著干謁對象之身分產生變化，當干謁對象為吏部等中央官員時，往往聚焦在讀者形象建構置入皇權、國家的背景之中。平田茂樹認為朝廷通過徹底的儒家教育培養統一的倫理觀，並以科舉選拔對皇帝忠誠的官員，有助於使人們產生對權力的理性歸屬感。〔註56〕唐代由皇帝任命的許多具有特權的使職，多緣於這些特使與皇帝有值得信任的「私」關係，從而能配合皇權需要來更有彈性和效率地解決事務。〔註57〕因此「公忠」形象與情境的建構往往與忠於並發揚皇權有關。如駱賓王〈上司列太常伯啟〉，其中頌及其作為吏部尚書忠於職守、政績昭著：

> 德茂麟趾，削桐葉以分珪；道煥鵷池，映桃花而曳綬。既而挹留皇
> 鑒，忠簡帝心，奉職春宮，爍離光於青殿；代工天府，明台曜於紫
> 宸。……明允篤誠，盛業隆於后土；惠和忠肅，玄功格於上天，則
> 伊陟謝其緝熙，巫咸慚其保乂。舉才應器，與士無私，水鏡澄花，
> 炫金波於靈府；冰壺徹鑒，朗玉燭於神機，則鄧攸莫際其瀾，盧毓
> 罕窺其術。故使妍媸各安其分，輕重不失其權，五教克敷，百揆時
> 敘。折衝千里，魯連談笑之工；師表一時，郭泰人倫之度。〔註58〕

這段稱頌劉祥道「挹留皇鑒」的仕途，劉祥道曾檢校沛王府長史，「桐葉分珪」即將讀者比擬為勸諫成王事的史佚或周公；而後劉祥道進入吏部，故而稱頌其如殷商的伊陟、巫咸一般輔弼王政、治理有成。以下則集中敘述其任吏部尚書之才能，「水鏡澄花」、「冰壺徹鑒」作為吏部尚書（司列太常伯），選拔人才時不僅識鑒讀到，並且公正無私，因而能使得「妍媸各安其分」，即使與晉代鄧攸、盧毓兩位知名吏部尚書相比，也毫不遜色。《舊唐書・劉祥道》傳載：「永徽初，歷中書舍人、御史中丞、吏部侍郎。顯慶二年，遷黃門侍郎，仍知吏部選事。祥道以銓綜之術猶有所闕，乃上疏陳其得失。」〔註59〕劉祥道上疏所陳關於取士的六項弊端，《舊唐書》具載，大致關於取士、冗官多而濫，獎勵之道未周，訪舉賢良風氣未興，官員考課未行，流外入官太多等方面，文長茲不

〔註56〕（日）平田茂樹：《科舉與官僚制》，頁20。
〔註57〕賴瑞和：《唐代高層文官》（檯北：聯經出版公司，2016年5月），頁541。
〔註58〕《駱臨海集箋註》，卷7，頁227～229。此本原作「道煥鶴池」，茲參《古今圖
　　　書集成》本校為「鵷池」。「鵷池」代指朝廷中樞，結合語境更為適切，「鶴池」
　　　則無此語義。《隋書・隱逸傳・崔賾》：「漢則馬遷、蕭望，晉則裴楷、張華，雞
　　　樹騰聲，鵷池播美。」王勃〈上絳州上官司馬書〉「丹穴高鳴，對鵷池而矯霧。」
〔註59〕《舊唐書・劉祥道傳》，卷81，頁2750。

贅引。可見劉祥道有著豐富的吏部從政經驗，對選士訪才有著獨到的制度思索，想必也頗富識鑒之能，也因此劉祥道自身重視親自訪查賢良。故而後言劉祥道作為吏部尚書之功績、影響甚鉅：一方面能弘揚五常之教，和順百官，〔註60〕同時也進黜有度，獎掖後進。至如王勃、陳子昂之投文干謁，皆頌被干謁者之仕宦歷程、功績：

> 彭澤陶潛之菊，勝氣仍存；河陽潘岳之花，芳風遂遠。榮加徒秩，上膺蘭府之遊；寵奪攀輪，更掌蓬山之務。麟圖緝諡，定榮辱於三泉；鵷閣裁書，考薰蕕於四部。既鶴鳴雲路，望偃朝端，鴻漸星臺，俯諧僉議。廉平譽號，李宣伯之當官；雅操繩時，山巨源之稱職。〔註61〕

> 伏惟君侯星雲誕秀，金玉閒成，衣冠禮樂，範儀朝野。致明君於堯舜，皇極允諧；當重寄於阿衡，中階協泰。〔註62〕

王勃上啟給明姓的員外郎，具體名字已不可考，〔註63〕陳子昂如前文所考，所上乃中書令薛元超。王勃敘述了明員外步步高升的歷程，明員外必先從縣令做起，故王勃先是以「彭澤令」陶潛、「河陽令」潘岳來烘托其雅姿。「蘭府之遊」與「蓬山之務」皆以美辭頌其升入秘書郎之職。〔註64〕並且秘書郎屬「清官」體系，下文「鵷閣裁書，考薰蕕於四部」亦敘述秘書郎之職責。其中「麟圖緝諡，定榮辱於三泉」，似乎明員外又曾兼領太常之職。隨後明員外則鴻漸高升吏部，又比擬西晉的吏部大員李胤（宣伯，？～282）、山濤（巨源，205～283），〔註65〕山濤舉薦人才的「啟事」尤有名，〔註66〕隱含王勃著見知期待在其中。

〔註60〕《春秋左傳‧文公十八年》：「舉八元，使布五教于四方：父義、母慈、兄友、弟共、子孝。」《春秋左傳注疏》，卷20，頁4042。

〔註61〕《王子安集注》，卷4，〈上明員外啟〉，頁135～136。

〔註62〕《全唐文》，卷214，陳子昂〈上薛令文章啟〉，頁2162。

〔註63〕查考清‧勞格、清‧趙鉞：《唐尚書省郎官石柱題名考》（北京：中華書局，1992年04月），張忱石：《唐尚書省郎官石柱題名考補考》（北京：中華書局，2018年10月），二書皆不見明姓的員外郎者。

〔註64〕《新唐書‧百官志‧祕書省》：「龍朔二年，改祕書省曰蘭臺，祕書郎曰蘭臺郎。」（卷47，頁1214）《後漢書‧竇章傳》：「是時學者稱東觀為老氏臧室，道家蓬萊山，（鄧）康遂薦章入東觀為校書郎。」《新唐書》，卷23，頁821～822。

〔註65〕《晉書‧李胤傳》：「入為尚書郎，遷中護軍司馬、吏部郎，銓綜廉平。」《晉書》，卷44，頁1253）《晉書‧山濤傳》：「咸寧初，轉太子少傅，加散騎常侍；除尚書僕射，加侍中，領吏部。」《晉書》，卷43，頁1225。

〔註66〕《晉書‧山濤傳》：「濤再居選職十有餘年，每一官缺，輒啟擬數人，詔旨有所向，然後顯奏，隨帝意所欲為先。……濤所奏甄拔人物，各為題目，時稱山公啟事。」《晉書》，卷43，頁1226。

王勃在稱頌明員外時，最後還以反問形式，對其未來仕途進行展望：「方當坐談帝席，雄視群公，豈徒比跡天府，雌伏郎官而已哉」，以達到取悅被干謁者之目的。陳子昂之敘述筆法則更為宏觀該要，突顯薛元超任中書令「皇極允諧」、「中階協泰」的重要地位。可見在稱頌朝廷中央的吏部官員時，敘述角度較為抽象宏大，如頌其「百揆時敘」、「範儀朝野」等，同時也十分強調他們的「忠簡帝心」。

安史之亂為唐代君臣帶來了恆久的傷痛記憶，同時也將干謁文中關於被干謁者形象塑造的寫作主題，擴展到戰事軍功上，且觀王維〈上工部李侍郎書〉所陳：

> 及乎晚歲時危，益見臣節，草莽之中，乘輿播越，列郡或棄車走林，畏賊顧望，貢獻不至，莫有鬭心；侍郎慨然，枕戈泣血，奮不顧命，捍衛聖主。楊奉之以兵奉迎，蕭何之運糧致饋，曹洪之以良馬濟，趙衰之以壺飧從。收合亡騎，繕完棄甲，喻以大義，慰而勉之。然後以劍率卒，執戈前驅，浹辰之間，六軍響振，以成興復之業。豈非侍郎忠節蓋世，義貫白日，垂名竹帛，為一代宗臣，誠可愛也。……而能不邀寵于上，不干功于下，不急邦政，不受私謁，時與風流儒雅之士，置酒高會，吟詠先王遺風，翛然有東山之志，善矣！〔註67〕

此篇之寫作始末在本章第一節中已論及。王維在干謁文中，以許多篇幅來記載稱揚時任彭原太守李遵逢迎護駕的功績，建構了其「奮不顧命，捍衛聖主」之光烈形象。並且參之史傳，李遵確實募兵護衛肅宗，進獻衣糧、馬匹。〔註68〕王維在干謁文中以護衛漢獻帝的楊奉、為劉邦運糧的蕭何、將馬匹讓給曹操的曹洪、侍奉重耳的趙衰四種重臣歷史傳統，來建構李遵之形象，且能一一與李遵實績對應，顯示歷史記憶與文化經驗來源，成為干謁文中形象建構的重要組成部分。同時王維也以對李遵護駕盛功的頌美，來襯托自己的畏罪惶恐，並也表示出自己對於肅宗即位極度擁護支持。

韓愈在四門博士任滿後，守調期間上書干謁李實，對其「條理鎮服」能臣形象也進行了細緻的建構，〈上李實尚書書〉云：

> 月日，將仕郎前守四門博士韓愈，謹載拜奉書尚書大尹閣下：愈來京師，於今十五年。所見公卿大臣不可勝數，皆能守官奉職，無過

〔註67〕《王維集校注》，卷11，頁1031。

〔註68〕《舊唐書・肅宗本紀》「庚子，至烏氏驛，彭原太守李遵謁見，率兵士奉迎，仍進衣服糧糒。上至彭原，又募得甲士四百，率私馬以助軍。」《舊唐書》，卷10，頁241。

失而已。未見有赤心事上，憂國如家如閣下者。今年已來，不雨者
百有餘日。種不入土，野無青草。而盜賊不敢起，穀價不敢貴。百
坊、百二十司、六軍、二十四縣之人，皆若閣下親臨其家。老姦宿
贓，銷縮摧沮，魂亡魄喪，影滅跡絕。非閣下條理鎮服，布宣天子
威德，其何能及此？〔註69〕

李實貞元十九年，為京兆尹，及兼工部尚書，司農卿。〔註70〕根據唐制，博士
皆二年任滿，本文稱「前守四門博士」，可見時韓愈已罷博士，未受御史之命。
韓愈任職四門，當在貞元十七年（801）初冬至十九年初冬。據「前」字，此
書作年，當在十九年十月之後，此時李實已任京兆尹。〔註71〕韓愈主要從李實
京兆尹任上「盜賊不敢起，穀價不敢貴」的功績來揄揚，然而韓愈對李實的揄
揚，與史傳所載有很大差異，《舊唐書》載其任京兆尹之後的弊政：

自為京尹，恃寵強愎，不顧文法，人皆側目。二十年春夏旱，關中
大歉，實為政猛暴，方務聚斂進奉，以固恩顧，百姓所訴，一不介
意。因入對，德宗問人疾苦，實奏曰：「今年雖旱，穀田甚好。」由
是租稅皆不免，人窮無告，乃徹屋瓦木，賣麥苗以供賦斂。優人成
輔端因戲作語，為秦民艱苦之狀云……。實聞之怒，言輔端誹謗國
政，德宗遽令決殺。當時言者曰：「瞽誦箴諫，取其詼諧以託諷諫，
優伶舊事也。設謗木，採芻蕘，本欲達下情，存諷議，輔端不可加
罪。」德宗亦深悔，京師無不切齒以怒實。

史傳這一段的記載承襲韓愈所撰的《順宗實錄》而來，《實錄》記載貞元二十
一年（805），順宗即位後，李實被貶之情事和詔書，而後回顧李實先前在京兆
尹任內的惡行，文字與史傳大體相類。〔註72〕

〔註69〕《韓愈文集彙校箋注》，卷5，頁584～585。
〔註70〕《舊唐書‧李實傳》，卷135，頁3731。
〔註71〕陳克明：《韓愈年譜及詩文繫年》，頁163。
〔註72〕韓愈《順宗實錄》：「實諂事李齊運，驟遷至京兆尹，恃寵強愎，不顧乃法。是
時，春夏旱，京畿乏食，實一不以介意，方務聚斂徵求，以給進奉。每奏對，
輒曰：『今年雖旱，而穀甚好。』由是租稅皆不免，人窮至壞屋賣瓦木，貸麥
苗以應官。優人成輔端為謠嘲之，實聞之，奏輔端誹謗朝政，杖殺之。實遇侍
御史王播於道。故事：尹與御史相遇，尹下道避。實不肯避，導騎如故。播詰
讓導騎者，實怒，遂奏播為三原令，廷詬之。凌轢公卿以下，隨喜怒誣奏遷黜，
朝廷畏忌。嘗有詔免畿內逋租，實不行用詔書，徵之如初。勇於殺害，人吏
不聊生。至遣，市里歡呼，皆袖瓦礫，遮道伺之。」《五百家注韓昌黎集‧外
集》，卷6，頁1593。

　　韓愈在干謁文中，有意避開李實為政殘暴嚴苛的事實，而專門從其任京兆尹時「條理鎮服」的維穩之功角度來揄揚他，敘述其為政期間雖然遭遇災荒，但是很好地維持京城的穩定：「老姦宿贓，銷縮摧沮」，甚至美化為「憂國如家」的能臣形象。更諷刺的是，韓愈在干謁文中，還構建李實「赤心事上」、「布宣天子威德」、「忠於君孝於親者」的形象，對皇帝的忠心。或許也因此，李實得到皇帝的信任，以至於在災荒時他能夠欺君罔上，導致「人窮無告」，良可歎也。

　　覈之史傳，李實儼然酷吏形象。韓愈貞元十九年（803）上書李實時已云：「今年已來，不雨者百有餘日。種不入土，野無青草。」而史傳又云「二十年春夏旱，關中大歉」，正可相互參照，可見歉收已持續兩年。作為京兆尹的李實維持苛政，上蔽君王「實奏曰：今年雖旱，穀田甚好」，對下殘酷百姓「租稅皆不免，人窮無告」。第一年或許百姓還能忍受，韓愈書中云「而盜賊不敢起，穀價不敢貴」。第二年百姓難以忍受「京師無不切齒以怒實」，而賴優人成輔端諷諫於上，德宗才沒有被蒙蔽。韓愈在《順宗實錄》中也如實記載了李實在貞元二十年（804）的暴政暴行，相互參照，可見干謁文有著強烈的主觀性與偏向性。

　　李實時為德宗幸臣，此書實訴出不少違心之言，目的希望在德宗面前能被稱引舉薦，實有損韓愈的操持與形象。或許是干謁文最終起到了效果，韓愈當年七月遷監察御史。〔註73〕韓愈此篇干謁文，著重阿諛吹捧，與其早年干謁文期許布衣平交王侯，甚至斥責公卿未能為國舉賢的態度相比，可以看見文人在蹭蹬宦海過程中，干謁文書寫風格之轉變。

二、賢相良將敘事下幕府強藩的文治武功

　　中晚唐干謁文，所干對象從中央的文官，也擴展到地方的節度使，因而在構建官職、功績形象時有所變化，側重鎮守一方的政教與武功。中唐古文家以縱橫之氣論辯干謁，然亦不免求薦引或入幕時，對被干謁者的功業進行敷揚，如韓愈〈與鳳翔邢尚書書〉云：

> 今閣下為王爪牙，為國藩垣，威行如秋，仁行如春，戎狄棄甲而遠
> 遁，朝廷高枕而不虞，是豈負大丈夫平生之志願哉！是豈負明天子

> 非常之顧遇哉！赫赫乎，洸洸乎，功業逐日以新，名聲隨風而流，
> 宜乎讙呼海隅高談之士，奔走天下慕義之人，使或願馳一傳，或願
> 操一戈，納君於唐虞，收地於河湟。然而未至乎是者，蓋亦有說云：
> 豈非待士之道未甚厚，遇士之禮未甚優？〔註74〕

韓愈極力揄揚邢君牙（728～798）作為鳳翔節度使之身分，以「威行如秋」「赫
赫、洸洸」等文學化的語言，突顯了君牙鎮守西境、「為國藩垣」的功業，以
及作為一方諸侯的威儀，驗之史傳可信。〔註75〕功業既偉，隨之自然則有盛名
遠傳，既負盛名，韓愈進而順承發出「宜乎」的推測，以古典士人文化的角度
直覺思之，有彪炳成就的王公諸侯，必然得到士人的慕義而蜂擁。〔註76〕韓愈
卻筆鋒轉折，現實情況並不如此，進而自答設問疑問，造成士人並沒有群聚而
來的原因或許正是邢尚書「待士之道未厚」。不同於科舉干謁，舉子與座師往
往是一對一的關係，故而干謁時姿態往往更謹慎小心。中晚唐文人向幕府干謁
時，往往有多方去路，如果遇到賢達之士，幕府甚至屢下辟書以求，文士與幕
府也比較是雙向選擇的關係（晚唐又略有不同），〔註77〕此處韓愈也大膽為邢
尚書設想取士之道。

　　柳宗元被貶時期，有時會針對被干謁者的功績，客製化自己所獻之贊。最
有名的即是他的〈平淮夷雅〉，固然是頌揚天子治理穩定四海，但最直接者也
是讚揚淮西節度使裴度平定吳元濟叛亂，《柳集》中可見〈上裴晉公度獻唐雅
詩啟〉：

> 伏以周漢二宣中興之業，歌於《大雅》，載於史官。然而申、甫作輔，
> 方、召專淮夷之功；魏、邠謀謨，辛、趙致罕羌之績。文武所注，中
> 外莫同。伏惟相公天授皇家，聖賢克合，謀協一德，以致太平。入
> 有申、甫、魏、邠之勤，出兼方、召、辛、趙之事，東取淮右，北服
> 恒陽，略不代出，功無與讓。……謹撰〈平淮夷雅〉二篇，恐懼不

〔註74〕《韓愈文集彙校箋注》，卷8，頁841。

〔註75〕《舊唐書・邢君牙傳》「貞元三年，晟以太尉、中書令歸朝，君牙代為鳳翔尹、
鳳翔隴州都防禦觀察使，尋遷右神策行營節度、鳳翔隴州觀察使，加檢校工部
尚書。吐蕃連歲犯邊，君牙且耕且戰，以為守備，西戎竟不能為大患。」《舊
唐書》，卷144，頁3926。

〔註76〕賈誼《新書・數寧》云：「因德窮至遠，近者匈奴，遠者四荒，苟人迹之所能
及，皆鄉風慕義，樂為臣子耳。」漢・賈誼撰，閻振益、鍾夏校注：《新書校
注》（北京：中華書局，2000年7月），卷1，頁30。

〔註77〕戴偉華：《唐代使府與文學研究》，頁241。

敢進獻，私願徹聲聞於下執事，庶宥罪戾，以明其心。〔註78〕

此文作於元和十三年（818），時柳宗元任柳州刺史。柳宗元又有正式獻給皇帝的〈獻平淮夷雅表〉，根據此啟云「私願徹聲聞於下執事」，應是先給裴度看過之後，再行進呈。此啟書寫重點在顯揚裴度之功績，自亦有戴罪狀態下干謁求援的用心。柳宗元連引譬類眾多古時將相，來揄揚裴度能夠「文武所注」，堪為出將入相之才。柳宗元以極高的評價標準來建構裴度傑出形象：在輔佐君王、謀劃大政方略上，堪比周宣王時期的賢輔申伯、仲山甫，漢宣帝時的丞相魏相、邴吉；而在軍事方面安定穩固王朝疆域的名將，則有周宣王時的方叔、召虎，及漢代同為破羌將軍的辛武賢、趙充國。柳宗元此處用典尤其妥帖，召虎恰好也有平定淮夷的功績。〔註79〕而「北服恒陽」即指裴度兵不血刃降服成德節度使王承宗之事。〔註80〕也可見柳宗元在構建裴度能臣形象時，所舉述的人物較有選擇性，大多皆是漢代及之前的賢能將相。可想見在中唐知識想像世界內，申伯、甫侯、方叔、召虎等人的能力和功績，是後代人很難比擬的，呈現中唐文人對於「古」的興趣與期待。這種「出將入相」的揄揚模式也影響到宋代，蘇轍（1039～1112）〈上樞密韓太尉書〉中云「入則周公、召公，出則方叔、召虎」，〔註81〕可能也是受到柳宗元干謁時形象建構筆法的影響。

又如柳宗元的〈上嚴東川寄劍門銘啟〉，同樣也是戴罪被貶時，通過投獻自己文章，恰到時機地揄揚功業，以求干謁的文章：

> 伏惟僕射以仁厚蓄生人，以勇義平國難，而劍門用兵之事，最為天下倡首。取其險固，為我要衝，王師得以由其門而入，彷徉布濩，遂無留滯。是閣下之勳力，宜著於萬祀而不已也。……謹撰〈劍門銘〉一首，惶恐獻上。〔註82〕

此文作於嚴礪（743～809）為劍南東川節度使之初，約在元和元年末（806），

〔註78〕《柳宗元集校注》，卷36，頁2281。

〔註79〕《毛詩傳箋·大雅·江漢》篇首小序云：「江漢，尹吉甫美宣王也。能興衰撥亂，命召公平淮夷。」《毛詩傳箋》，卷18，頁438。

〔註80〕《舊唐書·裴度傳》：「初，淮、蔡既平，鎮、冀王承宗甚懼，度遣辯士遊說，客於趙、魏間，使說承宗，令割地入質以效順。故承宗求援於田弘正，由度使客諷動之，故兵不血刃，而承宗鼠伏。」《舊唐書》，卷170，第4420。

〔註81〕宋·蘇轍著，陳宏天、高秀芳點校：《蘇轍集》（北京：中華書局，1990年8月），卷22，頁381。

〔註82〕《柳宗元集校注》，卷36，頁2296。

時柳宗元初貶永州司馬。此時劍南西川節度使劉闢叛亂，嚴礪與高崇文同征劉闢，收復劍川，史傳有載。〔註83〕故而柳宗元此時獻銘干謁，並在啟文中極力稱頌嚴礪的功績，言辭甚為宏大誇飾。章士釗指出柳宗元此文略有偏袒嚴礪，恐未必真「最為天下倡首」。〔註84〕實際上在史傳中也見惡評：「礪在位貪殘，士民不堪其苦。」〔註85〕並非柳宗元所揄揚的那樣「仁厚蓄生人」，皆可見干謁文塑造被干謁者形象、揄揚其功績時，自有其偏向性與功利性。

仕途偃蹇的李商隱有許多干謁節度使的文章，也可以作為代表來觀察中晚唐干謁文針對幕主功業的形象建構，如其〈上河陽李大夫狀〉：

> 富平重鎮，成象巨防。自頃太守非魏尚之才，司馬失穰苴之令，坐隳戎律，乾沒軍租。誰謂殷若長城，翻見盡為敵國。二十五翁允膺宸眷，出總藩條。心作靈臺，潛運黃公之略；手為天馬，暗開玄女之符。單車以馳，杖節而入，盡羈駭獸，先殪捷猿。然後蘇彼疲羸，惠此鰥寡。免飛芻輓粟之弊，除橫征擅賦之門。……二十五翁曲分蘭艾，大別淄、澠，飛魂不冤，枯骨猶愧。此真所謂仁者之勇無敵，丈人之師以貞。名冠百城，功高一代。〔註86〕

雖然這篇狀主要在致謝河陽節度使李執方餽贈錢糧，〔註87〕但也有干謁意味在內。李執方為王茂元妻子之兄弟，李商隱在弘農工作並不順利，「調弘農尉，以活獄忤觀察使孫簡，將罷去，會姚合代簡，諭使還官。」〔註88〕但李商隱在開成五年九月即辭弘農尉，移家長安等候常調。唐代幕府中的僚屬，也可通過節度使的舉薦，成為朝廷正式的官員。或許李商隱因為仕途不順，期望藉助李黨的影響力，迂迴前進。所以這篇狀中，李商隱希望通過王茂元的關係，詳細

〔註83〕《舊唐書・憲宗本紀》：「頃因元臣薨謝，鄰藩不睦，劉闢乃因虛構隙，以忿結讎，遂勞王軍，兼害百姓。……（憲宗）令興元嚴礪、東川李康掎角應接，神策行營節度使高崇文、神策兵馬使李元奕率步騎之師，與東川、興元之師類會進討。……嚴礪奏收劍州。」《舊唐書》，卷14，頁414～415。

〔註84〕章士釗云：「（嚴）礪與高崇文同征劉闢，拔劍川，斬刺史文德昭，因分守險阻，大有與崇文爭功之勢。子厚為銘，意不無略有偏袒。」《柳文指要・體要之部》，卷36，頁902。

〔註85〕《舊唐書・嚴礪傳》，卷117，頁3407。

〔註86〕《李商隱文集編年箋注》，頁445～446。

〔註87〕李商隱〈上河陽李大夫狀〉云：「近以親族相依，友朋見處，卜鄰上國，移貫長安。始議聚糧，俄霑厚賜。衣裾輕楚，疋帛珍華，負荷不勝，推讓何及！」《李商隱文集編年箋注》，頁446。

〔註88〕《新唐書・李商隱傳》，卷128，頁5792。

歷敘李執方的功績，期望留下深刻印象，達到干謁的效果。

「自頃太守非魏尚之才」即指前河陽節度使李泳（779～838），史傳有載其由於「恃所交結，貪殘不法」，導致屬下叛亂的敗亡過程。〔註89〕李商隱在干謁文中，對李執方的功績，作出了十分文學化的描述與評價，可與史傳相互參照，同時從當時作者的一手記載中，從另一角度觀看晚唐節度使的職責與功績。李商隱細緻地還原了李執方平亂與治理的過程。「河陽軍士既逐李泳，日相扇，欲為亂。九月，李執方索得首亂者七十餘人，悉斬之，餘黨分隸外鎮，然後定。」〔註90〕先是繩法亂賊，至於「單車以馳，杖節而入」，乃用漢代龔遂之典，〔註91〕是文學化的筆法，實則不可能僅單車平亂。在懲戒亂首後，再寬恕其餘殘黨，正式恩威並施。而後從禍亂的根源入手，解決吏治的弊端，減免賦稅，此正對應李泳及其二子的「貪殘不法」，概括李執方的功績即是「仁者之勇無敵」。可見干謁文亦有補充眩簡的史傳之價值。再如李商隱〈上許昌李尚書狀（其一）〉，同樣也是揄揚李執方的文治武功：

> 伏承旄幢，尋達忠武。二十五翁尚書克有懿德，允叶休期。式揚扞屏
> 之功，嘗在重難之地。頃者河橋作鎮，當街亭失律之初；上谷受符，
> 值卿子喪元之後。折簡之詰，單車繼來，致伊脆脆之邦，服我平明之
> 化。況茲間歲，亟立殊勳，虜帳夷妖，壺關伐叛，旁資巨援，遙資聲
> 言。十萬橫行，樊噲長思破敵；三年有勇，仲由且使知方。實兼文武
> 之全才，以處親賢之重寄。今者靈臺偃伯，衢室歸尊，永言台鉉之司，
> 合屬間、平之胤。豈令歲序，久滯藩維？潁水云清，許田斯闢，汝南
> 古多賢士，淮陽舊號勁兵，政令既明，歡愉多有。〔註92〕

〔註89〕《資治通鑑・唐紀》：「（開成二年（837））六月，河陽軍亂，節度使李泳奔懷州；軍士焚府署，殺泳二子，大掠數日方止。泳，長安市人，寓籍禁軍，以略得方鎮，所至恃所交結，貪殘不法，其下不堪命，故作亂。丁未，貶泳澧州長史。戊申，以左金吾將軍李執方為河陽節度使。」宋・司馬光編著，元・胡三省音注：《資治通鑑》（北京：中華書局，1956 年 6 月），卷 245，〈文宗二年〉，頁 7929。

〔註90〕《資治通鑑・唐紀》，卷 245，〈文宗二年〉，頁 7930。

〔註91〕《漢書・循吏列傳》：「宣帝即位，久之，渤海左右郡歲飢，盜賊並起，二千石不能禽制。上選能治者，丞相御史舉遂可用，上以為渤海太守。……至渤海界，郡聞新太守至，發兵以迎，遂皆遣還，移書勅屬縣悉罷逐捕盜賊吏。諸持鉏鉤田器者皆為良民，吏無得問，持兵者乃為盜賊。遂單車獨行至府，郡中翕然，盜賊亦皆罷。」《漢書》，卷 89，頁 3639。

〔註92〕《李商隱文集編年箋注》，頁 971～972。

此文作於會昌四年十月（873），李商隱仍在為母親守孝期內。守孝期將滿，故行干謁為再度出仕做準備。不同於初盛唐國家承平，揄揚被干謁者的功績，大多停留在身為宰輔重臣的王佐之功，或是作為郡守的傑出吏治。而晚唐藩鎮割據，戰亂更頻，所以對被干謁者的揄揚也更注重在其實際戰事功績上。

　　李商隱對李執方的歷官及功業，做了歷史性的立體形象建構，分為三個層次。首先是李執方在河陽、易定兩地平亂。形象建構重心又不同於上篇，側重敘述李執方來到為難之地的勇氣與治理難度，「河橋作鎮」乃前文已敘及李執方平定李泳之亂；「上谷受符」則指李執方移鎮易定，「卿子喪元」則乃易定昔日的佐官侍御史李士季為亂兵所害事。〔註 93〕李商隱追敘易定之地昔日戰亂殺戮紛擾，皆為強調李執方出鎮之地為「重難之地」，以襯托李執方能夠肅清賊亂、清明政治的難度之大，以鋪敘後文「致伊觚脆之邦，服我平明之化」。

　　第二層次及「況茲間歲，亟立殊勳」以下，在於李執方鎮守期間平亂、治理的功績。李執方鎮守期間，對外參與了在太原抗擊回鶻烏介可汗的侵略；對內則參與了壺關討平了劉稹的判斷，即所謂「虜帳夷妖，壺關伐叛」，故而商隱也以樊噲破敵來揄揚其武勇。而「仲由且使知方」，即稱讚李執方實踐了《論語》中子路治理國家的方略，使得百姓不僅有勇力自保，並且能夠知立法。〔註94〕可見晚唐軍鎮體系下，不僅是傳統吏治中的禮教，也同時包含了「三年有勇」的治理實踐，也與後文「淮陽舊號勁兵」相互照映。並且，所以稱其為文武全才。

　　最後一個層次，則是李執方的再次轉鎮升遷，「衢室歸尊」、「許田斯闢」等語則謂李執方從易定節度使易鎮陳許。陳許自古為中原富饒之地，也更接近權力中樞，顯然為升任美職。故而又側重文治方面，揄揚李執方作為台鼎重臣治理一方，政令清明、勸課農桑，並能發掘賢士，「衢室歸尊」也正將李執方比喻為堯，〔註95〕言其善察民意，能夠實行如古聖王一般的仁政。

〔註93〕《冊府元龜‧帝王部‧旌表四》載：「開成四年十二月，贈易定觀察判官兼侍御史李士季給事中。……士季為易定節度張璠從事，璠卒之初，士季知留後，三軍欲立璠之子元益，士季不從，遂為亂兵所害。」《冊府元龜》，卷 140，頁 1564。

〔註94〕《論語‧先進》「子路率爾而對曰：千乘之國，攝乎大國之間，加之以師旅，因之以饑饉。由也為之，比及三年，可使有勇，且知方也。」《論語正義》，卷 14，頁 466。

〔註95〕《管子‧桓公問》：「堯有衢室之問者，下聽於人也。」黎翔鳳：《管子校注》，（北京：中華書局，2004 年 6 月），卷 18，頁 1047。

　　可見在構建藩鎮的功業與盛職時，干謁士人會竭力將被干謁者構建為出將入相的文武全才形象。武勛事業上，干謁者會用具體的事功，多為討平叛亂的節度使，或是抵禦邊境異族侵擾。而在文治層面，則敘節度使能夠實行仁政，體現節度使所鎮守之處的經濟、農業、治安效益，甚至揄揚其有宰輔之才。漢代的賢相良將的特質與才能，到了干謁文中的晚唐節度使形象上，就毫不互斥地一併彰顯發揮了。

三、地方吏治形象與漢代循吏傳統

　　有時在鄉貢的州試中，士人也常常需要向州府長官干謁，以求薦送，干謁對象往往以刺史為主，有時還有長史、司馬等佐官。故而我們也能看到一些向較低層級官僚的干謁文，此時被干謁的形象建構就有所不同，差異較為明顯的即是在官職功績等要素上。由於文獻流傳的原因，州府一級的干謁文流傳較少，並且唐代中後期，向州府干謁的風氣不如唐代早期興盛，故權舉駱賓王、王勃兩篇以管窺之。駱賓王〈上兗州刺史啟〉為賓王干謁文之「頌德」中，對地方官員之政績著墨最多的一篇：

> 既而代工天府，忠簡帝心。……外勗九農，內宏五教。道之以禮樂，齊之以刑書。約法遵寬，設蒲鞭之恥；立言惟信，控竹馬之期。甘雨隨車，雲低輕重之蓋；還珠合浦，波含遠近之星。至如臥理稱難，坐嘯匪易。披裳問疾，垂愛景以字人；褰帷廣聽，穆薰風而扇物。飛霜秋降，叶隼擊而防小人；零露春濡，飾羔旌而禮君子。於是仁必有勇，吏不忍欺，美譽鬱於三齊，芳聲騰於萬古。〔註96〕

地方官員必須的職責自然即「外勗九農」，不過同樣如上劉祥道之啟，同樣提到了「內宏五教」，也可見弘揚五常之教為唐初官員稱職之標準之一。而後連用四個地方郡守之典故，從不同面向具體稱頌兗州刺史之功績：行政、刑法層面，如東漢南陽太守劉寬「吏人有過，但用蒲鞭罰之，示辱而已，終不加苦」；〔註97〕同時如郭伋一般謹守對百姓的承諾。〔註98〕經濟角度而言，

〔註96〕《駱臨海集箋註》，卷7，頁237～239。
〔註97〕《後漢書·劉寬傳》，卷25，頁887。
〔註98〕《後漢書·郭伋傳》：「始至行部，到西河美稷，有童兒數百，各騎竹馬，道次迎拜。……及事訖，諸兒復送至郭外，問『使君何日當還』。伋謂別駕從事，計日告之。行部既還，先期一日，伋為違信於諸兒，遂止于野亭，須期乃入。」《後漢書》，卷31，頁1093。

如陳留百里嵩為地方百姓帶來甘霖；〔註99〕如孟嘗任合浦太守，振興合浦產業，使得商貨流通，合浦珠還。〔註100〕以下揄揚刺史的理政風格，「臥理稱難」乃指西漢汲黯，其任東海太守期間由於多病，臥閤內不出，然「歲餘，東海大治」。〔註101〕「坐嘯匪易」即《漢書・黨錮傳》中「南陽太守成瑨，亦委功曹岑晊」，郡中遂有歌謠云「弘農成瑨但坐嘯」。〔註102〕「稱難」、「匪易」則正以二典故揄揚兗州刺史之治理成就，可見黃老道家「無為」的治理風格，在初唐之時乃能代表善於治理的良吏之風。駱賓王接著揄揚對方身為刺史仍是「有為」的，一方面如西漢朱邑關愛下屬疾病，又如東漢冀州刺史賈琮，不願讓車帷遮擋了自己作為父母官的視聽，正呼應後文「仁必有勇，吏不忍欺」。

至如王勃〈上絳州上官司馬書〉，亦以無為而治式的吏治模式，揄揚干謁對象：

> 嚴助以賢良待詔，未厭承明；汲黯以方正拾遺，終榮臥理。藩維克
> 振，既參來暮之歌；邦國不空，自有康沂之相。〔註103〕

汲黯「終榮臥理」事前駱賓王文已見，又嚴助任會稽太守，「數年不聞問，賜書曰：『制詔會稽太守：君厭承明之廬，勞侍從之事，懷故土，出為郡吏。』」〔註104〕突顯上官司馬作為地方官員「無為」的吏治之美，「未厭承明」也隱含對方仕途不會局限於絳州之揄揚。下文兩個典故仍與「無為」吏治相關，「來暮之歌」也常稱「五袴歌」，乃指廉范遷蜀郡太守時寬仁而治，百姓愛戴

〔註99〕《冊府元龜》引謝承《後漢書》云：「百里嵩自景山為徐州刺史。州境遭旱，嵩出巡，遂甘雨輒澍。東海祝其、合鄉等二縣父老訴曰：『人等是公百姓，獨不遠降。』嵩迴赴之，雨隨車而下。」《冊府元龜・牧守部・感瑞》，卷681，頁7850。

〔註100〕《後漢書・孟嘗傳》：「（孟嘗）遷合浦太守，郡不產穀實，而海出珠寶，與交阯比境，常通商販，貿糴糧食。先時宰守並多貪穢，詭人採求，不知紀極，珠遂漸徙於交阯郡界。於是行旅不至，人物無資，貧者餓死於道。嘗到官，革易前敝，求民病利。曾未踰歲，去珠復還，百姓皆反其業，商貨流通，稱為神明。」《後漢書》，卷76，頁2473。

〔註101〕《漢書・汲黯傳》：「黯學黃老言，治官民，好清靜，擇丞史任之，責大指而已，不細苛。黯多病，臥閤內不出。歲餘，東海大治，稱之。上聞，召為主爵都尉，列於九卿。治務在無為而已，引大體，不拘文法。」《漢書》，卷50，頁2316。

〔註102〕《後漢書・黨錮列傳》，卷67，頁2186。

〔註103〕《王子安集注》，卷5，頁169。

〔註104〕《漢書・嚴助傳》，卷64，頁2789。

之事跡，〔註105〕此亦正合乎《老子》「法物滋彰，盜賊多有」之思想。〔註106〕「自有康沂之相」則從官職身分之角度出發，用徐州別駕王祥典故，〔註107〕揄揚上官司馬作為州司馬，輔佐刺史，裨使邦國安寧之功，同時呂虔「委以州事」，也與「弘農成瑨但坐嘯」之黃老治理風格相一致。湯用彤指出《人物志》與《老子》存在密切聯繫：「《人物志》本為鑒人序材之書，而書末竟加有〈解爭〉一篇，則其於《老子》之說深為契賞，可以知也。……劉邵以為知人善任則垂拱而治，故能老聰明於求人，獲安逸於任使。」〔註108〕可見在漢魏吏治的評價中，無為而治之理政風格在人物品評時即頗被推重稱賞，初唐的吏治揄揚亦沿襲此風。

　　循吏形象的書寫也延續到晚唐，李商隱〈上河南盧給事狀〉云：

　　　給事顯自璅闈，出臨鼎邑，登茲周甸，訓此殷頑。鋒芒不鈍，而綮
　　　肯自分；桴鼓稀鳴，而囊橐輒露。方今維新庶政，允佇嘉謀，載考
　　　前人，聿求往躅，袁司徒入膺論道，杜鎮南出授專征，並資尹正之
　　　能，適致超昇之拜。〔註109〕

盧給事即盧貞（778～848），《唐詩紀事》載其：「字子蒙，會昌五年，為河南尹。」〔註110〕「登茲周甸」即指唐之河南府，此文作於會昌六年，同時盧貞加封給事中。〔註111〕「桴鼓稀鳴」乃漢代張敞之典故，張敞任京兆尹期間，執拿賊酋，令其「致諸偷以自贖」，而後賊酋用計引來諸盜賊，最終「窮治所

〔註105〕《後漢書·廉范傳》：「舊制禁民夜作，以防火災，而更相隱蔽，燒者日屬。范乃毀削先令，但嚴使儲水而已。百姓為便，乃歌之曰：『廉叔度，來何暮？不禁火，民安作。平生無襦今五絝。』」《後漢書》，卷31，頁1103。

〔註106〕朱謙之校釋：《老子校釋·五十七章》（北京：中華書局，1984年11月），頁232。

〔註107〕《晉書·王祥傳》：「徐州刺史呂虔檄為別駕，祥年垂耳順，固辭不受。覽勸之，為具車牛，祥乃應召，虔委以州事。于時寇盜充斥，祥率勵兵士，頻討破之。州界清靜，政化大行。時人歌之曰：『海沂之康，實賴王祥。邦國不空，別駕之功。』」《晉書》，卷33，頁987～988。

〔註108〕湯用彤：《魏晉玄學論稿》（上海：上海古籍出版社，2001年6月），〈讀《人物志》〉，頁18。

〔註109〕《李商隱文集編年箋注》，頁1149。

〔註110〕《唐詩紀事校箋·盧貞》，卷49，頁1673。

〔註111〕張采田《玉谿生年譜會箋》：「此云『登茲周甸，訓此殷頑』。又云：『方今惟新庶政，允佇嘉謀。』是宣宗即位後，貞尚尹洛。題稱給事，乃書其京銜，即文中所謂『顯自璅闈，出臨鼎邑』也。」（頁116）按「璅闈」，即青瑣門，切合盧貞曾任給事中。鼎邑，指洛陽，謂盧貞任河南尹。

犯，或一人百餘發，盡行法罰。由是枹鼓稀鳴，市無偷盜。」〔註112〕「囊橐輒露」亦張敞典故，冀州有大賊，然而「廣川王姬昆弟及王同族宗室劉調等通行為之囊橐」。冀州刺史張敞率領郡國官民，包圍王宮，搜索拘捕盜賊，成功治理冀州賊況，故云「囊橐輒露」。〔註113〕可見李商隱藉漢代的循吏形象，揄揚盧貞作為河南尹的吏治成果。同時盧貞作為給事中的職責也在於「允厘嘉謀」：「給事中掌陪侍左右，分判省事。凡百司奏抄，侍中審定，則先讀而署之，以駁正違失。凡制敕宣行，大事則稱揚德澤，褒美功業，覆奏而請施行；小事則署而頒之。」〔註114〕於是連用袁司徒（安），杜鎮南（預），兩個歷史中曾經擔任河南尹，而後升為中央官員的名士典故，〔註115〕來揄揚盧貞在宣宗即位後新朝的高升，如今被加封超拜，也正是源於「尹正之能」。

綜上也可見，在揄揚地方官員時，則常常具體聚焦在其治理的政績，與仁政之風等方面，以「循吏」形象來揄揚被干謁者。並且其帶有了《史記》與《漢書》兩種的循吏傳統，皆對州縣一級的被干謁者形象有所影響。司馬遷眼中的循吏觀念更接近漢初文景之治風格的吏治。〔註116〕而班固（32～92）能看到更多昭、宣以下實幹教化型的循吏，《漢書》中的循吏更強調儒家的積極有

〔註112〕 《漢書・張敞傳》：「京師渝廢，長安市偷盜尤多，百賈苦之。上以問敞，敞以為可禁。敞既視事，求問長安父老，偷盜首長數人，居皆溫厚，出從童騎，閭里以為長者。敞皆召見責問，因貰其罪，把其宿負，令致諸偷以自贖。偷長曰：『今一旦召詣府，恐諸偷驚駭，願一切受署。』敞皆以為吏，遣歸休。置酒，小偷悉來賀，且偷醉，偷長以赭汙其衣裾。吏坐里閭閱出者，汙赭輒收縛之，一日捕得數百人。窮治所犯，或一人百餘發，盡行法罰。由是枹鼓稀鳴，市無偷盜，天子嘉之。」《漢書》，卷76，頁3221。

〔註113〕 《漢書・張敞傳》：「數月，京師吏民解弛，枹鼓數起，而冀州部中有大賊。天子思敞功效，使使者即家在所召敞。……天子引見敞，拜為冀州刺史。敞起亡命，復奉使典州。既到部，而廣川王國羣輩不道，賊連發，不得。敞以耳目發起賊主名區處，誅其渠帥。廣川王姬昆弟及王同族宗室劉調等通行為之囊橐，吏逐捕窮窘，蹤迹皆入王宮。敞自將郡國吏，車數百兩，圍守王宮，搜索調等，果得之殿屋重轓中。……敞居部歲餘，冀州盜賊禁止。」（卷76，頁3225）「為之囊橐」師古注云：「言容止賊盜，若囊橐之盛物也」，「容止」此指收留之意。

〔註114〕 《舊唐書・職官志・門下省》，卷43，頁1843。

〔註115〕 袁司徒事見《後漢書・袁安傳》：「徵為河南尹，政號嚴明，……在職十年，京師肅然，名重朝廷。建初八年，遷太僕。元和三年，為司空。章和元年，為司徒。」《後漢書》，卷45，頁1518。杜鎮南事見《晉書・杜預傳》：「泰始中，守河南尹。……及（羊）祜卒，拜鎮南大將軍。」《晉書》，卷34，頁1026～1028。

〔註116〕 《史記・循吏列傳》共收五人，皆春秋戰國時代者，〈太史公自序〉云：「奉法循理之吏，不伐功矜能，百姓無稱，亦無過行，作〈循吏傳〉第五十九。」《史記》，卷130，頁3317。

為，他們以化民成俗為己任，在他們的治理下地方「所居民富，所去見思。」
〔註117〕從思想源流觀之，循吏代表了儒家的德治，並且具有政治和文化雙重
功能：一方面作為吏，奉行朝廷法令妥善治理地方；另一方面又兼具了儒家文
教（即儒師）的功能，兼有儒家教化民風的理想。〔註118〕干謁文的循吏形象，
不僅能夠注重經濟民生方面「外勖九農」、「還珠合浦」的「善政」，也同時重
視「立言惟信」、「內宏五教」之「善教」的循吏傳統，相對而言，晚唐在建構
循吏形象時，更加能繼承《漢書》以來有為的循吏形象。

第三節　貴族文化餘波下的望族與風儀形象塑造

　　儘管隨著科舉之推行，寒素入仕的機會增加，但唐初作為士族性格仍然較
強的時代，尤其北朝系統統一中國，北方士族在社會階層中較占有優勢。即使
是武則天以科舉與薦舉的方式吸引大量非關中集團人物，理論上包括社會各
階層之人物，實際上仍以士族為多，與其說是政權的平民化，不如說是地域的
普遍化，在安史之亂之前士族仍在社會是抱有較高的影響力。〔註119〕因此尤
其在初唐的干謁文中，寒門子弟往往屬意稱頌對方源長的家世譜系，列舉先世
名賢，以顯淵厚家學。

　　威儀與風度也是干謁文中，關於被干謁形象建構之一特殊元素，而常被學
者忽略。實則風度威儀與唐代人才觀也緊密聯繫，科舉通過禮部試後取得任官
資格，通常三年後會再接受又吏部主持的銓選，考察「身言書判」，其中包含
符合貴族形象的體格風貌（身）、暢達的口才（言）、美觀大方的自己（書）、
文筆優美嚴密的判文（判）。〔註120〕儘管魏晉南北朝在政治上並非唐人追慕讚
賞之對象，然而魏晉名士待人處世之獨特風範，則與南朝貴族禮儀風度相結
合，參與到干謁文中讀者形象建構的過程中。

一、鐘鼎之家與皇親國戚形象

　　世家大族認為他們的價值來自於其成員有能力維持家族高標準的學問道

〔註117〕　《漢書》，卷89，〈循吏列傳〉，頁3624。
〔註118〕　余英時：《中國思想傳統的現代詮釋》（臺北：聯經出版公司，1987年），〈漢
　　　　　代循吏與文化傳播〉，頁197～198。
〔註119〕　毛漢光：《中國中古社會史論》（上海：上海書店出版社，2002年12月），頁
　　　　　3～32。
〔註120〕　（日）平田茂樹：《科舉與官僚制》，頁11。

德，善於保存接續文化傳統，[註121]故而揄揚淵源的家世與深厚的家學成為重要元素。初唐的政治基礎是門閥政治，士族在官場取得優勢。唐代科舉在考試內容、人脈方面對貴族皆有利，尤其在唐代前期。平田茂樹考察從咸亨五年（674）到景龍元年（707）進士科的 638 名合格者中，鄉貢出身僅 6 名，以貴族子弟為主要成員的太學、國子學出身者優勢明顯；不過在唐代後期來自地方的人才逐漸增多。[註122]武后朝拔人於寒微開寒門入仕之先，影響更大的是安史之亂後士族遭受打擊，國家不再對士族統一序錄，士族地位下降；地方統治集團更重視士人的忠誠和實際的才幹，郡望名聲的影響力下降。然在家族衰弱之後，有時干謁文中仍然追溯家族家學遺風，也反映了某種文化傳統。

家學傳承、家風訓教自是世族所自異於寒素之重要因素，故而初唐干謁文稱頌揄揚顯貴，以求援引時，也常常屬意稱頌對方家世源流，最常見的做法即是以姓氏為重心而展開揄揚：

> 自赤文薦祉，曲阜分帝子之靈；紫氣浮仙，函谷誕真人之秀。本支百代，君子萬年。道叶神交，黃石授帝師之略；德由天縱，白星降王輔之精。[註123]

> 至若瑞動赤符，著元勳於東漢；烽驚紫塞，宣武功於北征。奕葉龍光，聯蟬龜紐。德由天縱，白星降王輔之精；道叶神交，黃石授帝師之略。[註124]

「赤文薦祉」，即《宋書・祥瑞志》所載，孔子得天降祥玉，有「寶文出，劉季握」等語云云，藉以頌美劉祥道之出身劉姓貴族。[註125]「真人之秀」乃指漢武帝，其出生時神仙之事可參見《漢武帝內傳》。「本支百代，君子萬年」，即指劉祥道作為劉氏子孫，百代貴冑，福祚長保。《新唐書・宰相世系表》載「廣平劉氏，出自漢景帝子趙敬肅王彭祖。……祥道，相高宗。」[註126]「道叶神交，黃石授帝師之略；德由天縱，白星降王輔之精」即以張良、蕭何稱

〔註121〕（美）包弼德（Peter K. Bol）：《斯文：唐宋思想的轉型》，頁 53。

〔註122〕（日）平田茂樹：《科舉與官僚制》，頁 11～12。

〔註123〕《駱臨海集箋注》，卷 7，〈上司列太常伯啟〉，頁 226～227。

〔註124〕《駱臨海集箋注》，卷 7，〈上李少常伯啟〉，頁 234。

〔註125〕《宋書・符瑞志》：「孔子齋戒向北辰而拜，告備於天曰：『孝經四卷，春秋、河、洛凡八十一卷，謹已備。』天乃洪鬱起白霧摩地，赤虹自上下，化為黃玉，長三尺，上有刻文。孔子跪受而讀之曰：『寶文出，劉季握。卯金刀，在軫北。字禾子，天下服。』」《宋書》，卷 27，頁 766。

〔註126〕《新唐書・宰相世系表》，卷 71，頁 2256。

劉祥道王佐之才，〔註127〕稱劉氏世代顯貴，能與李唐皇室「道叶神交」而悉心輔佐。前文已論，李少常伯為李敬玄，文中「著元勳於東漢」即跟隨光武帝起兵，圖讖中「劉氏復起，李氏為輔」的宛人李通（？～42），〔註128〕「宣武功於北征」則指西漢李廣。亳州李氏聯宗于趙郡李氏南祖，趙郡李氏為北朝大族，唐高宗時位列七姓十家，故揄揚其「奕葉龍光，聯蟬龜紐」。隨也重複用了張良與蕭何的典故，這樣的重出現象在駱賓王干謁文中實不少見，本文茲不展開。

　　有時所揄揚的對象是中層官員，未必家族有著流長的淵源可以追溯，此時干謁文則選用一些適用性強的雅辭來稱頌其家門：

> 至夫封侯廟食，掩金、張以騫翥；三主七公，罩袁、楊而岳立。故得重規遠鏡，湛月露以流清。茂趾霞鋪，駕雲門而擢秀。〔註129〕

> 江東第一，家傳正始之音；日下無雙，譽重名流之首。三冬文史，先兆跡於青衿；百里弦歌，即馳芳於墨綬。〔註130〕

〈上梁明府啟〉中「掩金、張以騫翥」即西漢武、宣時的重臣金日磾、張安世，〔註131〕「罩袁、楊而岳立」則指在東漢皆曾「四世三公」的汝南袁氏，弘農楊氏。至如〈上明員外啟〉所云「江東第一」、「日下無雙」皆承襲六朝人物賞譽之用語。〔註132〕而後王勃又以稱頌被干謁者早年在「百里弦歌」的環境下在勵學入官，受領「墨綬」。

　　有時干謁者在揄揚家世之後，即稱頌對方家學深厚，還會旁及揄揚顯要的識見之能：

〔註127〕「白星王輔」即指蕭何，《初學記・天部上・星第四》：「漢相蕭何，長七尺八寸，昴星精生。」《初學記》，卷1，頁12。

〔註128〕《後漢書・光武帝紀》：「光武避吏新野，因賣穀於宛。宛人李通等以圖讖說光武云：『劉氏復起，李氏為輔。』光武初不敢當，然獨念兄伯升素結輕客，必舉大事，且王莽敗亡已兆，天下方亂，遂與定謀，於是乃市兵弩。十月，與李通從弟軼等起於宛，時年二十八。」《後漢書》，卷1，頁2。

〔註129〕《駱臨海集箋注》，卷8，〈上梁明府啟〉，頁278。

〔註130〕《王子安集注》，卷4，〈上明員外啟〉，頁135。

〔註131〕《漢書・蓋寬饒傳》：「上無許、史之屬，下無金、張之託。」顏師古注引應劭曰：「許伯，宣帝皇后父。史高，宣帝外家也。金，金日磾也。張，張安世也。此四家屬無不聽。」《漢書》，卷77，頁3248。

〔註132〕《晉書・衛瓘傳》：「于時中興名士，唯王承及玠為當時第一。」《晉書》，卷36，頁1068）《梁書・到洽傳》：「樂安任昉有知人之鑒，嘗訪洽於田舍，見之歎曰：『此子日下無雙』。」《梁書》，卷27，頁403。

> 峰秀學山，列三墳而仰止；瀾清筆海，委九流而朝宗。登小魯之巖，
> 辨練光於曳馬；臨大吳之國，識寶氣於連牛。〔註133〕

> 若乃性符神授，道擅生知。挫三端於情峰，朝九流於學海。博聞強
> 識，辯晉國之黃熊；將聖多能，識吳門之白馬。〔註134〕

較「峰秀學山」等語，更值得注意的是駱賓王用了許多眼界見識相關的典故，
「寶氣於連牛」即張華與雷煥登樓識見，豐城藏寶劍事，〔註135〕「晉國黃
熊」、「吳門（練光）白馬」亦皆是與見識或眼界廣博的典故。〔註136〕這類
識見之能的揄揚，儘管與魏晉時對人才的「識鑒」還存在差距，但這種揄揚
筆墨，可能隱含著干謁者對自身見知的期待在內。不僅王勃文稱「先兆跡於
青衿」，干謁文還可見許多「夙慧」相關之揄揚書寫，與家世、家學淵源相
緊密繫：

> 漢臺引路，夕翔浮雲之陰；晉閣垂瑤，朝煜文星之苑。劍池濯彩，
> 耀震德於渥津；弱水摛祥，炫離精於丹穴。辨懸瞳於朗鏡，肇自齠
> 年；對似魄於虧陽，光乎弱歲。〔註137〕

> 崇基疊秀，匡霸道於周盟；茂緒聯輝，贊文場於漢戚。偉龍章之秀
> 質，騰孔雀於齠年；叶鳳彩之英資，辯蟾精於弱歲。〔註138〕

> 玉札飛文，綜宏詞於楚傳；金篆緝藝，味雅道於扶陽。孕蘭畹而生
> 姿，灃瀕鍾高門之慶；產銅溪而寫鍔，荊藍資象德之禎。幼辨羝羊，
> 演飛龍之祕策；夙談孔雀，對家禽之麗詞。〔註139〕

前文已論，干謁文多以對方家族中歷史名人稱頌揄揚，在〈上兗州張司馬啟〉
中「漢臺引路」乃漢代名臣張釋之，「晉閣垂瑤」即西晉張華。至於〈上兗州

〔註133〕《駱臨海集箋注》，卷7，〈上司列太常伯啟〉，頁227。
〔註134〕《駱臨海集箋注》，卷7，〈上齊州張司馬啟〉，頁256。
〔註135〕《晉書・張華傳》，卷36，頁1075～1076。按本章第一節亦已引相關段落。
〔註136〕《春秋左傳・昭公七年》：「晉侯疾，韓宣子逆客私焉，曰：『寡君寢疾，於今
　　　　三月矣。並走羣望有加而無瘳，今夢黃熊入于寢門，其何厲鬼也？』對曰：
　　　　『以君之明，子為大政，其何厲之有？昔堯殛鯀于羽山，其神化為黃熊。』」
　　　　《春秋左傳注疏》，卷44，頁4450。《論衡校釋・書虛篇》：「顏淵與孔子俱上
　　　　魯太山，孔子東南望，吳閶門外有繫白馬，引顏淵指以示之，曰：『若見吳昌
　　　　門乎？』顏淵曰：『見之。』孔子曰：『門外何有？』曰：『有如繫練之狀。』」
　　　　《論衡校釋》，卷4，頁170。
〔註137〕《駱臨海集箋注》，卷7，〈上兗州張司馬啟〉，頁250。
〔註138〕《駱臨海集箋注》，卷7，〈上兗州崔長史啟〉，頁243～244。
〔註139〕《駱臨海集箋注》，卷8，〈上瑕邱韋明府啟〉，頁267～268。

崔長史啟〉，「匡霸道於周盟，贊文場於漢戚」則分指為齊國的盟會有著重大貢獻的大夫崔夭，與東漢以文才聞名的外戚崔駰。〔註140〕〈上瑕邱韋明府啟〉所云「綜宏詞於楚傅，味雅道於扶陽」，即西漢通經的韋氏家族。〔註141〕駱賓王在稱頌家學之後，用了許多「夙惠」的典故來揄揚對方，例如「對似魄於虢陽」即黃琬「何不言日食之餘，如月之初」之妙語〔註142〕，「幼辨羝羊」即揚雄子揚信幫助其父擬演《易》，算《玄》之事。〔註143〕其中「齠年」即童年，源自《詩經》「芄蘭之支，童子佩觿」，〔註144〕《世說新語》即有「夙惠」一門，自魏晉時期，始孩童早慧與其家學淵源、家族教育，甚至母族的家學、女教都密切相關。〔註145〕故而干謁文中每每稱頌「幼辨羝羊」、「光乎弱歲」，在揄揚對方本身品質傑出的同時，更是在前文言及對方家族淵源的基礎上，繼續稱頌對方家學教育有方。

安史之亂後，身價必須由門第決定的觀念被削弱，中晚唐干謁文逐漸不注重敘述自己的家族出身，亦應根據不同文士的實際情況區別討論。對家族門第的揄揚在中晚唐有所減弱。雖然自安史之亂之後，唐代貴族階層所主導的社會秩序受到威脅。但直到唐代滅亡，貴族精英對中央政府高層職位，以及地方州郡職位的控制仍沒有完全鬆動。同時精英們通過累代入仕，維持家族聲譽，及

〔註140〕《春秋左傳·僖公二十八年》：「夏四月戊辰，晉侯、宋公、齊國歸父、崔夭、秦小子憖、次於城濮。」《春秋左傳注疏》，卷16，頁3961。《後漢書·崔駰傳》：「元和中，肅宗始修古禮，巡狩方嶽。駰上四巡頌以稱漢德，辭甚典美，文多故不載。帝雅好文章，自見駰頌後，常嗟歎之。』《後漢書》，卷52，頁1719。

〔註141〕《漢書·韋賢傳》「其先韋孟，家本彭城，為楚元王傅，……本始三年，（韋賢）代蔡義為丞相，封扶陽侯，……少子玄成，復以明經歷位至丞相。故鄒魯諺曰：『遺子黃金滿籯，不如一經。』」《漢書》，卷73，頁3101～3107。

〔註142〕《後漢書·黃琬傳》：「琬字子琰。少失父。早而辯慧。祖父瓊，初為魏郡太守，建和元年正月日食，京師不見而瓊以狀聞。太后詔問所食多少，瓊思其對而未知所況。琬年七歲，在傍，曰：『何不言日食之餘，如月之初？』瓊大驚，即以其言應詔，而深奇愛之。」《後漢書》，卷61，頁2039～2040。

〔註143〕《劉向別傳》：「揚信，字子烏，雄第三子，幼而聰慧。雄算玄經不會，子烏令作九數而得之。雄又擬《易》『羝羊觸藩』，彌日不就。子烏曰：『大人何不云，荷戟入秦。』」引自宋·李昉等編：《太平御覽》（北京：中華書局，1960年2月，據上海涵芬樓影印宋本重印），卷385，〈人事部·幼智下〉，頁1780上。按《駱臨海集箋註》頁268注誤作「《揚雄別傳》」。

〔註144〕《毛詩傳箋》，卷3，〈衛風·芄蘭〉，頁89。

〔註145〕田彩仙：《家族文化與魏晉文學》（北京：中國文聯出版社，2000年12月），〈從《世說新語》中的『童言智語』看魏晉家族文人的早慧現象〉，頁46～47。

其自身仕宦的急迫需求。〔註146〕因此在中晚唐干謁文中,對被干謁者家世的描繪,仍是時而出現的一部分,晚唐駢儷文風復盛後,對家世源流的形容建構,可以像初唐干謁文那樣,變得修飾性與程式化,舉李商隱〈上座主李相公狀〉為例以觀其緒:

> 往者傅巖佇相,唯升版築之夫;渭水載占,止獲竿緡之叟。又豈若相公,本枝分慶,出自流輝。襲康叔之親賢,稟太丘之道德。蕭何家諜,不聞代有鼎司;鄧禹外門,詎是族傳宰匠?苟非君子之澤,寧光史氏之書。〔註147〕

座主李相公即宰相李回,史傳確載其貴為帝胄,〔註148〕故李商隱稱其「本枝分慶」,其語亦出自《毛詩・大雅・文王》:「文王孫子,本支百世。」〔註149〕李商隱遂用古今比襯之寫法,敘寫古代的宰相往往擢自草野,哪裡像如今的宰相出身高貴,以周王之賢母弟衛康叔來盛讚其高貴,〔註150〕並且能像陳太丘那樣承襲發揚著美好的家風,嚴於自訓,不以王公身分而貴驕。〔註151〕李商隱文意又轉承而下,再一次稱頌李回不惟出身皇家,而且不像蕭何、鄧禹那樣雖然身任宰相,可是子孫不能承襲世得,以至顛敗。《新唐書・宗室宰相傳》贊曰:「唐宰相以宗室進者九人。林甫姦諛,幾亡天下。李程知柔,在位無所發明。其餘以材稱職,號賢宰相。」〔註152〕可見唐代宗室也頗能代掌鼎職,而且大部分皆能稱其職。「寧光史氏之書」指史傳中常特將宗室宰相列為一傳,呈現出中古士人對於「宗室」身分,即「宰相」一職特殊地位的尊崇(且史傳也有「宰相世表」的傳統)。

〔註146〕（美）Nicolas Tackett: *The destruction of the medieval Chinese aristocracy*（中古中國門閥大族的消亡）(Cambridge: Harvard University Asia Center, 2014), pp 61~69.
〔註147〕《李商隱文集編年箋注》,頁1055。
〔註148〕《新唐書・李回傳》:「李回字昭度,新興王德良六世孫。……俄進中書侍郎、同中書門下平章事。」《新唐書》,卷131,頁4517~4518。
〔註149〕《毛詩傳箋・大雅・文王》,卷16,頁353。
〔註150〕《尚書・康誥》:「成王既伐管叔蔡叔,以殷餘民封康叔。」孔傳:「以三監之民,國康侯為衛侯,周公懲其(衛地)數叛,故使賢母弟主之。」《尚書正義》,卷15,頁453。
〔註151〕《後漢書・陳寔傳論》:「據於德故物不犯,安於仁故不離群,行成乎身而道訓天下,故凶邪不能以權奪,王公不能以貴驕,所以聲教廢於上,而風俗清乎下也。」《後漢書》,卷62,頁2069。
〔註152〕《新唐書・宗室宰相傳》,卷131,頁4518。

二、風儀形象與中古人倫賞譽傳統

　　中國古代的禮儀觀念可以「威儀觀」名之，即強調身體的動作，如周旋、揖讓、言語等儀節，許多禮儀觀念開始落實為士人的生活方式濫觴於漢末，再經歷六朝，而成型於唐代。〔註153〕自東漢開始，中古士族逐漸在政治社會掌握權力，配合官僚制度與社交生活，「威儀」、「節度」等儀態要求逐漸成為士人行止的準則。例如東漢蔡邕，即因為「然少蘊藉，不修威儀」，而「亦以此見輕」，〔註154〕可見外在威儀風度已經成為士人之要求。如阮籍（210～263）〈大人先生傳〉也敘述了「君子」動靜言行之謹慎與規範。〔註155〕可見隨著魏晉時期士族文化的進一步發展，士大夫的言行舉止逐漸需要符合某種共同要求，隨之而來的是士之風度、威儀等品賞也更加興盛。初唐干謁文中對人物風儀的書寫，與兩漢魏晉以來的威儀觀乃至身體活動等觀念密切相關。

　　在干謁文「頌德」書寫之一開始，也即「伏惟君侯」或「伏惟某公」之後，干謁者即會通過簡單幾句的書寫，構建被干謁者的總體形象，其中往往涉及人物整體的風度、威儀。先見主要以自然景物揄揚稱頌人物者：

> 伏惟某公儀天峙構，層基控射牛之峰；浸地開源，驚濤疏釣鼇之浦。
>
> 〔註156〕
>
> 伏惟明府公締址瓊峰，靈嶽蔽丹霄之景；圖基珠浦，神流沃清漢之波。〔註157〕
>
> 伏惟某公騰瀾浴景，濬靈派以含珠；擢幹捎雲，翊孤巖而聳桂。……靈臺宏遠，騁霄練於霜潭；冊府幽深，絢朝虹於璧渚。心波湛漢，泳耀魄於黃陂；情岳干天，韜風雲於嵽嵲。〔註158〕

〔註153〕甘懷真：〈魏晉時期的安靜觀念——兼論古代威儀觀的發展〉，《臺大歷史學報》第20期（1996年11月），頁407、442～445。
〔註154〕《後漢書・第五倫傳》，卷41，頁1401～1402。
〔註155〕阮籍〈大人先生傳〉：「天下之貴，莫貴於君子：服有常色，貌有常則，言有常度，行有常式；立則磬折，拱若抱鼓，動靜有節，趨步商羽，進退周旋，咸有規矩。心若懷冰，戰戰慄慄，束身修行，日慎一日，擇地而行，唯恐遺失，誦周孔之遺訓，歎唐虞之道德，唯法是修，唯理是克。」三國魏・阮籍著，陳伯君校注：《阮籍集校注・大人先生傳》（北京：中華書局，2012年12月），卷上，頁163。
〔註156〕《駱臨海集箋注》，卷8，〈上梁明府啟〉，頁276。
〔註157〕《駱臨海集箋注》，卷8，〈上瑕邱韋明府啟〉，頁267。
〔註158〕《駱臨海集箋注》，卷7，〈上兗州崔長史啟〉，頁243。

> 伏惟公瓊基疊秀，積珠構於三龍；玉翰驚華，煜瑤林於八桂。仙飛
> 有道，紫河泛高尚之舟；德驗通神，靈策動幽明之鏡。〔註159〕
>
> 伏惟丈人珠躔降德，銑社抽英，河嶽縱其神器，煙霞發其符采。……
> 加以文場武庫，發揮廊廟之師；瓊樹瑤林，寥廓風塵之表。一丘一
> 壑，同阮籍於西山；一嘯一歌，列嵇康於北面。〔註160〕

可見駱賓王、王勃多藉山嶽、松桂、瀾海等自然景物之比擬突顯人物器識、
風儀。王勃云「珠躔降德，河嶽縱其神器」，將明員外的美好品性歸之於上天
與河嶽，這種賞譽模式可以追溯到東漢的人物品鑒，例如蔡邕〈陳寔碑〉云
「含元精之和，應期運之數。……巍巍崇嶽，吐符降神。」〔註161〕魏晉時在
人倫品藻中即可見以自然景物品人，只是大部分在口述中，例如《世說新語》
中記載時人對嵇康、裴楷（237～291）的賞譽，〔註162〕還較少廣泛運用到書
牘中。初唐干謁文通過聯繫自然景物的「感興審美」，言山則儀天聳構，言水
則沃流驚瀾，激發了對於人物風度儀容之想像，這同時也是對六朝「薦表」
等文學中人倫賞譽的繼承與延伸。〔註163〕同時還將自然景物下的人物風度
威儀，與其內心品性相結合：「心波湛漢，泳耀魄於黃陂；情岳干天，韜風雲
於嵇嶽。」又如頌及「靈臺宏遠」、「冊府幽深」、「靈策動幽明之鏡」，從外在
的風度進入了內心「虛靜」境界的修煉，這也可見對魏晉名士安靜氣性譜系
的繼承。〔註164〕

　　揄揚書寫中還可見「韜風雲於嵇嶽」、「一邱一壑，同阮籍於西山；一嘯
一歌，列嵇康於北面」，對以竹林人物嵇康、阮籍作為揄揚賞譽的旨歸，表現
出隱含了某種對山林生活、「自然」與方外的嚮往，這與初唐「廊廟與江湖齊

〔註159〕　《駱臨海集箋注》，卷8，〈上郭贊府啟〉，頁271。
〔註160〕　《王子安集注》，卷4，〈上明員外啟〉，頁136。
〔註161〕　《全上古三代秦漢三國六朝文・全後漢文》，卷78，頁1783～1784。
〔註162〕　《世說新語・容止》：「裴令公有儁容儀，脫冠冕，粗服亂頭皆好。時人以為
　　　　　玉人。見者曰：『見裴叔則如玉山上行，光映照人。』《世說新語箋疏》，卷
　　　　　下之上，頁720）又《世說新語・容止》：「嵇康身長七尺八寸，風姿特秀。
　　　　　見者嘆曰：『蕭蕭肅肅，爽朗清舉。』或云：『肅肅如松下風，高而徐引。』
　　　　　山公曰：『嵇叔夜之為人也，巖巖若孤松之獨立；其醉也，傀俄若玉山之將
　　　　　崩。』」《世說新語箋疏》，卷下之上，頁716。
〔註163〕　何維剛：〈論六朝薦表的書寫實踐與人倫品鑑〉，《漢學研究》38卷第2期
　　　　　（2020年6月），頁73。
〔註164〕　可參甘懷真：〈魏晉時期的安靜觀念──兼論古代威儀觀的發展〉，《臺大歷史
　　　　　學報》第20期（1996年11月），頁446～451。

致」的吏隱風氣應有聯繫與以隱逸為雅言的文學風尚有關。〔註165〕在東晉之時，嵇康、阮籍已經被視作高士風度的表徵，與「傲然嘯詠」聯繫在一起，可參《世說新語》中對於周顗嘯詠事。〔註166〕駱賓王稱「仙飛有道，縈河泛高尚之舟」，乃用郭泰（128～169）遊舟似神仙之典故，〔註167〕結合嵇康與阮籍對方外的理想追求，最終歸依於神仙的形式〔註168〕，似乎駱賓王文的書寫也能與相呼應。又如「靈嶽蔽丹霄之景」、「煙霞發其符采」等煙氣書寫，蘊含玄學與道教色彩，這與初唐時期仙道風氣盛行有關，共同構成以隱逸為雅言的書寫情境。

在對人物風儀的描繪中，除了以自然景物為主者，還有其他著更豐富的文學文化意涵：

> 伏以君侯疏乾激派，龍門開竹箭之波；鎮地橫基，鵠翅峙蓮花之嶺。
> 曜重暉於若月，炳疊彩於非烟。〔註169〕

> 君侯極天分構，振瓊樹而韜霞；帶地疏源，握珠胎而冠月。……青梟獨唳，望鴻漸而翻霞；丹穴高鳴，對鵷池而矯霧。〔註170〕

> 月開鸞鏡，懷精鑒以分形；霜湛蚪鍾，蘊希聲而待物。〔註171〕

> 伏惟某公孤官授社，昂臣疏宗，登雅譽於祥鳬，照禎黻於瑞鵲。青衣西指，標玉壘之英詞；紫蓋南浮，變金陵之間氣。〔註172〕

總體看來，珠玉、鴻鵠、鸞鳳、鳬鵲、月暉等精美事物來稱頌被干謁者。珠玉、祥鳥一方面是揄揚人物由內而外散發的精神氣質，將魏晉名士所謂「風神秀徹」進行了更加文學化的凝練；更重要的是與仕途的高升有關，「鳳池」即是

〔註165〕《駱臨海集箋注》，卷9，〈晦日楚國寺宴序〉，頁319。詳可參查正賢：〈論初唐休沐宴賞詩以隱逸為雅言的現象〉，《文學遺產》2004年第6期，頁36～45。

〔註166〕《世說新語・言語》：「周僕射雍容好儀形，詣王公，初下車，隱數人，王公含笑看之。既坐，傲然嘯詠。王公曰：『卿欲希嵇、阮邪？』答曰：『何敢近捨明公，遠希嵇、阮。』」《世說新語箋疏》，卷上之上，頁120。

〔註167〕《後漢書・郭太傳》：「林宗唯與李膺同舟而濟，眾賓望之，以為神仙焉。」《後漢書》，卷68，頁2225。

〔註168〕陳弱水：〈魏晉之際的名士思潮與玄學突破〉，收於氏著《中古史新論——思想史分冊》（臺北：聯經出版社，2012年9月），頁191～197。

〔註169〕《駱臨海集箋注》，卷7，〈上李少常伯啟〉，頁234。

〔註170〕《王子安集注》，卷5，〈上絳州上官司馬書〉，頁168。

〔註171〕《王子安集注》，卷4，〈上武侍極啟一〉，頁123。

〔註172〕《全唐文》，卷247，李嶠〈上巡察覆囚使曆城張明府書〉，頁2501。

尚書池之代稱，官員朝服亦以鳳鳥分列品階。這些形容聯繫著自然景象一起，一方面是人物風度儀態更加全面的描寫，除了外在威儀氣勢之外，還可見一方面也是對人物較高的社會、政治地位的揄揚，「鎮地橫基」、「丹穴高鳴」等語都可見對職位的隱喻。

　　《世說新語‧容止》記載如夏侯玄（209～254）、嵇康、裴楷、王衍、衛玠等都被當時人目為「玉樹」、「玉山」、「玉人」或「珠玉」，相對於蒹葭、瓦石，突顯特定人物的出色不凡，此處不僅僅只是是「溫其如玉」性情之比擬，而直接就是可以映照觀者的身體光彩。〔註173〕至如干謁文中「炳疊彩於非烟」、「望鴻漸而翻霞」等以煙霞囊括人物風儀之光彩，亦可見源於《世說新語‧容止》：「海西時，諸公每朝，朝堂猶暗；唯會稽王來，軒軒如朝霞舉。」〔註174〕至於「曜重暉於若月」、「登雅譽於祥鳧」則在風儀之外，還揄揚了對方的名譽與器識，魏晉以來士人對「名」之價值即已定位，劉廙《新議》云：「夫交接者，人道之本紀，紀綱之大要，名由之成，事由之立」，〔註175〕「名士」追求也是六朝以來士人活動的基調之一，初唐的士族性格仍強，對「名」之顯揚自然也是風度氣質的另一現實側面。

　　從文學角度而言，用來比喻的景象書寫雖皆含典故在內，例如駱賓王文〈上李少常伯啟〉「龍門開竹箭之波，鵾翅崿蓮花之嶺」，即出自《慎子》「河之下龍門，其流駛如竹箭，駟馬追弗能及。」〔註176〕《初學記》引《華山記》云：「山頂有池，生千葉蓮花，服之羽化，因曰華山」，〔註177〕不過即使未熟典故之人，也可理解比擬的精巧與氣象，筆法可歎高明。這種人物賞譽品鑒的筆法，對中晚唐之人物形象建構皆有影響，韓愈〈唐故殿中少監馬君墓誌〉即謂：「退見少傅，翠竹碧梧，鸞鵠停峙，能守其業者也。」〔註178〕又李商隱〈上華州周侍郎狀〉云：「爾後以地隔仙凡，位殊貴賤，十鑽槐燧，一拜蓮峯。」〔註179〕

〔註173〕 鄭毓瑜：〈身體表演與魏晉人倫品鑒——一個自我「體現」的角度〉，《漢學研究》24卷第2期（2006年12月），頁83。
〔註174〕 《世說新語箋疏‧容止》，卷下之上，頁737。
〔註175〕 引自《太平御覽‧人事部‧敘交友》，卷406，頁1878上。
〔註176〕 戰國‧慎到著，許富宏校注：《慎子集校集注‧慎子逸文》（北京：中華書局，2013年8月），頁66。
〔註177〕 唐‧徐堅等編：《初學記‧地理上‧華山第五》（北京：中華書局，2004年2月），卷5，頁98。
〔註178〕 《韓愈文集彙校箋注》，卷23，頁2564。
〔註179〕 《李商隱文編年校注》，頁409～410。

源於人倫品鑒「感興審美」在風儀賞譽，可見對魏晉以來人物的身體威儀觀、風神儀容觀的繼承。魏晉以來人倫品評已經成為文化血脈，深入後世對人物的揄揚賞譽的書寫系譜之中。又如李白在〈上安州裴長史書〉中，十分具體描摹了裴長史的儀容風采：「伏惟君侯，貴而且賢，鷹揚虎視，齒若編貝，膚如凝脂，昭昭乎，若玉山上行，朗然映人也。而高義重諾，名飛天京，四方諸侯，聞風暗許。倚劍慷慨，氣干虹蜺。」〔註180〕「玉山上行」、「氣干虹蜺」亦皆可見其對六朝人物審美經驗的繼承，然而李白由於其自身懷抱遊士與任俠之精神，〔註181〕在塑造被干謁者形象時，也帶有自我意識的投射，塑造對方「高義重諾」、「倚劍慷慨」的遊俠形象。

　　總體而言，風度威儀書寫，到中晚唐隨著官員貴族精英性質的減弱，逐漸不再是干謁文中形象建構的主流。有時中唐文人會建構被干謁者之威儀風度，以作為德行的外在表現。如韓愈〈與于襄陽書〉云：「側聞閣下抱不世之才，特立而獨行，道方而事實。卷舒不隨乎時，文武惟其所用，豈愈所謂其人哉！」〔註182〕韓愈還說，如果居上位者能行「精鑒博採」的禮賢之道：「若果行是道，愈見天下之竹帛不足書閣下之功德矣，天下之金石不足頌閣下之形容矣。」〔註183〕正所謂「頌者美聖德之形容」，〔註184〕韓愈用此意，可見唐人心目中內在禮賢接才的品質與功德，也有以通過外在的形狀容貌威儀來顯現。

　　風儀的形象建構，中唐以來也與被干謁者內在的道德涵養緊密聯繫，韓愈〈上賈滑州書〉云：「伏惟閣下昭融古之典義，含和發英，作唐德元，簡棄詭說，保任皇極。是宜小子刻心悚慕，又焉得不感而鳴哉！」〔註185〕賈滑州

〔註180〕唐・李白著，清・王琦注：《李太白全集》（北京：中華書局，1977年9月），卷26，頁1248。

〔註181〕詳參葛景春：〈大唐一詩俠——李白與任俠〉，《中州學刊》，1990年第4期，頁88〜91＋115。葛景春：〈李白與唐代的干謁之風〉，《中州學刊》，1995年第2期，頁97〜99。

〔註182〕《韓愈文集彙校箋注》，卷7，頁765。

〔註183〕《韓愈文集彙校箋注》，卷8，〈與鳳翔邢尚書書〉，頁842。

〔註184〕〈毛詩序〉：「頌者，美盛德之形容。」孔穎達疏云：「《易》稱聖人擬諸形容，象其物宜。則形容者，謂形狀容貌也。作頌者美盛德之形容，則天子政教有形容也。可美之形容，正謂道教周備也。」見漢・鄭玄箋，唐・孔穎達疏，清・阮元校刻：《毛詩注疏》（北京：中華書局，2009年，影印清嘉慶二十年江西南昌府學刊本），卷1，頁568。

〔註185〕《韓愈文集彙校箋注》，卷32，頁3067。

即賈耽（730～805），明經出身，[註186] 故韓愈稱其「昭融古之典義」。可見
由浸潤經典，延伸到個人的道德修養得以外顯，韓愈也正用《禮記‧樂記》：
「和順積中，而英華發外」之意[註187]，不過韓愈將經典中「樂」對人情性
的作用，來敷揚賈耽的氣度風儀。賈耽對地理很有研究，對海內各地山川土
地都「區分指畫，備究源流」，曾撰《海內華夷圖》及《古今郡國縣道四夷述》，
糾正了古代典籍中記述的乖謬，即所謂「簡棄詭說」。[註188] 以此來確保帝
國疆域的明晰合法，來確保天子統治的正統威嚴，故而韓愈稱其為當時唐朝
的道德典範。

晚唐干謁者以駢文形式，對被干謁者之風儀，同樣進行了豐富的美感聯想
式建構，如溫庭筠〈上學士舍人啟（其一）〉云：

> 某聞七桂希聲，契冥符於淥水；雨樂孤響，接玄暎於清霜。感達真
> 知，誠參神妙。……伏以學士舍人陽葩擢秀，夏采含章。靜觀行止
> 之規，已作陶鈞之業。[註189]

學士舍人，指官中書舍人而充翰林學士者。據劉學鍇考證，此文乃溫庭筠大
中六年參加禮部進士試，寫信尋求推薦，此學士舍人可能即大中五年七月至
六年七月任中書舍人仍充翰林學士之蕭鄴。[註190] 溫庭筠開篇破題表達自
己希望與蕭鄴神冥相契，謂琴聲與〈淥水〉之曲暗合，鍾聲與冬霜之降相應，
同時也是形容蕭鄴的風度威儀，如「淥水」、「清霜」一般清冽特出。「陽葩擢
秀」，稱其為春天鮮豔的花卉中最為特出者；「夏采含章」則語出《周禮‧天
官》中天子隨車之侍從，因飾以五色彩羽而得名。[註191] 以光鮮的形象來描

[註186] 《舊唐書‧賈耽傳》：「賈耽字敦詩，滄州南皮人。以兩經登第，調授貝州臨
　　　　清縣尉。上疏論時政，授絳州正平尉。……貞元二年，改檢校右僕射、兼滑
　　　　州刺史、義成軍節度使。」《舊唐書》，卷138，頁3782～3783。
[註187] 《禮記集解‧樂記》，卷38，頁1006。
[註188] 《舊唐書‧賈耽傳》：「耽好地理學，凡四夷之使及使四夷還者，必與之從容，
　　　　訊其山川土地之終始。是以九州之夷險，百蠻之土俗，區分指畫，備究源
　　　　流。……又撰成《海內華夷圖》及《古今郡國縣道四夷述》四十卷，表獻之，
　　　　曰：……前地理書以黔州屬酉陽，今則改入巴郡；前西戎志以安國為安息，
　　　　今則改入康居。凡諸疏舛，悉從釐正。」《舊唐書》，卷138，頁3784～3786。
[註189] 《溫庭筠全集校注》，卷11，頁1198。
[註190] 《溫庭筠全集校注》，卷11，〈上學士舍人啟〉「注釋一」，頁1198～1199。
[註191] 《周禮‧天官冢宰》「夏采掌大喪以冕服復于大祖，以乘車建綏復于四郊。」
　　　　清‧孫詒讓撰，王文錦、陳玉霞點校：《周禮正義》（北京：中華書局，2013
　　　　年1月），頁633。

述士人，魏晉時已有之，《世說新語》即敘裴楷之形象：「裴叔則如玉山上行，光映照人。」〔註192〕溫庭筠塑造光彩照人風儀的形象，具有對被干謁者文化事業功績的暗示，同時也蘊含了對方具有由內而外的美好德行。前敘詞臣風儀，而後溫庭筠又謂蕭鄴之行為舉動，從風儀的觀賞，已經顯現出宰相的氣度。而在唐代後期，翰林學士在詞臣中地位最接近皇權，最有可能掌握政治實權，升任宰相；同時中書舍人更擁有文化權力，足以領導文壇。〔註193〕故而溫庭筠描繪蕭鄴的氣度行止，足以呈現宰相「陶鈞之業」，後來蕭鄴果真也任宰相。〔註194〕

又可觀李商隱干謁文中對風儀形象之建構，其〈上令狐相公狀二〉云：

> 伏以四丈，翊戴大君，儀刑多士。鬱為邦彥，早司國鈞。盛烈殊勳，已光於帝載；徽音清論，復播於仁謠。尚或研美二《南》，留情四始，峻標格而山聯太華，鼓洪濤而河到三門，望絕攀躋，理無揭厲。〔註195〕

本篇寫作重點，一方面在感謝兼頌揚令狐楚所賜詩歌，一方面在干謁。此處側重敷揚其德望與威儀的影響力。頌其從敦化詩教而發展出自然景物圖景的威儀姿態：「峻標格而山聯太華」即指風儀而言，有同《世說新語》記載王導評論王衍的氣度云：「王公目太尉：巖巖清峙，壁立千仞。」〔註196〕可見至晚唐時干謁，建構人物的氣質風度時，仍或繼承魏晉以自然景象的感興審美。

又如商隱〈上河陽李大夫狀〉謂「梁園竹苑，素多詞賦之賓；淮浦桂叢，廣集神仙之客。以思柔之旨酒，用順氣之和聲。初筵有儀，一石不亂。」〔註197〕詳細敘述李執方靖定河陽的功績之後，再用簡單筆墨揄揚其閒暇生活，涵蓋文學、禮賢、風儀諸多面向。梁王、淮南王一般薈聚眾多文人雅士，接以引用儒家經典中語彙來形容酒宴的情形，以顯其幕府之儒風與德教。〔註198〕接著敘賓主風度儀態，「一石不亂」則用三國時滿寵典故，揄揚李執方作為幕主

〔註192〕《世說新語箋疏・容止》，卷下之上，頁720。
〔註193〕賴瑞和：《唐代高層文官》，頁264～265。
〔註194〕《新唐書・蕭鄴傳》：「蕭鄴字啟之，梁長沙宣王懿九世孫。及進士第，累進監察御史、翰林學士，出為衡州刺史。大中中，召還翰林，拜中書舍人，遷戶部侍郎，判本司，以工部尚書同中書門下平章事。」《新唐書》，卷182，頁5365。
〔註195〕《李商隱文編年校注》，頁11～12。
〔註196〕《世說新語箋疏・賞譽》，卷中之下，頁524。
〔註197〕《李商隱文編年校注》，頁446。
〔註198〕《毛詩・小雅・鹿鳴》：「我有旨酒，以燕樂嘉賓之心。」《毛詩傳箋》，卷9，頁208。《禮記・樂記》：「正聲感人而順氣應之，順氣成象而和樂興焉。」《禮記集解》，卷38，頁1003。

的威儀。〔註199〕不過相對可見晚唐干謁文中，對於被干謁者風儀的描繪較初盛唐有所減少，應也與從初唐至晚唐，貴族社會逐漸消解有關，自然從六朝沿襲而下的貴族儀態的描述被淡化。

第四節　文才、言談形象的美感建構與駢文連類

　　雖然九品官人法不以文才選官，文才只是作為維持望族的間接因素之一，然在六朝重視文章的整體風氣下，以文才為賢能的觀念正在逐漸醞釀成熟，並且南朝經學之發展不如文學發展迅速。〔註200〕實際上唐代朝廷中的學者官員將寫作既看成影響政治質量的政治行為，也看成證明作者成績，建立公共形象的個人事業。〔註201〕干謁文中對於讀者文學形象的揄揚與讚賞，整體上與唐代注重文采雕琢的駢體文風流轉相生。不過在中唐的散體干謁文中，往往並不注重將文學成就作為對於讀者才能名望的重要認同。在注重藻飾文辭的唐代前期和晚期，文學技藝及成就成為官員教養與學問的道德事業與學問成就。唐人認為如果斯文傳統能夠在文章中體現，它就有可能付諸實踐；同時文章成就有以體現唐王朝的存在和各項成就。〔註202〕在這一套共同的士人價值認同之內，干謁文對於讀者的文學素養建構隱含了這樣的預期：擁有比干謁者自身更卓越文才的讀者，具有了賞識同樣「同道者」的智慧和眼界。同時受到唐代吏部銓選以「身、言、書、判」之影響，〔註203〕被干謁者的言談才能在干謁文中也常與文才並織交融。

一、官員身分與美感化的文才形象

　　唐興科舉以來尤其重文辭，初唐經術派的薛登（647～719）便上疏檢討以辭章選士的弊端：「煬帝嗣興，又變前法，置進士等科。於是後生之徒，復相放效，因陋就寡，赴速邀時，緝綴小文，名之策學，不以指實為本，而以浮虛

〔註199〕《三國志‧滿寵傳》裴注引《魏晉世語》曰：「王淩表寵年過耽酒，不可居方任。帝將召寵，……寵既至，進見，飲酒至一石不亂。帝慰勞之，遣還。」《三國志》，卷26，頁724。

〔註200〕毛漢光：〈中國中古賢能觀之研究——任官標準之觀察〉，頁356～357。

〔註201〕（美）包弼德（Peter K. Bol）：《斯文：唐宋思想的轉型》，頁110。

〔註202〕（美）包弼德（Peter K. Bol）：《斯文：唐宋思想的轉型》，頁134。

〔註203〕《新唐書‧選舉志》：「凡擇人之法有四：一曰身，體貌豐偉；二曰言，言辭辯正；三曰書，楷法遒美；四曰判，文理優長。」見《新唐書》，卷45，頁1171。

為貴。」〔註204〕亦可觀唐初沿隋風氣，文才成為賢能之重要標準。注重文章
的風氣招致了經術之士的反對，認為過於再好的文辭未關義理德化。〔註205〕
能夠創作文章，表明此士人已然熟讀經史子集，有「文」的天賦，「潤色王言」
才能是政府公文往還過程中的一項基本能力，如果官員不能在公文行文中體
現出深厚的文學與經學造詣，這些公文便不會得到士人群體的尊重。〔註206〕
隨著社會崇文風氣與科舉制度中進士科之獨厚地位，文才在干謁文中也成為
官員能力之代表。

　　初唐干謁文在揄揚稱頌中，尤其著重稱頌文學才能，而對經學乃至德性的
形象建構，較之文學（以及言談）都要少許多。以下先觀干謁文中對文學之才
如何揄揚：

> 伏惟公等思侔天假，道合神契，清襟與秋水俱映，縟藻共春葩競發，
> 風雲感其聲律，牆仞深其閫奧。羽陵緗簡，遐開博綜之門；洞庭金
> 石，近入鏗鏘之韻。固以重規坐右，連華史筆，深思匠之真筌，畢
> 文心之能事。〔註207〕

> 研機三篋，探頤九流。縟翠蕚於詞林，綷仙花於筆苑。文江翻浪，
> 織玉潋以韜霞；學海驚瀾，綴珠連於濯錦。〔註208〕

> 鬱文條而耀彩，藻逸潘花；蔚詞鋒而銜奇，光浮衛玉。〔註209〕

> 靈襟轉璧，絢逸照於蘭池；神府驚蘋，韻清音於桂浦。談叢散馥，
> 韞餘氣於九蘭；筆海飛濤，駭洪波於八水。〔註210〕

注意到李嶠之文在揄揚「縟藻」的同時，也稱頌「風雲感其聲律」，可見隨著聲
韻格律之發展醞釀，聲韻成為評價文才的重要標準之一。至於〈上瑕邱韋明府
啟〉的書寫，文才則似與個人相貌風神也建立了隱約的聯繫，認為崔長史之文
采可以與西晉美男子潘岳（247～300）、衛玠（286～312）媲美。駱賓王不僅強

〔註204〕 《舊唐書‧薛登傳》，卷101，頁3138。

〔註205〕 《資治通鑑‧唐紀‧高宗上元元年》：「劉曉上疏云：『禮部取士，專用文章
　　　　 為甲乙，故天下之士，皆捨德行而趨文藝，有朝登甲科而夕陷刑辟者，雖
　　　　 日誦萬言，何關理體，文成七步，未足化人。』」《資治通鑑》，卷202，頁
　　　　 6374。

〔註206〕 （美）麥大維：《唐代中國的國家與學者》，頁149。

〔註207〕 《全唐文》，卷247，李嶠〈與雍州崔錄事、司馬錄事書〉，頁2501。

〔註208〕 《駱臨海集箋注》，卷7，〈上兗州刺史啟〉，頁239。

〔註209〕 《駱臨海集箋注》，卷7，〈上兗州崔長史啟〉，頁245。

〔註210〕 《駱臨海集箋注》，卷8，〈上瑕邱韋明府啟〉，頁268。

調「靈襟轉璧」、「神府驚蘋」等才思之功，在〈上兖州刺史啟〉中，還將學識之深厚，與文才之華美建立了緊密聯繫，李嶠文中「思侔天假」與「羽陵緗簡」也是相搭配的。繼承了《人物志》、《文心雕龍》重視後天修養工夫的觀點，強調作家除了以先天才氣為主，還需要輔助後天的力學才能成就文才。〔註211〕甚至初唐干謁文中，較前人之論，並不將先天才性超越於後天之學習。同時干謁文中對於被干謁者文風之形容，常常概以與風雲、江海等宏大意象，從而以筆墨之功入手映射了（作為官員的）人物之深厚學養與偉岸風儀。同時唐人也自然繼承〈詩大序〉的文學政教觀，〔註212〕干謁者揄揚官員具有濃鬱恢弘的文才學養，也有以折射出初唐祥和的朝野秩序。

　　晚唐駢文人在干謁時，繼承了唐代前期對於被干謁者文學的美感形象塑造，李商隱作為干謁經歷極豐富者，其干謁文章最有代表性，先以其〈上孫學士狀〉為例：

> 學士長離耀彩，仁壽含明，奮詞筆而赤堇慚芒，鈞雅音而泗濱韜響。繞瑜壯室，榮入禁林。況自近年，仍多大政，藩方逆豎，夷虜饑戎，於雷霆赫怒之時，在朝夕論思之地。謀惟入獻，事隔外朝，載觀掃蕩之勳，密見發揮之力。便當報於內署，錫彼庶方，推〈禹謨〉、〈殷誥〉之文，贊堯日舜風之化。伏惟為國自重。〔註213〕

此文作於會昌五年（845）十月二十一日入京前，〔註214〕孫學士即孫瑴（809～868），《舊唐書・武宗紀》載：「會昌六年二月，以翰林學士、起居郎孫瑴為兵部員外郎充職。」〔註215〕篇末云「竊期光價，微借疏蕪」，正是對孫瑴有所希冀，時商隱母喪期滿，等待起復，故有此狀。李商隱針對對方翰林學士的身分展開揄揚，「禁林」、「朝夕論思之地」皆以班固賦語代指翰林學士院。〔註216〕「謀惟入獻，事隔外朝」特別勾畫出翰林學士身居內朝，能夠直接參與皇帝決

〔註211〕 參見呂光華：〈論劉劭《人物志》的性質目的及其修養論〉，《興大人文學報》第43期（2009年9月），頁95。方元珍：〈「桃李不言而成蹊」——《文心雕龍》作家論探析〉，《文與哲》第11期（2007年12月），頁213～214。

〔註212〕 孔穎達〈毛詩正義序〉云：「情緣物動，物感情遷。若政遇醇和，則歡娛被於朝野；時當慘黷，亦怨刺形於詠歌。」見《毛詩注疏》卷首，頁261。

〔註213〕 《李商隱文編年校注》，頁1121。

〔註214〕 張采田：《玉谿生年譜會箋》，頁112。

〔註215〕 《舊唐書・武宗本紀》，卷18，頁609。

〔註216〕 班固〈兩都賦序〉：「故言語侍從之臣，若司馬相如、虞丘壽王、東方朔、枚皋、王褒、劉向之屬，朝夕論思，日月獻納。」見《全上古三代秦漢三國六朝文・全後漢文》，卷24，頁1203。

策的優勢，甚至擔任翰林學士的陸贄有「內相」之稱。〔註217〕在中央決策過程
中，如果皇帝對宰陳決策會議（外朝）的結果不滿意，皇帝常常徵求翰林學士
的意見。並且即使皇帝對宰臣會議的決議沒有異議，翰林學士也在草詔之前，
對制誥的內容提出意見。〔註218〕「藩方逆豎，夷虜饑戎」顯示李商隱在干謁中
央官員時，顯示出對唐中央朝廷的維護與中心。至於中晚唐時對被干謁者文才
的揄揚，已經不僅僅限於初盛唐干謁文筆下的辭采、博學等方面。

李商隱一方面揄揚翰林學士「奮詞筆而赤堇慚芒」，然而更加強調其在動
盪時局下的應對能力：「載觀掃蕩之勳，密見發揮之力」；以及此時寫作文章宣
揚王室正統，以威服藩鎮的政教功能：「贊堯日舜風之化」。事實上中晚唐翰林
學士，由於也負責處理與藩鎮相關的表狀疏奏，因而有更多機會了解藩鎮的背
景與動向，故而翰林學士在策略採取、審時度勢等政策議定問題上，皆發揮者
重要作用。〔註219〕因而李商隱注重描繪「雷霆赫怒」時局下，孫學士身居翰
林的功績，可謂得宜的干謁。

在〈獻侍郎鉅鹿公啟〉中，李商隱對被干謁者文學的形象建構，聚焦在科
舉場域中，從而增添了「識鑒」的要素：

> 某啟：今月某日，舍弟新及第進士義叟處，伏見侍郎所制〈春闈於榜
> 後寄呈在朝同年兼簡新及第諸先輩〉五言四韻詩一首。夫玄黃備采者
> 繡之用，清越為樂者玉之奇。固以應合玄機，運清俗累，陟降於四始
> 之際，優游於六義之中。竊計前時，承榮內署，柏臺侍宴，熊館從畋，
> 式以《風》《騷》，仰陪天籟，動沛中之舊老，駭汾水之佳人。非首義
> 於論思，實終篇於潤色。光傳《樂錄》，道煥詩家。〔註220〕

「鉅鹿公」即魏扶（？～850）〔註221〕，此篇文章意在投獻自己所和的詩作，
故而敘述重點放在揄揚魏扶的文學成就上。魏扶於會昌二年（842）八月充翰林

〔註217〕《舊唐書‧陸贄傳》「贄初入翰林，特承德宗異顧，……雖有宰臣，而謀猷參
決，多出於贄，故當時目為『內相』。」《舊唐書》，卷139，頁3817。

〔註218〕毛蕾：《唐代翰林學士》（北京：社會科學文獻出版社，2000年11月），頁104
～106。

〔註219〕詳參毛蕾《唐代翰林學士》，頁69～79。

〔註220〕《李商隱文編年校注》，頁1188。

〔註221〕《新唐書‧宰相世系表》載鹿城魏氏譜系：「扶字相之，相宣宗。魏氏宰相六
人。玄同、徵、謩、元忠、知古、扶。」《新唐書》，卷72，頁2660。《唐會
要‧貢舉中》：「大中元年正月，禮部侍郎魏扶放及第二十三人。」《唐會要》，
卷76，〈進士〉，頁1383。

學士,三年五月加知制誥。〔註222〕李商隱此次獻的詩即〈喜舍弟羲叟及第上禮部魏公〉,其中有「國以斯文重,公仍內署來」〔註223〕之語,可見魏扶此次知舉,乃從內署(翰林學士院)調來。故而文章云「承榮內署,柏臺侍宴,熊館從畋」,以漢代文臣奉和詩賦的美跡,〔註224〕來揄揚魏扶在翰林院的成績,並且其詩作可以達到「事出沉思,義歸翰藻」的水準。參酌前引〈上孫學士狀〉,可見李商隱干謁文中,如果對方身居文書職位時,會尤為著力建構其富於文才之形象,李商隱接著從主知貢舉者的角度,來稱揚魏扶的文學鑒賞能力:

> 況屬詞之工,言志為最。自魯毛兆軌,蘇、李揚聲,代有遺音,時無絕響。雖古今異制,而律呂同歸。我朝以來,此道尤盛。皆陷於偏巧,罕或兼材。枕石漱流,則尚於枯槁寂寥之句;攀鱗附翼,則先於驕奢艷佚之篇。推李、杜則怨刺居多,效沈、宋則綺靡為甚。至於秉無私之刀尺,立莫測之門牆,自非託於降神,安可定夫眾製?伏惟閣下,比其餘力,廓此大中,足使同寮,盡懷博我;不知學者,誰可起予?〔註225〕

故而文中以較多的篇幅,敘述了詩歌從先秦兩漢流衍蔓延,「代有遺音」。接著形構了唐代詩壇各體風格的發展盛況,但是有著「陷於偏巧,罕或兼材」的問題,並舉例有些後人學習李、杜則「怨刺居多」,仿效沈、宋則「綺靡為甚」。這些文學發展史和文學批評的角度的論述,似乎和投獻詩作之啟的寫作主題並不直接相關,其用意何在?實則李商隱獻詩還有一個目的在於感謝:魏扶當座主時,恰好自己的弟弟李羲叟進士及第。

故而李商隱有意構建唐代科舉文場中,風格體式各有偏巧的情形,以此襯托魏扶當座主時能夠「秉無私之刀尺」並「廓此大中」,秉持中正之道來評定文學「定夫眾製」,實在是相當有難度,烘托魏扶極高的文學素養與識鑒之才,甚至用「託於降神」形容。並且根據史料記載,魏扶在知貢舉的時候,能夠通

〔註222〕傅璇琮:《唐翰林學士傳論・晚唐卷》(瀋陽:遼海出版社,2007年11月),〈武宗朝翰林學士傳・魏扶〉,頁162。

〔註223〕見《李商隱詩歌集解・編年詩》,〈喜舍弟羲叟及第上禮部魏公〉,頁634。

〔註224〕《三輔黃圖》引《三輔舊事》云:「(柏梁臺)以香柏為梁也。帝嘗置酒其上,詔羣臣和詩,能七言詩者乃得上。」何清谷校釋:《三輔黃圖校釋》(北京:中華書局,2005年6月),卷5,〈臺榭・柏梁臺〉,頁281。又揚雄〈長楊賦序〉:「雄從至射熊館還,上〈長楊賦〉以諷。」《全上古三代秦漢三國六朝文・全漢文》,卷52,頁813。

〔註225〕《李商隱文編年校注》,頁1188～1189。

過品評文藝，向朝廷推薦因為「其父皆在重任」而不敢來應選的士人，可以證明李商隱的揄揚並非虛妄。〔註226〕李商隱最後使用「博我」、「起予」兩個《論語》中典故，正有將其比附孔子之意，與其「座主」身分相互印證，而這在初盛唐干謁文中很少出現。也可見中晚唐干謁文越加著重塑造對方「師」的形象，或亦前章所論儒學復興背景下，士人中對「儒師」的知遇期待與想像有關。

二、言談與文學交融的名士風度

　　以上引文中也可略見初唐士人對於「談叢散馥」的形象建構，實際上比起單純著重在文才上的揄揚，又常可見文才與言談要素一併揄揚者。魏晉時期士人以清談為貴，然而擅玄言清談者往往不重言象，所以多無意著力於文學著作。〔註227〕然唐代干謁文塑造讀者雅士形象時，往往將傑出的言談作為讀者富於文藝形象之附庸，呈現「言談」與「文學」交融的文本策略。這應與唐代吏部銓選以「言辭辯正」為其中之一標準有關。唐代劉迺「常以文部選才未為盡善」，於是上書吏部官員即談到：「雖有至德，以喋喋取之，曾不若嗇夫。」〔註228〕可見當時言談作為賢能的重要標準。因而在揄揚顯貴時，常將言談與文學一同以富有美感的文辭來進行動態勾勒，以下舉數例見之：

> 垂秋實於翰林，絢春花於文苑。清規湛秀，照月旦而雕談；素論凝玄，開夜光於妙辯。〔註229〕

> 言泉漱迴，驚瀑布以飛瀾；文江澹清，含濯錦而翻浪。鬱槐市而增茂，穆蘭室以流芳。〔註230〕

> 言河激箭，浴紫貝以飛湍；情岳驚峯，蔽丹霄而傑峻。文條擢秀，馥長坂之幽蘭；筆苑揚葩，煜小山之丹桂。松飆結韻，撍紳籍以雌黃；巖電流光，通賢資其月旦。〔註231〕

> 詞條鬱霧，遙騰駕日之陰；辨鍔橫霜，直上衝星之氣。〔註232〕

〔註226〕《唐會要·貢舉中·進士》：「大中元年正月，禮部侍郎魏扶放及第二十三人，續奏堪放及第三人：封彥卿、崔琢、鄭延休等。皆以文藝為眾所知，其父皆在重任，不敢選，取其所試詩賦封進。」見《唐會要》，卷76，頁1383。

〔註227〕王瑤：《中古文學史論》（北京：北京大學出版社，2014年5月），頁50。

〔註228〕《舊唐書·劉迺傳》，卷153，頁4084。

〔註229〕《駱臨海集箋註》，卷8，頁263。

〔註230〕《駱臨海集箋註》，卷7，頁256。

〔註231〕《駱臨海集箋註》，卷7，頁251。

〔註232〕《王子安集注》，卷4，頁136～137。

可見干謁文中每每將文采與談才作為駢文的對偶,相互映襯,例如「言泉漱迥」對「文江澹清」;「談叢散馥」對「筆海飛濤」;「詞條鬱霧」對「辨鍔橫霜」,這與漢魏人倫品評也見相互照映。「辯河」「言河」等意象化的書寫,即來源於魏晉玄談,如《世說新語・賞譽》所載:「王太尉云:『郭子玄(象)語議如懸河寫水,注而不竭。』」〔註233〕以〈上兗州張司馬啟〉而言,更加明顯可見被干謁者形象的建構與漢魏人倫品鑒之關係。首先在稱頌文才的敘述中,再次融入了「情岳驚峯」此種個人氣度、情性之描繪,後兩聯再承以「筆苑揚葩」的揄揚。而後兩聯主要揄揚言談之雅,所用典故皆漢魏人物風度相關。「松飆結韻」與「巖電流光」之品鑒分別源於李膺、王戎(234～305),〔註234〕以氣度神采來託起張司馬人倫品評的言談之能:「搢紳藉以雌黃,通賢資其月旦」,「雌黃」此也用王衍(256～311)之典故,特指妙擅玄談。〔註235〕

　　清談源於東漢太學中的清議,然黨錮之禍後,名士言論受到了打擊,後來魏晉的政局也同樣是未便批評,於是談論之風遂由評論時事轉向臧否人物。學術遂脫離具體趨於抽象,由實際政治講到內聖外王、天人之際的玄遠哲理;由人物評論講到才性四本,以及性情之分。正始之後,清談專指玄理虛勝之言。王弼、何晏為玄宗之始,並不專以言談為務,後來到王衍、樂廣(247～304)才祖述玄虛,宅心事外,所謂「王樂風流」,遂僅以言談為主了。〔註236〕西晉清談與玄學緊密結合,又可見《晉書・陸雲傳》中關於陸雲冥遇王弼的記載。〔註237〕

　　隨著清談之發展,還逐漸注重音調、言辭之美,例如《世說新語》記載支道林講演時聽眾只注重其外在聲情,而不重義理。〔註238〕至於南朝之時猶可

〔註233〕　《世說新語箋疏・賞譽》,卷中下,頁519。
〔註234〕　《世說新語・賞譽》:「世目李元禮:謖謖如勁松下風。」《世說新語箋疏》,卷中下,頁491。《晉書・王戎傳》:「戎幼而穎悟,神彩秀徹。視日不眩,裴楷見而目之曰:『戎眼爛爛,如巖下電。』」《晉書》,卷43,頁1231。
〔註235〕　《晉書・王衍傳》:「衍既有盛才美貌,明悟若神,常自比子貢。兼聲名藉甚,傾動當世。妙善玄言,唯談老莊為事。每捉玉柄麈尾,與手同色。義理有所不安,隨即改更,世號『口中雌黃』」《晉書》,卷43,頁1236。
〔註236〕　王瑤:《中古文學史論》,頁39～40。
〔註237〕　《晉書・陸雲傳》:「初,雲嘗行,逗宿故人家,夜暗迷路,莫知所從。忽望草中有火光,於是趣之。至一家,便寄宿,見一年少,美風姿,共談老子,辭致深遠。向曉辭去,行十許里,至故人家,云此數十里中無人居,雲意始悟。却尋昨宿處,乃王弼家。」《晉書》,卷54,頁1485～1486。
〔註238〕　《世說新語・文學》:「支道林、許掾諸人共在會稽王齋頭。支為法師,許為都講。支通一義,四坐莫不厭心。許送一難,眾人莫不抃舞。但共嗟詠二家之美,不辯其理之所在。」《世說新語箋疏》,卷上之下,頁268～269。

聞「塵尾蠅拂是王、謝家物」，〔註239〕儘管清談未必富於玄學意涵，清談仍然是名士世族高貴生活之點綴。〔註240〕在東漢末蔡邕之時代，人物品鑒還未特別注重言談聲調，故〈郭有道碑文〉並未言及這方面；然魏晉以後，南朝品鑒人物時所持的標準，則明顯更加注重談吐聲調，例如王儉〈褚淵碑文〉即頌褚淵云：「仁經義緯，敦穆於閨庭；金聲玉振，寥亮於區寓。……風儀與秋月齊明，音徽與春雲等潤。」〔註241〕初唐干謁文顯然沿襲了南朝以來的賞譽傳統，在文采與言談的揄揚中，也常常有對於言談聲韻神色的讚美，例如「言河激箭，浴紫貝以飛湍」，「辨鍔橫霜，直上衝星之氣」。綜上可知，言談之能隨著魏晉人倫品鑒傳統的滲透，至初唐已經成為與文學才能相比附，傑出人才理應具有的品質，而被干謁者特別屬意揄揚。

此外從識鑒人才的角度而言，言談也是一種重要途徑。《人物志‧接識》云：「夫國體之人，兼有三材，故談不三日，不足以盡之。一以論道德，二以論法制，三以論策術，然後乃能竭其所長，而舉之不疑。」〔註242〕劉邵以為國體之人，需要通過三天的面談，來全面了解他的德、法、術三種才性。干謁書啟屢屢屬意揄揚言談之能，或也有隱微寄託，希望被干謁者能當面接見，來具體察考自己的才能，方便薦舉。不過在干謁文的自我呈現中，較不會涉及言談之才方面。或許由於初唐言談之才仍帶有貴族名士之性質，是一種揄揚風尚，而與實際自身才能顯示關係不那麼大，干謁者既然構建自身「緯蕭末品，拾艾幽人」之形象，〔註243〕與自身貴族屬性較有衝突。

至於晚唐李商隱之干謁文的被干謁者形象塑造，一些篇章中同樣將文學與言談兩個元素雜糅並呈，如〈獻相國京兆公啟（其一）〉：

> 伏惟相公，既康大政，復振斯文。論風雨則秋梓芬華，語霜霰則春條零落。發軔於風、力，解鞍於伊、咎。宮商資正始之音，寒暑協中和之序。是故贄其緇拾，俟彼斧斤，神氣雖怯於大巫，名字願聞於下客。……舊詩一百首，謹封如別。延之設問，希鮑照之一言；何遜著名，繫沈約之三讀。〔註244〕

〔註239〕唐‧李延壽等：《南史》（北京：中華書局，1975 年 6 月），卷 45，〈陳顯達傳〉，頁 1133。

〔註240〕王瑤：《中古文學史論》，頁 41。

〔註241〕《文選》，卷 58，頁 803 下～804 上。

〔註242〕《人物志譯注》，卷中，〈接識〉，頁 136～137。

〔註243〕《駱臨海集箋注》，卷 8，〈上瑕丘韋明府啟〉，頁 269。

〔註244〕《李商隱文編年校注》，頁 1911。

相國京兆公即杜悰，大中五年（851）十二月，在東川節度使柳仲郢（？～864）幕下的李商隱，以幕府判官帶憲銜身分差赴西川推獄。曾謁見西川節度使杜悰，獻詩文企求提攜。〔註245〕「論風雨，語霜霰」二句，蓋贊其詩文與言談之妙於形容，以至於秋之枯柄亦可發芽開花，春之枝條亦因之零落凋殘，這種賞譽筆法源自劉峻〈廣絕交論〉中「叙溫燠則寒谷成暄，論嚴苦則春叢零葉。」〔註246〕而這裡的妙於言談的形象，同樣也指杜悰「復振斯文」的德政功業，因而頌其可以媲美上古時的賢人：風后、力牧、伊尹、皋陶。故接續云「宮商資正始之音，寒暑協中和之序」，參照《漢書・地理志》所載：「孔子曰：『移風易俗，莫善於樂。』言聖王在上，統理人倫，必移其本，而易其末，此混同天下一之虖中和，然後王教成也。」〔註247〕由此可見宰相「言談」、「文學」之能力，不僅僅是個人能力的呈現，而蘊含了聖王之言足以燮理陰陽的意味在內。也顯示出在唐人觀念中，文才、談才同樣與治政關係緊密，宰政一方者有好的文才，也影響到文治，接近儒學中「樂」的政教作用，可以調理寒暑。李商隱最後寄意「延之設問」、「沈約三讀」，將對方比作南朝時的文壇領袖，〔註248〕希望來評定賞識自己的詩文，表達自己的知遇期待。

　　一個月之後，李商隱又作第二封啟，其中再次談到杜公言談之雅：「伏惟相公正始敦風，中和執德。衛玠談道，當海內之風流；張華聚書，見天下之奇祕。」〔註249〕言談在漢魏人倫中，是人物才能與精神人格的綜合體現。〔註250〕故此李商隱以東晉眾人歎服、為之絕倒的衛玠，〔註251〕來比附杜公，以魏晉名士之「正始敦風」，塑造杜公清雅風流的風儀氣度。又如〈上漢南盧尚書狀〉亦云「優其通舊，降以清談」，此清談指清議，乃對人物之評議，《三國志・許

〔註245〕　《李商隱詩歌集解》，〈附錄・李商隱年表〉，頁2348。
〔註246〕　《文選》，卷55，頁757下。
〔註247〕　《漢書・地理志》，卷28，頁1640。
〔註248〕　按「鮑昭」，即鮑照，避武則天諱。《南史・顏延之傳》：「延之嘗問鮑照，己與靈運優劣。照曰：『謝五言如初發芙蓉，自然可愛；君詩若鋪錦列繡，亦雕繢滿眼。』」《南史》，卷34，頁881。《南史・何遜傳》：「沈約嘗謂遜曰：『吾每讀卿詩，一日三復，猶不能已。』」《南史》，卷33，頁871。
〔註249〕　《李商隱文編年校注》，〈獻相國京兆公啟（其二）〉，頁1919。
〔註250〕　熊國華：〈論《世說新語》品評人物的美學理想〉，《湘潭大學學報（社會科學版）》1991年第2期，頁105～106。
〔註251〕　《晉書・衛玠傳》：「遇有勝日，親友時請一言，無不咨嗟，以為入微。琅邪王澄有高名，少所推服，每聞玠言，輒嘆息絕倒。故時人為之語曰：『衛玠談道，平子絕倒。』」《晉書》，卷36，頁1067。

靖傳》所載：「靖雖年逾七十，愛樂人物，誘納後進，清談不倦。」〔註252〕也流露出對於漢末名士品評禮遇人物的期待。

又如羅隱〈投禮部鄭員外啟〉云：「員外芝田養秀，桂苑摛華。口裏雌黃，旋成典故；座中薤白，早避風流。敢因誘善之初，仰冀噓枯之便。」〔註253〕與初唐干謁啟一脈相承，羅隱塑造鄭員外的形象，包含深厚的文學素養與高超的辯才。「雌黃」乃指王衍妙擅玄談且才思敏捷，「義理有所不安，隨即改更」（前文已注）。駱賓王〈上兗州張司馬啟〉同樣用了「搢紳藉以雌黃；通賢資其月旦。」〔註254〕「薤白」乃庾亮（289～340）食薤留白，而被賞譽「非唯風流，兼有治實」之典故，〔註255〕揄揚鄭員外不僅有魏晉名士言談風流，還兼有注重經濟治生的實用才幹，這是羅隱較前人之突破，或與中晚唐儒學、吏治重視實用風氣有關。〔註256〕明顯可見羅隱繼承初唐干謁文的形象建構模式，「言談」即被與月旦人倫品鑒相聯結，而進一步延伸稱頌對方善於薦賢的特質。如駱賓王〈上兗州張司馬啟〉云「加以獎拔幽滯，汲引英髦。錫以吹噓，暖燕郊之陰谷；延之顧盼，焰漢圉之寒灰。」〔註257〕羅隱所敘「敢因誘善之初，仰冀噓枯之便」，正是同樣的用意。可見唐代文人撰寫干謁啟時，應有一套慣用知識體系與歷史記憶與文化經驗。

〔註252〕《三國志・許靖傳》，卷38，頁967。

〔註253〕《羅隱集・雜著》，頁284～285。

〔註254〕《駱臨海集箋註》，卷7，頁251。

〔註255〕《世說新語・儉嗇》：「蘇峻之亂，庾太尉南奔見陶公。陶公雅相賞重。陶性儉吝，及食，噉薤，庾因留白。陶問：『用此何為？』庾云：『故可種。』於是大歎庾非唯風流，兼有治實。」《世說新語箋疏》，卷下之下，頁1027。

〔註256〕葛兆光論及九世紀初唐代士人思想狀貌時云：「在那個普遍追求實效的社會情景下，知識與思想世界被一種強烈的實用心理所支配，針對那個時代的情狀，很多希望直接進入政治操作層面的士人考慮的，是如何解決賦稅的來源、兵員的補給、政府的效率、官吏的廉潔等。」葛兆光：《中國思想史》（上海：復旦大學出版社，2013年7月），第二卷，頁108。

〔註257〕《駱臨海集箋註》，卷7，頁251。

第五章 結 論

在唐代科舉社會的特殊文化語境中，文人就自身命運攸關的境遇，運用干謁文建立對話的語境，以呈現自身困境、表達知遇想像，期許達到見字如面效果。同時干謁文也承載了中國古典歷史記憶與文化經驗中，關於士人出處知遇觀、「士不遇」書寫及人倫鑒賞品評的「符碼」。

良如柯慶明所言：「實則這些自薦干求的文字，最基本的寫作規範，乃在雖然委質求人，仍是得證明自己的才能，因而在姿態上不卑不亢、『乃為軒昂』的拿捏，遂是重點。」〔註1〕通過干謁文，我們有以觀察唐代士人一個被建構的、有選擇性的人生切面──一方面是揚善避短的自鬻需求，另一方面也是拘限於上下尊卑「溝通場域」時的拘禮與謹慎。被干謁者（讀者）形象的建構在干謁文中也必不可少，在呈現對被干謁者的了解與理解，以符合自身的知己論述的同時；也發揮了士人文化中的頌美功能，反映地位階級差距下的輸誠。

干謁文融貫了書信體靈活的表達模式，包含自傳性質的敘事，儒家出處汲引價值體系下的論說，自身委屈不遇的抒情。干謁者逐步引導讀者進入自身遭逢處境、心態變化之語境，以期許達到「理解自己」的效果，從而使得這種「自傳性」的書啟具有了「抒情性」。因而在關乎命運的「戲劇性」場域中，干謁書啟同樣也呈現出富於滄桑感的「悲劇性」美學興味。以下再綜合各章重點分三節總結研究成果：

第一節 唐代干謁文中呈現的知遇想像書寫策略

唐代士人干謁文中，常將自己與對方書寫成知己的關係，或表達自身干謁

〔註 1〕柯慶明《古典中國實用文類美學》，頁 120。

乃為求知己的熱忱。士人為了讓干謁行為不那麼世俗功利，構建一套自身干謁非為歷抵公卿，乃為尋求結交知己相合的話語模式，從而構設「感義增氣」、「知心之契」的想像圖景。此時「知己」、「知遇」被賦予了更加功利化與政治性的含義──能夠了解我美好德行與才能，並予以提攜幫助的人。中唐古文家開創性地以寓言式的筆法，將「知己」的知遇想像寄託在干謁文中。

然而社會現實情境，常不同於盛唐以降理想中「平交知己」的知遇想像，尤其中晚唐的干謁，大多演變為自下對上單方面的諂媚逢迎，與儒家士大夫的「知遇」理想相去甚遠。有些希望在干謁時保有風骨的士人，將自己建構為恥於干謁的高士，堅持知己相得的理想，敘說自己幾乎不事干謁，突顯此次「求知己」之可貴。文人有時也將「知己想像」與自身所處困境聯結，以襯托知己的「知」之明哲與珍貴，以引起被干謁者的憐憫想像，或亦有感懷知己可以寬容自己以往過失者。

更有士子由於經濟窘困，從而導致干謁文求知己之心的袒露，從仕宦轉為請求賑濟。此時他們所論述的知遇進入了一種儒家價值體系內，希冀能夠同情士人貧苦遭逢的「知己」。干謁的士人期待，同樣作為儒者的被干謁者，能夠理解士人「處貧」的困境，並慷慨伸出援手，來幫助一時困窘的儒門同道。此時干謁文中抒發的「知己」期待，也由於特殊的悲劇性語境，被賦予了給予恩惠的「恩主」意涵。

唐初未形成大規模引薦寒素之風氣，初唐士人多以卑下態度請求推薦。在武則天至玄宗朝的政令引導下，唐代形成「薦賢至公」之氛圍，導致盛唐干謁之風更為盛行。並且在儒家思潮復興的背景下，盛唐之後的士人在干謁文中，表現出對「薦」這一行為的理想論述與職責要求，以「薦賢」的職責以理服之，甚至以名望、職責等因素迫脅對方引薦自己。

中唐士人對於顯達「薦賢」之職責作了更加理論化的論述。韓愈通過強化士人「三不朽」的理想追求，更加強調了先達接引後進「垂光後世」的益處。韓愈貫徹了盛唐干謁文的自信氣勢，認為「知遇」是雙向選擇且彼此成就的過程。同時也從為國為公的角度，論述薦賢對於天下更加有教化安定的意義，構建了「盛世」與「賢才廣來」之聯結下的宏大敘事。而在晚唐的干謁文中，由於政局紊亂仕進無門，反又多攀附關係或哀聲乞請之語。晚唐「薦舉」對文人的重要性不惟科舉，文人投奔幕府時，常常也需要名公的推薦，才容易被禮遇接納。中唐士人在抒發知遇想像時，仍注重踐行古道，懷抱「推己以濟天下」

的理想；然而晚唐干謁文中的這種主體性與個人意識被降低了，士人的進取只是為了配合國家的運作，通過舉賢有助於國家統治、有以為國建功的角度，來進行乞求式的論述。

此外，盛唐以來文人在干謁文中，常將干謁者與被干謁者之關係，強化為「門生」與「座師」的關係，這種認知也成為士人干謁時的知遇想像，在干謁文中被構建。這種師生關係較多是在舉子與知貢舉之間產生的，儘管有時也未必是確實的座師，而是干謁者有意建構的說法，例如幕僚也可以被稱為門生。士子在干謁時，則自然極力揄揚座師，並稱座師給自己帶來了榮耀，而門生有所成就，亦有以顯揚座主身前身後的名望。並且干謁文中所建構的「座主與門生」之關係，不僅僅停留在當年，而成為了一種終身的社會關係。

唐代士人在干謁文中，通過書寫寄託他們的儒家理想，使干謁行為進入了儒者的價值體系，從而真誠表達自身干謁乃為了實踐儒道，實現自身經世濟民之人生志業。士人希望內在心像情思的吐露，能傳達給同為儒者的被干謁者並取得理解，同時這種論述可以緩解請託求人時的卑下心境，而顯得光明正大。初盛唐士人之干謁文即常在自敘之後描述盛世光景與祥瑞，通過盛世營建最終也導向了以符帝心的「盛德之君」論述；在此語境下自身干謁求進（也即賢才廣來）就成為一種太平的表徵與頌聲，同時盛世也正需要吸納文人來銘刻功勳，播詠太平。

有時中唐士人干謁時還帶著改革的理想，為了應對安史之亂後的文化危機，許多士人將改革精神和使命感注入文章創作中，寄託了文章文體，乃至科舉、教育改革的理想在其中。此時儒家用世之心的知遇想像讓士人的關心，從自身更擴大到時代和社會的不完美，也即藉古道以治今世。至晚唐時局已然動蕩衰敗，士人干謁時，仍常常抒發盛世下儒者的自用之心，並且「休明之運」的理想對象，不僅僅限於皇帝，還拓展到了強藩。幕僚文士等將被干謁者比作上古之時輔佐聖王的賢臣，因而期許自己在輔弼大臣身邊效力，塑造了一種自己干謁理想寄託於盛世賢相的論述模式。晚唐干謁目的之改變也會影響干謁想像的表達，不同於為求科舉的干謁，干謁入幕時的雙方，有著更加明顯的尊卑主從之分。故而此時士人的干謁想像傾向更加實際生計做官，語言姿態往往更加卑微，對於幕主更加帶有乞求的味道，多了一種悲情的成分，而是通過哀感惻愴的自傷以打動人。

第二節　唐代不同時期自我形象建構之嬗變

一、初盛唐

　　初盛唐士人干謁時多在自我呈現部分之起始，自敘地位卑下或出身寒門之形象，引出後文自身經歷遭逢。文人通過形容自己身分低微及「本質」鄙陋之形象，正可與干謁文中對顯要的吹捧揄揚形成對比，從而突顯身分位階及才能上的差距，使被干謁者心生同情及援引下士的責任。初唐干謁文中有時表達之仕進意圖時，非為求實現自身理想抱負，而是切實袒露自己需要通過仕宦以奉養親長的形象。初、盛唐文人所敘貧寒形象時寫作手法又略有差異：初唐文人多以卑微寒酸之態自道家門貧賤，乞求對方同情而予以援引；盛唐士子則多不以貧賤為恥，並不因位勢卑下而故作可憐之態，反在人格氣度上表現出可與對方分庭抗禮之態。

　　在高宗武后時期科舉漸重文學的背景下，初盛唐干謁文中文人構建自我形象以自我行銷時，著意於展現自身文章辭采、學識才能，並且注重王霸之才、經世濟民之用，以及自身博觀百家的見識。干謁文中也常將文才的應用，延伸到實際的吏治寫作能力的展現上。文人還常注重將家世源流與家學教育一起表達，對請求達官顯要舉薦有著正面作用。這也與唐代前期的文學與經學教育以家學為主的背景有關。不過，雖然文才在科舉中占重要地位，初唐士人繼承漢魏六朝以來的德行觀，仍然將德行作為考察士人的重要標準。

　　初盛唐文人多構建自身「孤介自處」、「下調相哀」之處境，展現古來寒士孤介孑然的姿態，使得自身符合儒家價值體系中賢德的「窮士」形象。文人又或側重塑造自身懷才而無處施展之形象，描寫自身所處的不遇困境與內心感受，引起同情。當文人自敘「沿流委逝」的生命經歷時，敘述重點將視角聚焦在自身生命的歷時性遭逢，從「時」與「勢」的角度投影出一段不遇的哀歌。文人在干謁文中有時也塑造自我隱逸形象，這與初盛唐山林肄業隱逸風氣濃厚的環境有關。文人論述朝廷需要人才，或自身欲實現理想抱負而干謁，而後追加敘述若「吾道不行」則將歸隱；又或先言本絕名利之心、安於棲心隱逸，再流露生逢盛世欲有所用之意圖者，形成文章轉折之勢，使干謁意圖曲折委婉。

二、中唐

　　玄宗之後的進士科更加注重辭藻技巧，故而中唐士人儘管表現出濃厚的儒家理想，但干謁時仍注重自身文學才能的展現，不過有時會呈現「古」的傾

向，有時也會在干謁時表達對文學文章的改革觀點。故中唐士人也更注重建構
自身博學形象，韓愈即常仔細形容自己讀書的過程，重視展露自身見聞、知識
的深廣。自安史之亂後，許多中央學者更加注重儒學、經學的重要性。中唐文
士與恩主的共同興趣在於「古道」，同時也成為文士自我推銷的一種風格主
題。常可見中唐士人在干謁時，表達自己對於經學與古道的思考，以展示自身
學養甚至德行，引起考官的關注。中唐文人對自己德行也同樣看重，把德行放
在才學之前。柳宗元同時強調才學德行，並將德置於才學之前，讚賞德行經術
與才學兼備者，符合中古以來的人才觀念。

唐代貴族世家中唐之後逐漸消解，門第觀念對取士的影響漸漸減少，中
唐士人在干謁文中對出身並不作很多描述。中唐士人對自己不遇的形象與處
境時，由於以古文干謁，對於自身生活細節做了更多具體的描述。隨著南方
地區的開發，出身遠地而應舉不第的貧寒士人，也多書寫奔波勞苦，向州府
長官「乞假衣食」的貧苦遭逢。柳宗元、劉禹錫則在獻書干謁求援時，形塑
自身作為罪貶之人的形象，敘述社交困境、衣食住行貧困之下的心境以尋求
共情。

韓愈等文人有時敘述自身科舉途中淹留京師多年，經濟窘困、身心頓挫之
情狀，再聯繫自身仕途、生活的不遇情形。在建構自身乏援助形象時，韓愈在
文中建構自身不能與俗苟進的守拙形象，顯示自身的處世剛直，甚至有些木訥
之情形。這種形象可以切合歷史記憶與文化經驗中對於困窮境地士人，能夠不
苟流俗、窮且益堅的特殊期待。也可見中唐士人對自己不遇的形象與處境時，
做了更多具體生活細節的描述。並且相較於初盛唐以意象美學式的形象來吐
露隱逸心志，韓愈相較於前人，將隱逸之士的心跡與不遇原因，更加清晰地剖
析出來。以論辯的筆法，替自己等不遇士人，吐露出隱逸之士甘心固守山林，
是因為國家沒有真正禮遇他們，科舉考試限制了德行節義、宏遠才略的呈現，
以至於「不能與時從順俯仰」。

三、晚唐

晚唐時由於政治敗壞，社會公議不行，科舉常常被世族所操縱，寒門士人
欲求一登第機會尚且困窘，只得更加積極干謁。士人的志氣早也不如盛唐、
中唐的士人那般，有著胸懷兼濟的雄心壯志。這時候他們就更加注重表現實用
性質的文才與吏能，而大多士人不敢妄言籌謀天下的宰輔之能。

晚唐士人塑造自身貧苦形象的觀照面向更加多樣化，不僅是概化的描述，還細化到居住、飲食、衣著。李商隱等士人著重將自己勤勉讀書的志節，與居住條件的簡陋並談。甚至塑造自身貧寒無依的形象時，還加上了自己的病體書寫。晚唐寒士在干謁文中，將自身貧寒窘困形象，與贍養家庭相聯結，不僅肩負奉養父母的責任，有時也需要照顧妻小或其他家族成員的責任。同時或有幕中士人流離藩鎮，沒有辦法安定下來長養子女。

隨著中晚唐時中書舍人、翰林學士權勢日盛，時代仍以文才視為士人能力的重要標準，故即使在儒學復興的背景之下，文才仍然是取士時的重要元素。晚唐士人干謁時，仍非常注重文學才能的展現，並且用在自身文才描述的篇幅筆墨，比初盛唐干謁文更豐富細緻。例如文士強調自己不僅能通變詩文的「文質發展」，而且在寫作時候能平衡文質，並且能掌握發揮不同風格，以此在干謁文中顯示自己不同於尋常士人。

此時文士常進入幕府中擔任掌書記之職，因此在干謁入幕時，當從應用文寫作的角度出發，盡力展現其文辭、寫作技巧方面的條件與能力。文士在正式入幕之前，也會先嘗試著擬代一些公文，來作為有能力掌書記的考核。晚唐時的吏術形象書寫也更加多元化，不僅僅是刀筆之才。由於幕僚需要協助處理實際瑣碎的政務，而晚唐士人請託入幕時，也仍注重吏治的才能，李商隱干謁時即暗示自己堪比梅福、曹操，擁有作為縣尉傑出的司法行政才能與剛直品格，甚至溫庭筠用張湯這樣的酷吏形象來顯示己才。隨著藩鎮割據局面，士人在干謁時也強調自身具有有春秋戰國儒者知兵之能。

同時晚唐士人干謁時，仍然沒有忽視經術之學，詩書傳家與儒學素養是士子干謁文中積極表現之形象。同時幕府府主重視經學的文化，也成為文人展現經學素養的因素之一。晚唐士人也著重展現對於道統的追慕，李商隱、溫庭筠等士人即將自己比為孔門子弟、揚雄自喻，將揚雄作為遭受「不遇」的理想型人物，書法不被眾人理解、苦無知己的寄託。期望能像漢代士人一樣，因為有著貞良的德行而被取用。

晚唐士人對於時序流逝、身體衰老的不遇哀歎更加明顯。多從「時」、「勢」的歷時性人生乖舛角度，來建構自身不遇形象。同時也學習初唐文章內容與用典，將隱逸之思與干謁與知遇的心跡相融書寫，自身隱逸形象的書寫，亦成為文人干謁時自飾的重要層面，為自身營造「隱士」的風骨，來使得自己在干謁時可以保持自己的人格尊嚴。

第三節 唐代不同時期被干謁者形象建構之嬗變

文人在尋求「知己」認同的想像中，期許對方能夠理解、欣賞自身，那麼與之相對應的，自己也理應表現出對於被干謁者的充分把握與理解。唐代文人在干謁文中往往最屬意，構建被干謁者禮賢形象，同時也與知遇期待之抒發緊密聯繫。對於「禮賢」的揄揚是干謁請託中不可或缺的一部分，干謁者在文中寄託了自古以來「招賢、禮賢」的文化傳統。干謁者在文中對於讀者多層次、面向的精緻形象營構，並且藉之傳遞唐代賢能觀下，呈現上位者卓越才能、功績以及儒家聖賢體系下的高尚胸襟氣度。於是讀者與作者處於同樣社會文化評價體系中，由於不同身份地位而被進行不同的形象建構；這使讀者在閱讀活動中不僅僅是作為旁觀者或評量者，而是讀者自身也被生動拉入「知人」的文本語境中。藉之突破以往研究單向關注干謁者上行揚己述志的視角闡釋唐代干謁文中「知」與「被知」是雙向交互理解的過程。

一、初盛唐

初盛唐士人通過駢文中對於漢代以降禮賢典故的引譬連類，展露其對東漢名士風度以及察舉薦用的追慕，來塑造被干謁者「禮賢」風采。干謁文中還著重揄揚對方識鑒之能，構設出成為一種請託時的心理暗示，對方若能接納自己，那麼能力、人格、成就則可媲美漢魏賢達。同時使用禮賢典故的運用，也是對自己才能的一種隱喻。相對於初唐以駢文中的典故，印象式地概括對方「虛席禮賢」之形象，盛唐士人更加以散句細緻地描摹被干謁者對待寒士的情境，隱然可見史傳筆法。同時對初唐以漢魏的想像模式也有所突破，將自身納入了戰國遊士感氣相交的脈絡下，顯示出遊士縱橫遍干天下的氣度。

初盛唐干謁文中還對被干謁者的官職身分進行描述稱譽，當干謁對象為吏部等中央官員時，往往聚焦在讀者形象建構置入皇權、國家的背景之中，常可見對中央官員（又以吏部為多）之從政經驗及功績，多包含忠簡帝心、和順百官，同時進黜有度，獎掖後進，從而達到百揆時敘、範儀朝野的影響。初唐干謁文中對能吏形象的揄揚，常具體聚焦在其治理的政績與仁政之風，同時因襲漢魏吏治的評價中無為而治之理政風格，也呈現出對《史記》中漢初循吏傳統之繼承。

干謁文稱頌揄揚顯貴，以求援引時，也常屬意稱頌對方家世源流，最常見的做法即是舉述對方家族中的名公而展開揄揚。有時所揄揚的對象是中層

官員，未必家族有著流長的淵源可以追溯，此時干謁文則選用一些適用性強的雅辭來稱頌其家，例如漢代的「金、張、袁、楊」等。還可見許多「夙慧」相關之揄揚書寫，則是在敷揚對方家族淵源的基礎上，繼續稱頌對方家學教育有方。

威儀與風度也是初盛唐干謁文中，關於被干謁形象建構之重要元素。初唐干謁文中對人物風儀的書寫，與兩漢魏晉以來的威儀觀乃至身體活動等觀念密切相關。在干謁文「頌德」書寫之一開始，干謁者即會從被干謁者的外在形象入手勾勒，其中往往涉及人物整體的風度、威儀。通過聯繫自然景物的「感興審美」，激發了對於人物風度儀容之想像，這同時也是對魏晉六朝人倫賞譽的繼承與延伸。同時還進一步將自然景物下的人物風度威儀，與其內心品性相結合，也可見對魏晉名士安靜氣性譜系的繼承。李白等盛唐士人由於其自身懷抱遊士與任俠之精神，在塑造被干謁者形象時，也帶有自我遊士與任俠意識之投射，也塑造對方「高義重諾」、「倚劍慷慨」的遊俠形象。

初盛唐干謁文在揄揚稱頌中，十分著重將干謁者的文學、言談才能以駢文用典與美感文化「連類」以呈現。初唐文人不僅強調被干謁者為文才思之妙，還將學識之深厚與文才之華美建立了緊密聯繫，這與駢文典故繁縟的「類」文化有關。干謁文中對於被干謁者文風之形容，常常概以與風雲、江海等宏大意象，從而以筆墨之功入手映射了人物之深厚學養與偉岸風儀，亦折射出初唐祥和的朝野秩序。受吏部銓選標準值影響，言談也常與文采共同成為人物形象建構的要素。干謁文沿襲了魏晉以來的品藻傳統，常用清新流麗的鋪陳，對於被干謁者之言談聲韻、神色展開讚美。可見言談之能至初唐已經成為傑出人才理應具有的品質，而被干謁者特別屬意揄揚。同時言談也是識鑒人才的一種重要途徑，士人因之寄望自己被面談考察之意。在干謁文的自我形象建構中，文人較不會涉及言談之才方面。

二、中晚唐

在古文運動之影響下，中唐干謁文以散文寫作為主，因此在被干謁者的人物形象建構上，呈現出的筆墨與畫面感就相對弱，同時也相對較少對文學與言談等形象進行稱頌，不過仍有值得查考抽繹之處。古文運動背景下的干謁文更加實際地論述，被干謁者在行政實踐中納賢之「明」，並且揄揚對方在選用人才時的「至公」形象，薦賢接賢之實績也更加易與儒學德行相關。

　　晚唐文人同樣通過對東漢名士禮賢與「知人」風氣的追慕與典彙運用，來構建自己與宰相的理想相知情境。至唐代中晚期，「禮賢」的形象不僅僅用來揄揚知貢舉等朝廷中央官員，同樣適用於藩鎮大員，並且呈現禮賢形象與「仁政」、「教化」等元素相聯繫的特徵。有時還進一步敘述被干謁者納用下屬之後，注重栽培勸勉教化與寬仁資助的過程，加強禮賢形象建構之實感，同時顯達在「接賢」之後，敘述賢才也自然之恩圖報。晚唐干謁文受一方面駢文風習影響，仍以歷代「薦賢」之典故來塑造被干謁者之形象，寄寓給對方如果能夠積極接引，那麼就能「與古聖賢為儔」的暗示。同時受到古文運動與儒學復興之影響，在干謁文中往往寄寓「舉賢至公」的期許，以及在禮賢的同時能夠踐行古道、敷揚教化的期許，以及將薦賢與功業名望相聯繫。

　　中晚唐干謁文所干對象從中央的文官，也擴展到地方的節度使（或先任節度使而後回調中央者），因而在構建官職、功績形象時有所變化，對被干謁者的形象建構也更注重在其實際戰事功績上。例如柳宗元被貶時期，有時會針對被干謁者的功績來建構形象，通過引譬類眾多古時將相，來揄揚被干謁者出將入相之才。武勛事業上，干謁者會用具體的事功，多為討平叛亂的節度使，或是抵禦邊境異族侵擾。隨著中晚唐翰林學士、中書舍人等詞臣執掌樞機，士人在建構被干謁者形象時，也常圍繞詞臣身分展開，稱頌其能夠直接參與皇帝決策的政策議定之功。針對知貢舉者，則有意稱揚其文學鑑賞能力。同時較唐代早期更作突破，建構被干謁者「言談」、「文學」形象時，更將之蘊含了聖王之言足以變理陰陽的意味在內，顯示出在唐人觀念中，文才同樣與治政才能被緊密聯繫。並且異於初盛唐，干謁文有時還將被干謁者經濟治生的實用才幹與言談風流合併稱頌，與中晚唐儒學、吏治重視實用風氣有關。

　　而在文治層面，則敘節度使能夠實行仁政，體現節度使所鎮守之處的經濟、農業、治安效益，甚至揄揚其有宰輔之才。漢代的賢相良將的特質與才能，被一併彰顯發揮到干謁文中的晚唐節度使形象上。而在對於州郡長官的形象建構上，更加能繼承《漢書》中強調儒家積極有為的實幹教化型循吏，一方面作為吏，奉行朝廷法令妥善治理地方；另一方面又兼具了儒家文教（即儒師）的功能，兼有儒家教化民風的理想。同時李商隱等人的干謁文中，對被干謁者平定戰亂的始末經過，作出了十分細緻又文學化的描述與評價，可與史傳相互參照，從當時作者的一手記載中，從另一角度觀看晚唐節度使的職責與功績。然而被干謁者形象與與史傳的逸離也值得關注，韓愈在干謁文中，有意避開李

實為政殘暴嚴苛的事實，而專門從其任京兆尹時「條理鎮服」的維穩之功角度來揄揚他，也可見干謁文有著強烈的主觀性與偏向性。

安史之亂後，身價必須由門第決定的觀念被削弱，中晚唐干謁文逐漸不注重敘述自己的家族出身，對被干謁者家族門第的揄揚也有所減弱。然晚唐駢儷文風復盛後，對家世源流的形容建構，可以像初唐干謁文那樣，變得修飾性與程式化。有時中唐文人會將被干謁者內在的道德涵養，與呈現在外的形狀容貌威儀緊密聯繫。至晚唐時干謁文建構人物的氣質風度時，有時仍或繼承魏晉的感興審美，建構被干謁者光彩照人的風儀。總體而言，風度威儀書寫也隨著貴族精英性質的減弱，從六朝沿襲而下的貴族儀態的描述被淡化，逐漸不再是干謁文中形象建構的主流。

徵引書目

一、傳統文獻

1. 春秋・老子著，朱謙之校釋：《老子校釋》，北京：中華書局，1984 年 11 月。

2. 春秋・孔丘等著，清・劉寶楠撰，高流水點校：《論語正義》，北京：中華書局，1990 年 3 月。

3. 春秋・列禦寇著，楊伯峻：《列子集釋》，北京：中華書局，1979 年 10 月。

4. 戰國・孟軻著，清・焦循著，陳居淵主編：《孟子正義》，南京：鳳凰出版社，2015 年 10 月。

5. 戰國・莊周等著，清・郭慶藩撰，王孝魚點校：《莊子集釋》，北京：中華書局，2012 年 2 月。

6. 戰國・荀況著，清・王先謙撰，沈嘯寰、王星賢點校：《荀子集解》，北京：中華書局，1988 年 9 月。

7. 戰國・慎到著，許富宏校注：《慎子集校集注》，北京：中華書局，2013 年 8 月。

8. 漢・毛亨傳，漢・鄭玄箋，唐・陸德明音義：《毛詩傳箋》，北京：中華書局，2018 年 11 月。

9. （舊題）漢・孔安國傳，唐・孔穎達疏，清・阮元校刻：《尚書正義》，北京：中華書局，2009 年 10 月，影印清嘉慶二十年江西南昌府學刊本。

10. 漢・孔安國等編，楊朝明、宋立林主編：《孔子家語通解》，濟南：齊魯書社，2013 年 11 月。

11. 漢・戴聖編，清・孫希旦撰，沈嘯寰、王星賢點校：《禮記集解》，北京：中華書局，1989 年 2 月。

12. 漢・劉向編，何建章注釋：《戰國策注釋》，北京：中華書局，1990 年 2 月。

13. 漢・劉向編，黎翔鳳校注：《管子校注》，北京：中華書局，2004 年 6 月。

14. 漢・鄭玄注，清・孫詒讓撰，王文錦、陳玉霞點校：《周禮正義》，北京：中華書局，2013 年 1 月。

15. 漢・賈誼撰，閻振益、鍾夏校注：《新書校注》，北京：中華書局，2000 年 7 月。

16. 漢・司馬遷撰，南朝宋・裴駰集解，唐・司馬貞索隱，唐・張守節正義：《史記》，北京：中華書局，1982 年 11 月。

17. 漢・班固撰，唐・顏師古注：《漢書》，北京：中華書局，1962 年 6 月。

18. 漢・王充著，黃暉撰：《論衡校釋》，北京：中華書局，1990 年 2 月。

19. 漢・劉珍等撰，吳樹平校注：《東觀漢記校注》，北京：中華書局，2008 年 11 月。

20. 漢・王符撰，清・汪繼培箋，彭鐸校正：《潛夫論箋校正》，北京：中華書局，1985 年 9 月。

21. 漢・鄭玄箋，唐・孔穎達疏，清・阮元校刻：《毛詩注疏》，北京：中華書局，2009 年，影印清嘉慶二十年江西南昌府學刊本。

22. 三國魏・劉邵撰，王曉毅譯注：《人物志譯注》，北京：中華書局，2019 年 9 月。

23. 三國魏・王弼撰，樓宇烈校釋：《周易注》，北京：中華書局，2011 年 6 月。

24. 三國魏・阮籍著，陳伯君校注：《阮籍集校注》，北京：中華書局，2012 年 12 月。

25. 晉・杜預注，唐・孔穎達疏，清・阮元校刻：《春秋左傳注疏》，北京：中華書局，2009 年，影印清嘉慶二十年江西南昌府學刊本）

26. 晉・陳壽撰，南朝宋・裴松之注：《三國志》，北京：中華書局，1982 年 7 月。

27. 晉・葛洪撰，胡守為校釋：《神仙傳校釋》，北京：中華書局，2010 年 9 月。

28. 晉・陶淵明著，逯欽立校注：《陶淵明集》，北京：中華書局，1979 年 5 月。

29. 南朝宋・范曄撰，唐・李賢等注：《後漢書》，北京：中華書局，1965 年 5 月。

30. 南朝梁・沈約：《宋書》，北京：中華書局，1974 年 10 月。

31. 南朝梁・蕭子顯：《南齊書・王儉傳》，北京：中華書局，1972 年 1 月。

32. 南朝梁・蕭統編，唐・呂延濟、唐・李善等注：《六臣注文選》，明嘉靖二十八年錢塘洪楩刊本。

33. 南朝梁・蕭統編，唐・李善注：《文選》，北京：中華書局，1977 年，影印胡刻本。

34. 北齊・顏之推撰，王利器集解：《顏氏家訓集解》，北京：中華書局，1993 年 12 月。

35. 北周・庾信撰，清・倪璠注：《庾子山集注》，北京：中華書局，1980 年 10 月。

36. 隋・巢元方撰，黃作陣點校：《諸病源候論》，瀋陽：遼寧科學技術出版社，1997 年 8 月。

37. 隋・王通著，宋・阮逸注，秦躍宇點校：《文中子中說》，南京：鳳凰出版社，2017 年 10 月。

38. 唐・房玄齡等：《晉書》，北京：中華書局，1974 年 11 月。

39. 唐・李延壽等：《南史》，北京：中華書局，1975 年 6 月。

40. 唐・李延壽等：《北史》，北京：中華書局，1974 年 10 月。

41. 唐・姚思廉：《梁書》，北京：中華書局，1973 年 5 月。

42. 唐・徐堅等編：《初學記》，北京：中華書局，2004 年 2 月。

43. 唐・王勃著，清・蔣清翊注：《王子安集注》，上海：上海古籍出版社，1995 年 11 月。

44. 唐・駱賓王著，清・陳熙晉箋注：《駱臨海集箋注》，上海：上海古籍出版社，1985 年 9 月。

45. 唐・李林甫等撰，陳仲夫點校：《唐六典》，北京：中華書局，1992 年 1 月。

46. 唐・王維撰，陳鐵民校注：《王維集校注》，北京：中華書局，1997 年 8 月。

47. 唐・李白著，清・王琦注：《李太白全集》，北京：中華書局，1977 年 9 月。

48. 唐・封演撰，趙貞信校注：《封氏聞見記校注》，北京：中華書局，2005 年 11 月。

49. 唐・劉餗著，程毅中點校：《隋唐嘉話》，北京：中華書局，1979 年 10 月。

50. 唐・杜佑著，王文錦等點校：《通典》，北京：中華書局，1988 年 12 月。

51. 唐・權德輿撰，蔣寅箋，唐元校，張靜注：《權德輿詩文集編年校注》，瀋陽：遼海出版社，2013 年 12 月。

52. 唐・獨孤及撰，劉鵬、李桃校注：《毘陵集校注》，瀋陽：遼海出版社，2006 年 12 月。

53. 唐・韓愈撰，宋・魏仲舉集注：《五百家注韓昌黎集》，北京：中華書局，2019 年 6 月。

54. 唐・韓愈著，劉真倫、岳珍校注：《韓愈文集彙校箋注》，北京：中華書局，2010 年 8 月。

55. 唐・韓愈著，蔣抱玄評注：《注釋評點韓昌黎文全集》，臺北：廣文書局，1973 年 6 月。

56. 唐・柳宗元撰，明・蔣之翹輯注：《柳河東集》，上海：中華書局四部備要本，陸費逵據三徑藏書本校刊，1920 年。

57. 唐・柳宗元撰，尹占華、韓文奇校注：《柳宗元集校注》，北京：中華書局，2013 年 10 月。

58. 唐・元稹撰，冀勤點校：《元稹集》，北京：中華書局，2010 年 7 月。

59. 唐・劉禹錫撰，陶敏、陶紅雨校注：《劉禹錫全集編年校注》，北京：中華書局，2019 年 01 月。

60. 唐・白居易著，謝思煒校注：《白居易文集校注》，北京：中華書局，2011 年 1 月。

61. 唐・李商隱著，劉學鍇、余恕誠校注：《李商隱文編年校注》，北京：中華書局，2002 年 3 月。

62. 唐・李商隱撰，劉學鍇、余恕誠著：《李商隱詩歌集解》，北京：中華書局，2004 年 11 月。

63. 唐・溫庭筠撰，劉學鍇校注：《溫庭筠全集校注》，北京：中華書局，2007 年 7 月。

64. 唐‧羅隱著，雍文華校輯：《羅隱集》，北京：中華書局，1983 年 12 月。

65. 唐‧杜牧撰，吳在慶校注：《杜牧集繫年校注》，北京：中華書局，2008 年 10 月。

66. 唐‧趙璘撰，黎澤潮校箋：《因話錄校箋》，合肥：合肥工業大學出版社，2013 年 12 月。

67. 後晉‧劉昫等撰：《舊唐書》，北京：中華書局，1975 年 5 月。

68. 五代‧王定保：《唐摭言》，上海：上海古籍出版社，1978 年 5 月。

69. 五代‧孫光憲撰，賈二強校點：《北夢瑣言》，北京：中華書局，2002 年 6 月。

70. 宋‧宋敏求編：《唐大詔令集》，北京：中華書局，2008 年 4 月。

71. 宋‧李昉等編：《太平廣記》，北京：中華書局，1961 年 9 月。

72. 宋‧李昉等編：《太平御覽》，北京：中華書局，1960 年 2 月，據上海涵芬樓影印宋本重印）。

73. 宋‧王溥撰：《唐會要》，北京：中華書局，1960 年 6 月。

74. 宋‧王欽若等編纂，周勛初等校訂：《冊府元龜》，南京：鳳凰出版社，2006 年 12 月。

75. 宋‧錢儼：《吳越備史》，臺北：臺灣商務印書館，1983 年 10 月，影印文淵閣四庫全書本，第 464 冊。

76. 宋‧錢易撰，虞雲國、吳愛芬整理：《南部新書》，鄭州：大象出版社，2019 年 5 月。

77. 宋‧歐陽脩、宋‧宋祁纂輯：《新唐書》，北京：中華書局，1975 年 2 月。

78. 宋‧歐陽脩著，洪本健校箋：《歐陽脩詩文集校箋》，上海：上海古籍出版社，2009 年。

79. 宋‧蘇軾撰，明‧茅維編，孔凡禮點校：《蘇軾文集》，北京：中華書局，1986 年 3 月。

80. 宋‧蘇轍著，陳宏天、高秀芳點校：《蘇轍集》，北京：中華書局，1990 年 8 月。

81. 宋‧司馬光編著，元‧胡三省音注：《資治通鑑》，北京：中華書局，1956 年 6 月。

82. 宋‧洪興祖撰，白化文等點校：《楚辭補注》，北京：中華書局，1983 年 3 月。

83. 宋・王闢之撰：《澠水燕談錄》，鄭州：大象出版社，2019 年 5 月。

84. 宋・朱熹集注，夏劍欽、吳廣平校點：《楚辭集注》，長沙：嶽麓書社，2013 年 1 月。

85. 宋・朱熹：《原本韓集考異》，臺北：臺灣商務印書館，1983 年 10 月，影印文淵閣四庫全書本，第 1073 冊。

86. 宋・洪邁撰，孔凡禮點校：《容齋隨筆》，北京：中華書局，2005 年 11 月。

87. 宋・洪邁撰，孔凡禮整理：《容齋續筆》，鄭州：大象出版社，2019 年 5 月。

88. 宋・陳鵠撰，孔凡禮點校：《西塘集耆舊續聞》，北京：中華書局，2002 年 8 月。

89. 宋・計有功撰，王仲鏞校箋：《唐詩紀事校箋》，北京：中華書局，2007 年 11 月。

90. 宋・晁公武編，孫猛校：《郡齋讀書志校證》，上海：上海古籍出版社，1990 年 10 月。

91. 元・陳繹曾：《文章歐冶》，收於王水照編：《歷代文話》，上海：復旦大學出版社，2007 年 11 月，第二冊。

92. 元・馬端臨著：《文獻通考》，北京：中華書局，1986 年 9 月。

93. 元・辛文房著，傅璇琮主編：《唐才子傳校箋》，北京：中華書局，1995 年 11 月。

94. 明・胡震亨著：《唐音癸籤》，上海：古典文學出版社，1957 年 5 月。

95. 明・茅坤編：《唐宋八大家文鈔》，合肥：黃山書社，2010 年，影印清雲林大盛堂刻本。

96. 清・儲欣編：《昌黎先生全集錄》，清康熙四十四年松鱗堂刊本。

97. 清・儲欣編：《河東先生全集錄》，清康熙四十四年松鱗堂刊本。

98. 清・董誥等編：《全唐文》，北京：中華書局，1983 年 11 月。

99. 清・嚴可均編：《全上古三代秦漢三國六朝文》，北京：中華書局，1958 年 12 月。

100. 清・徐松撰，趙守儼點校：《登科記考》，北京：中華書局，1984 年 8 月。

101. 清・徐松撰，孟二冬補正：《登科記考補正》，北京：中華書局，2019 年 7 月。

102. 清・陳立：《白虎通疏證》，北京：中華書局，1994 年 8 月。

103. 清‧王鳴盛著:《十七史商榷》,北京:中華書局,2010 年 8 月。

104. 清‧王念孫著,張其昀點校:《廣雅疏證》,北京:中華書局,2019 年 6 月。

105. 何清谷校釋:《三輔黃圖校釋》,北京:中華書局,2005 年 6 月。

106. 曾棗莊、劉琳主編:《全宋文》,上海:上海辭書出版社;合肥:安徽教育 出版社,2006 年 8 月。

二、近人論著

(一) 專書

1. 王佺:《唐代干謁與文學》,北京:中華書局,2011 年 1 月。

2. 王勛成:《唐代銓選與文學》,北京:中華書局,2001 年 4 月。

3. 王景霓:《杜牧評傳》,收於氏著《燭光集》,廣州:暨南大學出版社,2015 年 6 月。

4. 王瑤:《中古文學史論》,北京:北京大學出版社,2014 年 5 月。

5. 王壽南:《隋唐史》,臺北:三民書局,1986 年 12 月。

6. 毛漢光:《中國中古社會史論》,上海:上海書店出版社,2002 年 12 月。

7. 毛蕾:《唐代翰林學士》,北京:社會科學文獻出版社,2000 年 11 月。

8. 田彩仙:《家族文化與魏晉文學》,北京:中國文聯出版社,2000 年 12 月。

9. 石雲濤:《唐代幕府制度研究》,北京:中國社會科學出版社,2003 年。

10. 余英時:《中國思想傳統的現代詮釋》,臺北:聯經出版公司,1987 年。

11. 曲景毅:《唐代「大手筆」作家研究》,北京:中國社會科學出版社,2015 年 9 月。

12. 邢鐵:《唐宋時期家學傳承研究》,北京:人民出版社,2021 年 6 月。

13. 余小萍,方祝元主編:《中醫內科學(第 3 版)》,上海:上海科學技術出 版社,2018 年 5 月。

14. 李劍鋒:《元前陶淵明接受史》,濟南:齊魯書社,2002 年 9 月。

15. 周祖譔:《中國文學家大辭典‧唐五代卷》,北京:中華書局,1992 年 9 月。

16. 柯慶明:《古典中國實用文類美學》,臺北:國立臺灣大學出版中心,2016 年 3 月。

17. 吳承學:《中國古代文體形態研究》,廣州:中山大學出版社,2000 年。

18. 胡可先：《杜牧研究叢稿》，北京：人民文學出版社，1993 年 9 月。

19. 章士釗：《柳文指要》，上海：文匯出版社，2000 年 4 月。

20. 姜亮夫：《歷代名人年里碑傳總表》，臺北：臺灣商務印書館，1975 年 11 月。

21. 施蟄存：《唐詩百話》，上海：上海人民出版社，2019 年。

22. 查屏球：《唐學與唐詩——中晚唐詩風的一種文化考察》，北京：商務印書館，2000 年 5 月。

23. 陳弱水：《唐代文士與中國思想的轉型》，臺北：臺灣大學出版中心，2016 年。

24. 陳克明：《韓愈年譜及詩文繫年》，成都：巴蜀書社，1999 年 8 月。

25. 陸侃如：《中古文學繫年》，合肥：安徽教育出版社，2011 年 8 月。

26. 張采田：《玉谿生年譜會箋》，上海：上海古籍出版社，2010 年 2 月。

27. 張清華：《韓學研究下・韓愈年譜匯證》，南京：江蘇教育出版社，1998 年 8 月。

28. 張清華：《王維年譜》，上海：學林出版社，1988 年 9 月。

29. 程千帆：《唐代進士行卷與文學》，上海：上海古籍出版社，1980 年 8 月。

30. 郭為藩：《自我心理學》，臺北：師大書苑有限公司，1996 年 12 月。

31. 傅璇琮：《唐代科舉與文學》，西安：陝西人民出版社，2003 年 5 月。

32. 傅璇琮：《唐翰林學士傳論・晚唐卷》，瀋陽：遼海出版社，2007 年 11 月。

33. 湯用彤：《魏晉玄學論稿》，上海：上海古籍出版社，2001 年 6 月。

34. 葛兆光：《中國思想史》，上海：復旦大學出版社，2013 年。

35. 葛兆光：《中國思想史導論：思想史的寫法》，上海：復旦大學出版社，2013 年 7 月。

36. 廖宜方：《唐代的歷史記憶》，臺北：國立臺灣大學出版中心，2011 年 5 月。

37. 劉學鍇：《溫庭筠傳論》，合肥：安徽大學出版社，2008 年 4 月。

38. 駱祥發：《初唐四傑研究》，北京：東方出版社，1993 年 3 月。

39. 翟景運：《晚唐駢文研究》，北京：商務印書館，2010 年 8 月。

40. 戴偉華：《唐代幕府與文學》，北京：現代出版社，1990 年 2 月。

41. 戴偉華：《唐代使府與文學研究》，桂林：廣西師範大學出版社，1998 年 5 月。

42. 賴瑞和：《唐代高層文官》，臺北：聯經出版公司，2016 年 5 月。

43. 繆鉞：《杜牧傳》，北京：人民文學出版社，1977 年 12 月。

44. 繆鉞：《杜牧年譜》，北京：人民文學出版社，1980 年 9 月。

45. 羅宗強：《隋唐五代文學思想史》，北京：中華書局，2003 年 10 月。

46. （日）平田茂樹著，吳志宏譯：《科舉與官僚制》，上海：中西書局，2021 年 8 月。

47. （美）田安（Anna Shields）著，卞東波、劉杰、鄭瀟瀟譯：《知我者：中唐時期的友誼與文學》，上海：中西書局，2020 年 9 月。

48. （美）Guerin,Wiffred L.等編，姚錦請等譯：《文學批評方法手冊》，瀋陽：春風文藝出版社，1988 年 10 月。

49. （德）姚斯（Hans Robert Jauss）、（美）霍拉勃（Robert C. Holub）著，周寧、金元浦譯：《接受美學與接受理論》（瀋陽：遼寧人民出版社，1987 年 9 月。

50. （美）麥大維（Mcmullen, David L.）著，張達志、蔡明瓊譯：《唐代中國的國家與學者》，北京：中國社會科學出版社，2019 年 7 月。

51. （美）包弼德（Peter K.Bol）著，劉寧譯：《斯文：唐宋思想的轉型》，南京：江蘇人民出版社，2017 年 9 月。

52. （法）皮埃爾·馬克·德比亞齊（Pierre Marc de BIASI）著，汪秀華譯：《文本發生學》，天津：天津人民出版社，2005 年 5 月。

53. （法）米歇爾·福柯（Michel Foucault）著，汪民安編，張勇譯：《福柯文選 III：自我技術》，北京：北京大學出版社，2015 年 11 月。

54. （美）Christoph Harbsmeiert: *Conceptions of Knowledge in Ancient China*（中國古代的知識觀）, in Hans Lenk & Gregor Paul ed., Epistemological Issues in Classical Chinese Philosophy (Albany : State University of New York).

55. （荷）Moore, Oliver, Rituals of Recruitment in Tang China: *Reading an Annual Programme in the Collected Statements by Wang Dingbao (870～940)*（唐代的選官儀式：解讀王定保《唐摭言》中的年程）(Leiden: BRILL, 2004).

56. （美）Nicolas Tackett: *The destruction of the medieval Chinese aristocracy*（中古中國門閥大族的消亡）(Cambridge: Harvard University Asia Center, 2014).

57. （澳）P. A. Herbert（何漢心）: *Examine the Honest, Appraise the Able: Contemporary Assessments of Civil Service Selection in Early Tang China*

（考誠評能：唐代早期科舉的評量）(Canberra: Faculty of Asian Studies, Australian National University, 1998)

（二）單篇論文

1. 毛漢光：〈中國中古賢能觀之研究——任官標準之觀察〉，《中研院史語所集刊》第 48 本，1977 年。

2. 方元珍：〈「桃李不言而成蹊」——《文心雕龍》作家論探析〉，《文與哲》第 11 期，2007 年 12 月。

3. 甘懷真：〈魏晉時期的安靜觀念——兼論古代威儀觀的發展〉，《臺大歷史學報》第 20 期，1996 年 11 月。

4. 甘懷真：〈唐代官人的宦遊生活——以經濟生活為中心〉，收於《第二屆唐代文化研討會論文集》，臺北：臺灣學生書局，1995 年 9 月。

5. 余英時：〈古代知識階層的興起與發展〉，收於氏著《士與中國文化》，上海：上海人民出版社，1987 年 12 月。

6. 何維剛：〈論六朝薦表的書寫實踐與人倫品鑑〉，《漢學研究》38 卷第 2 期，2020 年 6 月。

7. 呂光華：〈論劉邵《人物志》的性質目的及其修養論〉，《興大人文學報》第 43 期 2009 年 9 月。

8. 呂家慧：〈中晚唐循吏觀念的復興與書寫〉，《北京大學學報（哲學社會科學版）》，2018 年第 5 期。

9. 呂家慧：〈盛世的營構：張說〈皇帝在潞州祥瑞頌十九首〉與聖王論述〉，《中國文化研究所學報》第 69 卷，2019 年 7 月。

10. 呂家慧：〈容告神明：盛世敘事傳統與玄宗時代的典禮頌〉，2023 年第 3 期。

11. 呂曉雪、王育林：〈「疛」、「瘟」、「癇」病名考證〉，《北京中醫藥大學學報》，第 42 卷第 1 期，2019 年 1 月。

12. 吳大順：〈古代文學傳播研究現狀及文學傳播學構建〉，《中北大學學報（社會科學版）》第 34 卷第 2 期，2018 年 4 月。

13. 李明陽：〈初盛唐干謁書信中的「國士」心態〉，《中國文學研究》2020 年第 1 期。

14. 曲景毅：〈「文章四友」新論：以李嶠、崔融之應用文書寫為探討中心〉，《師大學報：語言與文學類》57 卷第 2 期，2012 年 9 月。

15. 胡燕:〈盛唐干謁風行原因新論〉,《西南石油大學學報(社會科學版)》第 13 卷第 6 期,2011 年 11 月。

16. 查正賢:〈論初唐休沐宴賞詩以隱逸為雅言的現象〉,《文學遺產》2004 年第 6 期。

17. 徐樂軍:〈唐武宣二朝文士之干謁對象研究〉,《求索》2008 年第 4 期。

18. 陳祖美:〈蔡琰生年考證補苴——兼述其作品的真偽及評價中的問題〉,《中華文史論叢》,1983 年第 2 輯。

19. 陳弱水:〈魏晉之際的名士思潮與玄學突破〉,收於氏著《中古史新論——思想史分冊》,臺北:聯經出版社,2012 年 9 月。

20. 陳尚君:〈溫庭筠早年事迹考辨〉,收於氏著《唐詩求是》,上海:上海古籍出版社,2018 年 7 月。

21. 陳雄根、羅燕玲:〈王弼以《論語》注《易》研究〉,收於楊晉龍、劉柏宏主編:《魏晉南北朝經學國際學術研討會論文集(上)》,臺北:中研院中國文哲研究所,2016 年 11 月。

22. 張玉璞:〈論盛唐干謁文〉,《石油大學學報》,1997 年第 3 期。

23. 張蓓蓓〈從「器識」一詞論魏晉名士人格〉,收於氏著《中古學術論略》,臺北:大安出版社,1991 年 1 月。

24. 勞悅強:〈從學術、修養、信仰論孔門儒學〉,《中國哲學與文化》第 10 輯,2012 年。

25. 黃俊傑:〈儒學傳統中道德政治觀念的形成與發展〉,收於氏著《儒學傳統與文化創新》,臺北:東大圖書公司,1983 年 2 月。

26. 陶敏:〈縱橫術與唐人干謁之風——從李白〈與韓荊州書〉說起〉,《吉首大學學報(哲學社會科學版)》,2001 年第 4 期。

27. 葛景春:〈大唐一詩俠——李白與任俠〉,《中州學刊》,1990 年第 4 期。

28. 葛景春:〈李白與唐代的干謁之風〉,《中州學刊》,1995 年第 2 期。

29. 葛曉音〈初盛唐文人的干謁方式〉,收於氏著《詩國高潮與盛唐文化》,北京:北京大學出版社,1998 年 5 月。

30. 游勝輝:〈論韓愈干謁文中的自我形象塑造〉,《彰化師大國文學誌》第三十六期(2018 年 6 月)。

31. 鄭毓瑜:〈身體表演與魏晉人倫品鑒——一個自我「體現」的角度〉,《漢學研究》24 卷第 2 期,2006 年 12 月。

32. 熊國華：〈論《世說新語》品評人物的美學理想〉，《湘潭大學學報（社會科學版）》，1991 年第 2 期。

33. 鄧錫斌：〈論干謁對初盛唐文人集團和文學流派的影響〉，《甘肅社會科學》2016 年第 1 期。

34. 鄧錫斌：〈論初盛唐干謁之風的成因〉，《華南師範大學學報（社會科學版）》2008 年第 5 期。

35. 鄧錫斌：〈初盛唐干謁作品的精神內涵〉，《南都學壇（人文社會科學學報）》第 28 卷第 5 期（2008 年 9 月）。

36. 韓立新，白貴：〈兩唐書對中晚唐士人干謁形象的建構〉，《山西師大學報（社會科學版）》第 40 卷第 3 期（2013 年 5 月）。

37. 顏崑陽：〈混融、交涉、衍變到別用、分流、佈體——「抒情文學史」的反思與「完境文學史」的構想〉，《清華中文學報》第 3 期（2009 年 12 月）。

38. 羅聯添：〈論唐人上書與行卷〉，收於氏著《唐代文學論集》，臺北：臺灣學生書局，1989 年 5 月。

39. 劉靜貞：〈墓誌書寫中歷史形象的引介——「唐宋變革」的再思考〉，收於黃寬重主編：《基調與變奏：七至二十世紀的中國》第一冊，臺北：國立政治大學歷史學系、中國史學會（日本）、中央研究院歷史語言研究所、新史學雜誌社，2008 年 7 月。

40. 嚴耕望：〈唐人習業山林寺院之風尚〉，收於氏著《唐史研究叢稿》，香港：新亞研究所，1969 年 10 月。

41. （美）史華慈（Benjamin I. Schwartz）著，張永堂譯：〈關於中國思想史的若干初步考察〉，（美）費正清（John King Fairbank）編：《中國思想与制度論集》，臺北：聯經出版公司，1976 年 9 月。

42. （美）David W. McMullen（麥大維），"Han Yu: An Alternative Picture"（韓愈的另一面）, *Harvard Journal of Asiatic Studies*, 2(1989).

43. （美）Pankenier, David W, "The Scholar's Frustration' Reconsidered: Melancholia or Credo?" *Journal of the American Oriental Society*, vol. 110, no. 3(1990), pp. 434~459.

（三）學位論文

1. 王春苗《初盛唐文人干謁與詩文研究》，青島：青島大學中國古代文學碩士論文，2013 年 6 月。

2. 艾孟平：《干謁所見唐代舉子的處境》，武漢：華中師範大學中國古代史碩士論文，2020 年 5 月。

3. 吳玲珠：《盛唐六大詩人干謁作品研究》，新竹：國立清華大學中文系碩士論文，1997 年 6 月。

4. 郭麗：《唐代教育與文學》，天津：南開大學中國古代文學博士論文，2012 年 5 月。

5. 陳雅賢：《唐代干謁詩文研究》，臺北：國立政治大學中文研究所碩士論文，1998 年 6 月。

6. 賀葉平：《中晚唐干謁散文研究》，廣州：華南師範大學中國古代文學碩士論文，2007 年 5 月。

附錄 唐代干謁文一覽表

　　本表據《全唐文》統計唐代之干謁文，以文人之生卒年排序，生卒年不詳者以《全唐文》卷次排序。統計過程每篇一一查校，必須確定有確實干謁意圖與行為的文章，才納入統計。另由於干謁文中自我形象建構也是本研究主要觀照面向之一，故擬代的干謁文暫不列入統計範圍。文人之生卒年，以周祖譔《中國文學家大辭典·唐五代卷》與姜亮夫《歷代名人年里碑傳總表》為依據〔註1〕，並參考「中國歷代人物傳記資料庫（CBDB）」。〔註2〕經筆者考訂查校，共 308 篇，初唐 31 篇，盛唐 35 篇，中唐 111 篇，晚唐 131 篇，包涵書、啟、狀、表四種文體。

作　者	生　卒	卷　次	篇　名
初唐			
駱賓王	619？～684？	198	上司列太常伯啟
			上李少常伯啟
			上兗州刺史啟
			上兗州崔長史啟
			上兗州張司馬啟
			上齊州張司馬啟

〔註1〕周祖譔編：《中國文學家大辭典·唐五代卷》（北京：中華書局，1992 年 9 月）。
　　　姜亮夫：《歷代名人年里碑傳總表》（臺北：臺灣商務印書館，1975 年 11 月）。
〔註2〕哈佛大學費正清研究中心、中央研究院歷史語言研究所、北京大學中國古代史研究中心聯合主持：【中國歷代人物傳記資料庫（CBDB）】，網址：https://projects.iq.harvard.edu/chinesecbdb/home

			上廉察使啟
			上瑕丘韋明府啟
			上郭贊府啟
			上梁明府啟
			上吏部侍郎帝京篇啟
員半千	628～721	165	陳情表
李嶠	644～713	247	上雍州高長史書
			與雍州崔錄事司馬錄事書
			上巡查覆囚使曆城張明府書
			上高長史述和詩啟
			自敘表
王勃	648～675	179	上劉右相書
			上絳州上官司馬書
		180	上從舅侍郎啟
			上武極侍啟
			再上武極侍啟
			上李常伯啟
			上皇甫常伯啟
			再上皇甫常伯啟
			上吏部裴侍郎啟
			上明員外啟
			上許左丞啟
			上郎都督啟
陳子昂	656～695	209	上大周受命頌表
		214	上薛令文章啟
盛唐			
張說	667～730	224	與執政書
			與鳳閣舍人書
張九齡	673～740	290	與李讓侍御書
王昌齡	690～756	331	上李侍郎書

王泠然	692～725	294	論薦書
			與御史高昌宇書
張楚	不詳	306	與達奚侍郎書
房琯	697～763	332	上張燕公書
王維	699～759	325	與工部李侍郎書
李白	701～762	348	為宋中丞自薦表（代人薦己）
			上安州李長史書
			與韓荊州書
			上安州裴長史書
吳保安	不詳	358	與郭仲翔書
杜甫	712～770	359	進三大禮賦表
			進封西嶽賦表
			進雕賦表
蕭穎士	717～768	323	贈韋司業書
陳章甫	不詳	373	與吏部孫員外書
蘇源明	不詳	374	自舉表
任華	不詳	376	與庾中丞書
			與京尹杜中丞書
			告辭京尹賈大夫書
			上嚴大夫箋
袁參	不詳	396	上中書姚令公元崇書
于邵	718？～798？	426	與常相公書
		426	與元相公書
			與郭令公書
			與李尚書書
元結	723～772	381	與韋尚書書
			與李相公書
			與韋洪州書
			與呂相公書
劉太真	725～792	395	上楊相公啟
邵說	？～782？	452	上中書張舍人書

中唐			
林蘊	不詳	482	上安邑李相公安邊書
			上宰相元衡宏靖論兵書
顧況	727？～816？	528	上高祖受命造唐賦表
崔元翰	729～795	523	與常州獨孤使君書
孟郊	751～814	684	上常州盧使君書
歐陽詹	757～802	596	送張尚書書
			上鄭相公書
			上董相公東風詩啟
權德輿	759～818	489	與黔陟使柳諫議書
			與睦州杜給事書
李觀	766～794	532	上宰相安邊書
			與處州李使君書
			貽睦州糾曹王仲連書
			與吏部奚員外書
		533	與右司趙員外書
			與房武支使書
			上杭州房使君書
			與睦州獨孤使君論朱利見書
			與張宇侍御書
			貽先輩孟簡書
			帖經日上侍郎書
			與膳部陳員外書
			上陸相公書
		534	與賈僕射書
張籍	766？～830？	684	上韓昌黎書
			上韓昌黎第二書
朱灣	不詳	536	別湖州崔使君書
韓愈	768～824	551	上李尚書書
			上兵部李侍郎書
			至鄧州北寄上襄陽于相公書
			上宰相書
			後十九日復上書
			後廿九日復上書

		552	代張籍與李浙東書
			上張僕射書
			與于襄陽書
			與陳給事書
		553	與鳳翔刑尚書書
			為人求薦書
			應科目時與人書
		554	上賈滑州書
			上考功崔虞部書
			上鄭尚書相公啟
劉禹錫	772～842	603	上杜司徒書
			獻權舍人書
		604	上杜司徒啟
			上中書李相公啟
			上淮南李相公啟
			上門下武相公啟
			上門下裴相公啟
呂溫	772～811	627	代李中丞薦道州刺史呂溫狀
			上族叔齊河南書
白居易	772～846	674	與楊虞卿書
			與陳給事書
			為人上宰相書
柳宗元	773～819	573	寄許京兆孟容書
			與楊京兆憑書
			與蕭翰林俛書
			與李翰林建書
		574	與顧十郎書
		575	上門下李夷簡相公陳情書
		576	上權德輿補闕溫卷決進退啟
			上大理崔大卿應制舉不敏啟
			上裴晉公度獻唐雅詩啟
			上襄陽李僕射獻唐雅詩啟

			上揚州李吉甫相公獻所著文啟
			謝李吉甫相公示手札啟
			上江陵趙相公寄所著文啟
			上嚴東川寄劍門銘啟
			上江陵嚴司空獻所著文啟
			上嶺南鄭相公獻所著文啟
			上李中丞獻所著文啟
			上裴行立中丞撰訾家洲記啟
			上河陽烏尚書重胤欲獻文啟
			上廣州趙宗儒尚書陳情啟
			上湖南李中丞干廩食啟
李翱	774～836	635	與淮南節度使書
獨孤郁	776～815	683	上權侍郎書
皇甫湜	777？～835？	685	上江西李大幅書
鄭太穆	不詳	683	上于司空頔書
符載	不詳	688	上西川韋令公書
			上韋尚書書
			上襄陽楚大夫書
			答澤潞王尚書書
			寄徐泗張大夫書
			贈蘄州盧員外書
			寄贈于尚書書
			謝李巽常侍書
			答李巽再請書
			答李巽第三書
			答盧大夫書
元積	779～831	653	上門下裴相公書
			上興元權尚書啟
			上令狐相公詩啟
盧坦	788～858	544	與李渤拾遺書
沈亞之	？～831	734	上冢官書
			上李諫議書
			與薛浙東書
			上壽州李大夫書

		735	與福州使主徐中丞第一書
			上使主第二書
			上使主第三書
			與同州試官書
			與京兆試官書
			與潞鄜州書
劉巖夫	不詳	739	與段校理書
陳岵	不詳	739	上中書權含人書
劉軻	不詳	742	上崔相公書
			再上崔相公書
			上座主書
			上韋右丞書
晚唐			
杜牧	803～852	750	上鄭相公狀
			上淮南李相公狀
			上吏部高尚書狀
			上刑部崔尚書狀
		751	上宣州崔大夫書
			與池州李使君書
			投知己書
			上河陽李尚書書
			上門下崔相公書
			上澤潞劉司徒書
		752	上周相公書
			上宣州高大夫書
			上李中丞書
			與浙西盧大夫書
			上白相公啟
			上周相公啟
			上安州崔相公啟
			上知己文章啟
			獻詩啟

薛逢	不詳	766	上鹽鐵崔尚書書
			上白相公啟
			上崔相公啟
			上翰林韋學士啟
			上宰相啟
			上虢州崔相公啟
			上前鄭滑周尚書啟
			上前易定盧尚書啟
			上中書李舍人啟
盧肇	不詳	768	上王僕射書
李商隱	813～858	775	上座主李相公狀
			上漢南李相公狀
			上李太尉狀
			上許昌李尚書狀
			上李尚書狀
			上漢南盧尚書狀
			上易定李尚書狀
			上忠武李尚書狀
			上度支盧侍郎狀
			上度支歸侍郎狀
			上華州周侍郎狀
			上江西周大夫狀
			上河陽李大夫狀
			上孫學士狀
			上容州李中丞狀
			上韋舍人狀
			上劉舍人狀
			上鄭州李舍人狀
			上河南盧給事狀
		776	上崔華州書

		778	獻相國京兆公啟（二篇）
			上河東公啟
			上河東公第二啟
			上河東公第三啟
			獻侍郎鉅鹿公啟
			獻舍人彭城公啟
			獻舍人河東公啟
溫庭筠	？～870？	786	上蔣侍郎啟二首
			上裴相公啟
			上令狐相公啟
			上崔相公啟
			上首座相公啟
			上宰相啟二首
			為人上裴相公啟
			上鹽鐵侍郎啟
			上封尚書啟
			投憲丞啟
			上裴舍人啟
			上蕭舍人啟
			上學士舍人啟二首
			上杜舍人啟
			上吏部韓郎中啟
			上蕭舍人啟
			為前邕府段大夫上宰相啟
			上崔大夫啟
劉蛻	821？～？	789	投知己書
			答知己書
			上宰相書
			獻南海崔尚書書
			復崔尚書書
			上禮部裴侍郎書
			與韋員外書
			與京西幕府書

李群玉	？～862？	793	進詩表
顧雲	？～894？	815	投顧端公啟
			代人上路相公啟
			投戶部裴德符郎中啟
			投殿院韋侍御啟
			投戶部鄭員外啟
			投翰林劉學士啟
			投西邊節度使啟
			投刑部趙郎中啟
			投陸侍御啟
			上池州衛郎中啟
			上池州庚員外啟
			上翰林劉侍郎啟
			上鹽鐵路綱判官啟
			上右司袁郎中啟
			代新及第人謝鹽鐵使啟
羅隱	833～909	894	投知書
			投前夏口韋尚書啟
			投禮部鄭員外啟
			投永寧李相公啟
			投湖南王大夫啟
			投秘監韋尚書啟
			投湖南于常侍啟
			上太常房博士啟
			投鹽鐵裴郎中啟
			投蘄州裴員外啟
			投同州楊尚書啟
			河中辭令狐相公啟
		895	投鄭尚書啟

黃滔	840～？	823	與楊狀頭書
			薛推先輩啟
			刑部鄭郎中啟
			刑部鄭郎中第二啟
			南海韋尚書啟
			盧員外潯啟
			侯博士圭啟
			與蔣先輩啟
			與蔣先輩第二啟
			與楊狀頭贊圖啟
		824	代陳蠲謝崔侍郎啟
			與韋舍人啟
			工部陸侍郎啟
			翰林薛舍人啟
			與裴侍郎啟
			趙員外啟
房魯	不詳	902	上節度使書
史葞	不詳	955	上李中丞書

後　記

倘能分其斗水，濟濡沫之枯鱗；惠以餘光，照霜棲之寒女。得使伏櫪駑蹇，
希驥驂而蹀足；竄棘翩翾，排鴛鸞而刷羽。則捐軀匪悋，碎首無辭。雖復投報
楊金，君子以之貽戒；效誠魏草，小人之所懷恩。

——駱賓王〈上兗州崔長史啟〉

　　本書由筆者在臺大中文系碩士班所完成的碩論改寫修訂而成。實際上干
謁文在包含知遇期待的同時，一些作者也預先表達對於鼎助的感恩。雖自己並
不常事干謁，但干謁文中對於命運倏觀援手的形構，亦總使我回憶並銘記生命
中在各方面給予我援手的師友、家人們。

　　這本碩論能夠幸運地完成，離不開謝佩芬老師與王基倫老師一直以來，對
愚生持續的栽培與指點。佩芬老師不僅在唐宋文學的研究方法與視域上，持續
給予我扎實而又出新的指引，在生活中老師也如慈母一般對愚生細緻叮嚀照
護。每當在申請博班、安排碩論口試等重要時刻，老師總以「對你將來有幫助」
為最先考量，給予充分協助與安排。每當遇見行政上的困難時，老師擋在身前
說：「我是老師的身分，我來幫你應對。」每當到老師研究室時，老師也總多
塞給我幾包零食，敦促我多外出遊賞，一一銘記感涕。

　　愚生與基倫老師的緣分，始與「宋代文學專題」課上，受老師鼓勵選擇導
讀呂思勉《宋代文學》中過往無人問津的〈宋代之駢文〉一章。後來也一直有
幸在學業上惠蒙老師指引，研究未受重視的歐陽脩、蘇軾之章表。碩論開題時，
原本只想寫初盛唐的干謁文，但老師問我：「初盛唐干謁文是在唐宋文體學史

上最好的干謁文時期嗎？」當時就決定觀照整個唐代。雖然過程中不免有壓力，但老師總堅實地從旁指引，嚴格而不失溫情；更彌足珍貴的是，也一直有幸仰沐了當代儒者治學處世的風骨與堅守。還要感謝口試委員許東海教授，許老師口試時提供諸多寶貴意見，皆一一咀嚼消化，呈現在書稿的修改中。

李惠綿老師用她教學與治學上充沛的熱情與素心，啟發了我原本領域之外的興趣：戲曲；同時老師慨贈戲票、油飯、雞腿、柑橘都中滿載的愛心，都讓愚生炎夏清涼，寒冬暖燠。何寄澎老師課上提醒愚生，警惕解讀文本時的「求之過深」，而課下賜宴時的東坡肉與蔥油餅，更滿含長者的關切。在臺大求學期間所親炙的朱曉海老師、蔡瑜老師、趙飛鵬老師、何維剛老師，在各個學術領域上，都給予了我至關重要的引導與開悟，獲奉德音，皆是畢生榮幸。

同時必須感謝星洲的諸位師長，書稿的修訂過程總在博班修課間隙進行。劉晨老師願意接納愚生未來忝列門下，正有如唐人知遇之恩。忝列門下的時光中，總蒙老師溫柔敦厚的德教與生活中的關懷備至。不僅啟發愚生之閱讀廣度、研究思路，還提醒研究文學時要多四處體味風土人情，多做些平常不會做的事，所謂「閱世歷心」。亦承蒙國大王昌偉老師、勞悅強老師、蘇瑞隆老師、林立老師、李志賢老師等諸師在各領域的啟迪化育，皆讓我對於中古士人文化有了更深廣的思考視域，對於書稿的精進亦大有助益。

還要感謝本科在東吳時的諸位師長：林伯謙老師是手把手帶著我軌步學途的「開手師父」。大二時參加系上的研究競賽，第一次寫好論文草率寄給老師看，回信得到一頓迎頭痛批——「基本寫作規範都沒達到，遑論其他。」不厭其煩一一指出論文弊陋後，最後還是鼓勵我：「要成為頂尖學者，更需要下苦工。」此後不懂事的我，常在老師上完課的疲憊時刻，跑到教師休息室纏著老師，討教論文的架構、行文，每每耽誤了老師吃飯時間。還要特別感恩陳素素老師，每次到老師家中領受文法修辭知識，總感覺如在武俠小說中遇到山洞高人，突然間蒙受數十年功力；老師生活中滿含關切的周濟，也使異鄉遊子生活寬裕。侯淑娟老師、涂美雲老師、蘇淑芬老師、連文萍老師、陳恆嵩老師、沈心慧老師、方元珍老師，不僅在學業上傾囊相授，生活中也時時給予異鄉遊子臺北的溫情，師長們的厚恩也一直持續鼓勵著愚生在學林中持續前行。時時回想起一路走來遇見的諸位恩師，學生高山仰止、自慚何德何幸的同時，更將老師們的厚恩一一銘感五內。愚生今後也要更加努力自我彪勵，方不負諸位師長厚望。

　　最後深深感恩父母從我誕生之日起，對我的無限包容與支持。「母氏聖善，我無令人」——時常後悔沒有早些體味「生我劬勞」，更多承擔起家中紛務；後悔假期家中的偶爾一兩次爭執；後悔在大一入學父母送我來臺北時，沒有多陪著在臺到處走走。再次慶幸自己是個戀家的人。趁此機會也應多多自我提醒，應該多多回家擔任「全職兒子」。每念及此，輒羨慕馬少游的「胸無大志」：

> 吾從弟少游常哀吾慷慨多大志，曰：「士生一世，但取衣食裁足，乘下澤車，御款段馬，為郡掾史，守墳墓，鄉里稱善人，斯可矣。致求盈餘，但自苦耳。」

　　　　　　　　　　　　　　　　　　　　　　——《後漢書·馬援列傳》

　　如果將來能在家附近有一閒職，多些時間陪家人在江邊散步，跟朋友們在樓底玩桌遊或在樓頂吹風，或許也就不枉如今羈學萬里之外了。

　　當然還要感激對我來說彌足珍貴的，也總是心心念念的，在榕、在臺、在星或在世界其他地方的朋友們。在「大道多歧」的苦旅中，陪伴並包容任性又偏執的我，我想感荷之情就「詞中有誓兩心知」。感激學途中一路遇見的各領域學友，承蒙慷慨分享與坦誠交流，讓我在古典文學、中古中國、人文學門、當世關懷等有關人類世界的各方面皆「眼界始大，感慨遂深」。也再感激那些令人鼻子過敏的古書，讓我有機會，在千載之後的今天，同手握靈珠的寂寞之士們對話共鳴。

　　這本書得以順利出版，必須感謝臺大謝佩芬教授向花木蘭文化事業有限公司推薦，以及花木蘭文化事業有限公司編輯部許郁翎主任與諸位編輯費心編排校對。由於本書謹是筆者求學過程中一階段性成果，留下歷程記憶，自有意義。然筆者才學淺漏，論述未精詳齣在所難免，慮今後必有自毀少作之心。敬祈知音碩學，多多海涵，不吝斧正。

　　　　　　　2023 年 8 月張鑫誠謹志於新加坡國立大學中央圖書館